Kristine Kathryn Rusch

Kristine Kathryn Rusch est née en 1960. Elle reçoit, entre autres, le prix Hugo en 1994 et le World Fantasy Award pour son travail d'éditrice du *Magazine of Fantasy and Science Fiction*, ainsi que le prix Locus de la meilleure novella et du meilleur essai. Elle écrit de nombreuses nouvelles de S.-F. et de fantastique avant de se lancer dans la fantasy avec son grand cycle des *Fey* (cinq volumes en anglais). Elle vit avec son mari, l'écrivain Dean Wesley Smith, dans les montagnes de l'Oregon.
Kristine Kathryn Rusch a créé un cycle de fantasy sombre et passionnant, dans lequel foisonnent des trouvailles originales, entre magie, thaumaturgie et tragédie

L'INVASION

SCIENCE-FICTION

Collection dirigée par Bénédicte Lombardo

KRISTINE KATHRYN RUSCH

LES FEY

LIVRE PREMIER

L'INVASION

Traduit de l'américain

par Jean-Pierre Pugi

RIVAGES/FANTASY

Titre original :

THE FEY : THE SACRIFICE

ISBN 2-266-11994-X

À ma mère, Marian M. Rusch

REMERCIEMENTS

Je remercie Deborah Beale qui m'a poussée dans la bonne voie ; Abner Stein, Rich Henshaw et Richard Curtis, les trois Parques qui ont dès le début soutenu ce projet ; Harlan Ellison qui m'a incitée à faire lucidement le point sur la fiction ; Renee Dodds qui m'a contrainte à m'organiser ; Caroline Oakley pour sa patience ; Tom Dupree pour son discernement ; Nina Kiriki Hoffman et Jerry Oltion pour le soin dépassant le simple sens du devoir qu'ils ont apporté à la relecture du manuscrit ; et Dean Wesley Smith qui m'a tenu la main pendant les moments difficiles.

LA VISION

UN

La petite fille courait à toutes jambes lorsqu'elle entra en collision avec Gemme, glissa et tomba sur les pavés humides. Elle y resta assise. Les jupes remontées autour de ses cuisses révélaient une de ces lourdes culottes que les Nyeiens imposaient à leur progéniture. Gemme n'avait pas bougé. Sa hanche était meurtrie mais elle n'en laissait rien voir.

Elle ne s'était pas attendue à trouver une enfant dans les ruelles obscures du quartier commercial de la plus importante cité de Nye. Bien que le soleil eût réapparu après un violent orage, la chaussée était toujours aussi sombre qu'au cours de ce déluge entre les grands immeubles de pierre qui la surplombaient.

« Esmeralda ! » La voix féminine qui se répercutait dans l'étroite venelle était sèche et perçante. Sans en faire cas, les passants continuèrent de vaquer à leurs occupations. Ils se dirigeaient d'un pas rapide vers leur destination en serrant sur leur poitrine leurs étranges montres de gousset ressemblant à des galets.

La petite fille tira sur sa jupe déchirée et tenta de se relever. Gemme sut interpréter son expression. Elle avait connu une panique identique chaque fois que son grand-père s'était emporté contre elle. Elle s'avança et s'accroupit, heureuse de porter un haut-de-chausses et des bottes qui n'entravaient pas ses mouvements.

« Pourquoi courais-tu ? demanda-t-elle en nyeien.

— Parce que ça me plaît », déclara l'enfant.

Une excellente réponse. Les jeunes autochtones ne pouvaient se dépenser. Leurs parents le leur interdisaient. Celle-ci ne manquait pas d'audace.

Gemme tendit la main à la fillette, qui se contenta de la regarder fixement. Ses doigts sombres et fuselés révélaient ses origines plus sûrement encore que ses sourcils incurvés, sa chevelure brune et ses oreilles effilées.

« Esmeralda ! » De la peur modulait la voix.

« Tu t'es salie. Ta mère risque d'être en colère », commenta Gemme.

La lèvre inférieure frémissante, l'enfant allait prendre la main tendue quand un cri strident incita Gemme à se tourner... vers une femme aux formes féminines effacées par un corset très serré qui brandissait un parapluie telle une rapière. Elle se redressa pour l'attraper par la pointe et le confisquer.

« Désiriez-vous me frapper ? » demanda-t-elle d'une voix posée mais lourde de menace.

Si la mère n'était guère plus âgée qu'elle, elle avait une peau terreuse striée de pattes-d'oie et de petites rides aux commissures des lèvres. Elle s'intéressa à la veste légère de Gemme, un choix dicté par la chaleur. « Qu'alliez-vous faire à mon enfant ?

— L'aider à se relever. Y verriez-vous un inconvénient ? »

La femme jeta un coup d'œil à la fillette puis baissa la tête. Ses cheveux bruns grisonnaient par endroits. « Pardonnez-moi, fit-elle sans paraître aucunement contrite. Je me suis oubliée.

— En effet ! » Gemme prit appui sur le parapluie dont elle avait calé la pointe sur un pavé. Il était très solide et avait dû servir d'arme lors du conflit. « Oubliez-vous encore et votre fille deviendra une orpheline.

— Serait-ce une menace, maîtresse ? » Son interlocutrice se tenait désormais bien droite et ses yeux brillaient.

« Maîtresse. » Ce terme nyeien exprimait du respect mais les Fey ne se laissaient pas berner par de tels artifices linguistiques et savaient remettre leurs inférieurs à leur place. « Tu es trop insignifiante pour que je te menace. C'était une simple mise en garde, que je t'adressais par pure bonté. »

Elle s'agenouilla près de la fillette larmoyante qui lui murmura : « Ne faites pas de mal à ma maman. Je n'ai pas fait exprès de vous bousculer.

— Je le sais. » Gemme défroissa sa lourde jupe, l'aida à se relever et lui remit le parapluie. Il était presque aussi grand qu'elle. « Mais rappelle-lui que la guerre est finie et que ton peuple doit apprendre à vivre en harmonie avec le nôtre. »

La mère surveillait ses mouvements. Gemme épousseta le vêtement de la petite fille et s'étonna de l'épaisseur du tissu. Elle eût suffoqué, si elle avait été engoncée dans des effets aussi pesants.

« Il faudrait également l'informer que les enfants des deux sexes sont bien plus à leur aise en pantalon.

— Je croyais que vous n'aviez pas l'intention de bouleverser nos us et coutumes », intervint la femme. Des propos saturés d'amertume, même si elle les accompagnait d'une inclination de la tête... un signe de soumission imposé par les conquérants. Gemme aurait dû la châtier pour son insolence mais n'en avait pas le temps. Son père l'attendait et elle avait déjà pris du retard.

« Nous ne modifions que les usages qui nuisent à une vie saine et active. Les enfants ont besoin de se dépenser, pas de se déplacer à petits pas maniérés comme ces freluquets qui font des simagrées lors de vos banquets. » Elle sourit et referma ses doigts sur le menton de la femme, pour la regarder dans les yeux. « Elle ne serait pas entrée en collision avec moi, si sa tenue lui avait permis de m'esquiver.

— Vous n'avez pas le droit de changer notre façon de vivre.

— Nous avons tous les droits. Si nous nous abstenons d'intervenir dans ces domaines, c'est pour ne pas nuire à votre productivité. C'est vous qui n'avez aucun droit. Vous les avez perdus il y a six mois, quand mon grand-père est devenu votre maître. »

De la panique, jusqu'alors absente, altéra les traits de son interlocutrice. Ses yeux ronds s'étrécirent et sa bouche s'entrouvrit. « Vous êtes la petite-fille du Roi noir ? »

Gemme laissa redescendre sa main et fit un effort de volonté pour ne pas l'essuyer sur son haut-de-chausses. « N'avez-vous pas lieu de vous féliciter que je sois d'excellente humeur, ce matin ? Me menacer équivaut à menacer tout mon peuple. »

La terreur donna des couleurs à la femme qui agrippa sa fille et la rapprocha d'elle. Sans en faire cas, Gemme cala une mèche de cheveux bruns rebelles derrière l'oreille de l'enfant. « Veille sur ta mère, Esmeralda », lui dit-elle en repartant.

Arrivée à l'angle de la rue, elle leur jeta un coup d'œil par-dessus son épaule. La femme était au même endroit et serrait la fillette contre elle. Elle secoua la tête. Ce n'était pas en entretenant leur ressentiment que les Nyeiens amélioreraient leur sort. Ils étaient à présent des sujets de l'Empire des Fey. Plus tôt ils s'y résigneraient, mieux ils s'en porteraient.

Elle réunit ses mains dans son dos. L'orage avait alourdi l'atmosphère, excepté dans l'ombre des immeubles. Son grand-père avait réquisitionné le plus imposant, la Banque de Nye, et s'y était installé. Cette construction de pierre de quatre niveaux située dans le quartier des négociants était ce qui se rapprochait le plus d'un palais dans toute la ville.

Il serait bientôt midi et les rues étaient peu fréquentées. Les rares passants s'écartaient lorsqu'ils la croisaient et les gardes de faction devant chaque bâtiment occupé par des Fey la saluaient de la tête. Une marque de déférence qu'elle leur retournait.

Le Roi noir jugeait toujours ces mesures de sécurité indispensables, alors que les Nyeiens avaient capitulé six mois plus tôt. Elle n'avait participé à aucun combat depuis leur reddition et ne tenait plus en place.

Comme son père.

Il rêvait d'entreprendre de nouvelles conquêtes. Gemme était prête à repartir guerroyer mais son grand-père estimait que les troupes avaient besoin de repos. Si ses frères étaient du même avis, il convenait de l'attribuer à leur jeunesse. Ils n'avaient jamais assisté à des offensives avant cette invasion.

Alors que Gemme se battait depuis son onzième anniversaire, fêté près de sept ans plus tôt. Qu'elle fût encore un simple fantassin décevait profondément son père et son grand-père... et ravissait ses frères. Tous pensaient que son absence de Vision l'écarterait de la liste des prétendants au trône.

Elle n'avait parlé à personne de ses étranges rêves. Pas même à un chaman.

Elle atteignit enfin son but. La Banque de Nye se

dressait à une intersection et le soleil illuminait un de ses angles. L'humidité des pierres de taille s'évaporait sous l'effet de la chaleur. Les voix de son père et de son grand-père lui parvenaient par une fenêtre ouverte.

Ils se querellaient. Ce n'était pas surprenant.

Chaque fois que Rugar suggérait de laisser des troupes occuper Galinas et de continuer au-delà, le Roi noir y opposait son veto. Il n'avait aucun désir de conquérir une terre minuscule perdue en plein milieu de la mer d'Infrin. Les habitants de l'Île Bleue avaient été d'importants partenaires commerciaux des Nyeiens et ils procédaient à de nombreux échanges avec plusieurs contrées du continent de Leut. Contrairement à Nye, leur pays était une porte sur le sud, mais il estimait que les Fey n'étaient pas prêts à l'emprunter.

Gemme avait assez de bon sens pour s'abstenir d'intervenir dans leurs disputes. Son père lui avait demandé de l'attendre, ce qu'elle ferait... à l'extérieur.

Elle s'assit sur les marches et cala une botte contre le mur d'en face pour s'adosser à la pierre et bénéficier de sa fraîcheur sans faire cas des aspérités dans lesquelles ses tresses s'accrochaient. Bien que l'ouverture fût proche, elle ne pouvait suivre la conversation même en fermant les yeux pour se concentrer.

Elle seule avait conscience des enjeux de cette joute oratoire. Des Nyeiens rubiconds en sueur passaient d'un pas rapide, aussi vite que le permettaient six couches de vêtements superposés. Elle disait souvent pour plaisanter que c'était leur pudeur, ou leur frilosité, qui leur avait fait perdre cette guerre.

Un conflit qui n'avait pas nui au commerce. Toutes les boutiques étaient ouvertes et les marchands ambulants débitaient leur boniment comme par le passé. Par chance, la banque se trouvait dans une rue bordée d'immeubles austères où leur présence était interdite.

Elle n'eût absolument rien entendu, si des camelots avaient pu y installer leurs étals.

Des Nyeiens entraient et sortaient des magasins sans s'intéresser aux bannières déployées à l'extérieur. Leurs couleurs vives indiquaient l'origine des marchandises proposées... bleu pour les articles de fabrication locale, jaune, vert, rouge et violet pour ceux provenant de l'étranger. La Banque de Nye avait transféré ses locaux dans un bâtiment en brique situé de l'autre côté de la chaussée et de nombreux boutiquiers y apportaient des bourses rebondies qu'ils serraient contre leur hanche.

Gemme ferma les yeux et eut des étourdissements. Le monde basculait et une douleur lancinante vrillait son front. « Vous l'avez tuée ! » s'emporta son père. Un inconnu lui répondit dans un langage qu'elle ne connaissait pas, et il cria : « Il faut l'aider ! Sauvez-la, je vous en conjure ! »

Elle reprenait son souffle, la respiration hachée. Elle rouvrit les paupières. Un homme se penchait vers elle. Il avait un teint clair sans être terreux pour autant, des sourcils droits, de longs cheveux blonds et un visage carré. Il ne ressemblait ni à un Fey ni à un Nyeien. Ses traits étaient encore plus rudes et énergiques que ceux des envahisseurs, comme s'ils avaient été modelés par des mains moins subtiles. Il lui adressait des paroles incompréhensibles. *Orma lii*, dit-il avant de répéter à plusieurs reprises un autre mot.

Il la serra contre lui, avec une douceur qu'on ne lui avait jamais encore témoignée. Puis la scène changea. Il l'étreignait toujours mais on avait jeté sur elle le manteau curatif de son père.

Une guérisseuse appliqua un cataplasme sur son front. La mixture à l'odeur d'ail et de sanguinaire jugula la souffrance. « Elle vivra, déclara la femme. Je ne puis rien promettre d'autre.

— Qu'a-t-elle dit ? » demanda l'inconnu. Il s'était cette fois exprimé en fey, avec un accent bizarre.

« Qu'elle ne mourra pas, traduisit son père. Mais c'est tout. »

L'homme l'embrassa tendrement. « Gemme... *Ne sneto. Ne sneto.* »

Elle leva vers lui une main tremblante, pour le toucher. Les choses ne se déroulaient pas comme elle l'avait espéré.

Puis elle regagna le présent. Elle se retrouvait deux marches plus bas. Sur son front, des picotements remplaçaient la sensation de brûlure et elle avait la gorge sèche. Une Vision. Elle avait eu une Vision... si intense qu'elle l'avait emportée dans l'avenir.

Son cœur martelait sa poitrine. Elle n'avait jamais perçu une telle angoisse dans la voix de son père. Et elle n'avait jamais vu un individu ressemblant à cet homme. Son teint clair, ses sourcils rectilignes et ses yeux de la couleur du ciel indiquaient qu'il n'était pas un Fey mais ses traits énergiques et rayonnants de santé n'auraient pu appartenir à un Nyeien. Cependant, ils devaient bien se connaître puisqu'il l'étreignait avec amour.

La porte claqua et son père sortit à grandes enjambées. Sa cape noire tourbillonnait et s'entortillait autour de ses jambes. Il utilisait sa taille pour imposer son autorité et était ce jour-là encore plus impressionnant qu'à l'accoutumée.

Elle ne l'avait vu à ce point en colère que sur des champs de bataille.

Elle ravala sa salive, regretta de ne pouvoir étancher sa soif et se leva lentement. Elle craignait que les séquelles de sa Vision ne soient à l'origine d'autres étourdissements.

« Il a donc refusé ? » Elle avait dû lever la tête pour le dévisager.

« Il a accepté », répondit-il sèchement.

Il semblait indigné, et elle grimaça.

« En ce cas, pourquoi es-tu mécontent ? Ne souhaites-tu pas conquérir l'Île Bleue plus que toute autre chose ? »

Il la regarda et ses sourcils s'incurvèrent plus encore, ses yeux brillèrent de rage. « Parce qu'il soutient que je commets une erreur, que je veux me battre pour assouvir ma soif de sang et non pour assurer l'expansion de l'Empire. Il a même ajouté que tous auraient lieu de s'en féliciter si j'étais tué sur le champ de bataille, car cela m'interdirait de prendre un jour sa place et de répandre deuil et affliction autour de moi. »

Des paroles dures. Trop dures. La joute verbale avait été âpre. « Des propos dictés par son courroux, fit-elle.

— Il le pensait vraiment. » Rugar descendit quatre degrés à pas lourds puis s'arrêta. Il se trouvait maintenant à sa hauteur. « Mais, quoi qu'il puisse en dire, tu m'accompagneras.

— Et mes frères ? » voulut-elle savoir. La dernière fois qu'il avait pris une telle décision, c'était pour lui faire tenir le rôle d'une bonne d'enfants.

« Ils sont trop jeunes pour participer à cette expédition. Viens me rejoindre ce soir dans mes quartiers. Nous établirons un plan de bataille avec les Gardiens. »

Il lui tourna le dos et descendit les autres marches. Lorsqu'il atteignit la rue, les Nyeiens s'écartèrent et il traversa la chaussée d'un pas rapide qui fit voleter son manteau.

Gemme s'appuya contre le mur. Si les vertiges avaient cessé, l'angoisse lui soulevait l'estomac. Elle avait eu une Vision après que son père eut décidé de conquérir l'Île Bleue. Existait-il un lien ?

Elle secoua la tête, consciente que faire des spéculations était futile. Seuls les chefs avaient des Visions, destinées à les guider. Elle aurait dû se réjouir que la sienne eût été si nette. Rien ne l'empêcherait de devenir la Reine noire des Fey.

Ce n'était pas l'unique cause de sa joie. Elle allait pour la première fois participer à une guerre non en tant que simple soldat et nourrice pour ses jeunes frères mais en ayant un statut de chef. Elle contribuerait aux prises de décisions.

Ce qu'avait dit son grand-père sur l'expansion de l'Empire était secondaire. Il se trompait sur un point. Se battre était pour leur peuple un besoin. Elle saurait exploiter l'impatience qui avait crû en elle au cours de ces six derniers mois.

Elle s'écarta du mur de pierre suintant. Le visage de l'homme vu dans sa Vision émergea de ses souvenirs. « *Orma lii* », murmura-t-elle sans connaître le sens de ces mots. Ce qu'elle savait, c'était qu'elle irait au-devant de son destin comme il seyait à une Fey, en tenue de combat et l'arme au poing.

L'INVASION
(Neuf mois plus tard)

DEUX

Le ciel était couvert et l'après-midi aussi sombre que la nuit. Il pleuvait à torrents et de grosses gouttes martelaient le sol boueux et plaquaient ses cheveux sur son visage. Nicolas fut trempé dès qu'il mit le pied dehors. Nul ne l'avait vu sortir dans la cour. Dieu seul savait quels ennuis cela lui vaudrait d'avoir bravé les éléments.

Les serviteurs veillaient sur le prince, même lorsqu'il ne voulait pas de leur protection. À dix-huit ans, il était pourtant assez âgé pour prendre des décisions.

Sa main effleura le pommeau de son épée. Les lanières de cuir qui assujettissaient le fourreau à sa jambe irritaient sa peau. La poignée incrustée de pierres précieuses était glissante. Se battre dans ces conditions serait dangereux, mais il aimait relever les défis.

La cour était déserte, s'il faisait abstraction d'un chat famélique qui courait se chercher un abri. Les lumières qui brillaient derrière les portes closes des écuries indiquaient que les palefreniers pansaient les chevaux. Les logements des serviteurs étaient plongés dans l'obscurité, à l'exception de la cabane de Stephen.

Ce vieillard était le maître d'armes de la famille

royale. Il avait appris au père de Nicolas à utiliser une rapière des décennies plus tôt puis n'avait plus eu d'obligations jusqu'au quinzième anniversaire du prince. Il avait mis à profit ces années d'oisiveté pour s'instruire. Il avait étudié l'histoire de l'Île Bleue et était devenu un expert de la culture des Nyeiens, avant de s'intéresser à ce qu'il assimilait à une menace : les Fey.

Nicolas n'eut cure des adversaires qu'il aurait à affronter dès l'instant où il apprit à se battre. Stephen lui enseignait son art depuis trois ans et, même s'il était désormais un bretteur habile, il lui restait fort à faire pour surpasser son maître.

La clarté d'une bougie papillotait derrière les volets clos. Il frappa à la porte et entendit une chaise racler le plancher, le pêne crisser. Le battant s'ouvrit.

La lueur de la flamme vacillante creusait les rides de Stephen, dont les cheveux gris coupés court étaient ébouriffés. Bien que ce fût le milieu de l'été, il avait enfilé un lourd chandail et un pantalon de laine. « Par l'Épée ! s'exclama-t-il. Vous êtes trempé jusqu'aux os. Entrez avant que la mort ne vous emporte. »

Nicolas leva ses mains rougies par la froidure pour écarter des mèches devant son visage. « Non. Sortez. Nous devons nous entraîner.

— Pas par un temps pareil.

— Je dois apprendre à me battre en toutes circonstances.

— Mais je ne suis pas tenu de vous donner des leçons avant le lever du soleil. Entrez et séchez-vous. »

Nicolas obtempéra. Stephen était le seul roturier qui pouvait s'adresser à lui en faisant fi des convenances, sans doute parce qu'il lui inspirait une confiance absolue.

La chaleur était agréable. Des bûches se consumaient

dans l'âtre et un livre était ouvert sur la table. Le logement était modeste mais confortable. « Quelles idées saugrenues vous ont traversé l'esprit ? Vous savez pourtant que nul ne se bat quand les conditions météorologiques sont à ce point exécrables.

— Il pleut depuis trois jours, rappela Nicolas. Je ne supporte plus de rester enfermé.

— Vous devrez vous armer de patience jusqu'à la fin de la tourmente.

— Nous ignorons quand elle s'interrompra. Nous n'avons encore jamais eu un été aussi pluvieux.

— Je sais. » Et Stephen avait apporté cette confirmation sur un ton lourd de sous-entendus.

Bien que tenté d'aller se réchauffer près de l'âtre, Nicolas attendait d'y être invité. L'espace était compté dans l'unique pièce où Stephen avait casé une table, trois chaises, un guéridon et une paillasse étalée sur le sol. Un placard à vêtements dissimulait en partie une paroi et il avait décoré les autres d'épées et de poignards de toutes formes et dimensions. Il affirmait que chacune de ces armes avait pris au moins une vie mais Nicolas en doutait. L'Île Bleue avait été le théâtre de peu d'affrontements. Même la Révolte des Paysans n'avait pas été une guerre digne de ce nom, à en croire les Nyeiens qu'il avait rencontrés au palais. Nicolas le suspectait d'avoir échafaudé ces fables pour justifier ses fonctions. Le roi n'avait aucun besoin d'un maître d'armes et le prince apprenait l'escrime parce qu'il eût fait n'importe quoi plutôt que de rester enfermé à longueur de temps avec des Auds pour unique compagnie.

« Installez-vous, lui dit enfin Stephen. Je vais vous servir un peu d'hydromel. »

Nicolas n'aurait pu résister. Il retira son manteau ruisselant qu'il suspendit à la patère fichée derrière la porte puis secoua la tête et s'ébroua tel un chien des cuisines. Éclaboussé, Stephen crachota et s'essuya le visage en grommelant : « Ils devraient engager un précepteur pour enseigner les bonnes manières aux jeunes princes.

— Désolé. » Nicolas sourit. Il n'aurait pu prendre de telles libertés au palais. Un serviteur l'aurait vu et en aurait aussitôt informé son père... pour lequel il était déjà une source de déceptions. Le roi souhaitait qu'il devînt un érudit et sût tout ce qu'un futur monarque avait besoin de connaître sur son royaume. Alors qu'il désirait seulement pratiquer l'équitation, remporter des duels et faire forte impression sur les dames... s'il en avait eu à impressionner, naturellement.

Stephen se dirigea vers la cheminée, prit une chope de pierre sur l'égouttoir et la plongea dans une marmite mise à chauffer au bord du feu. Il utilisa un chiffon pour essuyer son pourtour.

Nicolas l'accepta et but une petite gorgée. Le breuvage brûlant se répandit en lui et lui communiqua sa chaleur. Il appréciait l'hydromel de Stephen. Sa douceur était normale, mais l'ajout d'une noix de beurre subtilisé à l'office le rendait bien meilleur que celui servi au roi.

Stephen referma le livre et s'assit à la table. Il poussa du pied une chaise, que Nicolas attrapa avec sa main libre avant de soupirer. « J'en déduis que nous ne sortirons pas.

— Je suis âgé. Je dois me ménager.

— En ce cas, travaillons le corps à corps ici même. Je ne sais pas me servir d'une dague comme je le souhaiterais. »

Stephen regarda autour de lui. « Je tiens à mes maigres possessions. »

Il avait accompagné ces mots d'un sourire que Nicolas ne lui retourna pas. N'était-ce pas une moquerie ?

Le vieillard fit reposer son bras sur le livre fermé et serra la main sur sa chope pour ajouter : « En outre, il ne vous reste plus grand-chose à apprendre. Je vous estime capable de vous mesurer à toutes les fines lames qui pourraient vous lancer un défi.

— Même un bretteur de Nye ?

— N'importe qui », affirma Stephen, solennel.

Incommodé par ses cheveux ruisselants, Nicolas rejeta la tête en arrière. « Croyez-vous vraiment que je maîtrise la technique ?

— Absolument. Le reste n'est qu'une question de pratique.

— Magnifique ! » Il but une autre gorgée d'hydromel. Il ne s'était pas attendu à bénéficier d'une approbation sans réserve, mais Stephen avait ce jour-là un comportement étrange. « Quelque chose vous tracasse, n'est-ce pas ?

— Le mauvais temps. J'ai passé à Jahn la majeure partie de ma longue existence et je n'avais encore jamais été témoin d'un été si pluvieux. »

Nicolas haussa les épaules. « Tout change.

— C'est bien ce que je crains.

— Qu'est-ce à dire ?

— Ne prêtez pas attention aux divagations d'un vieillard déprimé par un été pourri. Je me ressaisirai dès le retour du soleil.

— J'espère qu'il réapparaîtra bientôt. Je sens croître ma nervosité. »

Stephen sourit. Il posa sa chope et les muscles de son bras se tendirent. « Elle serait moins grande si vous consacriez un peu plus d'énergie à vos études. »

Nicolas grimaça et lorgna les volets de l'unique fenêtre, le rougeoiement des flammes. L'eau qui imbibait ses vêtements le faisait frissonner et il trouvait la chaleur du feu agréable. Devoir allumer des chandelles en pleine journée et rester confiné dans ses appartements l'exaspérait. Il lui arrivait de craindre que l'inaction ne le prive de ce que son entraînement et son application lui avaient permis d'acquérir. Il refusait de régresser à cause des caprices du temps.

« Je suis trop jeune pour rester cloîtré, dit-il. En outre, mon père n'est guère plus âgé que moi. Il a de longues années à vivre et je serai encore plus vieux que vous quand je lui succéderai. »

Stephen haussa un sourcil grisonnant. « Encore plus vieux que moi ? » répéta-t-il d'une voix sans timbre, visiblement irrité par le choix des mots. Il inclina sa chaise en arrière, en équilibre sur deux pieds, et le dévisagea d'un air renfrogné. « Que votre père puisse avoir besoin d'un conseiller ne vous a jamais effleuré l'esprit ?

— Il en a des centaines.

— Qui ont tous leurs propres affaires et soucis à régler. Vous êtes le seul qui partage ses préoccupations.

— Moi ? » Nicolas but une autre gorgée d'hydromel. En refroidissant le breuvage s'épaississait et devenait sirupeux. « Il ne m'écouterait pas.

— Bien au contraire. Je crois qu'il ferait grand cas de votre point de vue. »

Nicolas se leva et fit les cent pas dans la petite pièce en couvrant le plancher d'empreintes de bottes. Cette pensée l'empêchait de rester en place. Son père, l'écouter ! C'était inconcevable. « Vous l'aurait-il dit ?

— De façon détournée. Il laisse parfois entendre qu'il aimerait s'entretenir avec vous de questions diverses. »

Nicolas avait entendu de tels propos, mais il les avait assimilés à des reproches. Depuis la mort de sa mère, son père s'était efforcé de lui faire donner la meilleure éducation possible. Même si des serviteurs – et dernièrement sa belle-mère – s'en chargeaient, ils se rencontraient chaque jour. Leur affection était authentique, mais Nicolas ne s'était jamais considéré comme son égal.

« Vous voulez m'inciter à étudier avec plus de zèle. »

Stephen secoua la tête. « Seulement vous donner matière à réflexion. Vous savez comme moi que la réussite d'une passe d'armes dépend plus de l'esprit que des muscles. Plus vous mettrez votre intelligence à contribution, plus vous deviendrez un bon cavalier et un bon bretteur.

— J'obtiens de meilleurs résultats quand je me laisse guider par mon instinct », rétorqua Nicolas. Il s'arrêta à côté de l'âtre pour que sa chaleur sèche un peu ses effets.

« Vous obtenez de meilleurs résultats quand votre entraînement est tel qu'il vous permet de tout analyser sans que ce soit conscient. Transposons cela dans un autre domaine, celui des affaires d'État. Vous surpassez votre père à l'épée. Vous pourriez en faire autant en tant que monarque. »

Nicolas lui sourit. « Vous savez que je ne puis m'empêcher de relever tous les défis et vous vous en servez pour arriver à vos fins.

— C'est exact », reconnut Stephen. Il regarda la fenêtre et son volet fermé. La pluie qui tambourinait sur le toit couvrit presque sa conclusion. « Je crois que le moment est venu pour nous tous de donner le meilleur de nous-mêmes. »

TROIS

Dressé à la proue du navire, Rugar avait repoussé son capuchon et laissait l'eau ruisseler sur son visage. Elle était fraîche et agréable. Il avait oublié la sensation de puissance qu'apportait le contrôle des forces de la nature. Les Maîtres des éléments avaient exécuté ses instructions à la lettre.

La pluie s'interromprait au matin et les Fey envahiraient l'Île Bleue.

S'il pouvait se fier aux documents, aux navigateurs et au prisonnier nyeien.

Il referma sa cape. Ils auraient dû apercevoir leur but. D'après les cartes marines établies l'année précédente, ils approchaient des Sentinelles de pierre, mais la vue était toujours la même : des flots gris agités de toutes parts. Le déluge réduisait la visibilité et il avait envoyé les animaliers en éclaireurs... trois mouettes subtilisées aux troupes personnelles de son père qui tournaient à leur aplomb.

Rugar écarta de son front une mèche rebelle. Le plaisir procuré par la fraîcheur de la pluie ne l'empêchait pas de porter un manteau imperméabilisé par un charme. La magie des cordonniers était moins efficace.

Ses pieds étaient trempés et glacés, râpés par le cuir de ses bottes. Le vent était modéré... juste suffisant pour propulser les navires sans que l'équipage dût prendre les avirons ou faire appel aux jeteurs de sorts.

L'étrave fendait les flots et la coque gémissait et craquait. Les clapotis des vagues qui se brisaient contre les bordés accompagnaient les crépitements monotones de la pluie. Il réunit ses mains derrière son dos. S'il aimait voyager, c'était par voie de terre. Ce qu'il découvrait en chevauchant d'un pays à l'autre lui permettait d'imaginer ses futures conquêtes, alors qu'il ne pouvait se représenter l'Île Bleue. Il en avait lu des descriptions dans des récits mythiques, des histoires, et en avait entendu parler par les Nyeiens dont la réputation de menteurs n'était plus à faire. Son père, le Roi noir, refusait même d'admettre ce qui était pourtant de notoriété publique : que sa population n'avait jamais guerroyé. Une affirmation que Rugar ne mettait pas en doute. Qui aurait pu s'en prendre à cette île ? Les insulaires avaient été habiles. Ils avaient établi des relations commerciales avec les nations les plus proches en leur accordant – toujours d'après les Nyeiens – un statut privilégié même lorsqu'ils n'avaient nul besoin de leurs marchandises. Ils vivaient en effet en autarcie.

Par ailleurs, l'Île Bleue se situait entre Galinas et Leut... C'était une base idéale pour lancer une attaque qui permettrait aux Fey de s'emparer du reste du monde. Ils s'étaient déjà rendus maîtres de trois continents depuis qu'ils avaient quitté les monts Eccrasiens bien des siècles plus tôt. Avoir atteint l'extrémité de Galinas n'interromprait pas l'expansion de leur empire. Ils la poursuivraient jusqu'au jour où tout leur appartiendrait.

En outre, les richesses locales apportaient des attraits

supplémentaires à ce projet de conquête. Sous peu, les Fey s'approprieraient l'Île Bleue. Il en serait le maître.

Et son père devrait lui présenter des excuses pour avoir douté de lui.

Dans le ciel, une mouette cria. Des appels qui se répercutèrent dans les crépitements de la pluie et les grondements des vagues. Il leva les yeux et vit un de ses hommes. Son corps se fondait dans celui de l'oiseau et seul son torse était visible, comme s'il le chevauchait. La mouette devait baisser le cou pour s'adapter à cette conformation contre nature mais n'en paraissait pas incommodée outre mesure. Le cavalier ne faisait qu'un avec sa monture depuis l'enfance.

Comme les métamorphes, les animaliers jetaient leur dévolu sur une bête et ne fusionnaient plus qu'avec elle. S'ils décidaient du moment et du lieu de leur transformation, leurs humeurs dépendaient ensuite de leur hôte. Rugar ne comprenait pas ce qui les incitait à opter pour une mouette plutôt que, disons, un fier destrier. Mais cela l'arrangeait car il commençait à en avoir assez des plaintes de ceux qui avaient fait un tel choix. Condamnés à rester confinés dans les ponts inférieurs et à garder forme humaine depuis le début de la traversée, ils piaffaient d'impatience et ruaient dans les brancards. Ils affirmaient que s'ils ne reprenaient pas leur apparence équine à brève échéance ils en perdraient à tout jamais la capacité.

Rugar avait entendu grommeler de telles récriminations au cours de chaque campagne, sans y prêter véritablement attention. À bord de ce navire, il ne pouvait fuir leur compagnie et en faire abstraction se révélait plus difficile. Il regrettait de ne pas les avoir parqués sur une autre unité de la flotte pour ne garder auprès de lui que les mouettes... dont l'utilité était d'ailleurs moins grande qu'il ne l'avait espéré. Leur physiologie hybride ne leur permettait pas de parcourir d'une traite des distances importantes. Il eût aimé les envoyer en éclaireurs sitôt après l'appareillage, mais toutes auraient péri si elles n'avaient pas trouvé en chemin d'îlots où se poser.

Il regardait droit devant, comme s'il lui avait suffi de se concentrer pour voir les Sentinelles. Personne ne lui avait adressé la parole, ce jour-là. En fait, tous le fuyaient depuis que la pluie avait commencé à tomber... sauf lorsqu'ils avaient besoin de lui. Il allait chaque matin consulter les Gardiens des sortilèges, en essayant d'éviter leur prisonnier nyeien. Jusqu'à présent, tout s'était bien passé.

Comme prévu.

La mouette cria encore et plongea vers le navire. L'animalier s'agrippait à son cou. Il enfouissait ses petites mains dans les plumes, comme s'il devait surveiller son assiette, pour ne pas se faire désarçonner. Ces êtres ne faisaient qu'un avec leur monture mais voulaient donner l'impression de la chevaucher. L'oiseau descendit en piqué, vira autour de Rugar, se posa sur le pont humide et dérapa.

Rugar baissa les yeux sur Muce, qui lâcha prise et s'étira comme s'il avait des crampes avant de redresser la tête pour le regarder. Il sourit et se dilata lentement. Au fur et à mesure qu'il retrouvait sa taille normale, la mouette se rétractait à l'intérieur de son ventre. Elle poussa un cri de protestation qui s'interrompit lorsqu'elle disparut dans son estomac.

Redevenu un Fey, Muce était encore plus grand que lui. Cependant, il était si corpulent qu'il en semblait difforme. Ses cheveux aussi sombres que les poils de sa poitrine étaient duveteux et ses ongles démesurés évoquaient des serres. Il n'avait pas un petit nez de Fey mais un long appendice en lame de couteau qui se recourbait au-dessus de sa bouche tel un bec. Cette caractéristique, ses yeux noirs et ses sourcils plongeants apportaient à ses traits une touche bestiale.

Et, s'il était nu, la pluie ne paraissait pas l'incommoder.

« Les Sentinelles sont droit devant, annonça-t-il d'une voix nasale. L'île se trouve au-delà. »

Rugar sourit. « Nous sommes donc dans les temps. Nous arriverons demain à destination. »

Muce haussa les épaules et lorgna derrière lui les flots qui s'étendaient devant le navire. Le mouvement avait été furtif, comme celui d'un oiseau. « Des hauteurs, je n'ai pas vu de chenal. L'eau se couvre d'écume, se brise contre les récifs et reste sur place. Un survol en rase-mottes m'a permis de repérer des trouées, mais les vagues me fuyaient tels des êtres vivants. Je doute qu'un bateau puisse les franchir, sans parler d'une flotte au complet.

— Les Nyeiens procédaient à des échanges commerciaux avec les insulaires.

— Peut-être empruntaient-ils une route moins périlleuse. Ceux que nous avons interrogés n'avaient aucune raison de nous faciliter la tâche.

— Nul n'ose nous mentir. »

Muce trembla et Rugar estima que la froidure n'était pas seule en cause. Les Fey étaient d'habiles tortionnaires.

« Regroupe les autres animaliers et cherche avec eux un chenal entre les écueils, ajouta Rugar. Plus nous serons nombreux, mieux cela vaudra. Nos navires ne doivent pas subir d'avaries. Les insulaires n'ont jamais livré de batailles. Nous leur ferons découvrir ce qu'est la guerre.

— Disons plutôt un carnage.

— Il sera bref. Ces pleutres capituleront dès qu'ils

comprendront qu'ils ne peuvent nous vaincre. Les Sentinelles de pierre sont l'unique obstacle.

— Entendu, répondit Muce qui semblait toutefois en douter. Je vais réunir mes compagnons et entamer des recherches. »

Sans attendre de réponse, il écarta les bras et se réduisit lentement pour reprendre sa forme aviaire. En émergeant de son ventre, la mouette termina le cri qu'elle avait amorcé lors de son absorption puis elle recula de quelques pas en se dandinant et prit son essor. Muce s'agrippa de nouveau à son cou et s'éloigna à tire-d'aile sans jeter un regard derrière lui.

La grisaille du ciel et la pluie le dissimulèrent rapidement. Rugar le suivit des yeux puis serra les poings. Il craignait d'avoir été trop optimiste. Il n'avait pas eu une seule Vision depuis qu'ils avaient levé l'ancre.

Ce qui était anormal. Il avait espéré que se rapprocher de l'Île Bleue servirait de catalyseur pour de nouvelles révélations ou des précisions sur la dernière, celle qui l'avait incité à se lancer dans cette aventure. Il avait vu Gemme – devenue une adulte – traverser les salles du palais royal de Jahn comme si elle en était la reine. Néanmoins, cette Vision remontait à près de quatre mois et il n'avait rien Vu depuis. Il redoutait de devoir livrer bataille frappé de Cécité et s'était exercé à façonner des Terres d'ombre miniatures comme à l'époque où il développait ses talents. Que les coupes disposées ici et là dans la pièce se soient transférées dans un espace de sa création démontrait qu'il n'avait pas perdu ses pouvoirs... seulement que les Mystères ne lui avaient pas adressé d'autres indices pour mener à bien cette expédition.

Il n'en avait parlé à personne, pas même au chaman qui avait consenti à les accompagner. Les Visions étaient imprévisibles. Peut-être verrait-il ce qui les attendait une fois sur l'Île Bleue, après avoir franchi les Sentinelles de pierre.

Nul n'a encore jamais conquis ces terres. La voix de son père s'élevait de la brume. Ses arguments l'obsédaient depuis leur appareillage.

Parce que nul ne l'a jamais tenté, avait-il répondu, conscient de dire une contre-vérité. Un récit datant des débuts de l'histoire des Nyeiens relatait les déboires d'une flotte forte de vingt drakkars qui n'avait pu s'emparer de cette île.

Ces chroniques étaient si anciennes que certains les assimilaient à des mythes, mais les protestations de son père étaient devenues encore plus véhémentes lorsqu'il en avait été informé. Et quand il avait appris que Rugar comptait emmener Gemme avec lui, l'altercation avait dégénéré.

Elle est l'avenir de notre Empire, s'était emporté le Roi noir en se penchant sur le bureau de son cabinet de travail. *Tu ne dois pas l'éloigner d'ici.*

Je peux faire ce que bon me semble, avait rétorqué Rugar. *Elle est ma fille.*

Que se passera-t-il, si tu échoues ? Que ferons-nous, si elle meurt ? Ses frères sont trop jeunes et à leur naissance le chaman ne leur a pas prédit un brillant avenir. Alors que celui de Gemme s'annonce exceptionnel. Elle deviendra la plus grande de toutes les Reines noires... Si tu lui laisses la possibilité d'accéder un jour au trône.

Rugar s'était avancé d'un pas. *J'ai Vu Gemme sur l'Île Bleue, et elle rayonnait de bonheur. As-tu eu des Visions se rapportant à ce voyage ?*

Son père n'avait dit mot.

Réponds !

Il n'est pas nécessaire d'avoir des Visions pour savoir que tu commets une erreur, avait finalement déclaré le Roi noir. *Nous devons reconstituer nos forces. Nous ne sommes pas prêts à reprendre les combats.*

Tu n'as donc rien Vu, avait conclu Rugar. *Rien du tout.*

Il inhala à pleins poumons. La pluie qui gouttait de son nez tombait sur ses lèvres, fraîche et revigorante. Contrairement à son père, il avait eu une Vision. Les chefs devaient s'y conformer, même s'ils n'en bénéficiaient pas à titre personnel. Il l'avait rappelé, sans obtenir pour autant gain de cause.

Le Roi noir ne lui avait pas accordé son aval.

Mais c'était secondaire. Il avait Vu Gemme dans les salles de ce palais. Il connaissait l'histoire de cette île. Il mènerait les siens vers la plus facile de toutes leurs victoires.

Les Fey s'empareraient de l'Île Bleue en une seule journée. Lorsque sa population prendrait conscience de l'invasion, il serait trop tard.

QUATRE

Une rafale de vent repoussa la représentation de la Révolte des Paysans ; une tapisserie rouge et or à laquelle sa mère la reine – Dieu ait son âme – avait consacré sa deuxième année de mariage. La pluie crépita sur la pierre de l'âtre et les flammes s'agitèrent. Dans cette pièce exiguë, où logeait autrefois un garde du corps, l'humidité augmentait la sensation de froidure. Alexandre frissonna et se pencha sur l'accotoir de son fauteuil pour tirer d'un coup sec le cordon de sonnette décoloré.

Le temps maussade avait un effet déplorable sur son humeur. Il s'était levé plus tard que de coutume et avait passé l'après-midi à lire et à parapher d'interminables documents manuscrits avant de prendre seul son dîner. À présent qu'il aurait pu paresser un peu il lui fallait régler d'autres affaires. Même un roi n'aurait pu refuser de recevoir un Ancien du Tabernacle. Matthias abusait de son hospitalité et n'avait pas encore précisé la raison de la visite qu'il lui rendait au cours de cette nuit bien trop obscure pour la saison.

Les boucles blondes du religieux s'entortillaient en longues mèches qui couvraient ses épaules et les vapeurs du vin chaud se condensaient dans sa moustache. Il portait toujours la robe noire à la large ceinture cramoisie qu'il avait revêtue pour le Sacrement de Minuit et une épée miniature filigranée suspendue à son cou par une chaînette. La barrette qu'il avait retirée et posée sur la table de bois sculpté avait aplati ses cheveux au sommet de sa tête.

« Majesté, fit-il en souriant. Vous n'allez tout de même pas tirer un pauvre bougre d'un sommeil réparateur bien mérité ?

— Tant pis pour lui. » Alexandre se leva et prit une louche pour prélever du vin dans une petite cruche accrochée au-dessus du feu. Il sentait à travers les semelles de ses mules de cuir la chaleur des dalles de l'âtre. « Ces bons à rien auraient dû fixer cette tapisserie avec plus de soin. »

Matthias posa sa chope et lissa sa robe. « Nous sommes tous contrariés par la pluie incessante, Sire, mais ce n'est pas une raison pour tyranniser vos serviteurs. »

Ou me faire perdre mon temps en vains bavardages ! Alexandre garda cette réflexion pour lui. Il savait que s'il endurait la présence de son visiteur sans mot dire, celui-ci finirait par comprendre qu'il souhaitait rester seul.

Il suspendit la louche à côté du foyer puis regagna son fauteuil en veillant à ne pas renverser une goutte du contenu de sa chope. « Je ne les brime pas. L'unique reproche qu'on pourrait m'adresser, c'est d'être laxiste. Ils régissent ce palais à ma place, contrairement à ce qui se passe au Tabernacle où les Auds vont nu-pieds. Non, ne m'accusez pas de manquer d'égards envers eux !

— Les Auds ne sont pas des domestiques, Sire. Et lorsqu'ils reçoivent des sandales, au moins savent-ils les apprécier. » Matthias leva les jambes pour montrer les cals qui s'étaient formés au fil des années où il s'était déplacé sans chaussures. « Croyez-moi, ils ne sous-estiment pas le confort dont ils bénéficient. »

Le roi soupira. Enfants, lui et Matthias avaient fait leurs études ensemble. En tant que cadet, Matthias était destiné à entrer dans les ordres. Alexandre, fils unique, était l'héritier du trône de l'Île Bleue. Le religieux ne laissait passer aucune occasion de souligner ce qui les différenciait.

« J'ai le droit de déranger mes serviteurs afin qu'ils pourvoient à mes besoins quand le temps est inclément, conclut sèchement Alexandre.

— Certes, mais vous remarquerez que c'est la révolte à laquelle votre arrière-grand-père a dû sa mutilation qui est représentée sur la tapisserie en question. »

Un rire fit baisser la tension nerveuse d'Alexandre. La pluie le rendait mélancolique. Elle lui rappelait l'hiver précédent, quand sa seconde épouse avait été victime d'un esprit qui s'était logé dans ses poumons en chevauchant un courant d'air.

Elle lui manquait bien plus qu'il ne voulait l'admettre, même s'il l'avait toujours trouvée trop frêle et taciturne. Elle passait ses soirées assise en face de lui, le laissant méditer pendant que son aiguille bruissait dans le canevas. Quoique moins belles que celles de la mère d'Alexandre, ses tapisseries avaient eu des thèmes plus joyeux.

Il but une gorgée de vin. Les épices et la chaleur estompaient la morsure de l'alcool. S'il préférait l'hydromel et sa douce saveur de miel, il avait souhaité faire plaisir à Matthias. Ils ne servaient pas de vin chaud, au Tabernacle.

« S'il continue de pleuvoir, les récoltes pourriront sur pied », dit le visiteur.

Alexandre soupira, la tête inclinée vers sa chope. Il

ne désirait pas mener cette entrevue comme une réunion du Conseil des Seigneurs, mais il s'y résoudrait si son ami n'en venait pas aux faits et donnait l'impression de vouloir s'éterniser. « Il n'y a que deux jours que le temps s'est dégradé, rappela-t-il.

— L'eau stagne dans les cultures. » Matthias se carra dans son fauteuil et les coussins engloutirent sa frêle silhouette. « Ce matin, un pèlerin m'a dit que tous les champs qu'il a longés depuis le pont de Killeny ressemblent à des lacs.

— Les Auds savent-ils seulement ce qu'est un lac ?

— Seigneur, que vous êtes de méchante humeur ! » Matthias but bruyamment une gorgée de vin.

Alexandre secoua la tête. « Non, je souhaiterais simplement pouvoir me détendre. »

Matthias le dévisagea par-dessus sa chope. Ses yeux bleus pétillaient de malice. « Votre courtoisie m'étonne. Si vous m'aviez déclaré que vous ne vouliez voir personne, j'aurais sur-le-champ regagné le Tabernacle.

— C'est un bien long chemin, sous cette pluie battante. Vous offrir une boisson chaude était la moindre des politesses.

— Je l'ai presque terminée. » Matthias but une autre gorgée, sans plus de discrétion. Il n'avait toujours pas révélé la raison de sa venue. C'était donc une question délicate.

Alexandre décida de le brusquer. « Alors ? Je doute que vous ayez bravé la tempête pour venir me faire part des soucis que vous inspirent les prochaines récoltes. Il s'agit de Nicolas, n'est-ce pas ? C'est pour me parler de lui que vous êtes ici. »

Matthias opina et referma les mains sur sa chope. « Votre fils, Sire, est un guerrier dans l'âme. Chaque jour, il arrive à ses cours avec des estafilades et des cicatrices à tous les doigts. Ces blessures font sa fierté et il accaparerait le temps des Danites en leur narrant comment il les a récoltées si je ne m'empressais pas d'y mettre bon ordre. »

Une autre rafale de vent s'engouffra dans la pièce et secoua la tapisserie. Où était ce maudit serviteur ? Au matin, Alexandre ferait réprimander tout le personnel du rez-de-chaussée. « Je sais qu'il apprécie ses leçons d'escrime. Ce que je voudrais savoir, c'est si l'autoriser à se dépenser a eu un effet positif sur ses études. »

Matthias soupira. « Il est appliqué mais trop enclin à la controverse, Sire. Il prétend qu'il n'existe aucun lien entre la religion et son règne à venir. »

C'était avec la foi, qu'il n'y avait aucun lien. Alexandre serra sa chope afin que la chaleur de l'argile se communique à ses doigts. Il ne savait comment s'y prendre pour expliquer à son fils à quoi lui serviraient des connaissances en théologie. Sans l'appui des rocaanistes, gouverner eût été difficile. Lorsqu'il prenait une décision avec l'aval du Conseil des Seigneurs, les prêtres se chargeaient de faire connaître et appliquer ces mesures grâce à la prière et au pouvoir de persuasion de la religion. Nicolas serait un monarque privé d'autorité s'il ne maîtrisait pas les subtilités des rapports qu'il convenait d'établir entre l'Église et l'État.

« Je lui en toucherai deux mots », promit-il.

La porte s'ouvrit. Un serviteur entra et s'inclina. Un sommeil agité avait ébouriffé ses cheveux gris et il avait en toute hâte enfilé une robe de bure en lambeaux sur son haut-de-chausses. La froidure rougissait ses pieds nus. « Je suis désolé d'avoir tant tardé, Majesté. Mais la pluie a inondé les cuisines et menace l'âtre. »

Dont le feu ne devait jamais s'éteindre. Il servait à faire cuire et mijoter des sauces délicates, ainsi qu'à allumer les autres cheminées du palais.

Alexandre hocha la tête. « Nous subissons ici aussi

une véritable inondation. Il faut fixer plus solidement les tapisseries des fenêtres. *La Révolte des Paysans* s'est détachée et nous nous sommes fait asperger presque toute la soirée. »

Le serviteur se baissa plus encore. « Pardonnez-moi, Sire. Je vais sur-le-champ chercher de quoi la retendre. »

Il ressortit à reculons. Matthias prit sa barrette et s'en coiffa. « Je ferais mieux de vous laisser. »

Alexandre fut surpris par ce qu'il ressentait. S'il désirait rester seul, la réalisation de ce souhait faisait naître en lui un sentiment de solitude. « J'en toucherai deux mots à Nicolas.

— Parfait. » Matthias déplia son corps dégingandé. Ils étaient tous grands dans sa famille, mais certains l'auraient sans doute suspecté d'avoir été engendré par un démon s'il ne s'était pas comporté en dévot dès son plus jeune âge. « Je vous tiendrai informé de tout changement dans son comportement. »

Le serviteur revint avec un maillet et des chevilles. La porte ne s'était pas refermée que Matthias la franchissait en inclinant imperceptiblement la tête, ce qui équivalait pour lui à une révérence. Alexandre le regarda s'éloigner dans le couloir et disparaître. Nicolas pouvait s'estimer heureux d'avoir un tel précepteur. Nul autre Ancien ne se serait adressé au roi pour l'avertir de son manque d'application. Les uns auraient jugé cela sans importance et les autres auraient attendu que Nicolas lui succède pour s'en servir à leur profit. Mais Matthias faisait moins cas de ses avantages personnels que du maintien du *statu quo*.

Le serviteur repoussa la tenture et de l'air frais s'engouffra dans la pièce. Alexandre se leva pour se rapprocher de l'âtre. Il craignait de prendre froid comme sa défunte épouse et, s'il devait connaître ce funeste destin, ce serait à présent. Cette pluie n'était pas naturelle. Il y avait toujours des orages, en été, mais jamais un déluge ininterrompu comparable à celui qui s'abattait sur l'île.

« Le bois est pourri, Sire. L'humidité a désagrégé des parties complètes du cadre.

— Alors, remplace-les », marmonna Alexandre. Peu lui importait que les tapisseries de sa mère se détachent et que le feu des cuisines fût menacé par une inondation. Ce qui le tracassait, c'était le temps. Il redoutait une chose bien plus grave que ces petits incidents domestiques. Une chose dont il n'osait prononcer le nom de crainte de répandre la panique dans tout le royaume.

Ces conditions climatiques étaient inquiétantes. Pendant ses trente-cinq années d'existence la pluie n'avait jamais dissimulé le soleil plusieurs jours d'affilée en cette saison. Il eût envoyé un émissaire consulter les devins de Nye, si les Fey ne s'étaient pas emparés de cette cité au terme de leur invasion du continent de Galinas, un an plus tôt.

Les rocaanistes refusaient d'admettre qu'il était possible de prévoir l'avenir, sauf lorsqu'il s'agissait de visions authentifiées par Dieu. Et il n'y avait pas eu un prophète dans leurs rangs depuis près de cinq siècles. Quand il s'en était plaint à Matthias, son ami lui avait conseillé d'écouter la petite voix qui s'exprimait dans son for intérieur.

Elle lui avait dit que les rois n'étaient pas destinés à prendre seuls des décisions. Il regrettait de ne pas avoir fait venir clandestinement un devin de Nye, deux ans plus tôt. Il aurait ainsi pu révéler à quelqu'un la peur qui le tenaillait, sa conviction irrationnelle que cette pluie était le signe avant-coureur d'un danger bien plus sérieux et redoutable que toux ceux qu'ils avaient déjà affrontés.

CINQ

La cabine puait le renfermé et le moisi. L'empreinte laissée par son corps dans le matelas froid et humide ne s'était pas comblée. Gemme avait très mal dormi et s'était levée avant l'aube. Elle avait toujours un sommeil agité, quand elle devait livrer bataille. Elle s'imaginait déjà dans la mêlée, humant l'odeur du sang et de la peur et assourdie par les ferraillements des épées.

Son père avait dit vrai. Les Fey étaient des guerriers dans l'âme. Elle ne pouvait rester en place, tant son impatience était grande.

Elle avait allumé et suspendu au plafond sa lanterne qui se balançait au gré du tangage et du roulis. Ses oscillations lui donnaient l'impression que les parois se déplaçaient. Par instants, elle eût juré que c'était le cas. Elle avait poursuivi sa croissance depuis qu'ils avaient quitté Nye, un mois plus tôt, et lorsqu'elle s'asseyait au bord de sa couchette, ses genoux effleuraient désormais la cloison en bois brut. Elle devait se voûter pour entrer dans sa cabine et regrettait presque de ne pas être logée dans la cale avec les autres fantassins. Au moins aurait-elle pu se tenir debout en son centre.

Cette gêne disparaîtrait sous peu. À l'aube du jour

suivant, elle serait de retour sur la terre ferme. Elle ignorait si elle regagnerait le navire ou dormirait à même le sol, à la tombée de la nuit. Elle bivouaquerait avec l'infanterie. Ses frères cadets étaient restés à Nye, sous la garde de leur grand-père, et elle n'aurait pas à revenir veiller sur eux chaque soir. Pour la première fois, elle serait un élément à part entière de l'unité à laquelle elle avait été affectée.

Pour la première et dernière fois. Son père la prendrait à ses côtés dès qu'il saurait qu'elle avait eu une Vision. Que son don se fût manifesté la décevait presque. Elle avait espéré avoir le temps d'acquérir une plus grande expérience des combats. Les Visionnaires avaient un statut de chef et leur vie était trop précieuse pour qu'ils la risquent face à l'ennemi. Tout en sachant qu'elle avait d'autres talents, elle eût aimé développer ses aptitudes militaires en tant que fantassin ou espionne.

Elle réunit ses longs cheveux bruns et les ramena par-dessus son épaule pour les tresser avec dextérité. Après avoir enroulé la natte autour de sa tête, elle se coiffa d'un grand béret puis enfila un haut-de-chausses, des bottes et un justaucorps de cuir. Elle couvrit le tout d'une cape en laine façonnée par un tisserand fey renommé. La magie qu'il avait entrelacée dans ses brins repoussait tous les liquides, le sang inclus.

Elle aurait pu rester allongée pour attendre que le navire se faufile entre les Sentinelles de pierre, qu'ils avaient enfin aperçues en cours d'après-midi. Mais l'inaction lui pesait. En outre, elle tenait à être sur le pont quand l'Île Bleue poindrait à l'horizon, le théâtre de sa dernière campagne.

Elle décrocha la lanterne, l'ouvrit et souffla la flamme. L'obscurité eut sur elle un effet apaisant. Elle remit l'objet à sa place habituelle, à côté de la porte, et sortit sur le pont.

La pluie et l'écume des flots agités le rendaient glissant. Elle agrippa fermement le bastingage mouillé pour assurer son équilibre. L'air était vif et la glaçait. Lorsqu'elle passa devant la cabine des Gardiens des sortilèges, de la lumière l'incita à lorgner à l'intérieur. Ils étaient cinq, réunis autour du prisonnier nyeien pour psalmodier les incantations et le plonger dans une transe plus profonde. Les connaissances de ce navigateur étaient d'une importance cruciale, à ce stade du voyage. Sans elles, ils n'auraient pu se faufiler entre les Sentinelles.

Elle emprunta l'escalier du gaillard d'avant, sur lequel s'était trouvé Rugar lorsqu'elle l'avait vu pour la dernière fois. Occupé à peaufiner son plan de bataille il n'aurait pas de temps à lui consacrer, mais elle voulait être à ses côtés alors qu'il organisait sa victoire triomphale.

Quoique consciente du bien-fondé des arguments du Roi noir, la confiance que lui inspirait son père n'avait cessé de croître au cours de cette traversée. Elle ne lui avait à aucun moment parlé de cette expédition et elle participait depuis peu aux offensives, mais croiser le fer lui manquait déjà. Elle tentait d'imaginer ce que devaient ressentir les vétérans. Les Fey étaient avant tout des guerriers. Bien que leur utilité fût incontestable, les Ménagers n'étaient guère estimés. Il fallait avoir une âme de combattant pour être un Fey à part entière.

Son grand-père souhaitait qu'ils attendent quelques années, peut-être une génération, avant de rouvrir les hostilités. S'il obtenait gain de cause, ils perdraient leur identité et deviendraient aussi apathiques et veules que les Nyeiens. Rugar avait raison, il fallait réagir.

Elle atteignit la proue et le vit, entouré par ses lieutenants. La pluie tombait toujours sans discontinuer et elle ne reconnaissait que quelques visages dans la pénombre. Oswel, commandant des fantassins, se dressait près du bastingage. Il n'avait pas de chapeau et une grimace déformait ses traits allongés. Caseo, chef des Gardiens des sortilèges, avait abaissé son capuchon et s'exprimait en levant les mains vers les cieux. Son père, qu'elle voyait de dos, l'écoutait en secouant la tête.

Elle approcha à pas prudents sur le pont gorgé d'eau et se faufila près de lui pour le prendre par la taille. Elle n'était pas censée entendre les propos qu'échangeaient les membres de l'état-major. Elle n'était qu'un soldat, un fantassin privé de pouvoirs magiques, un de ces individus qui servaient uniquement à enfoncer les lignes ennemies pour semer la terreur. Cependant, nul n'eût osé chasser la petite-fille du Roi noir.

La pluie n'avait pas mouillé le manteau de laine de son père mais elle plaquait ses cheveux sur son visage. Gemme avait tant grandi au cours de cette traversée qu'elle n'avait plus à lever le menton pour soutenir son regard. Il avait les lèvres gercées, le nez rougi par le froid. Seuls ses yeux restaient inchangés. Noirs et brillants, en amande... ce qui convenait mieux à ses traits de rapace qu'à ceux plus doux des autres Fey. Elle avait cessé de le trouver très grand depuis qu'elle l'avait rattrapé – Caseo les surplombait – mais il paraissait les dominer.

Il la prit à son tour par la taille.

Caseo la lorgna et se renfrogna, avant de fixer Rugar pour lui faire comprendre qu'elle était de trop. Son père la serra contre lui, ce qui levait toute équivoque. S'ils se considéraient supérieurs aux autres Fey, les Gardiens n'auraient rien pu accomplir sans les talents des Visionnaires. Et ils étaient eux aussi des sujets du Roi noir et de sa famille.

Ce fut Hanouk, la Maîtresse des éléments, qui reprit la discussion en cours. « Nous ne pouvons tout minuter avec précision, Rugar. » Son seul vêtement était une fine chemise qui révélait sa peau modelée par ses côtes et ses clavicules. Les forces de la nature avaient à tel point flétri son cou et son visage qu'elle paraissait quatre fois plus âgée qu'elle ne l'était. « Vous devez laisser revenir le beau temps quand nous sommes encore au large ou attendre son retour après avoir touché terre. »

Les crépitements de la pluie couvrirent en partie le soupir de Caseo. « La visibilité est trop réduite. Le Nyeien est terrifié. Avant d'être envoûté, il affirmait qu'il ne pourrait nous guider entre les Sentinelles sans une carte plus récente.

— J'ai assisté à son interrogatoire, rappela Rugar. Il a navigué de Nye à l'Île Bleue depuis l'adolescence. Il connaît le chemin.

— Ses souvenirs ont un an...

— C'est un Nyeien, intervint Oswel. Il ne nous mentirait pas.

— Certes, admit Caseo. Il ne risque pas de nous induire volontairement en erreur. Néanmoins, les courants ont pu se modifier. Les insulaires ont peut-être installé des pièges entre les écueils après que nous nous sommes emparés de Nye. Nul port n'est aussi bien protégé, Rugar. Nous irons par le fond à la moindre fausse manœuvre.

— Nous ne coulerons pas », rétorqua Rugar. Il affermit sa prise sur la taille de sa fille. « Les insulaires sont isolés. Ils se croient en sécurité et s'imaginent que nul ne peut arriver jusqu'à eux sans leurs précieuses cartes. Ils ne savent sur nous et nos pouvoirs que les rumeurs glanées en pratiquant des échanges avec les Nyeiens.

— Nous ne savons rien d'eux, nous non plus, rappela Oswel.

— Seulement qu'ils n'ont pas livré une bataille depuis au moins dix générations. » Gemme s'était exprimée sur un ton décidé, comme son père. « Nous sommes un peuple de soldats. Nous devrions entamer les préparatifs du festin que nous organiserons pour célébrer notre victoire plutôt que de parler de ces gens avec crainte.

— Ce qui est inconnu inspire toujours plus d'appréhension que le reste, concéda Rugar. Mais Gemme marque un point. Nous ne pouvons aller nous battre en laissant l'angoisse s'installer dans nos cœurs. » Il se tourna vers Hanouk. « Nous arriverons sous le couvert de la pluie et des ténèbres, comme prévu. Le temps d'expédier les navires dans les Terres d'ombre, le ciel se sera dégagé.

— Naviguer sans visibilité ne m'emballe guère, marmonna Caseo. Laissez au moins les marins faire leur travail. »

Gemme sentit son père se raidir, ce qu'elle fut probablement la seule à remarquer. « Croyez-vous que je mettrais la flotte en danger en m'abstenant de les envoyer aux points stratégiques ? Est-ce le fond de votre pensée, Caseo ? »

Le Gardien fourra ses mains dans les poches de sa robe. De l'eau gouttait de l'arête de son nez. « J'ai supposé que vous comptiez sur le Nyeien et mes semblables pour fournir des instructions aux navigateurs. Vous n'avez à aucun moment mentionné les marins. »

Gemme mordilla sa lèvre inférieure, pour ne pas réagir. Elle n'avait jamais entendu contester les décisions de son père, mais elle n'avait encore jamais assisté à une réunion du haut commandement.

« Je n'ai pas à soumettre mes plans à votre approbation, lança Rugar. Seulement à vous dire ce que vous devez savoir.

— Alors, utiliserez-vous les marins ?

— Je l'ai fait tout au long de cette traversée. Ils nous

rendent des services inestimables depuis un millénaire et je n'ai aucune raison de me passer d'eux à présent. » Il rejeta sa tête en arrière et les gouttes qui perlaient sur son visage lui donnaient un air farouche. « Soyez certain, Caseo, qu'il ne me viendrait jamais à l'esprit de confier notre destin uniquement à vos semblables.

— Notre loyauté sera indispensable à la réussite de cette expédition.

— Laisseriez-vous entendre que vous n'êtes pas dévoués corps et âme à mon père ?

— Le Roi noir s'est opposé à vos projets.

— Il a armé notre flotte. »

Hanouk prit Caseo par le bras. « Vous quereller avec le prince est insensé. Vous avez un rôle à jouer tout autant que nous tous. Ayez confiance en notre commandant. Il a raison. Ces gens ne savent rien de la guerre. Nous ferons ripaille dans leur palais avant la tombée de la nuit. »

Le Gardien ne quittait pas Rugar des yeux. « Au cours des précédentes campagnes, votre père m'a toujours tenu informé de ses décisions.

— Je ne le conteste pas. Et vous savez tout ce que vous devez savoir. »

La pluie crépitait sur le pont et les flots. Ils franchirent la crête d'une vague et le gréement gémit, les membrures craquèrent. Au-delà de Gemme, un rocher changea de statut et cessa d'être une simple silhouette estompée par les ténèbres pour devenir un obstacle miroitant d'humidité qui les surplombait de façon menaçante.

« J'espère que vous avez demandé aux Puissances de nous envoyer des guides des abysses, fit Caseo. Car si nul être vivant ne réside dans les parages nous ne devrons compter que sur nos capacités.

— Et les souvenirs d'un Nyeien, rappela Oswel.

— Il ne nous sera plus utile longtemps. Nous avons dû pénétrer si loin dans son esprit qu'il l'aura perdu au matin. »

L'eau ruisselait derrière l'oreille de Gemme et coulait sous son manteau. Elle eut un frisson, et un étourdissement. Les cieux s'éclaircirent et elle vit un visage s'esquisser au-dessus d'elle. L'homme avait des sourcils droits, de longs cheveux blonds, des traits carrés. *Orma lii*, dit-il avant de répéter à plusieurs reprises un mot différent. Il l'étreignait et la berçait. Elle lui sourit, car il lui était devenu familier en dépit de son étrange aspect.

Son front était brûlant. « Est-ce que ça va ? » lui demanda Rugar. Elle n'avait jamais enduré une aussi vive souffrance. « Gemme ! »

Un bras enserrait sa taille. Les ténèbres se refermaient sur elle. La pluie oblique la glaçait. La fermeté de la prise de son père lui indiquait qu'il voulait l'empêcher de tomber. Les autres la dévisageaient.

« Gemme ? Est-ce que ça va ? »

Elle avait eu une nouvelle Vision. Ou la même. Cependant, elle souhaitait participer à une dernière bataille. Elle le désirait tellement ! Sitôt après, elle lui révélerait tout et prendrait place à ses côtés en tant qu'héritière en second du Trône noir.

« Je me sentirai mieux quand la pluie s'interrompra », dit-elle.

Tous rirent, y compris Rugar, mais il n'y avait pas la moindre gaieté dans ses yeux. Il savait qu'un fait important venait de se produire. Il l'interrogerait tôt ou tard à ce sujet. Après s'être rendu maître de l'Île Bleue, espérait-elle.

Il reporta son attention sur son état-major. « Quand le beau temps reviendra, tous les habitants de cette contrée pourront constater que nous sommes arrivés. »

SIX

Le Rocaan s'éveillait chaque matin avant l'aube, enfilait une vieille robe élimée et allumait une chandelle. Sous sa faible clarté tremblante, son logement encombré semblait aussi dépouillé que la cellule qu'il avait partagée lorsqu'il était un Danite attendant son premier poste, cinquante ans plus tôt. Il restait nu-pieds malgré les rhumatismes qui incitaient les Anciens à l'implorer de s'adresser à un médecin. Il s'éloignait ensuite sur l'épais tapis en direction de l'escalier de pierre et ses souffrances s'estompaient avant qu'il l'atteigne.

Ce jour-là, se lever avait été pénible. La pluie martelait la façade du Tabernacle et ses articulations le tourmentaient plus encore qu'à l'accoutumée. Pour s'extraire de son lit, il s'était promis de s'octroyer une pâtisserie supplémentaire au petit déjeuner. Ce fut seulement après avoir allumé la bougie et suivi sa flamme minuscule vers le haut des marches qu'il prit conscience que faire ses dévotions ne suffisait plus à le motiver. Cette pensée l'affligeait. Il devrait aborder ce sujet dans les prières qu'il adresserait au Très Saint.

Il ouvrit la porte sur un couloir brillamment éclairé.

Ici, la clarté des lampes était vive. On avait remplacé leurs mèches et fait le plein de combustible. Plus il prenait de l'âge, plus il bénéficiait de telles attentions. Les Anciens tentaient de compenser les gênes de la vieillesse par du confort.

Les moellons du mur disparaissaient sous une couche de badigeon renouvelée chaque semaine. Le tapis rouge avait été tissé par les Auds des marais de Kenni, avec des laines importées de Nye réputées pour leur épaisseur, leur douceur et leur cherté. Même les luminaires étaient des œuvres d'art aux réservoirs d'huile en or sculpté et aux manchons en verre précieux.

Il traversa rapidement la zone illuminée et emprunta un autre escalier. Il y avait proscrit toute décoration. Le sol de roche que d'innombrables passages avaient poli au fil des siècles était glacial et familier. Il se servait de sa main gauche pour assurer son équilibre pendant qu'il descendait les étroites marches en tendant la droite devant lui afin d'éclairer son chemin.

Le temps d'atteindre le dernier degré, la froidure avait réveillé ses rhumatismes et rougi son visage. Ce n'était qu'en ce lieu qu'il se sentait revivre... comme si le luxe lui faisait oublier ses aspirations spirituelles. Il avait besoin de dénuement et de privations pour retrouver l'exaltation que procurait la foi.

L'escalier donnait accès à un couloir exigu de l'ancienne église. La cathédrale palatiale du Tabernacle avait été érigée autour d'une chapelle n'ayant contenu qu'un autel, un encensoir et un agenouilloir : un simple coussin qui permettait aux dévots de se sentir plus proches de leur Dieu. On devait au trente-cinquième Rocaan la seule modification apportée à cette salle aux murs de pierre nue. Trois siècles plus tôt, il avait fait percer une fenêtre pour se défendre des assiégeants qui voulaient l'expulser.

Le Rocaan actuel avait découvert la chapelle peu après son entrée en fonctions. Elle était restée scellée pendant des générations et il l'avait rouverte, nettoyée et rendue à sa simplicité d'antan. Il n'avait qu'à pousser sa lourde porte de bois pour revoir son agenouilloir, le petit autel sculpté et l'encensoir. Il avait fait commander par les Anciens une tapisserie de la vie du Roca et suspendu au mur une épée d'argent, la pointe en bas, pour commémorer sa mort et son Absorption dans la Main de Dieu.

La pièce était glaciale et sentait le moisi et la saumure. L'humidité imbibait le tissu qui gouttait sur le sol. Une grande flaque s'étendait du seuil à l'agenouilloir.

Il soupira. Il avait agencé les lieux afin de conserver un lien avec la foi privée d'artifices qu'il avait connue lorsqu'il était un Danite, et aussi longtemps que la pluie continuerait de tomber il retrouverait en outre l'inconfort de sa jeunesse. Quand il monterait prendre son petit déjeuner, il demanderait aux Anciens de faire remplacer la tenture. Le beau temps reviendrait avant que les tisserands ne l'aient terminée.

Il contourna le filet d'eau et cala sa chandelle dans le bougeoir, serra les dents et marcha dans la flaque.

Elle était si froide que la souffrance grimpa de ses pieds à ses jambes et qu'il manqua crier. En remontant l'ourlet de sa robe pour ne pas le tremper, il gagna la fenêtre et écarta la tenture. Gorgée d'eau, elle lui parut trois fois plus épaisse que d'habitude. C'était elle qui dégageait cette odeur de moisi.

La pluie cinglait obliquement la façade de l'immeuble et son visage. Les ténèbres étaient si denses qu'il ne discernait même pas le fleuve en contrebas. Quand l'aube se lèverait, si elle se levait, de lourds nuages dissimuleraient le soleil. La veille, il avait cherché dans les archives des références à un été comparable. Jamais, au cours des siècles écoulés depuis qu'on consignait de telles informations, l'Île Bleue n'avait été plongée aussi longtemps dans la pénombre par une pluie incessante.

Certains Auds murmuraient que le Très Saint manifestait ainsi le courroux que lui inspirait la corruption des hauts dignitaires de l'Église. Le Rocaan estimait quant à lui que s'Il avait eu des raisons de s'offusquer c'était à l'époque de son prédécesseur qui avait fait passer son bien-être matériel avant le bien-être spirituel du peuple.

Les traditionalistes voyaient dans cette pluie un signe annonciateur du Jugement dernier. Ils étaient convaincus que le monde s'enfoncerait dans les ténèbres jusqu'au moment où le Très Saint, dans son infinie compassion, ferait venir à lui tous les croyants en procédant à une Absorption finale.

La veille, le Rocaan avait réuni les Anciens afin qu'ils lui fassent part de leur avis sur la question. Fedo avait utilisé sa connaissance de la Révélation écrite et orale pour soutenir que cette tourmente n'était qu'une des nombreuses plaies qui s'abattaient sur eux pour mettre leur foi à l'épreuve. Porciluna avait utilisé sa connaissance de la Révélation écrite et orale pour démontrer que c'était un miracle depuis longtemps promis par Dieu. Et Matthias – que son âme d'hérétique soit bénie – avait suggéré sans faire la moindre référence à son érudition que cette pluie inexplicable, pénible à supporter et irritante, n'était peut-être due qu'aux caprices du temps.

En son for intérieur, le Rocaan partageait son opinion. Il avait pour principe de ne pas attribuer à des causes surnaturelles ce que le simple bon sens permettait d'expliquer.

L'eau ruisselait sur son visage et imbibait le plastron

de sa robe. Il laissa retomber la tapisserie détrempée. Ses pieds étaient gourds. Il pataugea dans la flaque pour aller s'arrêter devant l'autel, le temps d'allumer un bâtonnet d'encens, puis il s'agenouilla et tressaillit en sentant le tissu humide du coussin s'enfoncer en gargouillant.

Il baissa la tête pour réfléchir aux événements du jour précédent. Il avait cru autrefois ce qu'on enseignait aux enfants : que le Très Saint entendait toutes les prières exprimées d'une petite voix posée et les retransmettait à la vitesse de l'éclair jusqu'à l'Oreille de Dieu. Au fil des ans, s'en convaincre s'était avéré de plus en plus difficile. Il Lui avait adressé maintes prières d'une petite voix posée, ou forte et coléreuse, sans jamais recevoir de réponse. Il se représentait parfois les Divinités assises devant la Flamme Éternelle, avec le Roca recroquevillé dans la Main de Dieu et le Très Saint près de Son Oreille, riant des requêtes des simples mortels.

Ce n'était pas une pensée qu'un Rocaan pouvait confier au Très Saint afin qu'il la porte jusqu'aux cieux. Il baissa plus encore la tête et fit un nouvel essai. Les atours dont on parait les balbutiements de la foi ne dissimulaient pas les années de désenchantement. Même l'odeur douce et épicée de l'encens ne permettait pas de raviver la joie qui l'avait transporté lorsqu'il n'était qu'un Danite prêchant la Révélation écrite et orale aux fidèles réunis le long du Cardidas.

Il eût aimé retourner sur les berges de ce fleuve et s'entretenir avec la vieille femme qui l'avait abordé au cours de sa première année de ministère. Elle était venue vers lui après qu'il eut célébré les matines, les traits ratatinés par les ans et la bouche plissée par la perte de ses dents.

Vous nous demandez de consacrer nos vies au Très Saint, avait-elle chevroté. *Et vous dites qu'Il nous apportera en échange la sérénité et la joie. Je Lui voue mon existence depuis l'enfance et je n'ai connu que des afflictions. Affermissez ma foi avant que je ne me détourne de l'Épée, respectable religieux.*

Sa réponse avait été pitoyable, il en avait été conscient. *Ma sœur, il vous suffit de croire pour que la sérénité et la joie s'installent dans votre cœur.*

Il ne comprenait qu'à présent son désespoir. Le réconfort était peut-être inaccessible en ce bas monde. La plupart des gens mouraient avant d'en bénéficier et les vieillards étaient encore plus mécontents de leur existence. Les Auds et les Anciens ne s'étaient-ils pas mépris sur le sens de la Révélation ? Ne trouvait-on pas la paix de l'âme qu'après le trépas ? Il craignait au tréfonds de son être qu'elle ne soit accessible qu'à ceux qui étaient Absorbés.

Alors qu'il n'y avait pas eu une seule Absorption depuis celle du Roca.

Le froid s'était propagé de ses genoux à ses cuisses et son aine. En dépit de ses frissons, il resterait agenouillé tant qu'il n'aurait pas d'une manière ou d'une autre communié avec le Très Saint.

Son cou s'ankylosait et la pluie redoublait de violence contre la tapisserie. Le célébrant qui l'avait oint pour faire de lui un Danite avait peut-être eu raison. *Nous devons nous offrir au Très Saint, avec toutes nos faiblesses. Il transmet tant nos joies que nos peines jusqu'à l'Oreille de Dieu. Mais il faut garder à l'esprit que la souffrance est notre fardeau et qu'Il n'a jamais promis de nous en soulager.*

La fumée de l'encens devenait irrespirable. Il toussa et s'essuya les mains sur sa robe. Il y avait tant d'eau dans le coussin de l'agenouilloir qu'elle pénétrait dans les fibres de ses vêtements.

À quel stade Dieu permettait-il aux hommes

d'oublier les tourments de la chair et d'atteindre la piété ? Le Rocaan était âgé. Un jour, la froidure qui le cernait deviendrait permanente. Affaibli et malade, il finirait par s'éteindre. Tous mouraient et nulle prière n'y pouvait rien changer. Même le Roca était mort, d'une certaine façon, lorsqu'il avait été Absorbé tant de siècles plus tôt.

Il crut discerner des voix charriées par le vent et les craquements et gémissements de gros navires. Il soupira. L'aube approchait, bien trop rapidement. Il n'avait pas eu le temps de trouver la sérénité auprès de son Dieu. Les plaintes se poursuivaient, soulignées par les clapotis des vagues contre une coque. Il entendrait sous peu des débardeurs discutailler du meilleur endroit où entreposer le fret et ne pourrait plus se concentrer.

Les débardeurs ! Il interrompit ses méditations pour penser aux oubliés du Très Saint. Il s'était entretenu avec les Anciens des difficultés des marins. La moitié d'entre eux n'avaient plus de travail depuis l'interruption des échanges commerciaux avec Nye. Les dockers en étaient encore plus durement affectés.

Il se leva, et ses jambes tremblaient sous sa fine robe détrempée. Les voix étaient légères, différentes des cris et des jurons qui troublaient habituellement ses dévotions. Il se retint à l'autel afin de se stabiliser et regagna en pataugeant la fenêtre pour écarter la tapisserie.

Il pleuvait toujours à verse et l'eau ruissela sur son visage, coula sous son vêtement. L'obscurité semblait encore plus profonde. Il cala ses paumes sur la pierre mouillée de l'appui et se pencha à l'extérieur. Il regarda le ciel et ne vit qu'une multitude de gouttes illuminées par sa chandelle. La couverture nuageuse était si dense que nulle clarté n'y filtrait. Un vent d'ouest régulier se chargeait de conduire jusqu'à Jahn tout voilier ayant atteint l'embouchure du Cardidas. Les craquements étaient désormais plus sonores mais il n'apercevait dans la pénombre ni le navire ni ses feux.

Ses mains et ses pieds s'engourdissaient. S'il y avait un bateau en contrebas, son capitaine n'aurait qu'à lever les yeux pour le voir posté à la fenêtre tel un enfant curieux. Une pensée qui l'angoissa.

Il laissait la tapisserie retomber quand un son lui remémora sa jeunesse, les jours où son père l'emmenait pêcher avec lui. Le cri modulé d'un homme qui s'adressait à ses compagnons sans employer des mots. Un ululement censé reproduire l'appel d'un animal, même s'il n'en évoquait aucun de connu. C'était un signal convenu pour une action convenue, et nul capitaine de navire marchand n'eût utilisé un tel code.

Le Rocaan serra fermement sa bougie et alla la poser dans le couloir, loin du ruisselet qui s'y formait. Puis il revint dans la pièce et referma la porte derrière lui. Il attendit de s'être accoutumé à l'obscurité pour retourner à la fenêtre.

Il écarta la tapisserie et attacha l'embrasse avant de regarder le fleuve en contrebas. Il entendait des clapotis et des murmures, des propos dont le sens lui échappait même lorsqu'il se concentrait. Les yeux mi-clos, il discerna à perte de vue des douzaines de mâts, comme s'il y avait là une armada spectrale.

Il en aurait été informé, si une flotte avait mis le cap sur l'Île Bleue. Il aurait chargé des Auds de subvenir aux besoins matériels des visiteurs, des Danites de pourvoir à leurs besoins spirituels, des célébrants d'établir des rapports officiels avec l'Église et – si ces étrangers avaient quelque importance – des Anciens d'établir des relations diplomatiques. Non, tout ceci était différent. Il n'aurait pu dire à quel point. Il devait solliciter l'avis d'un tiers. Un individu digne de confiance et exempt de tout préjugé.

Il laissa la tapisserie ouverte et ressortit. Marcher sur des pieds qu'il ne sentait plus était étrange. Il ne remarqua qu'ils avaient bleui que lorsqu'il se pencha pour récupérer la chandelle. Il n'aurait pu quoi qu'il en soit rester plus longtemps en ce lieu. Il n'était pas dans les volontés de Dieu qu'un homme perde ses membres inférieurs en poursuivant la quête de la grâce. Il dut se retenir au mur pour gravir l'escalier. C'était encore plus nécessaire que pour la descente, car ses extrémités engourdies ne l'informaient plus de la hauteur des gradins. Arrivé dans le couloir, il remit la bougie à un des gardes.

« Allez chercher Matthias l'Ancien, et vite », ordonna-t-il avant d'entrer dans ses appartements.

Conformément à ses instructions, on avait allumé un feu dans l'âtre et déposé à côté un plateau. Il regarda le lait de chèvre venant d'être trait et mordit un des petits pains que les serviteurs faisaient cuire chaque matin. Il était encore chaud et pâteux en son centre, comme il l'aimait. Puis il retira sa robe et la laissa choir pour enfiler celle en velours rouge magnifique de sa charge et profiter de sa douceur et de sa tiédeur. Il s'assit sur les pierres de l'âtre et tendit les jambes vers les flammes. Les fourmillements se changèrent en souffrance sitôt que ses pieds se réchauffèrent. Il les toucha et fut surpris que l'épiderme fût si froid alors qu'au-dessous la chair était brûlante. Il les comprima, comme pour exprimer le suc de la douleur.

On frappa à cet instant.

Il soupira et se recula du feu, s'installa dans son fauteuil et posa les pieds sur le sol. Il s'essuya les yeux, déglutit et fit abstraction de la torture pour dire : « Entrez ! »

La porte s'ouvrit sur Matthias. Il était déjà irréprochable, dans sa tenue noire fraîchement repassée. Sa robe bruissait à chaque pas et s'il avait fait des concessions à l'heure matinale c'était en s'abstenant de mettre sa large ceinture et sa barrette. Mais il s'était peigné et rasé.

« J'espère, Saint Père, qu'il ne s'est rien produit de fâcheux, dit Matthias sur un ton plus désinvolte qu'interrogateur.

— Je l'espère également », répondit le Rocaan. Il serra les dents. Il était en proie à des élancements tantôt sourds, tantôt violents. « J'aimerais que vous descendiez dans ma chapelle, regardiez par la fenêtre et reveniez me décrire ce que vous avez vu. »

Matthias inclina la tête. Il était jeune, le plus jeune des Anciens, et sa peau était toujours tendue et sans rides. « Et à quoi dois-je m'intéresser, plus exactement ?

— Je vous le dirai à votre retour, pour ne pas vous influencer. Il se peut qu'il n'y ait plus rien à votre arrivée. Ne perdez pas votre temps, en ce cas. »

Matthias se renfrogna et joignit les mains devant lui. Sa robe noire d'Ancien était également en velours. Les hauts dignitaires de l'Église semblaient estimer qu'un tel confort leur était dû. Chaque fois que le Rocaan envisageait d'y mettre bon ordre, il ne pouvait se résoudre à renoncer au lit douillet, au feu matinal et aux autres petits plaisirs de son existence.

Matthias n'était pas pressé d'exécuter ses instructions et il décida de l'aiguillonner.

« Une dernière chose. Laissez toute source de lumière à l'extérieur. Vous devrez progresser à tâtons dans le noir, je le crains.

— Entendu. » Matthias baissa la tête. Il sortit à reculons, lentement. Le Rocaan attendit que la porte se fût refermée pour gémir. Si la souffrance s'atténuait, elle l'avait durement éprouvé tout au long de cet entretien.

Seuls ses orteils le tourmentaient encore. Il leva un pied et le massa, avant de s'intéresser à l'autre et de remarquer avec soulagement qu'il rougissait. Ses extrémités n'étaient pas livides, comme il l'avait redouté. Il avait vu sur trop de Danites cette nuance malsaine annonciatrice de gangrène.

Il mordit son petit pain et but une gorgée de lait. La douleur s'estompait mais son agitation croissait. Il n'avait pas terminé ses dévotions matinales. Néanmoins, il y avait longtemps qu'il n'avait pu trouver la paix de l'âme. Ce qui avait interrompu ce jour-là ses prières avait simplement eu un effet déstabilisateur plus prononcé.

Il inclina la tête en arrière et entendit dans le couloir des pas plus rapides que la fois précédente. Bien qu'attendu, le coup sec frappé à la porte le fit sursauter. La hâte de Matthias démontrait qu'il n'avait pas été victime d'une hallucination. Il y avait effectivement des navires dans le port.

« Entrez. »

L'Ancien pénétrait déjà dans la pièce. Il referma le battant avec soin puis dévala la courte volée de marches. « Des bateaux, dit-il. Des douzaines. Dois-je faire mander le capitaine de la Guilde portuaire ? »

Le Rocaan massa l'arête de son nez avec son pouce et son index pour tenter de dissiper un début de migraine. « Avant toute chose, décrivez-moi ce que vous avez vu.

— Il m'a fallu quelques instants, dans cette obscurité. Le sol est inondé.

— C'est la pluie.

— Puis j'ai aperçu des mâts et je me suis concentré pour discerner les bâtiments eux-mêmes. Ils ne viennent pas de Nye. Je n'en avais jamais vu de pareils. Et il n'y avait aucun bruit, à l'exception de propos échangés à voix basse.

— Quelle était leur teneur ?

— Je n'ai rien pu comprendre.

— Moi non plus. » Le Rocaan baissa la main et rouvrit les paupières. Le visage de Matthias s'était empourpré et ses yeux brillaient d'exaltation. Le Rocaan soupira. « J'estime qu'il faut en informer le roi.

— Saint Père ? »

Le Rocaan montra de l'irritation. Devait-il expliquer ce qui était évident ? Matthias avait pourtant un esprit assez vif pour être conscient du problème. « Nul n'a été averti de l'arrivée de ces navires. J'en conclus que nos visiteurs ne sont pas animés de bonnes intentions. »

Matthias secoua la tête.

« C'est impossible. Personne ne pourrait atteindre l'Île Bleue sans un guide.

— Si c'était exact, nous ne serions pas ici. »

Matthias recula d'un pas et s'assit dans un fauteuil proche du lit, incapable de rester debout plus longtemps. « Que peuvent-ils nous vouloir ? »

Il avait posé cette question d'une voix songeuse, comme s'il s'adressait à lui-même, mais le Rocaan décida d'y répondre. « Notre contrée est une des plus riches du monde. Ils ne pouvaient y renoncer. »

Matthias riva sur lui un regard perçant. « Vous savez de qui il s'agit.

— Disons que j'ai des soupçons. Les Nyeiens naviguent dans les parages depuis des siècles et ont encore besoin d'aide. D'autres marins ont tenté de venir jusqu'à nous et leurs navires se sont abîmés contre les Sentinelles de pierre ou ont été emportés par les courants. Mais il existe un peuple qui n'a jamais essayé de nous envahir et qui s'est emparé de Nye.

— Les Fey, murmura Matthias.

— Tout juste, confirma le Rocaan avec plus de calme qu'il n'en ressentait. Et si les récits les concernant sont dignes de foi, ce sont des guerriers redoutables. Il faut avertir le roi, et sans tarder. »

Matthias hocha la tête et se leva. Il se dirigea d'un pas rapide vers l'escalier puis s'immobilisa. « Même si ce sont les Fey... Nous réussirons à les repousser, n'est-ce pas ?

— Avec l'aide de Dieu », murmura le Rocaan en croisant les mains sur son ventre. Matthias quitta précipitamment la pièce, satisfait de cette déclaration.

Contrairement à son auteur qui contemplait la porte close. « Non, Matthias, chuchota-t-il comme s'il n'avait pas répondu à la question. Ces gens sont des soldats alors que nous sommes des fermiers. Ils nous massacreront avant que nous ayons eu le temps d'apprendre à nous défendre. »

SEPT

Le Cardidas avait près d'une lieue de large à l'emplacement du port naturel de Jahn. Bien qu'il en eût été informé avant son arrivée, Rugar était sidéré par l'immensité de ce fleuve. Emportés par un fort courant, ses flots devaient charrier du limon à la teneur en cuivre élevée car ils étaient brunâtres. Le pont qui l'enjambait était un prodige d'architecture. Des tours s'y dressaient à quelques aunes d'intervalle et les arches étaient assez hautes et larges pour autoriser le passage des navires. Même estompé par la pénombre et la pluie, cet amer était impressionnant.

Mais il n'en avait nul besoin car la ville s'élevait de tous côtés, regorgeant de points de repère. S'il n'avait pu constater sur la carte que le palais se situait sur la berge nord du fleuve et les édifices religieux au sud, il eût cru que le monarque local avait deux résidences. Le Tabernacle était le bâtiment le plus remarquable avec ses cinq tours et ses murs de pierre blanche qui se découpaient dans les ténèbres. Et il était bien plus proche des flots, alors qu'il discernait à peine le palais royal sous la pluie battante.

L'air avait perdu la salinité du large à laquelle il

s'était accoutumé pendant la traversée. Sa fraîcheur emplissait ses poumons et lui insufflait de la vigueur. Il se sentait prêt à s'emparer de cette ville. Ses troupes s'y dispersaient déjà. Il avait assisté au départ de l'unité de Gemme et vu sa fille se dresser fièrement au milieu de ses compagnons, encore plus martiale que les autres.

Ce serait sa dernière bataille. Ils en étaient conscients. Elle n'avait fourni aucune précision sur l'incident qui s'était produit à proximité des Sentinelles de pierre, mais il savait qu'elle avait eu une Vision. Elle était entrée en possession de son héritage.

Rugar se tenait toujours à la proue du navire, où il s'était posté à leur arrivée. Il avait surveillé son armée, ses hommes qui s'éloignaient sous le couvert des ténèbres pour gagner des points stratégiques d'où ils s'empareraient rapidement de la cité au lever du soleil. Dans peu de temps, désormais. Très peu de temps.

Près de lui, les navigateurs étaient venus rappeler les marins qui les avaient guidés entre les Sentinelles, d'énormes rochers trois fois plus hauts que les navires. Il avait eu l'impression de flotter sur un nuage cernant les pics d'une montagne au lieu de couvrir l'océan. Par instants, ils n'auraient eu qu'à tendre le bras pour toucher ces murailles de pierre. Il avait fait le nécessaire pour s'assurer que tout se passerait sans incidents. Il avait mis à contribution ses facultés intellectuelles et non la magie qui ne lui permettait pas de se substituer à un marin. Il avait guetté le moindre mouvement, toute anomalie annonciatrice d'un danger.

L'esprit du Nyeien s'était désagrégé sous les assauts des Gardiens qui avaient dû ressortir leurs vieilles cartes. Peu après, un marin avait localisé des créatures craintives mais prolixes qui avaient déclaré s'appeler des Ze et bien connaître les courants. Les navigateurs les avaient signalées à leurs congénères et ils avaient réussi à passer sans une éraflure... grâce aux Ze, aux marins et aux anciens documents.

Les marins étaient vautrés sur le bastingage. Leurs esprits habitaient toujours des Ze et les navigateurs avaient fort à faire pour les inciter à regagner leur corps. Rugar massa ses mains gercées et rougies. Il avait besoin d'informations supplémentaires.

Il alla vers le navigateur le plus proche, un certain Kapad qui avait pris la mer avant même qu'il ne fût, quant à lui, admis dans l'infanterie. Cet homme qui assurait la liaison avec deux marins avait des yeux caves et une peau parcheminée, des sourcils argentés qui remontaient sur les côtés et des cheveux bruns. Son poing droit balafré était crispé sur la manche d'un des marins.

« Ne le ramène pas tout de suite, fit Rugar. J'ai une question à lui poser. »

Kapad cilla et finit par hocher la tête. La lenteur des réactions de ses semblables irritait toujours Rugar. Il savait pourtant qu'il devait répéter ses instructions aux membres de son équipe.

« Je veux savoir quelle magie protège le port de Jahn. » Il essuya la pluie qui ruisselait sur son visage. « En fait, je veux que ce poisson nous décrive tous les sortilèges dont il a été témoin. »

Kapad cilla encore et opina. Il resta un long moment immobile puis déclara : « Il l'interroge.

— Merci. » Les mains dans le dos, Rugar s'armait de patience. Les Nyeiens affirmaient qu'il n'y avait pas un seul sorcier parmi les insulaires, mais les signes révélateurs de leurs activités avaient pu leur échapper. Il voulait se prémunir contre toute mauvaise surprise. Les Gardiens jugeaient improbable que la population de l'Île Bleue maîtrise la magie. Bien que cet art fût peu répandu hors de leur cercle – les Fey n'avaient rencontré que quelques personnes qui possédaient ne fût-ce qu'une once de ce talent au cours de leurs conquêtes – il était plus prudent de s'en assurer.

Le marin le plus proche resta immobile mais celui qui se trouvait du côté opposé recula en titubant, les paumes plaquées sur le visage. Il s'effondra dans les flaques qui couvraient le pont, en soulevant des gerbes d'eau. La décoloration de sa peau brune était malsaine et il avait les traits tirés. Le navigateur qui avait guidé son esprit jusqu'à son corps prit ses mains dans les siennes et lui parla à voix basse. Il était rare que des marins assurent d'aussi longues permanences. Ceux-ci étaient prostrés sur le bastingage depuis le milieu de la nuit. Habituellement, ils travaillaient par équipe de deux et changeaient fréquemment d'hôtes pendant la traversée.

Mais les Ze étaient une nouveauté pour les navigateurs qui leur avaient demandé de ne pas les quitter jusqu'à l'arrivée.

Kapad se renfrogna et s'appuya à la rambarde.

« Seigneur ? » Il articulait chaque syllabe comme s'il s'adressait à lui tout en écoutant les propos d'un tiers. « Les Ze affirment n'avoir jamais rien vu d'inexplicable dans les parages. »

C'était ce que Rugar avait espéré entendre, mais il n'osait le croire. « Absolument rien ?

— Ils n'ont pas réagi aux images que nous leur avons adressées. Ils ont interrogé leurs congénères ainsi qu'une otarie et son enfant, des loutres et des poissons de passage. Aucun n'a été témoin d'un événement sortant de l'ordinaire. Si je ne m'étais pas entretenu avec eux, ils auraient estimé de telles choses impossibles. »

Rugar sourit. Les Nyeiens n'avaient donc pas menti. Il jeta un coup d'œil au palais que la distance délavait et privait de substance. Il dînerait dans sa plus haute tour, d'où il surplomberait la mer. « Merci », dit-il. Il aurait toutefois un emploi du temps très chargé avant de pouvoir savourer ce repas.

Il se pencha sur le bastingage et regarda le secteur nord du port. Les quais où étaient amarrées des embarcations en tout genre – un éventail allant des chalutiers à d'énormes chalands – s'alignaient sur le pourtour du bassin. Les fermes piscicoles, les entrepôts et les silos à grains n'étaient que des formes grisâtres à la périphérie de la cité où se répandaient ses hommes, une force égale au tiers de la population.

Il agrippa l'échelle de coupée et descendit. Tout était humide et il était normal que ses semelles dérapent sur les barreaux. Il sauta sur le quai et tressaillit quand le claquement de ses bottes couvrit les crépitements de la pluie.

Il se tourna pour parcourir les constructions du regard, à l'affût du moindre mouvement. Il ne vit rien et n'entendit que les clapotis des gouttes sur les flots. Il rentra ses mains sous sa cape de laine et s'autorisa un frisson.

Les seuls Fey en vue étaient deux calots écarlates qui bavardaient devant un entrepôt, sans doute le bâtiment où les Gardiens avaient prévu de s'installer. Ces individus resteraient oisifs jusqu'au début des affrontements, mais ils joueraient ensuite un rôle essentiel. Il était heureux de ne pas avoir à les côtoyer, car ils le mettaient mal à l'aise. De petite taille et trapus, privés de magie et de grâce, ils étaient si laids qu'il les assimilait à des Fey incomplets. La plupart ne se donnaient même pas la peine de se laver et leur puanteur s'ajoutait à leur aspect peu engageant pour les isoler des autres Fey. Mais s'ils n'étaient pas des thaumaturges, cela garantissait qu'ils ne contesteraient jamais l'autorité de leurs supérieurs.

Rugar sentait le quai osciller. Il avait horreur de ces retours sur la terre ferme, quand le corps tentait de compenser un roulis et un tangage inexistants. Il eût aimé s'adapter instantanément à son environnement, comme un métamorphe.

Il s'avança prudemment vers le rivage. La pluie perdait de sa violence. Les Maîtres des éléments l'avaient averti qu'ils ne pouvaient minuter précisément le retour du beau temps. Il s'essuya le visage avec sa manche. À propos de temps, il n'en avait pas à perdre.

Il devait dissimuler les navires avant le réveil des insulaires.

Il laissa le quai derrière lui et la boue de la berge souilla ses bottes. Comme les généraux lui avaient appris à le faire bien des années plus tôt, il leva les bras et ferma les yeux pour se représenter un monde qui avait la même consistance que la brume. Puis il façonna autour une boîte si grande qu'une centaine de géants n'auraient pu la porter. Il la déposa précautionneusement sur ses unités et pratiqua à l'est une ouverture circulaire de la taille d'un poing dont il marqua l'emplacement avec des lumignons avant de pousser le tout vers le large.

Les crépitements de la pluie changèrent de timbre. Le martèlement sourd des gouttes sur le bois fut remplacé par leur clapotis sur les flots. Il rouvrit les paupières.

Les navires avaient disparu.

Ils étaient en sécurité dans les Terres d'ombre.

Il avait une fois de plus ouvert une porte.

Il laissa ses bras redescendre et tomba à genoux dans la fange. L'effort réclamé pour créer cet univers parallèle l'avait privé du peu d'énergie qui lui restait, alors qu'il n'avait pas terminé son travail. La morsure du froid sur ses jambes le tiendrait éveillé et il reconstituerait ses forces pendant la bataille.

Les navires étaient partis et ses hommes s'étaient dispersés. La pluie s'interromprait bientôt et le soleil réapparaîtrait pour la première fois depuis des jours. À leur réveil, les insulaires découvriraient un port désert et des étrangers dans toutes les rues.

La surexcitation dissipa sa lassitude. Ils remporteraient une victoire aussi facile que rapide.

Ils seraient les maîtres de la cité à l'heure du déjeuner, de la totalité de l'île à la tombée de la nuit. Après avoir renforcé son pouvoir, Rugar embarquerait pour aller annoncer la bonne nouvelle à son père... et recevoir ses excuses.

HUIT

Nicolas perçut un changement et s'éveilla en sursaut. Il s'assit sur son matelas de plumes pour tendre l'oreille. Les couvertures froides et humides adhéraient à sa peau nue.

Il avait cessé de pleuvoir.

Ce fut en souriant qu'il repoussa la literie pour se laisser glisser au bas du lit. La carpette tissée à la main par sa mère était gorgée d'eau... comme s'il avait également plu à l'intérieur du palais. Il écarta une tapisserie et regarda au-dehors.

Le soleil se levait sur l'horizon, rouge et aveuglant. Les gouttes de pluie qui piquetaient toutes les surfaces capturaient et réfléchissaient ses rayons. La vive clarté l'incita à abriter ses yeux, pour s'y accoutumer. Il avait oublié que le beau temps était si agréable.

Seuls les chants des oiseaux présents dans le potager qui avait pris les couleurs de l'automne troublaient le silence. Le jardinier serait ravi par le retour du soleil. Peut-être réussirait-il à sauver quelques légumes, lui qui avait craint que la maisonnée ne doive se nourrir que de pommes tout au long de l'hiver.

On ne lui avait pas encore monté son petit déjeuner

et aucun feu ne crépitait dans l'âtre. Il s'était donc levé avant les serviteurs. Il poussa un cri de joie, certain de les réveiller. Il y avait longtemps qu'il ne s'était pas rendu en catimini dans les cuisines. Il enfila un pantalon effiloché, une lourde chemise et une paire de bottes. Puis il prit son fourreau et le suspendit à sa taille. Perdre son temps à paresser quand la journée était si belle eût été impardonnable. Sitôt après avoir pris une collation, il irait tirer du lit le maître d'armes et se mesurer à lui.

Il gloussa et fit glisser ses doigts dans ses longues mèches blondes, pour les démêler. Il les réunit sur sa nuque avec une lanière de cuir et ouvrit la porte.

Il ne vit dans le couloir qu'un valet de chambre âgé qui montait du bois vers les appartements du roi. Nicolas le salua de la tête et fila vers l'escalier. Ses bottes claquaient sur les marches de pierre qu'il dévalait.

D'autres domestiques débutaient leur journée. L'adolescent qui apportait de quoi allumer un feu dans sa chambre resta bouche bée de surprise en le voyant passer en trombe. La matrone aux formes plantureuses responsable de cette aile du palais envoyait déjà des filles dans la galerie du rez-de-chaussée de la tour familiale. La brise charriait une odeur de terre humide et il s'arrêta devant les doubles portes pour s'imprégner de la chaleur bienfaisante du soleil.

Des gens du peuple se déplaçaient dans la cour. Les laitiers revenaient de la traite avec de grands seaux. Des femmes papotaient et leur progéniture en profitait pour jouer sur les pavés. Un homme chassa les enfants d'un geste de la main, mais nul ne semblait irrité ou simplement d'humeur maussade. Tous devaient être aussi joyeux que Nicolas.

Il respira à pleins poumons, descendit en sautillant les douze marches restantes et se retrouva devant les voûtes de pierre tel un guerrier prêt au combat. Il surprit des servantes affairées à astiquer les meubles et dépoussiérer à coups de plumeau les frises tarabiscotées. Sa belle-mère, au cours de son règne si bref, avait décrété que tout devait être immaculé à l'intérieur du palais – trop de domestiques étaient oisifs – et cette décision lui avait survécu.

Il ralentit le pas dans la Grande Salle, une de ses pièces préférées. Que les dîners d'État y soient donnés n'était qu'une des raisons de la fascination qu'elle exerçait sur lui. Située entre deux tours, elle était immense et ne soutenait aucun étage. Les cintres de son plafond voûté étaient identiques à ceux des fenêtres, les seules ouvertures du palais dotées de vitres. Son grand-père avait fait cette folie afin d'impressionner les visiteurs, même si Nicolas n'y avait jamais vu de personnages plus importants que des maires de Nye, lorsqu'il était enfant.

Il aimait la majesté des lieux mais surtout leur histoire. Les épées accrochées aux murs étaient si nombreuses qu'il n'aurait pu les compter et leurs styles aussi anciens que les annales de son peuple. Il n'y avait pas une seule arme d'apparat et la plupart avaient été ébréchées et entaillées par l'usage. Certaines n'étaient pas plus longues que le poignard de Stephen et son grand-père lui avait autrefois expliqué qu'elles avaient été employées quatre siècles plus tôt pour les duels.

Mais sa préférée était la rapière utilisée par son bisaïeul lors de la Révolte des Paysans. Du sang noircissait encore sa pointe et, selon la légende, il avait embroché l'homme qui l'avait mutilé avant de perdre connaissance. Nicolas se considérait parfois comme son héritier spirituel. Nul dans son entourage n'aimait autant que lui se battre. Son père ne s'était-il pas opposé à ce qu'il apprenne l'escrime avant de comprendre qu'il serait réfractaire aux études tant qu'il ne pourrait pas s'adonner à sa seule passion ?

Le vitrail filtrait le soleil. Il trouvait les lieux moins agréables que de coutume, quand il faisait si beau à l'extérieur.

Il passa devant la laiterie d'où s'élevaient les jurons des hommes qui s'emportaient contre des barattes récalcitrantes, et devant l'office où des serviteurs riaient en prenant leur petit déjeuner. Il s'arrêta sur le seuil des cuisines et fut aussitôt en sueur, tant les grandes cheminées et les fourneaux dégageaient de la chaleur. Il n'était qu'un enfant quand son père avait fait réaliser des travaux à la demande du maître queux, mais la température était toujours accablante en dépit de la surélévation du plafond et de l'ajout d'une trappe d'aération.

Les mitrons s'affairaient à enfourner du pain et il régnait ici une odeur de fumée et de levain. Le chef reprochait à un marmiton la piètre qualité des œufs au vinaigre devant être servis au roi et le majordome inspectait le contenu des seaux que ramenaient les laitiers. En raison du rugissement des flammes, du claquement des miches posées sur les fours et des voix fortes de toutes les personnes présentes, nul ne remarqua l'arrivée du prince.

Il resta sur place, le sourire aux lèvres. Tout ceci, tout ce drame quotidien lui avait manqué. Les domestiques s'assuraient que cette agitation ne troublât pas la quiétude des niveaux supérieurs du palais, et il le regrettait presque. Il trouvait son existence ennuyeuse. Il était trop jeune pour apprécier une telle sérénité, trop jeune pour réciter les strophes de la Révélation écrite et orale que des Auds adipeux lui imposaient d'apprendre par cœur et trop jeune pour écouter les récriminations des représentants de diverses régions venus se plaindre des mauvaises récoltes de l'année en cours ou de la mauvaise qualité de la laine de l'année précédente.

Il se faufila à pas feutrés près du majordome et s'arrêta à côté des fours pour tendre le bras vers une miche fumante. La tape que le boulanger assena sur sa main fut si cuisante qu'il l'écarta aussitôt.

« Tu veux te griller les doigts, mon garçon ? » aboya l'homme avant de le reconnaître. Il recula d'un pas, mordilla sa lèvre inférieure et baissa la tête. Une goutte de sueur se détacha du bout de son nez. « Je suis désolé, Altesse. Je ne pensais pas que c'était vous. »

Nicolas eut un rire. « Ce matin, je ne suis qu'un manant qui cherche un modeste repas.

— Si vous étiez roturier, je vous expulserais avec perte et fracas. Allez rejoindre les autres à l'office et je vous apporterai du pain.

— Entendu. » Autour de lui les conversations avaient cessé. Le maître queux avait croisé les bras, comme s'il était lui aussi choqué de le voir en ce lieu. « Mais servez-moi un simple en-cas. Je ne tiens pas à me sentir ballonné quand le temps est radieux. »

Il passa rapidement des cuisines à l'office où régnaient une odeur de pain frais et une température plus supportable. Des miches sorties du four s'alignaient sur les étagères et le couvert du roi était rangé dans le râtelier de la paroi prévu à cet effet. Une douzaine de serviteurs étaient assis sur des tabourets autour d'une table constellée de miettes, devant des bols ébréchés emplis d'eau. Les rires s'interrompirent dès qu'il entra. Son chambellan se leva et s'avança, rouge de confusion et de crainte.

« J'ignorais que vous étiez levé, Seigneur. Vous dormez au minimum une heure de plus, d'ordinaire.

— Comment pourrais-je paresser quand le soleil est de retour ? lui demanda Nicolas en ébouriffant ses courts cheveux bruns. J'imaginais que tu étais allé t'imprégner des premiers rayons qu'il daigne nous accorder depuis des jours. »

Le jeune homme haussa les épaules, soulagé d'échapper à une admonestation pour ne pas avoir prévu les désirs de son maître. « J'étais certain de sortir avec vous après votre réveil. »

Nicolas rit encore. Son chambellan le connaissait bien. S'il était censé veiller à ses besoins uniquement dans ses appartements, il savait que le prince ne l'eût jamais contraint à rester cloîtré quand il faisait si beau.

Il prit un tabouret et le tira vers la table.

« Allons, mes amis, faites-moi de la place et comportez-vous comme si j'étais un des vôtres. Je compte me sustenter puis passer la journée en plein air. Et si j'étais mon père, je vous autoriserais tous à en faire autant. »

Les serviteurs levèrent leurs bols pour boire une gorgée d'eau à sa santé. Il regretta qu'ils n'osent pas, pour une fois, lui taper dans le dos comme ils le faisaient entre eux. Mais ils étaient trop timorés pour se montrer si familiers. Il s'estimait heureux d'avoir fait l'objet d'une telle marque de sympathie.

Le boulanger vint poser plusieurs tranches de pain frais devant lui. Le majordome était allé chercher un morceau de fromage et le chef une des pommes de l'année précédente. C'était plus de nourriture qu'il n'aurait pu avaler et il en distribua autour de lui dès qu'ils furent seuls.

Puis il mangea rapidement. La mie était chaude et pâteuse, encore fumante en son cœur, et le fromage si affiné qu'il s'émiettait entre ses doigts. Son âpreté contrebalançait la douceur du fruit qui était toujours ferme après avoir passé l'hiver dans le cellier.

Les autres dévorèrent gloutonnement leurs parts. Ils n'avaient habituellement droit qu'aux restes et Nicolas se demanda ce qu'éprouvaient ces gens qui prenaient leurs repas dans une pièce où était entreposé du pain frais qu'ils ne pouvaient goûter. Il savait apprécier ses petits privilèges.

Puis les conversations reprirent, principalement des ragots de cuisine... quel serviteur courtisait quelle femme de chambre. Il écoutait avec attention, sans attribuer un visage à la moitié des noms. Il se sentait exclu de ce milieu social si différent du sien. Nul ne s'adressait directement à lui et de longs silences suivaient ses questions. Ils tentaient d'établir qui devait lui répondre et c'était toujours son chambellan qui se dévouait, conformément à son statut d'intermédiaire. Nicolas finit par renoncer.

Lorsqu'il eut terminé son repas, il se leva et les pria de l'excuser avant de les remercier pour leur hospitalité. Ils rirent et déclarèrent avoir été honorés par sa présence, mais leur soulagement fut évident quand il les laissa. Il savait qu'il alimenterait leurs conversations jusqu'au soir et qu'ils feraient maintes spéculations sur les raisons de sa visite.

Il retraversa les cuisines et salua le maître queux et le majordome. Du dos de la main, il essuya la sueur de son visage et sourit. Il emprunta la porte de service et repoussa du pied les os que le chef au grand cœur avait déposés sur le seuil pour nourrir les chiens.

À l'extérieur, l'air était frais et humide. Cependant, il se réchauffait déjà et les caresses du soleil étaient agréables sur ses bras nus. La brise charriait une multitude de voix, des cris inhabituels. Mais il fallait reconnaître qu'il n'était encore jamais sorti à une heure si matinale.

Les chats s'étaient assis devant l'étable pour faire un brin de toilette après s'être repus de lait. Un des palefreniers immobilisait la patte d'une jument afin d'examiner son sabot à la lumière du jour. Les pavés étaient toujours mouillés et marqués par les empreintes boueuses de nombreuses bottes. Ils devaient être glissants et il lui faudrait redoubler de prudence lors de son exercice, mais il ne s'en plaignait pas. Il aimait relever tous les défis qui lui permettaient de repousser ses limites.

Il gagna le logis du maître d'armes, à la bordure du secteur réservé aux serviteurs. Il frappa, un bruit sec qui se détacha du fond sonore des activités qui débutaient à l'intérieur du palais. La porte s'ouvrit sur un Stephen ensommeillé qui semblait encore plus âgé que de coutume sous la clarté de l'aube.

« Le soleil est levé, lui annonça Nicolas. Je n'ai pas jugé utile d'attendre plus longtemps.

— Seigneur ! » Stephen gratta sa toison grise en bataille puis la barbe d'un jour qui argentait son menton. « J'arrive de suite. »

Il referma le battant, sans l'avoir invité à entrer.

Nicolas fit les cent pas devant le seuil, les yeux rivés sur le ciel comme s'il redoutait le retour de la pluie. Mais le firmament était d'un bleu limpide, sans un seul nuage. S'il n'y avait eu les flaques, la boue et l'humidité des pierres, rien n'eût indiqué que des intempéries avaient sévi sur leur île pendant la saison sèche.

Les cris qui s'élevaient des rues de la cité s'amplifièrent et il crut entendre une femme hurler. Il observa la haute muraille en fronçant les sourcils, comme s'il pouvait voir au-delà. Certains de ces sons étaient très proches. On aurait pu croire que le bas peuple s'apprêtait à prendre le palais d'assaut. On lui avait si souvent raconté l'histoire de la Révolte des Paysans qu'il la connaissait par cœur. Enfant, il avait voulu reconstituer ce qui s'était passé quand les manants avaient franchi le mur d'enceinte... et que seuls la présence d'esprit de son arrière-arrière-grand-père et des chaudrons d'huile bouillante avaient permis de les repousser. Il avait grimpé sur la terrasse des cuisines pour vider des bols d'eau à l'extérieur des murailles. Un valet de chambre l'avait vu et retenu juste avant qu'il ne fasse une mauvaise chute par la trappe d'aération.

Il remarqua des bruits de sabots et s'éloigna du logement de Stephen pour s'intéresser à la porte latérale. Des gardes gesticulaient dans les tours. D'autres se regroupaient pour tirer les cordes et hisser le lourd panneau de bois. Deux cavaliers entrèrent. Leurs robes ourlées d'un galon rouge indiquaient que ces Danites venaient du Tabernacle. Les soldats laissèrent redescendre la herse sitôt qu'ils furent à l'intérieur, comme contaminés par la frayeur qu'on lisait sur les traits des Danites.

« Nous devons nous entretenir sur-le-champ avec le roi », dit le plus replet des visiteurs. Et tous dans la cour purent entendre ses paroles.

Nicolas oublia Stephen pour aller aux nouvelles. Un des gardes parlait à voix basse aux religieux. Leurs montures étaient couvertes d'écume et l'une d'elles se cabra en le voyant approcher. Son cavalier ne put la maîtriser et ce fut un des soldats qui saisit ses rênes et la calma.

« Pour quelle raison voulez-vous voir mon père ? » demanda Nicolas.

Le Danite le reconnut et s'inclina bien bas sur sa selle. « Nous venons du Tabernacle, Votre Altesse. Tôt ce matin, le Rocaan a vu des navires d'origine inconnue entrer dans le port sous le couvert de la pluie. On signale à présent des étrangers dans tous les quartiers de la ville et nous avons entendu en chemin crier dans de nombreuses rues. Non loin d'ici, une femme à la robe déchirée a jailli d'une venelle en hurlant qu'elle avait vu le diable. » Le Danite rougeaud avalait les mots et paraissait aussi las que sa monture. Le Tabernacle se trouvait sur l'autre rive du fleuve.

« Allons en informer le roi sans plus tarder », décida Nicolas. Il avait pris soin de se redresser afin de se grandir et s'était exprimé avec autant d'autorité que son père. « Gardes, envoyez quelqu'un l'avertir que nous l'attendons dans la salle d'audience pour une affaire des plus pressantes. » Il se tourna vers un palefrenier. « Toi, emmène ces chevaux. Veille à ce qu'on s'occupe d'eux. »

Son cœur s'emballait. Il tremblait de surexcitation mais essayait de n'en rien laisser paraître. Il venait de se passer quelque chose de très important, un événement qui avait terrorisé tant le Rocaan que ces Danites.

L'homme s'empressa d'aller exécuter ses ordres et les religieux mirent pied à terre. Nicolas les précéda vers la cour intérieure et non vers les cuisines. « Pourquoi le Rocaan n'est-il pas venu en personne ?

— Il l'aurait fait, si les Anciens n'avaient pas estimé que c'était trop dangereux », répondit le plus élancé des visiteurs.

Nicolas grimaça. Combien de temps avaient-ils perdu en discussions oiseuses avant de venir les informer de cette crise ?

Ils empruntèrent un étroit corridor, traversèrent la Grande Salle et atteignirent la salle d'audience qui n'avait pas servi depuis plusieurs semaines.

Quatre gardes étaient de faction devant le seuil. Avec un synchronisme parfait, deux d'entre eux ouvrirent la porte de chêne sitôt qu'ils les virent.

Les lieux sentaient le moisi. De vieux épieux s'alignaient sur les murs et le blason de la famille était accroché derrière l'estrade : des épées entrecroisées au-dessus d'un cœur.

Son père était déjà là, sur le trône. Il portait la robe

de velours bleu qu'il mettait habituellement pour prendre son petit déjeuner en compagnie des siens. Deux de ses conseillers, Stowe et Powell, l'encadraient telles des statues. Ces seigneurs avaient une barbe d'un jour et la queue de cheval de Powell pendait de guingois. Au moins le roi s'était-il donné la peine de se raser.

« Quel est l'événement qui bouleverse ainsi notre emploi du temps ? » s'enquit-il.

Nicolas s'avança d'un pas pendant que les Danites s'inclinaient bien bas. « Ces religieux sont venus du Tabernacle pour nous informer que des navires inconnus ont mouillé dans le port et que des étrangers envahissent nos rues.

— Des navires ? Combien ? »

Le Danite replet se porta à la hauteur de Nicolas. « Le Rocaan n'a pu le déterminer, Sire. Il les a vus dans les ténèbres et sous la pluie. Au lever de l'aube, tous avaient disparu.

— En ce cas, pourquoi n'est-il pas venu m'en informer lui-même ? » Alexandre se penchait vers les visiteurs, les sourcils froncés et les coudes calés sur ses genoux.

« Parce que ce n'est pas tout, Sire. On peut voir des soldats dans les rues et entendre des cris et des hurlements. Nous avons rencontré une femme qui se disait poursuivie par un démon. Du sang coulait à flots du seuil de certaines maisons. » Le grand Danite lorgna Nicolas. Il répugnait à parler devant lui de ces choses. Le prince se redressa. Il n'était plus un enfant. N'avait-il pas réagi comme l'eût fait son père ?

« Les Anciens ont estimé que laisser un personnage aussi important s'aventurer dans les rues manquerait de sagesse, et c'est pourquoi nous avons été désignés. » Le Danite replet s'exprimait sans ressentiment, conscient de son insignifiance. « Le Rocaan pense que nous subissons une invasion et que nous péririons tous si nous ne réagissons pas au plus vite. »

Nicolas en eut le souffle coupé, le seigneur Stowe se retint au dossier du trône et le roi blêmit. « Une invasion ? répéta-t-il, comme s'il ignorait l'acception de ce terme. Nul ne peut atteindre l'Île Bleue sans notre aval. Les Sentinelles de pierre nous protègent et nous n'avons autorisé la diffusion d'aucune carte marine depuis que les Fey se sont emparés de Nye. »

S'il parut horrifié, il eut tôt fait de retrouver son masque de sérénité habituel. Nicolas en avait des frissons.

« Le Rocaan sait-il à qui appartient cette flotte ? s'enquit son père.

— Non, Sire, dit le grand Danite. Pas avec certitude. Mais il a des soupçons. »

Le roi répondit à sa propre question.

« Les Fey. Ils sont encore plus habiles que nous le supposions. »

NEUF

Silence trouvait la chaleur du soleil agréable. Il souffrait du froid depuis que la flotte avait appareillé de Nye. Lorsqu'il en parlait, il attribuait ses frissons aux vents du large tout en sachant à quoi ils étaient dus. Il avait réintégré son corps de Fey. Il était resté trop longtemps dans la peau d'un général nyeien, dont il ne s'était dépouillé que quelques jours avant d'embarquer pour l'Île Bleue.

Des volutes de vapeur s'élevaient de la boue qui séchait. Le casernement comportait vingt-cinq petites constructions disposées en demi-cercle autour du bâtiment central dans lequel les gardes avaient pénétré. Il s'était quant à lui dissimulé entre la porte et une des cahutes, adossé à un mur de planches suintantes d'humidité. Dans ce quartier de Jahn seul le palais royal avait plusieurs étages. La plupart des immeubles longs et bas étaient en bois, même si les plus anciens avaient des façades en pierre. C'était un chemin de terre battue qui s'éloignait de la chaussée pavée pour conduire au bâtiment central.

Silence avait consacré la matinée à tenter de localiser l'armée des insulaires. Avant leur départ, il avait exploré l'esprit du général nyeien pour y chercher des souvenirs d'une force militaire vue sur l'Île Bleue... sans les trouver. Tout laissait supposer que les autochtones n'avaient pas de soldats, seulement des gardes chargés d'assurer la protection de leur roi. Des gardes que nul n'avait vus se battre ou manier autre chose que des armes d'apparat.

Une bonne heure lui avait été nécessaire pour repérer des individus évoquant plus ou moins des guerriers. Il avait suivi en ce lieu trois hommes portant une tunique noire et un pantalon ajusté, en partant du principe qu'il s'agissait peut-être d'un uniforme. Il s'était félicité d'avoir écouté son intuition en voyant les baraquements collés au palais tels des anatifes sur la coque d'un navire.

Il n'avait pas désiré reprendre du service ni découvrir les beautés de l'Île Bleue, mais Rugar était à court de doubles et la vie civile lui pesait. Ce n'était pas en espionnant ses semblables pour le compte du Roi noir qu'il exploitait pleinement ses talents. En outre, il en avait assez de côtoyer des Nyeiens. Il vivait dans leurs peaux depuis près d'une décennie et ils n'avaient plus rien à lui apprendre. Alors que le mystère qui entourait les insulaires le fascinait. La perspective de remporter une victoire aussi facile que prestigieuse avait également influencé sa décision.

Rugar avait chargé ses six doubles d'approcher du roi de l'Île. Silence avait la ferme intention d'être celui qui l'assassinerait.

Cependant, il n'avait toujours pas trouvé un hôte lui convenant et le temps pressait. Sa taille et sa minceur, sa peau halée, ses sourcils incurvés et ses oreilles en pointe trahissaient ses origines. Il ne savait pas si les autochtones étaient xénophobes mais trop de passants lui avaient prêté attention. Il ne pourrait poursuivre ses observations encore longtemps.

Il se glissa le long du mur en direction du bâtiment principal. Sa façade en bois blanc paraissait dilatée par la pluie et aucune fenêtre ne s'y ouvrait. Pour en apprendre plus, il devrait y pénétrer... ce qui ne l'enchantait guère car il n'était pas prêt pour un transfert.

Il tapota sa hanche et caressa la poignée de sa dague. Elle était toujours là. Parfait ! Sans elle, il eût été condamné à l'impuissance.

Il regarda les baraquements. Pour l'instant, la cour était déserte. Il gravit les deux degrés de pierre le séparant de la porte dont il tourna lentement la poignée. Il se déplaçait avec la discrétion à laquelle il devait son nom et veillait à rester dans les ombres en espérant que nul ne remarquerait sa présence.

Il se dégageait du bâtiment des relents de graisse animale et de sueur. Il s'engagea dans un étroit couloir au plancher et aux parois en bois brut. Le passage était obscur. L'unique clarté provenait d'une pièce où une demi-douzaine de lanternes étaient suspendues à des chevilles fichées dans les murs. Il jeta un coup d'œil par la porte. Des hommes bavardaient et riaient, et il y avait des assiettes vides sur les tables.

Ces gardes étaient plus vieux que ceux qu'il avait pris en filature. Tous s'étaient empâtés et leur peau avait perdu l'élasticité de la jeunesse. À Nye, ils auraient été des chefs. Ici aussi, peut-être. La chance lui souriait.

Il regarda encore, respirant à peine. Ils semblaient placés sous l'autorité d'un individu corpulent aux cheveux blonds clairsemés. Ses yeux disparaissaient dans sa face rubiconde et sa bouche entre ses joues rebondies.

Parfait. Le seul ennui, c'était qu'il ne pourrait procéder à ses préparatifs en ce lieu. Un double disposait de peu de temps avant que le sang nécessaire à sa transformation ne sèche sur sa peau. Il lui fallait trouver une victime à proximité de sa cible.

Il recula sans bruit et ressortit. Le soleil l'aveugla. Les cris et les hurlements qu'il entendait dans le lointain lui indiquaient que l'assaut avait été lancé. Il devait se hâter. Les gardes qu'il venait de voir se sépareraient sous peu et cette opportunité s'envolerait.

Il vit un vieillard quitter le palais par une porte dérobée et courir vers les baraquements. Silence se fondit dans les ombres. Quand l'homme atteignit les marches du bâtiment principal, il l'agrippa par l'épaule pour le tirer entre les constructions.

Les ans avaient rendu l'homme chétif et sa peau se plissait sur un visage aux yeux pâles écarquillés par la surprise.

« J'ai besoin de toi, l'ami », dit Silence d'une voix qui se voulait apaisante. Le serviteur secoua la tête et il l'immobilisa de la main droite en utilisant la gauche pour tirer sa dague de son étui. D'un mouvement souple et rapide dû à une longue pratique, il enfonça la lame dans son cou et sectionna sa carotide. Le sang jaillit comme un geyser.

Les yeux du vieillard s'ouvrirent plus encore et il devint livide. Il gesticula follement et tomba à genoux. Pendant qu'il gargouillait des appels à l'aide, Silence se dévêtit et se plaça sous le jet écarlate comme sous une douche. Il se frotta afin d'en enduire la totalité de son corps. Il eut juste le temps d'en frictionner sa chevelure avant que le jet ne se tarisse et que sa victime ne bascule dans la poussière. Silence lui retira ses vêtements et les essora pour extraire les dernières gouttes qui les imbibaient.

Puis il remonta les marches et suivit le couloir jusqu'au seuil de la salle commune. Les gardes se séparaient. On avait dû venir les informer des combats qui avaient débuté dans le quartier du port. L'homme sur lequel il avait jeté son dévolu était encore assis à la table et aboyait des ordres tel un roquet.

Le cœur de Silence martelait sa cage thoracique. Il avait toujours procédé à ses transmutations durant la nuit, jamais en plein jour. Par chance, tous sortirent par une porte latérale à l'exception du gradé.

Il attendit qu'il eût terminé de débiter son chapelet d'instructions pour se pencher à l'intérieur. Le sang s'épaississait et devenait poisseux. Il devait passer aux actes.

L'homme n'avait pas bougé. Empourpré et en sueur malgré la fraîcheur ambiante, il était seul.

Parfait.

Silence franchit le seuil. Il comptait sur la surprise due à l'apparition soudaine d'un vieillard nu barbouillé de fluides vermeils pour avoir le temps de traverser la pièce.

« Par l'Épée ! » Le garde se leva. Sa chaise bascula et tomba sur le sol. « Par le saint nom du Roca, qui êtes-vous ?

— Ton double », répondit Silence. Il bondit et lâcha sa dague qui chut avec bruit dans les assiettes.

L'homme recula et trébucha contre son siège. Il se serait étalé sur le sol s'il n'avait tendu la main pour se stabiliser. Silence sauta sur lui telle une araignée sur une mouche, referma ses jambes autour de son torse et cala ses coudes sur son cou. Puis il enfonça ses doigts dans ses yeux et ses pouces entre ses dents afin de les écarter tout en exerçant une forte pression sur le fond de sa gorge.

Il tira, tira et tira encore, jusqu'au moment où l'essence spirituelle du garde se détacha et voleta entre eux en hésitant tel un enfant effrayé. Silence happa cette brume et l'aspira. Il ressentait plus qu'il n'entendait les hurlements de sa victime. Puis il se mit à fondre, se gauchir et se dilater tant qu'il n'eut pas lui aussi une corpulence impressionnante, des yeux de fouine et une bouche en cul de poule.

Le corps qu'il immobilisait sous lui s'évapora. Il se sentit basculer et tomba sur le sol. Ses os claquèrent. Il attrapa une chaise, la rapprocha et s'y affala.

Des images se bousculaient dans son esprit, des bribes de souvenirs autres que les siens. La graisse du vieux canard préparé par le cuisinier pesait dans son estomac et il souffrait d'une bonne gueule de bois bien qu'il n'eût rien bu depuis des semaines. Les usages locaux ne lui apparaissaient pas clairement et il ne maîtrisait pas le langage, mais cela ne tarderait guère. Il lui suffisait d'être patient.

Il s'essuya les lèvres du revers de la main. Des vêtements ! Il était nu comme un ver au milieu de la pièce. L'intendant militaire Grundy ne se serait jamais exhibé ainsi. Par chance, il avait ses quartiers dans le même bâtiment. Silence pourrait peut-être les atteindre et enfiler l'uniforme qu'il avait retiré la veille au soir.

Puis les deux personnalités fusionnèrent et il serra les poings. Un vulgaire intendant ! Il avait espéré qu'il s'agirait au moins d'un capitaine. Il devrait répéter ce douloureux processus. C'était ce qu'il advenait lorsqu'on n'étudiait pas suffisamment la culture locale, qu'on bâclait ses préparatifs et qu'on péchait par excès de confiance.

Il chassa son irritation. Il était dans la place. Il occupait le corps d'un insulaire. Il avait des usages à découvrir et des gens à manipuler. Il lui restait fort à faire pour approcher du roi, mais il savait que ce n'était qu'une question de temps.

De cela, il était certain.

DIX

Ses mains noueuses étaient glacées et Eleanora grimaça de douleur en rompant le pain rassis. Elle mit de côté le plus petit morceau pour son déjeuner, récolta les miettes dans sa paume parcheminée et mordit dans le plus gros. La croûte craqua sous les quelques dents qui lui restaient. Elle gagna la porte d'un pas traînant, l'ouvrit et sema le contenu de sa main sur le sentier.

Même tenaillée par la faim, elle n'oubliait jamais de partager son repas avec les oiseaux.

Le soleil s'était levé après une absence de plusieurs jours et sa clarté évoquait des diamants entre les feuilles des arbres. Le sol était toujours marécageux, autour de sa masure, mais il s'assainirait bientôt et elle irait jusqu'à la cabane de Coulter pour tenter de le persuader de lui fendre du bois. Peut-être pourrait-elle un jour le rétribuer pour son aide.

Elle rentra et referma la porte. La pièce unique était plus sombre et froide que le monde extérieur. Elle n'avait pas allumé la cheminée depuis l'avant-veille, lorsqu'elle avait fait réchauffer le restant de civet puis dormi en bénéficiant de la chaleur de l'âtre. Elle économisait les dernières bûches de la pile sans trop savoir pourquoi. Une petite voix intérieure lui murmurait que c'était pour ne pas grelotter la nuit où elle mourrait.

Elle ne se berçait pas d'illusions et n'espérait pas vivre encore longtemps. À son âge, on ne résistait pas à la malnutrition et au froid. Ses vêtements la drapaient comme un linceul et elle voyait les os de ses bras. Elle était heureuse de ne pas avoir un miroir d'argent qui lui eût révélé les effets des privations sur son visage.

Drew n'avait cessé de lui répéter qu'elle était toujours très belle.

Mais il était mort six mois plus tôt et elle ne tarderait guère à le suivre. Il était plus facile d'affronter à deux la misère. Il aurait été lui chercher du bois sec pendant qu'elle creusait le sol en quête de racines dont ils auraient pu se nourrir.

Il lui manquait bien plus qu'elle n'aurait pu s'en douter. Il n'avait pas dû s'écouler un seul jour sans qu'ils se querellent, depuis leur rencontre, mais ils s'étaient aimés avec passion. Il ne lui avait jamais reproché de ne pas lui avoir donné d'enfants, pas plus qu'elle ne lui avait tenu rigueur de ne pas savoir cultiver la terre ou élever des moutons. Il était habile de ses mains et leurs voisins rétribuaient ses services en lui remettant une douzaine d'œufs lorsqu'il réparait une roue, l'équivalent d'un mois de pain pour la construction d'une cheminée. Elle vivait depuis sa mort des vestiges de cette charité... une aide qui avait pris fin quand il s'était mis à pleuvoir.

Elle mangea le quignon rassis qu'elle fit glisser avec un gobelet d'eau de pluie recueillie pendant la nuit. Elle était fraîche et douce. Même le mauvais temps avait ses bons côtés.

Peut-être n'attendrait-elle pas que le sol se raffermisse pour cheminer péniblement jusqu'à la cabane de

Coulter. Peu lui importait de salir sa jupe. Ses effets étaient élimés et elle n'avait plus personne à séduire.

Elle déglutit la dernière bouchée puis rouvrit la porte, certaine d'effrayer quelques oiseaux. Ce fut elle qui fut surprise. Les miettes étaient toujours là, éparpillées sur le sentier. Il n'y avait pas une seule empreinte fourchue dans la boue. Sous la pluie, ils avaient fondu vers elle sitôt qu'elle leur lançait du pain. Ils venaient voleter au-dessus de sa tête, comme s'ils savaient que c'était pour elle un rite.

Elle prit brusquement conscience de n'en avoir vu aucun, ce matin-là. Elle avait accordé trop d'importance au retour du beau temps pour y prêter attention. Elle s'intéressa aux arbres, aux gouttelettes qui miroitaient sur leurs branches. Ils auraient dû saluer le soleil avec leurs chants. À présent qu'elle y réfléchissait, il n'y avait pas eu un seul gazouillis depuis son réveil.

C'était étrange. Très étrange.

Il faut être attentif à ce que la nature nous murmure à l'oreille, lui dit Drew. Elle se tourna pour le remercier du conseil et comprit qu'il s'agissait de la voix des souvenirs. Elle s'y laissait constamment prendre. Elle sentit une agréable chaleur se répandre dans les profondeurs glacées de son cœur avant de se dire que ce qu'elle venait de voir ou d'entendre ne pouvait être Drew.

Elle avait découvert qu'il continuait de vivre en elle.

Les arbres qui la surplombaient – des bouleaux élancés et des chênes majestueux – lui semblaient brusquement menaçants. Si elle s'était aventurée dans la forêt, ne fût-ce que de quelques pas, les ténèbres l'auraient engloutie. Les ténèbres et ce qui avait effrayé les oiseaux.

Il n'y avait pas le moindre souffle de vent, aucun bruissement dû à des animaux, pas de sons à l'exception des murmures du Cardidas qui coulait en direction de Jahn un quart de lieue derrière la cabane. Le fleuve ne se serait tu pour rien au monde.

Le fleuve. Elle se tourna vers ses flots brunâtres qui réfléchissaient la clarté du soleil et se paraient de lueurs ondoyantes évoquant des étoiles. Elle s'était réveillée en pleine nuit de son côté de la paillasse, moite et glacée, et elle avait tendu les bras vers Drew... sans le trouver. La pluie tombait dru. Elle avait cru entendre parmi ses crépitements ininterrompus des voix portées par le vent. Elle s'était assise, en espérant que Drew venait la chercher. Mais elles étaient si lointaines et étranges qu'elle avait conclu à une illusion engendrée par ce déluge.

Peut-être n'avait-elle pas rêvé.

Elle frissonna. Laisser vagabonder son imagination n'apportait pas de certitudes. Elle devait aller voir de quoi il retournait.

Elle décrocha son châle, sortit de la cabane et referma la porte derrière elle. La fange aspirait ses chaussures et y pénétrait par les trous des semelles. Elle contourna les miettes – les oiseaux seraient ravis de les trouver, s'ils revenaient – et s'enfonça dans la forêt.

Nul n'avait suivi le sentier depuis des jours et la boue coulait comme une rivière. Après avoir pataugé sur quelques aunes, elle décida de marcher sur l'herbe et découvrit que les bas-côtés s'étaient changés en marécages. Progresser au milieu du chemin était plus facile. Au moins le sol était-il régulier.

La ramure des arbres dissimulait le soleil et les gouttes qui tombaient des branches lui donnaient l'impression que la pluie ne s'était pas interrompue. Leur clapotis et le bruit de succion de ses pieds étaient les seuls sons audibles. Comme si elle s'était réveillée dans un monde désert.

Elle passa devant l'affût construit par Drew. Les voisins venaient s'y poster en automne et en hiver, quand le gibier se faisait rare. Chasser dans cette forêt était strictement interdit, mais le roi ne s'éloignait jamais à ce point de son palais et il ne se doutait pas que ses sujets braconnaient ses cerfs. Ou, s'il le suspectait, il n'en avait cure.

C'était la première fois qu'elle se déplaçait dans ces bois sans effrayer un animal.

Elle avait les jambes lourdes, bien qu'elle n'eût parcouru que la moitié du trajet. Elle était encore plus faible qu'elle ne l'avait pensé. Elle s'essoufflait après quelques pas.

Son grand âge n'était pas seul en cause. Le froid ressenti au réveil avait pénétré ses os. C'est en massant ses bras grêles qu'elle continua sa route.

Lorsqu'elle atteignit la fourche du chemin, sa jupe était lestée par l'eau qui l'imbibait. Elle s'arrêta pour s'appuyer contre l'écorce humide d'un bouleau, qui ploya juste assez pour qu'elle reçût une averse sur la tête. Elle entendit parler dans le lointain et fronça les sourcils. Les voix étaient aussi feutrées que celles de la nuit, les paroles inintelligibles. Un homme, Coulter, intima à quelqu'un de s'en aller. Un cri tronqua ces mots.

Elle avait relevé ses jupes et repartait en courant, quand une femme hurla. Elle saisit le sens de ce cri. Il était identique à celui qu'elle avait poussé en voyant le corps sans vie de Drew, bleui et boursouflé par l'eau du fleuve.

Par l'Épée, elle ne pouvait les abandonner ! Elle n'avait aucune raison de se raccrocher à la vie. Elle n'en attendait plus rien alors que Coulter et Mehan avaient un bébé... ainsi qu'un potager, un métier à tisser et quelques moutons. Ils étaient jeunes. Ils possédaient tout ce qu'elle n'avait pas.

Elle se ressaisit et cessa de fuir les cris pour se diriger vers leur point d'origine. Elle chancelait et eût souhaité aller plus vite. Ses os étaient si fragiles qu'ils se seraient rompus à la moindre chute. Ce qui l'eût empêchée de porter secours à qui que ce soit.

Comme si elle en avait été capable ! Peut-être était-ce moins grave qu'elle ne le supposait. Mehan était si jeune qu'elle ne devait pas faire la différence entre des blessures mortelles et bénignes.

Mais ses gémissements s'amplifiaient. De même que les voix. Celle d'un homme qui s'exprimait en nyeien couvrait les autres.

Elle s'arrêta à l'orée de la clairière. Le sang lui était monté au visage et elle tremblait. Elle dut prendre appui contre un arbre pour ne pas tomber.

Elle avait la cabane des Coulter devant elle. Elle voyait dans la cour une douzaine d'individus grands et élancés, presque émaciés, en pantalon et veste de cuir épais à la coupe étrange. Tous avaient des cheveux bruns et des traits à la fois beaux et effrayants. Ils se tenaient au-dessus du corps de Coulter dont la peau avait été arrachée, comme une robe déchirée en lambeaux. Son sang s'écoulait goutte à goutte dans le sol détrempé.

Agenouillée près de lui, Mehan berçait sa tête restée intacte en se lamentant. Eleanora se retenait à l'arbre, prise de haut-le-cœur. Elle respira par petites bouffées rapides afin de calmer ses nausées. Elle éprouverait du chagrin par la suite, lorsqu'elle serait seule. Quand elle en aurait le temps.

Un homme s'avança, referma la main sur la chevelure de Mehan et s'exprima d'une voix douce. Eleanora mordilla sa lèvre inférieure. Ce n'était pas un homme mais une femme. Une grande femme qui portait une tenue masculine. Eleanora vit les inconnus sous un jour nouveau et constata que plus de la moitié étaient de sexe féminin.

Son estomac se souleva et elle rendit son maigre repas. Ce qu'elle tenta de faire le plus discrètement possible, en se dissimulant derrière l'arbre et en espérant que les intrus ne remarqueraient rien. Des femmes ! Se battre était une affaire d'hommes. Lors des soulèvements et autres insurrections d'antan – même pendant la Révolte des Paysans à laquelle son père avait participé – les femmes s'étaient occupées des enfants et des blessés sans jamais, jamais lever une arme contre quiconque. Eleanora n'avait à aucun moment pensé que celles qui donnaient la vie pouvaient également l'ôter.

Elle arracha une feuille d'un buisson pour s'essuyer la bouche. Elle avait des étourdissements et l'image du corps martyrisé de Coulter apparaissait sous ses paupières sitôt qu'elle les fermait. S'ils l'entendaient, ils lui feraient subir le même sort.

Elle se pencha sur le côté du tronc. Des étrangers tendaient le doigt dans sa direction mais leur chef secouait la tête. Ils avaient entamé dans un langage guttural incompréhensible un débat dont elle était l'enjeu.

Elle s'enfonça dans des halliers plus denses dès qu'ils se détournèrent. Elle vivait dans les bois depuis tant d'années qu'elle savait s'y déplacer sans bruit. Elle ne faisait pas craquer une brindille ou bruire une feuille. Elle le devait également à Drew, qu'elle remercia à voix basse.

Mehan serrait contre elle le cadavre de son mari. Elle sanglotait et répétait son nom, comme si ces litanies pouvaient le ramener à la vie. La guerrière agrippa sa chevelure pour tirer brusquement sa tête en arrière. Les étrangers discutaient toujours quand un individu de petite taille et aux traits plus rudes que les autres s'avança. Sa tenue était brunâtre et son visage maculé de sang.

La femme qui tenait l'épouse de Coulter s'adressa à lui. Il rit et elle fit glisser ses doigts le long des bras de Mehan qui hurla, écorchée vive. Le nabot parut ravi de récolter les lambeaux de peau sanguinolents qu'il fourra dans une grande bourse suspendue à son ceinturon.

Eleanora assistait à la scène avec stupéfaction et fascination. Ces monstres avaient des capacités surhumaines. La femme débitait à mains nues l'épiderme de Mehan comme si elle tenait un couteau à dépecer. Ils n'étaient pas encore entrés dans la cabane mais, lorsqu'ils la visiteraient, ils trouveraient le bébé et lui feraient subir le même sort qu'à ses parents. Ce pauvre innocent mourrait au terme d'une agonie lente et atroce.

Eleanora ne pouvait rien pour Mehan. Elle n'était qu'une vieille femme dont les forces étaient à peine suffisantes pour lui permettre de traverser la forêt. Elle s'estimait néanmoins capable de dissimuler un nourrisson jusqu'au moment où ces monstres auraient assouvi leur soif de sang.

À condition d'agir sans perdre de temps. Les hurlements de la mère pourraient sauver l'enfant. Eleanora s'enfonça dans le sous-bois, vers l'arrière de la grande cabane qui était divisée en trois pièces. Deux printemps plus tôt, Coulter avait décidé d'améliorer le confort de sa demeure et ouvert une seconde porte afin que la brise vînt rafraîchir la cuisine pendant l'été... sans prévoir que cela assurerait le salut de son fils.

Elle l'espérait, à tout le moins.

Sa ferveur n'avait jamais été aussi grande, alors qu'elle priait pour sceller un pacte avec le Très Saint. Sa foi avait toujours été vacillante. Elle avait vu trop de choses au cours de sa longue existence pour croire qu'on trouvait dans la Révélation écrite et orale plus que de simples mots d'espoir, mais c'était d'espoir qu'elle avait besoin. Elle ne devait rien négliger.

Les hurlements de Mehan étaient encore plus interminables et terrifiants que ceux de son mari. Pourquoi ces étrangers infligeaient-ils de pareilles tortures aux malheureux qu'ils avaient décidé de tuer ? Cela leur procurait-il un plaisir pervers ? Savaient-ils qu'elle les écoutait et voulaient-ils lui donner une leçon ?

La cour arrière était plongée dans la pénombre. Les rayons du soleil ne l'atteindraient qu'en cours d'après-midi. Ici, l'humidité du petit matin ne s'était pas évaporée. Elle ne voyait pas d'étrangers et aucune empreinte de botte dans la fange. Une boue qu'elle maudissait. Quand ils découvriraient la seconde porte, les marques de ses pas leur permettraient de la suivre dans les bois.

Elle devait trouver un moyen de faire disparaître ses traces.

Elle relégua le problème au fond de son esprit pour ne penser qu'à la cabane. Les cris de Mehan s'étaient changés en gémissements d'une passivité insoutenable. Cette malheureuse ne pouvait ni modifier son destin ni bénéficier du soulagement de l'inconscience.

Eleanora s'avança et une idée lui vint. Ce plan laissait à désirer, mais c'était mieux que rien.

Elle poussa la porte et entra. Une odeur de pain frais régnait dans la demeure. Elle ne put résister à la tentation. Pour faire œuvre utile, elle devait se sustenter. Elle venait de prendre la miche chaude sur la petite table quand elle entendit des vagissements.

Les plaintes du bébé étaient couvertes par les râles d'agonie de sa mère. Le Très Saint semblait avoir exaucé sa prière. La Révélation contenait sans doute une part de vérité, le Roca aimait peut-être les enfants.

Mais elle n'avait pas encore sauvé celui-ci. Tout restait à faire. Pénétrer dans la cabane n'était qu'un début.

Elle se laissa guider par les sons jusqu'à la chambre latérale. Coulter avait fabriqué un berceau que Mehan avait garni de couvertures si douces que le nourrisson y était aussi confortablement installé qu'un petit roi. Eleanora fourra le pain dans la poche de sa jupe puis prit le bébé, la literie et le reste. Les gémissements changèrent de timbre lorsqu'elle le caressa.

« Je regrette, lui murmura-t-elle. J'aimerais tant être ta mère. »

Sa voix eut sur lui un effet apaisant. Elle le cala contre son épaule et songea à toutes les nuits où elle avait désiré avoir un enfant, un fils de Drew, un petit être débordant de chaleur et d'amour.

Les cris de Mehan s'interrompirent comme ceux de son mari. La terreur paralysa Eleanora. S'ils la découvraient, ils l'écorcheraient à son tour... et que deviendrait le bébé ?

Elle l'enveloppa avec soin dans les couvertures, afin de le réduire au silence sans risquer de le faire suffoquer, puis elle se dirigea vers la porte d'un pas rapide. Elle s'arrêta sur le seuil. Elle devait être méthodique. Elle rattraperait le temps perdu par la suite. Elle se tourna et s'éloigna à reculons en regardant le sol par-dessus son épaule. Elle veillait à placer ses pieds dans les empreintes qu'elle avait laissées à son arrivée.

Du côté opposé de la maison les étrangers n'avaient pas terminé leur discussion. Un autre rire du petit homme la fit trembler. Ils ne l'avaient pas repérée. Leur magie ne leur permettait pas de tout voir.

Elle atteignit les bois plus rapidement qu'elle ne l'avait pensé. À en juger à ses pas, on aurait cru que quelqu'un était allé jusqu'à la cabane et s'y trouvait encore. Ces assassins perdraient un temps précieux à explorer les recoins et renfoncements que Coulter avait aménagés pour son épouse. Ils ne partiraient à sa recherche qu'après s'être assurés qu'elle n'était pas à l'intérieur.

L'enfant sanglotait sans bruit et frissonnait. Il percevait sa peur. Elle le caressa. Ces misérables ne l'écorcheraient pas. Nul ne lui ferait de mal, tant qu'elle vivrait.

Elle revint sur ses pas jusqu'à la croisée des chemins, sauta sur le côté du sentier et continua dans la fondrière. Elle marchait aussi vite que l'autorisaient son corps décrépit et sa jupe trempée. Lorsqu'elle franchissait les flaques d'un bond, le bébé protestait contre ces mauvais traitements par de légères plaintes.

Pour ce qu'elle en savait, ces étrangers étaient en maraude dans la campagne. Qu'ils soient passés chez Coulter en arrivant du fleuve indiquait qu'ils venaient de Jahn. Il ne lui restait qu'à espérer que cette supposition était exacte et qu'ils n'avaient pas massacré tous ses autres voisins.

Elle irait chez Helter. Sa famille vivait sur la berge de la Marguerite, une rivière située au point le plus éloigné du Cardidas et de Jahn qu'elle pourrait atteindre.

Helter était un brave homme. Il prendrait les mesures qui s'imposaient.

ONZE

Gemme essuya la sueur de ses sourcils. La hanche lestée par sa rapière, elle se dressait au milieu de la route pour embrasser la scène du regard. Les troupes – une centaine d'hommes placés sous le commandement de Shima – étaient parties relever les caractéristiques du mur d'enceinte et donner des leçons aux civils qui osaient intervenir. La mort de trois autochtones piétinés à titre d'exemple avait fait perdre aux plus téméraires toute velléité de rébellion.

Les Fey avaient pris conscience du problème dès leur arrivée. Les insulaires ne suivaient pas des méthodes traditionnelles pour construire leurs fortifications. Le palais avait quatre portes, une dans chaque pan de muraille.

Gemme craignait que Shima ne leur ordonne d'aller chercher d'autres béliers. Une perte de temps que les forces locales mettraient à profit pour s'organiser. Pour l'instant, les Fey ne s'étaient heurtés à aucune résistance digne de ce nom.

Shima se dressait près de la première porte. Cette femme, si maigre qu'elle se voûtait, avait de longs cheveux blancs et un visage strié de balafres reçues au cours des nombreuses batailles auxquelles elle avait participé. En dépit d'un statut de Visionnaire mineure, elle n'avait pas d'autres talents et avait réclamé un poste de commandant de l'infanterie en avançant que la jeunesse faisait la force d'une armée.

Elle débattait du problème avec un de ses lieutenants et la discussion était animée. Gemme entendait par intermittence sa voix à travers la poussière et le brouillard. Elle se massa les bras. Pour elle, l'oisiveté était le fléau des guerriers.

Fardeau vint vers elle et la prit par le coude, en un geste protecteur. Bien qu'elle fût d'un an son aînée, ils avaient toujours été très proches. Chassé par les siens sitôt qu'ils avaient découvert qu'il n'avait aucun don pour la magie, il s'était enrôlé dans l'infanterie à l'âge de douze ans. En dépit de l'éloquence du chaman, sa famille avait refusé de le reprendre. Gemme veillait encore sur lui, même s'il était devenu plus grand et plus fort qu'elle. Il avait conservé le hâle acquis lors des campagnes de Nye et possédait depuis quelques mois une assurance qui lui faisait auparavant défaut.

Ce fut avec gravité qu'il déclara à voix basse, tel un conspirateur :

« Elle nous prive de notre avantage.

— Je sais. » Gemme regarda autour d'eux. Tous étaient nerveux. Si Shima ne passait pas rapidement à l'action, ses hommes en prendraient l'initiative et il en résulterait un désastre. La plupart des fantassins étaient des adolescents... trop jeunes pour avoir développé leurs pouvoirs magiques ou leur bon sens.

« Tu devrais lui parler.

— Que pourrais-je lui dire ? »

Il affermit sa prise sur son coude et l'attira vers lui, comme s'ils étaient amants. Shima ne fut pas dupe et continua de s'entretenir avec son lieutenant.

« Tu as un plan. J'en suis certain. »

Gemme leva le regard sur lui. Le poids qu'il avait perdu pendant les campagnes de Nye mettait en relief ses pommettes et ses yeux. « Qu'est-ce qui te le fait croire ?

— Ton exaspération. Tu ne tiens pas en place, quand ce qui est évident échappe à ton entourage. »

Ce n'était pas son cas. Il avait remarqué son irritation. Elle Voyait ce qu'il convenait de faire comme si la bataille avait déjà été livrée. Ils n'avaient pas besoin de béliers supplémentaires mais de renforts qui bloqueraient les autres issues pendant qu'ils défonceraient la porte la plus proche.

« Si je m'en mêle, elle estimera que j'abuse de mon autorité.

— Son opinion importe peu.

— Je suis placée sous ses ordres.

— Tu es la petite-fille du Roi noir. Tôt ou tard, tous devront te rendre des comptes. »

Elle soupira. Servir en tant que simple femme de troupe enseignait l'humilité, ce qui n'était pas dans sa nature. Elle s'essuya le front. La sueur se mêlait à la poussière. En dépit des fortes pluies, l'air en était saturé... bien plus qu'en tout autre lieu où elle était déjà allée.

Des soldats s'étaient regroupés devant une boutique pour jouer avec les autochtones réfugiés à l'intérieur comme des chats avec des souris. Elle entendait leurs rires mais Shima n'en faisait aucun cas. Elle désigna la porte de l'enceinte, puis le bélier. Les fantassins se dispersaient. Ils s'éloignaient sur la route en quête de butin à s'approprier.

Gemme s'avança entre ses camarades, touchant ici un bras, là une épaule. Tous étaient apparemment détendus. Ils livreraient sous peu bataille mais étaient sereins.

S'emparer de l'Île Bleue serait bien plus facile qu'envahir Nye dont l'armée avait souvent dû défendre les marches du nord-ouest contre des pillards... sans jamais subir de défaite, avant l'arrivée des Fey.

Alors que les insulaires semblaient ignorer les techniques de défense les plus élémentaires.

Le soleil illuminait la pierre grise humide de la muraille. Gemme n'avait qu'à fermer les yeux à demi pour discerner des guetteurs dans les petites tours dressées derrière la porte. Une autre donnée dont il faudrait tenir compte.

Elle approchait de Shima et de l'officier dont les propos devenaient intelligibles. « ... pourrions raser une maison et utiliser les poutres de la charpente ».

Shima secoua la tête. « Elles ne seront pas assez résistantes pour défoncer ces vantaux. Non. Regagnons les navires. Nous en avons en réserve, là-bas.

— Mon père a abrité nos vaisseaux dans les Terres d'ombre », intervint Gemme. Elle s'arrêta devant eux, tournant le dos à ses compagnons. « Et je puis vous garantir qu'il ne reviendra pas sur cette mesure.

— C'est son imprévoyance qui nous vaut d'être dans une impasse ! rétorqua sèchement Shima. Des cartes bien trop vieilles, aucun plan des fortifications, pas la moindre information sur la population. Heureusement pour lui que ces insulaires sont doux comme des agneaux. À quoi a-t-il pensé, en nous envoyant ici sans préparatifs ?

— Il n'aurait pu mieux organiser cette invasion. S'il avait détaché des éclaireurs assistés par des Nyeiens, nous n'aurions pas bénéficié de l'effet de surprise. »

Shima ouvrit la bouche pour répondre, mais Gemme leva la main.

« Un atout que nous sommes en train de perdre.

Comme vous venez de le faire remarquer, nous ne savons pas de quoi ces gens sont capables.

— Vous vous oubliez ! » lança Shima. Elle se redressa et la toisa.

Gemme recula pour ne pas devoir lever la tête. « Je crois que c'est vous qui vous oubliez. S'il le faut, j'assumerai le commandement de ces troupes afin que l'expédition de mon père soit couronnée de succès. »

Le lieutenant se tenait de côté, les yeux écarquillés, les joues empourprées par la chaleur. Conscients de leurs dissensions, les soldats qui les entouraient ne disaient mot. Seuls les rires de ceux qui se gaussaient des autochtones réfugiés dans la boutique troublaient le silence. Aucun bruit ne s'élevait au-delà de la muraille. C'était inquiétant. Gemme savait que leurs adversaires devaient écouter leur discussion mais ignorait s'ils pouvaient en assimiler le sens.

Shima s'intéressa aux soldats regroupés derrière elle. Quelque chose dans leur attitude dut la convaincre car ses traits anguleux se figèrent. « Je présume que vous avez une solution à proposer ?

— Envoyez chercher des renforts. Quand vos forces auront doublé, formez deux détachements. Le premier restera ici pour défoncer la porte. Vous scinderez le second en trois escadrons qui surveilleront les autres issues. Si les gardes du palais tentent une sortie, nous aurons l'avantage. Nous pourrons en outre emprunter cet accès. »

Shima fit un signe au lieutenant. « Prends quatre hommes et va au port. Reviens avec cent soldats supplémentaires, le plus vite possible. »

L'officier s'inclina puis s'éloigna rapidement. Gemme ne s'intéressa pas à ceux qu'il désignait pour l'accompagner. Elle fixait toujours Shima.

Ce fut avec raideur et sur un ton encore plus sec que

cette dernière ordonna aux troupes de se diviser, conformément aux suggestions de Gemme qu'elle regarda sitôt après avoir pris des dispositions pour qu'ils défoncent la porte dès que tous seraient en place.

« Votre plan est valable. Vous êtes-vous souvenue d'une leçon de stratégie militaire que j'ai pour ma part oubliée ? »

Gemme saisit le véritable sens de la question. Shima était un bon chef, même si elle manquait de souplesse de caractère. « Non, répondit-elle. Je l'ai Vu. »

Shima recula d'un pas. Une Fey Visionnaire avait un statut particulier, surtout lorsqu'elle appartenait à la famille royale. « Je ne puis en ce cas vous autoriser à prendre des risques. »

Gemme dirigea sa main vers son fourreau.

« Vous n'avez pas le choix. Je suis venue me battre.

— Vous le ferez à mes côtés et m'aiderez à prévoir les réactions de l'ennemi.

— Vous n'avez nul besoin de mes conseils. C'est la colère que vous inspire mon père qui a altéré votre bon sens. Mais il est mieux placé que nous pour prédire le déroulement d'une bataille. Ses capacités sont telles qu'il a pu créer des Terres d'ombre assez vastes pour recevoir tous nos navires. Croyez-vous qu'il nous aurait fait prendre des risques s'il n'avait pas été guidé par ses Visions ? Pouvez-vous imaginer qu'il nous aurait délibérément conduits vers une défaite ? »

Shima ne soutint pas son regard. Une trentaine de soldats disparaissaient derrière la muraille. Les autres avaient positionné le bélier devant la porte. « Je crains seulement que sa soif de conquêtes n'ait faussé ses Visions. »

Gemme en eut le souffle coupé. Nul n'avait encore jamais osé attaquer aussi ouvertement son père.

Shima referma sa main sur la sienne. Son étreinte

était ferme, sa peau dure et calleuse. Elle se pencha afin que les autres ne puissent l'entendre. « Chaque nuit, depuis notre départ de Nye, je vois mon corps mutilé et ensanglanté sur la berge de ce maudit fleuve. Et je ne suis pas seule. Des centaines de Fey morts m'entourent. Ces insulaires semblent inoffensifs, mais j'ai Vu qu'ils nous extermineront. »

Gemme trembla. Elle se rappelait sa propre Vision, la souffrance insoutenable, l'étranger qui s'inquiétait à son sujet. Avait-elle assisté à son agonie ? Elle n'aurait pu se prononcer.

« Si c'était exact, Rugar ne nous aurait pas amenés jusqu'ici, rétorqua-t-elle. Des Fey meurent au champ d'honneur dans toutes les campagnes.

— Jamais en si grand nombre. Jamais de façon si atroce. Nos adversaires me font penser à des francs-tireurs. »

Gemme déglutit avec peine. Les francs-tireurs lui inspiraient un incommensurable dégoût à cause de leur amour de la torture, de leur propension à utiliser leurs mains nues pour tuer. Leurs victimes mouraient très lentement, de mutilation et d'hémorragie. « Me le dire à présent est sans objet. Nous allons attaquer. Nous n'avons plus le choix.

— Si je vous en ai parlé, c'est parce que je doute de pouvoir assumer le commandement alors que mes Visions faussent mes réactions. »

Gemme comprit enfin et hocha la tête. Les erreurs de Shima n'étaient pas dues à de l'irritation mais à de l'appréhension.

« Je resterai à vos côtés », lui promit-elle.

Shima la regarda et elle crut déceler de la frayeur sur ses traits. Ce fut bref, mais suffisant pour lui donner des frissons. Les chefs étaient censés ignorer la peur, être forts et sûrs d'eux.

Expérimentés, contrairement à elle.

« Nous devrions défoncer cette porte », fit Shima. Son intonation était interrogative, comme si elle lui demandait de confirmer que sa décision n'allait pas à l'encontre de ce qu'elle avait Vu.

« Les écuries se trouvent au-delà. Nous libérerons les chevaux pour empêcher le départ des fuyards et des estafettes. »

Ce qui serait d'ailleurs impossible à obtenir. Au premier coup de bélier un commandant devinerait leurs intentions et ordonnerait à ses hommes de sortir les affronter en empruntant les autres issues.

Cependant, elles ne savaient même pas s'il y avait des officiers à l'intérieur de l'enceinte. Gemme commençait à partager la frustration de Shima.

Elle regarda de toutes parts. Les rieurs s'étaient éloignés de la boutique désormais close. Ne restait dans la rue où flottait un nuage de poussière qu'un petit groupe de combattants. Plusieurs s'étaient réunis autour du bélier, prêts à s'en emparer et se mettre en position. Soulever ce vieux chêne dépouillé de ses feuilles et de ses branches ne serait pas aisé. Les Gardiens des sortilèges avaient conseillé à son père d'en faire préparer une fois à destination, mais il avait insisté pour les emporter avec eux bien que ce fret supplémentaire l'eût contraint à armer un navire de plus.

« À l'assaut ! » cria Shima.

Tous l'ovationnèrent. Les vingt soldats de faction près du bélier le hissèrent. Ils paraissaient minuscules de chaque côté de l'énorme tronc, rougissant sous l'effort. Ils s'accordèrent un instant pour reprendre leur souffle puis avancèrent à petites foulées jusqu'au moment où le fût percuta le panneau de bois.

Le bruit se répercuta dans la rue et Gemme sentit le sol vibrer. Tous ses muscles étaient tendus. Elle vit des éclats se soulever au point d'impact. Les soldats reculèrent et repartirent à la charge. Il y eut un fracas suivi d'une vibration. Elle tendit l'oreille mais ne put rien entendre derrière la muraille.

La porte de la boutique s'entrebâilla, de l'autre côté de la rue. Le soleil révéla des individus au teint blême. Leur terreur était presque palpable. C'était la première fois que des étrangers attaquaient le palais de leur roi. Une des rares informations qui circulaient sur l'Île Bleue, c'était qu'elle n'avait jamais subi d'invasion.

Un nouvel impact. Des bouts de bois volèrent dans toutes les directions. Gemme s'intéressa à la porte. Elle avait craint qu'ils proviennent de leur bélier, mais le panneau se fissurait par le milieu et sur les côtés de la fente des éclats pointaient vers le ciel d'un bleu lumineux.

Les soldats attendaient en silence. Ils n'entendaient que les bottes de ceux qui se déplaçaient dans la poussière puis le coup sourd et la vibration du bélier qui percutait sa cible. Les bras croisés, Shima les observait et semblait se détendre. Gemme se demanda si elle avait subi tout au long de la traversée les assauts de la peur et, si oui, combien de Fey avaient été dans le même cas.

Des voix résonnèrent plus loin dans la rue. Des bruits de pas couvrirent les autres sons. Elles levèrent les yeux vers les renforts qu'elles ne pouvaient pas encore voir.

Le bélier s'enfonça dans la porte et des fragments de planches tombèrent. Gemme frissonna en découvrant au-delà de la petite brèche des pavés et les murs de pierre grise d'une construction, les jambes d'individus qui couraient. Des hennissements et des voix qui s'exprimaient dans une langue inconnue parvenaient jusqu'à elle.

Encore quelques coups et ils pourraient entrer. Elle

leva les yeux sur Fardeau. Il la regardait et le soleil qui caressait son visage se reflétait sur ses hautes pommettes et dans ses yeux sombres magnifiques. Il lui adressa un sourire, qu'elle lui retourna. Une étrange joie l'envahit. Se battre était dans sa nature. Elle n'aurait pas dû se laisser contaminer par les craintes de son commandant.

Shima alla attendre les renforts et passa derrière le bélier, qui percuta une fois de plus la porte et la traversa. Les hommes qui le maniaient le retirèrent et reculèrent. L'ouverture était importante mais les assiégés ne ripostaient toujours pas. Tout indiquait qu'ils auraient le temps de l'agrandir et de dégager totalement le passage.

Les renforts arrivèrent et doublèrent leurs forces. Ils se déployèrent : des soldats minces et vigoureux en tenues de cuir identiques, armés d'épées familiales qui se balançaient sur leur hanche.

Ceux au bélier repartirent et visèrent un point situé un peu plus bas sur le panneau de bois. Il craqua et céda. Un hurlement déconcertant s'éleva et Gemme finit par reconnaître le hennissement d'un cheval. Les soldats posèrent le bélier, dégainèrent et chargèrent.

La moitié des renforts poussèrent leur cri de guerre et les imitèrent. Les autres coururent prendre position devant les portes latérales. L'épée au poing, Gemme suivit ses camarades à l'intérieur. Elle présumait que Shima se trouvait derrière elle.

Les premiers arrivés avaient déjà libéré les chevaux qui fuyaient dans la mêlée, à la recherche d'une issue. Des palefreniers tentaient de refermer les portes des écuries. Les Fey se pressaient dans un étroit passage séparant ce bâtiment d'une autre bâtisse et quelques soldats en bordure du groupe affrontaient des gardes. On entendait les tintements du métal contre le métal, des pleurs d'enfants en bas âge et des hurlements de femmes pendant que les chevaux se cabraient pour donner des ruades à quiconque passait à proximité. Néanmoins, les envahisseurs progressaient et Gemme put bientôt voir le mur de pierre de la première tour du palais. Elle était percée de fenêtres et quelqu'un écarta une tapisserie pour vider un seau sur les assaillants. Son contenu était si chaud qu'il laissa derrière lui un panache de vapeur.

L'avertissement de Gemme arriva trop tard. Les soldats qui se trouvaient sous l'ouverture furent ébouillantés et leurs cris se mêlèrent à ceux des chevaux. Elle se détourna et se fraya un chemin dans la mêlée. L'odeur âcre de la sueur et de la peur saturait l'air et se mêlait à la poussière pour chatouiller ses narines.

Des gardes sortirent du palais et le fracas de l'acier devint assourdissant. D'autres insulaires vinrent leur prêter main-forte avec des armes improvisées – haches, couteaux, bâtons. Gemme assistait à ces combats sans pouvoir y participer. Elle tentait toujours de se dégager de la masse des corps. Elle réussit à s'en extirper à proximité d'une double porte donnant dans le palais. La chaleur qui en émanait indiquait qu'elle débouchait dans les cuisines. Elle leva les yeux... aucune fenêtre ne surplombait cet accès.

Il s'ouvrit sur quelques hommes, pour la plupart âgés et munis d'armes de fortune. L'homme de tête brandissait un coutelas dentelé et ses vêtements blancs étaient maculés de poussière et de graisse. Elle releva ce détail en se précipitant vers lui pour abattre son épée. Il se pencha et esquiva le coup dirigé vers son ventre. Les lames se percutèrent et la vibration de l'impact parcourut le bras de Gemme. Le couteau glissa entre deux doigts et entailla sa main. Elle pourfendit son adversaire.

Il recula en titubant et manqua l'entraîner dans sa chute. Elle tira son épée, qui ressortit de ses entrailles. Du sang se répandit sur le tissu blanc et il baissa les yeux, comme sidéré par ce qui lui était arrivé. Il s'effondra, toujours en vie mais hors d'état de nuire.

Ses compagnons s'étaient dispersés. Elle décida de les laisser aux soldats qui la suivaient. Elle voulait découvrir ce qu'il y avait à l'intérieur du palais.

Elle franchit le seuil et se retrouva dans les cuisines. Les murs épais étouffaient le bruit des combats et le calme qui régnait dans cette vaste pièce surchauffée était presque pénible. Du pain brûlait dans les fours doublés de briques. Des bûches se consumaient dans une cheminée que nul n'alimentait. Du côté opposé, près de l'office, des serviteurs s'étaient juchés sur les marches d'un escalier et se passaient des marmites de saindoux et d'eau pour ébouillanter les envahisseurs.

Gemme recula lentement. S'aventurer plus loin sans renforts eût été de la folie. Elle avait besoin d'aide pour briser cette chaîne.

Elle ressortit dans la poussière, le vacarme et le sang. Les hurlements étaient désormais moins assourdissants, couverts par les grognements et ferraillements de la bataille. Elle se hissa sur la pointe des pieds pour regarder au-delà de la mêlée et sa vision se brouilla.

Elle était sur la berge du fleuve en compagnie de son père, qui s'exprimait d'une voix déformée par la panique. Des cadavres jonchaient la grève. Des Fey aux traits hideusement métamorphosés, comme s'ils avaient fondu au soleil. Elle était ensanglantée et Rugar lançait des ordres auxquels nul ne prêtait attention. Tous contemplaient avec incrédulité ce carnage.

Un bras l'attira dans un renfoncement et un couteau frôla en sifflant son visage. Fardeau se dressait près d'elle, en sueur. « Par les Puissances, à quoi pensais-tu donc ? s'emporta-t-il. Tu as failli te laisser tuer par cet homme ! »

Elle ne savait pas de qui il parlait. Elle n'avait vu que l'arme. Son esprit s'était un court instant égaré en un autre lieu et en un autre temps.

« Ne reste pas ici », ajouta-t-il.

Elle secoua la tête. « Trouve des soldats. Nous devons entrer. Je sais comment les empêcher de nous ébouillanter. »

Il se renfrogna mais finit par lâcher son bras, conscient que ce n'était pas le moment d'en discuter. Il alla regrouper quelques hommes aux abords de la mêlée.

Gemme tenait son coude meurtri et respirait à pleins poumons. La peur de Shima l'avait contaminée. Elle n'avait jamais été angoissée avant d'être informée de sa Vision. Quand tout serait terminé, elle irait demander au chaman si ces choses pouvaient ramper d'un esprit à l'autre comme des serpents.

En attendant, elle se concentrerait pour surmonter sa frayeur. Elle savait qu'elle mourrait, si elle y cédait pendant les combats.

DOUZE

Un homme hurla à l'extérieur. Ce son rauque et puissant, interminable, évoquait plus les souffrances d'un animal que celles d'un humain. Matthias s'arrêta dans l'escalier séparant le premier étage du rez-de-chaussée et cala sa paume droite sur les pierres humides de la paroi. D'ici, les combats semblaient très proches.

La gorge serrée par l'angoisse, il défit d'une main tremblante l'embrasse de la tapisserie. Le lourd tissu se déplia et s'abattit contre l'encadrement, réduisant le volume sonore. Ce fut toutefois insuffisant pour l'isoler des cris qui grimpaient dans les aigus et traduisaient une souffrance de plus en plus intense. Il repartit rapidement, irrité par l'obscurité qui lui dissimulait les escaliers, même si elle lui paraissait indispensable.

Il avait vu trop de gens mourir, ce jour-là.

De façon atroce. Les malheureux écorchés vifs ; le sang qui rougissait la boue ; les blessés gisant autour du Tabernacle, abandonnés à leur sort et privés d'espoir. Les envahisseurs n'avaient pas encore lancé un assaut contre l'édifice, ce qui le déconcertait. Ses tours élégantes, ses fenêtres tendues de tapisseries magnifiques et ses portes serties de gemmes indiquaient pourtant qu'on y trouvait plus de richesses que partout ailleurs sur cette île... à l'exception, peut-être, du palais.

De la bile monta dans sa gorge et il la ravala. Si les Fey n'étaient pas venus mettre Jahn à sac, que faisaient-ils ici ? Après les avoir vus perpétrer des atrocités innommables dans les rues de la ville, une seule réponse lui vint à l'esprit : assouvir leur soif de sang.

Il se hâta de descendre les dernières marches qui le séparaient du rez-de-chaussée. Les Danites s'étaient rassemblés aux portes et aux fenêtres avec des armes improvisées. Certains brandissaient même les petites épées qui étaient les symboles de leur foi, un sacrilège qui eût consterné tous les autres Anciens. Matthias était quant à lui convaincu que Dieu ne tiendrait pas rigueur à un homme d'utiliser tout ce qu'il avait à sa disposition pour se défendre.

Qu'Il comprendrait et accorderait peut-être Son pardon.

Quelques Auds et serviteurs hagards allaient et venaient dans les salles aux tapis rouges. Certains se hissaient sur la pointe des pieds pour jeter un coup d'œil par-dessus les épaules des Danites, afin de découvrir l'origine des sons qui s'élevaient à l'extérieur.

Un hurlement s'acheva sur un cri à glacer le sang. Le silence qui lui succéda fut encore plus angoissant.

Matthias referma sa robe sur sa poitrine et passa d'un pas rapide devant les portes closes des bureaux, les bustes d'ivoire des Rocaan précédents et les portraits aux encadrements dorés suspendus dans le couloir. Un des Auds, un petit chauve qu'il ne connaissait pas, oublia l'étiquette pour le retenir par le bras.

« S'il vous plaît, ô Ancien Vénérable ! Faites appel aux gardes du palais. Eux seuls pourront nous sauver. »

Il le serrait trop fort pour qu'il pût continuer son chemin. Matthias baissa les yeux sur les mains qui l'agrippaient. Elles n'étaient pas gantées, car les Auds affichaient un profond mépris pour les accessoires vestimentaires. Les doigts étaient trapus, les ongles rongés. Il porta lentement le regard sur l'importun et lui déclara posément :

« Le seul qui puisse nous sauver, c'est le Très Saint qui transmet à Dieu toutes nos prières. »

Il se dégagea et repartit sans attendre un commentaire. D'autres domestiques passèrent en courant avec des fagots de brindilles et quelques bûches afin d'aller allumer un feu. Un individu corpulent en tenue blanche de cuisinier traînait une rapière sacrée qu'il avait décrochée de la porte de la Chapelle des Serviteurs. Matthias s'abstint de le réprimander. Il en aurait le temps s'ils réussissaient à survivre.

Ce qui ne serait donné à aucun d'eux, il en était certain.

Il inhala à pleins poumons pour se détendre. Il n'avait jamais assisté à d'aussi âpres combats. Ils avaient débuté peu après qu'il eut envoyé des Danites alerter le roi. Des Fey massacraient la population dans chaque rue, quand d'autres ennemis étaient arrivés. Ces nouveaux venus écorchaient vifs leurs victimes d'un simple contact. Par les fenêtres des appartements du Rocaan, Matthias avait été témoin de trois de ces exécutions avant de prendre conscience que les souffrances de ces malheureux étaient réelles... et que ni le Très Saint ni le Roca ne descendraient des cieux pour sauver les croyants.

Même s'ils avaient protégé le Tabernacle.

Ce qui ne saurait durer.

Il atteignit enfin la courbe du couloir qui reliait l'aile de construction récente à l'ancienne église. Ici, la pierre était effritée par les ans, les tapis élimés et les lieux éclairés par de simples bougies fichées dans de petits candélabres en or. Il en prit une et inséra une clé dans le verrou d'une porte.

Le bout de métal pivota lentement et le mécanisme crissa. Matthias craignait qu'il ne se bloque, mais il céda. Il poussa le battant et la poussière qui vint à sa rencontre le fit tousser.

Il jeta un coup d'œil par-dessus son épaule. Personne. Il tendit la chandelle devant lui puis la suivit et referma la porte.

La flamme ne diffusait qu'une chiche clarté. Elle ne révélait que sa main, son bras et un petit cercle de paroi. Il ne pouvait voir les escaliers, ni s'assurer qu'ils n'étaient pas érodés. L'air était stagnant et saturé de poussière. Il fit un pas et chercha l'extrémité de la première marche du bout de sa chaussure en cuir. Il la trouva et entama prudemment la descente.

Quelque chose se prit dans ses cheveux et il retint un cri en battant l'air avec sa main gauche tant que les fils gluants de la toile d'araignée ne se furent pas entortillés autour de ses doigts. Il grimaça mais repartit, le bras tendu devant lui pour écarter ces filaments visqueux.

Par l'Épée Bénie, il n'eût jamais imaginé ce qui l'attendait lorsqu'il s'était éveillé ce matin-là ! Il avait prévu d'effectuer ses tâches habituelles, négocier avec le Rocaan l'attribution aux Auds des terres situées au sud du pont de Killeny, s'entretenir avec le prince de son manque de conviction religieuse puis revenir voir le Rocaan pour souper en sa compagnie. Qui aurait pu alors se douter que le monde qu'ils avaient toujours connu appartiendrait au passé avant le coucher du soleil ?

Nul n'avait eu la prémonition de ces événements, ce qui n'eût d'ailleurs rien changé étant donné qu'ils n'auraient pas su comment s'y préparer. Il n'y avait sur leur île aucune armée, seulement des gardes entraînés à mater des révoltes paysannes, l'unique menace à laquelle la monarchie avait été confrontée depuis maintes générations. La mer et les écueils les avaient protégés de tous les dangers extérieurs... Jusqu'à ce jour.

Plus il descendait sous le Tabernacle, plus l'air se rafraîchissait et se chargeait d'humidité. Il entendait des clapotis de gouttes, quelque part devant lui. Il régnait en ce lieu les relents de putréfaction propres aux marécages et il s'interdisait de penser aux créatures qu'il risquait d'y trouver.

L'escalier s'enfonçait en spirale dans les ténèbres. Matthias prenait appui sur la rampe pourrissante et comptait les paliers : deux, trois, quatre. Arrivé sur le cinquième, il tendit la chandelle pour tenter de discerner le bas des marches.

Et il se figea. La plate-forme s'était effondrée, avec tous les gradins. Emprunter ces passages n'était donc pas la solution. Il avait espéré que le Rocaan pourrait se dissimuler dans ces souterrains, mais même un homme dans la fleur de l'âge n'eût pas survécu à un tel plongeon.

Il avait la gorge sèche. Être seul le terrifiait. Il referma ses doigts sur l'épée suspendue à son cou, plus par habitude que pour solliciter l'assistance du Très Saint. Il ne lui restait qu'à remonter et chercher une autre solution.

Alors qu'il n'avait aucun désir de retrouver le chaos. Il eût aimé se réveiller et constater qu'il avait fait un cauchemar, qu'il était bien au chaud dans son lit et qu'à l'extérieur la pluie tombait à verse... que rien n'avait changé. Si seulement il avait pu recommencer la journée, ne pas descendre dans l'antre du Rocaan et voir ces mâts spectraux sur le Cardidas, ne pas sentir la terreur étendre ses cirres dans son estomac !

Les clapotis décroissaient. Sa bougie s'était presque entièrement consumée et la cire fondue lui brûlait les doigts. Les ténèbres l'intimidaient et l'incitaient à ralentir le pas, mais son imagination se chargeait de l'aiguillonner. La partie rationnelle de son être était convaincue qu'il regagnerait le niveau du sol et retrouverait les Auds et les serviteurs pris de panique, les Danites prêts à tout, les célébrants qui montaient la garde devant la porte des appartements du Rocaan. Cependant, la zone de son esprit où prenaient naissance ses rêves et ses angoisses s'était verrouillée sur les scènes de carnage vues dans la matinée.

Il refusait de connaître une fin aussi atroce.

Il ne tenait pas à découvrir qu'il n'y avait rien au-delà du tombeau, que le rocaanisme n'était que le fruit de l'imagination d'un illuminé charismatique qui avait fait des adeptes dans la totalité de l'île des siècles plus tôt. Il s'arrêta et passa sa main libre sur son visage. Pendant les périodes troublées, les croyants étaient censés se tourner vers leur Dieu... et lui qui était un érudit, un membre de l'élite plein de sagesse, ne bénéficiait pas de ce réconfort.

Il s'était pourtant efforcé de développer sa foi. Depuis qu'il avait compris que le fils cadet d'une famille de propriétaires terriens avait le choix entre vivre dans l'ombre de son frère ou se rendre dans le Tabernacle pour tenter d'atteindre une position si élevée que nul – pas même son aîné – ne pourrait l'ignorer. Entrer dans les ordres afin d'améliorer sa situation personnelle était certes choquant, et une petite voix intérieure lui affirmait qu'il avait des ennuis parce qu'il avait ainsi bafoué la Révélation écrite et orale.

Il gravissait les marches deux à deux, en s'agrippant à la rampe pourrie. La flamme de la bougie s'amenuisait et vacillait. Elle ne tarderait guère à s'éteindre et sa peur des ténèbres devint plus grande que celle du monde extérieur. Il poussa la porte avec une force qu'il ne savait pas posséder...

... et le battant se bloqua après s'être déplacé de quelques pouces. La lumière du jour remplaça celle de la chandelle qui dansa et mourut. Des cris incompréhensibles résonnaient dans le couloir, ponctués de hurlements et de bruits sourds. Pris de panique, il envisagea de redescendre se dissimuler dans les souterrains. C'était toutefois impossible. Il avait des devoirs envers le Rocaan... des devoirs auxquels il accordait autant d'importance qu'à sa vie. Il ne pouvait abandonner ce vieillard.

Il exerça une autre pression et réussit à ouvrir suffisamment la porte pour glisser la tête dans l'entrebâillement. À son grand soulagement, le couloir était désert. C'était le cadavre d'un Aud qui bloquait le passage.

Dieu ! Ils étaient donc entrés !

La terreur dont il avait subi les premiers assauts dans le sous-sol sécréta de la bile qui grimpa dans sa gorge. Il s'arc-bouta contre le panneau avec une énergie alimentée par l'adrénaline que charriait son sang. L'Aud bascula. Il sortit et fit claquer la porte derrière lui. Des fluides vitaux avaient éclaboussé les murs de pierre et coulé sur le battant de bois.

Il devait monter à l'étage, analyser la situation.

Les combats se déroulaient du côté d'où il était venu. Il emprunterait l'aile des serviteurs.

Il enjamba le cadavre et se mit à courir. Les cris décroissaient au fur et à mesure qu'il s'éloignait. Il y avait des traces de violence de toutes parts : cierges sur le sol, tables renversées. On avait lacéré le portrait du dixième Rocaan et la toile s'affaissait à l'aplomb d'écailles de peinture éparpillées sur le dallage.

Il avait franchi l'angle situé au-delà de la Chapelle des Serviteurs, lorsqu'il les vit. Une vingtaine de Fey, grands et élancés, terrifiants dans leurs uniformes de cuir brun. Ils se dressaient au-dessus de la dépouille d'un Aud et échangeaient des propos dans leur langue gutturale. Un rire de gorge les interrompit et un petit individu aux traits irréguliers coiffé d'un bonnet écarlate se pencha vers le corps pour prélever de longs rubans rougeâtres qu'il fourra dans un sac suspendu à sa taille.

Matthias finit par comprendre qu'il s'agissait de lambeaux de peau et fut à tel point choqué et horrifié qu'il ne put s'empêcher de gémir. Les Fey l'entendirent et le virent. Leurs yeux étaient sombres, privés d'éclat et de sensibilité.

Le plus petit s'avança et Matthias fut tiré de sa transe. Il hurla et fit demi-tour. Il refusait de mourir comme cet Aud, sans pour autant espérer se soustraire à ce triste destin. S'il repartait dans ce couloir, ils auraient tôt fait de le rattraper. Ils l'écorcheraient vif et son sang éclabousserait les parois. Il n'avait rien pour les repousser. Il serait à leur merci.

Fort de cette conclusion, il se dirigea vers la Chapelle des Serviteurs afin de s'emparer d'une des épées d'apparat. Le Roca ne pourrait reprocher à un de ses fidèles d'utiliser un tel symbole pour se défendre.

Si le Roca n'était pas un mythe.

Et s'il était possible de le considérer comme un de ses fidèles.

Quoi qu'il en soit, son âme était moins en péril que sa vie.

Il poussa les doubles portes, entra dans la chapelle et leva les mains vers les armes sacrées. Elles n'étaient plus là, et il glissa. On avait tiré le tapis et répandu un fluide visqueux sur le sol... Du sang, finit-il par comprendre.

Les bancs étaient renversés et il y avait de toutes parts des cadavres de Danites, d'Auds et de serviteurs. La plupart étaient pieds nus et n'avaient pas été mutilés. Matthias ne pouvait s'attarder pour dresser un bilan des pertes. Il devait se procurer une arme.

Il se rapprocha de l'autel, dont le plateau avait basculé et s'était brisé. Un malheureux gisait en travers de la pierre, le visage en partie écorché comme si on avait voulu le dépecer en ce lieu saint. Tout ici puait le sang et il ne restait plus une seule épée de cérémonie.

Se sentant pris au piège, il pivota sur ses talons. S'il empruntait la porte du fond il se retrouverait à l'extérieur du bâtiment et s'il revenait sur ses pas il serait confronté à ses poursuivants.

Comme s'ils avaient suivi son raisonnement, ils franchirent les deux issues. Ils s'étaient divisés pour le prendre en étau, alors qu'il n'avait même pas un couteau.

Il ne voulait pas se laisser massacrer dans cette chapelle. Il poussa le domestique et chercha son arme, en vain. Puis il vit les burettes contenant l'eau que le Rocaan avait bénie la veille au soir, lors de la célébration du Sacrement de Minuit. Le verre était épais et lourd. S'il les utilisait comme projectiles, peut-être retarderait-il les Fey le temps de trouver une solution.

Il les prit l'une après l'autre pour les lancer sur les envahisseurs qui approchaient devant lui et sur sa droite. La première vola en éclats sur le sol et les assaillants hurlèrent. Il continua de les bombarder de fioles jusqu'au moment où il remarqua qu'ils avaient interrompu leur progression.

Une puanteur de chair calcinée le fit grimacer. Puis il constata que les Fey se tenaient les jambes et braillaient en roulant dans des flaques de sang. Il lorgna derrière lui. Il avait dû jeter une dizaine de bouteilles, un nombre insuffisant pour que leurs tessons lacèrent les pieds de tant d'adversaires.

Et s'ils ne saignaient pas, leurs vêtements se détachaient de leur corps et pelaient telles des exuvies de serpent. Il resta paralysé, une main sur la bouche. Les Fey gisaient dans l'eau bénite et s'égosillaient sitôt qu'ils la touchaient. Le nabot à la face aplatie avait cessé de vivre et ses yeux étaient révulsés.

Matthias tremblait. Il devait surmonter sa terreur et en apprendre plus. Il le fallait. Si leur mort n'était pas due aux éclats de verre, l'eau en était la cause.

L'eau bénite.

Il prit une burette et redescendit les marches. Son cœur battait si vite qu'il avait des difficultés à respirer. Il déboucha le flacon et chercha le Fey qui semblait être leur chef. Il vivait encore, même si ses jambes et ses mains n'étaient plus qu'une masse de chair grillée sous des lambeaux de vêtements.

Il écarquilla les yeux en le voyant approcher. « Que nous avez-vous fait ? » s'enquit-il en nyeien, avec un fort accent.

Des propos qui étonnèrent Matthias. Il se demanda s'il ne lui jouait pas la comédie, si ce n'était pas ainsi que les envahisseurs surprenaient leurs victimes. Il aspergea d'eau bénite le visage du Fey qui hurla jusqu'au moment où ses lèvres fondirent et scellèrent sa bouche. Paralysé par l'horreur, Matthias fixait à travers ses larmes cet être – cet homme – qui se débattait alors que sa chair coulait et obstruait ses narines, l'empêchant de respirer.

Les autres gémissaient, indifférents au trépas de leur chef. Mais, pendant ce qui lui parut durer une éternité, Matthias le regarda griffer sa face désormais privée de traits avec des mains difformes. Il cessa finalement de bouger.

Les cris qui s'élevaient de la chapelle couvraient ceux des autres secteurs du Tabernacle, quand Matthias gravit les marches d'un pas chancelant. Ici, et dans tous les lieux consacrés de ce bâtiment, il avait à sa disposition des armes capables d'arrêter les envahisseurs.

Il se hâta de nouer l'ourlet de sa robe autour de sa taille, afin d'improviser une énorme bourse qu'il emplit de burettes. Puis il prit dans ses bras toutes celles qu'il pourrait porter.

Il contourna les blessés et les agonisants pour se diriger vers la double porte de la chapelle. Il ne pouvait se déplacer rapidement, mais c'était un prix négligeable à payer en échange de leur salut.

TREIZE

Charognard avait du sang sur les lèvres. Il les essuya du dos de la main, ce qui n'arrangea rien. Le fluide poisseux s'étala sur sa joue. C'était l'aspect le plus déplaisant de ses activités. Il ne supportait pas cette odeur de métal et de mort, et ce n'était qu'un début.

Il s'avançait d'un pas titubant entre les immeubles d'une rue jonchée de cadavres. Lorsqu'il avait suivi les francs-tireurs vers le palais, le quartier empestait le poisson. À présent, sa propre puanteur couvrait le reste.

Il avait devant lui la berge rocailleuse où s'alignaient les entrepôts et les débarcadères. Les flots bruns du Cardidas miroitaient au-delà, vides de tout navire. Seul un petit cercle lumineux indiquait que Rugar avait expédié la flotte dans les Terres d'ombre. Sous la vive clarté du jour, cette marque était à peine visible. Il la regarda malgré tout, pour être réconforté par une chose familière.

Le quartier du port était aussi désert que le fleuve. Il n'y avait plus sur le pont – emprunté quelques heures plus tôt par des chevaux et des autochtones pris de panique – que des cadavres affalés sur le parapet. Il n'y voyait aucun calot écarlate à l'ouvrage, mais en raison de leur petite taille le muret de pierre pouvait les dissimuler. Ils réalisaient une belle cueillette. Juste à côté des Terres d'ombre, qui plus est. Il eût aimé avoir leur chance.

Il avait l'impression d'avoir parcouru des lieues pour regagner le dépôt. Le soleil était accablant et le sol bourbeux instable. Ce qu'il transportait suspendu à son ceinturon le lestait. Ces vessies de mouton ensorcelées par d'habiles Ménagers assuraient une conservation parfaite des peaux les plus fragiles et préservaient toutes leurs propriétés. Un calot écarlate dont les gibecières étaient de mauvaise qualité avait perdu du sang jusqu'au campement, ce qui lui avait valu d'être giflé par un Gardien qui lui reprochait d'avoir laissé une piste facile à suivre.

Charognard n'avait pas oublié la leçon. Il prenait soin d'éviter toute erreur. Ce qui ne lui avait toutefois jamais permis d'améliorer son statut. Les calots écarlates étaient victimes de leurs gènes. Petits, trapus et privés de magie, ils ne se rendaient utiles qu'en temps de guerre. Lorsqu'il n'y avait aucun conflit ils étaient parqués dans des villages éloignés des secteurs où vivaient les « véritables » Fey qui ne souhaitaient pas avoir sous les yeux la preuve que tous les représentants de leur race n'étaient pas grands, élancés avec les traits harmonieux.

Il avait malgré tout la nostalgie de la paix. Pendant un an, il avait pu garder les mains propres, ne pas être constamment souillé, ne pas exécuter les ordres des francs-tireurs ni aller récolter les lambeaux d'épiderme d'une multitude de malchanceux.

Il humecta ses lèvres et le goût du sang le fit tressaillir. Il descendit d'un pas la pente conduisant à l'entrepôt, perdit l'équilibre et glissa. Il baissa le bras pour protéger ses bourses qui auraient pu éclater.

Lorsqu'il atteignit le bas de la déclivité, le fluide vermeil qui maculait sa paume était le sien. Il l'essuya sur son pantalon et entra rapidement dans la grande bâtisse.

Ils avaient installé leurs quartiers dans le plus vaste des bâtiments qui bordaient le fleuve. Les portes en bois décoloré par les intempéries se fissuraient par endroits. Les insulaires qui jonchaient le sol autour de lui et sur la berge avaient été tués par des fantassins et non des francs-tireurs. Le véritable massacre aurait lieu plus tard, s'il avait lieu.

Il gravit les planches du plan incliné et entra dans la construction qui puait le poisson pourri et l'eau croupie. Il éternua, heureux que ces relents couvrent ceux du sang qui avaient imprégné ses narines. Des lumignons étaient posés sur le sol. Les âmes enfermées à l'intérieur martelaient le verre et la clarté était vive et magnifique. Charognard s'arrêta pour s'intéresser à un homme à l'expression déconcertée qui flottait dans l'une d'elles. La population locale n'avait jamais vu de telles lampes et ce malheureux devait ignorer qu'il se trouvait dans un tel luminaire et qu'il y resterait jusqu'au jour où son âme se serait entièrement consumée. Sans doute ne se souvenait-il même pas de sa capture. Assistés par des Ménagers, les Igniteurs ne lambinaient pas.

« Es-tu un calot ou un individu digne d'intérêt ? »

La voix profonde de Caseo l'incita à se redresser, le cœur battant. C'était le plus puissant des Gardiens, et le plus empressé à le démontrer à la moindre occasion.

« Matricule Quinze », annonça Charognard. Il remarqua qu'il avait grimpé dans les aigus pour la dernière syllabe.

« Alors, avance, mon petit. La journée ne fait que commencer. »

Mon petit ! Charognard pinça les lèvres. Il était

majeur depuis plus de trente ans. Caseo le traitait avec condescendance parce qu'il ne maîtrisait pas la magie et que son corps était resté trapu et voûté. Il était autant un Fey – un Fey adulte – que les autres.

Il inspira pour se détendre. La seule fois où il s'était permis de répondre à un Gardien, il avait dû aller écorcher des cadavres vieux de cinq jours dans les champs de bataille de la périphérie d'Uehe. Il avait alors une vingtaine d'années et il n'avait jamais vu – ou senti – pareille putréfaction. Il faisait, depuis, le nécessaire pour échapper à de telles corvées.

« J'arrive, monsieur. » Il suivit la piste de lumières. Elles illuminaient les murs nus, des planches de bois brut. Quelques filets déchirés pendaient aux nombreux crochets.

Il dépassa un angle et se retrouva dans une salle mieux éclairée qu'une prairie sous le soleil de midi. Il y avait des lumignons non seulement sur le sol mais également accrochés aux parois et au plafond. La plupart des meubles avaient été poussés contre les murs, à l'exception d'une grande table et de dix tabourets réservés aux Gardiens les plus âgés. Ils étaient là, tous les vingt, penchés sur de petits bouts de papier. Solanda la métamorphe était présente. Elle ne tenait pas en place, tel un animal encagé.

Charognard la contempla. Ses cheveux couleur fauve, sa peau dorée et sa grâce naturelle faisaient d'elle la plus parfaite de toutes les Fey. Même la tache de naissance brune sur son menton – la marque distinctive de ses semblables – rehaussait sa beauté.

Caseo se penchait sur la table, les mains à plat sur son plateau. Il s'intéressait lui aussi à un document, peut-être une carte. Charognard ne pouvait approcher suffisamment pour en obtenir confirmation. Le Gardien avait repoussé son capuchon, ce qui révélait ses traits émaciés, et il riva sur lui des yeux qui n'étaient que deux orifices forés dans un visage étroit.

« Alors, mon petit ? Apporte ta cueillette. Je suis certain que d'autres corps t'attendent. »

Charognard ravala une insulte et s'avança. Le Gardien le plus proche s'écarta. Solanda contourna Caseo pour prendre la feuille et la caler sous son bras avant de tourner le dos à Charognard, comme choquée par sa laideur.

Il s'arrêta au bord de la table qui effleurait sa poitrine. Long et épais, le plateau était taché de sang. Les autochtones y avaient vidé leurs poissons, dont l'odeur était ici très forte.

Il détacha les gibecières de son ceinturon et s'étira pour les poser sur la table. Nul ne l'aida, en dépit de ses difficultés évidentes. Les bourses s'affaissèrent et ballottèrent, des choses répugnantes au contenu encore plus immonde. Il comprenait pourquoi Solanda s'était détournée.

Caseo en prit une, la soupesa et lui sourit. « Où as-tu trouvé tout ça ?

— Au palais. Nos troupes y ont pénétré. »

Le rictus de Caseo s'élargit. « Nous en aurons peut-être pour moins longtemps que prévu. Nous occupons le front de mer et la plupart des boutiques. Il faudra songer à épargner quelques-unes de ces créatures pitoyables afin qu'elles entretiennent les terres. »

Il se pencha sur la gibecière et l'immobilisa de la main gauche pour dénouer la lanière de cuir avec la droite. Il la plaça sur la table puis plongea les doigts dans la vessie et en sortit une bande de peau, noire de sang et si longue qu'elle s'en recourbait. Il la tint précautionneusement entre son pouce et son index.

« Sont-elles toutes aussi belles ? »

Charognard hocha la tête. « La progression des fantassins a été rapide et ils ont laissé de nombreux survivants. Les francs-tireurs n'ont pas été débordés de travail.

— Absolument immaculée. » Caseo se tourna vers ses pairs. « Regardez ça. Souple et magnifique, virginale. Rugar avait raison, cette île est un paradis. »

Charognard mordilla sa lèvre inférieure. Il avait entendu parler de leurs dissensions, de la crainte que leur commandant n'eût perdu ses dons de Visionnaire. Mais les commentaires de Caseo avaient sur lui un effet apaisant. Virginale ! Les insulaires n'avaient jamais subi l'influence d'une magie malfaisante. Que les lumignons diffusent tant de clarté n'avait rien de surprenant. Tous les habitants de Galinas avaient déjà rencontré des Fey. Là-bas, les combats avaient été plus âpres car la nourriture des Buveurs de sang y était moins riche.

« Excusez-moi, monsieur, fit-il, conscient qu'ils n'avaient plus besoin de lui. Puis-je repartir ?

— Dans une minute, mon petit », répondit Caseo. Il remit la peau dans la gibecière qu'il tendit à un autre Gardien, afin qu'elle fût scellée. Puis il prit un chiffon que lui remettait un de ses acolytes et s'essuya les mains. Il se tourna vers Charognard, cala sa hanche contre la table et croisa les bras. « Tu as récolté ça au palais, dis-tu. »

Charognard le confirma de la tête. « Il doit y en avoir encore.

— C'est certain. C'est pourquoi tu vas réunir tous les calots que tu trouveras dans le quartier du port et les emmener avec toi. Ici, notre tâche est terminée et les francs-tireurs sont partis il y a longtemps. Connaissant tes semblables, ils doivent faire ricocher des galets sur les flots plutôt que de chercher à se rendre utiles. »

Charognard grimaça et se redressa. Il était conscient que Caseo le tourmentait à dessein. Comme tous les

Fey, les Gardiens savaient que les calots écarlates avaient leurs fonctions en horreur. Ceux qui y prenaient plaisir sombraient dans la folie et cessaient d'être dignes de confiance.

« Puis-je partir ? » Il avait répété ces mots sans se donner la peine de s'incliner.

« Il ne le conteste même pas ! Jouais-tu avec eux avant de venir ici, mon petit ? »

Charognard prit des bourses vides sous sa chemise et les suspendit à son ceinturon. Dès qu'il fut prêt, il demanda encore : « Puis-je partir, monsieur ? »

Caseo agita la main. « Tu n'as déjà perdu que trop de temps. File. »

Charognard se détourna et s'éloigna avec raideur. Des taches vertes et rouges papillotaient devant ses yeux, tant l'éclairage de cette salle était vif. Les ténèbres l'engloutissaient lorsqu'il entendit la voix de Solanda, aussi chaude, étoffée et musicale qu'il l'avait imaginée. Il dut se concentrer pour assimiler le sens de ses propos.

« Si vous continuez d'asticoter cet avorton, il finira par se retourner contre vous. »

Charognard sentit le sang lui monter au visage. Avorton ! C'était encore plus insultant que « mon petit ». Il baissa la tête et sortit d'un pas rapide. Être haï était sa destinée, une fatalité qui découlait de sa laideur, sa taille réduite et son absence de magie. Mais il espérait parfois qu'une journée s'écoulerait sans que nul lui rappelle sa malédiction. Il la marquerait d'une pierre blanche.

Il poussa les doubles portes et retrouva le soleil. Hurlements, bruits de ferraille et fracas des combats résonnaient de toutes parts... plus sonores qu'à son arrivée. Il l'attribua à la proximité du fleuve. Les flots propageaient le vacarme des affrontements qui se déroulaient sur ses berges. Il descendit la rampe sans prêter attention aux cadavres. Seuls l'intéressaient des individus de petite taille et maculés de sang, comme lui.

Il ne prit pas immédiatement conscience que ce qui se passait sur l'autre rive était étrange.

Les cris des Fey ne traduisaient pas de l'enthousiasme mais de la souffrance. Il leva la main en visière au-dessus de ses yeux et se rapprocha des quais pour scruter l'énorme bâtisse qui se dressait au-delà des flots.

Elle possédait les caractéristiques d'une forteresse. Les quatre tours qui flanquaient le donjon étaient percées de fenêtres et une grande épée blanche à la pointe orientée vers le bas avait été peinte sur chacune d'elles. S'il n'y avait pas de remparts comme dans un château fort, des passages reliaient ces constructions et la maçonnerie était irrégulière. Les divers éléments devaient dater d'époques différentes.

Il ferma les yeux à demi et vit des silhouettes tomber par ces ouvertures. Des individus grands et sveltes, portant la tenue de cuir brun que les Fey mettaient pour aller au combat. La plupart s'abattaient vers le sol sans hurler. Des autochtones en robe noire se penchaient dans les sections supérieures des tours pour vider sur les assiégeants des bouteilles pleines d'un fluide incolore. Un nuage se répandait sur le champ de bataille et Charognard recula sitôt qu'il vit ses volutes s'étirer vers lui au-dessus du fleuve. Il avait eu le temps de sentir son odeur putride, aussi immonde que celle des cadavres décomposés qu'il avait dû écorcher dans sa jeunesse.

Là-bas, dans cette forteresse désignée sur les plans comme le siège de l'Église locale, des Fey mouraient. Les insulaires avaient leur propre magie... et c'était pour cela qu'ils n'avaient pas jugé utile de doter ce bâtiment d'une enceinte. Ils n'avaient nul besoin d'une telle protection. Ils pouvaient donner la mort aussi aisément que leurs adversaires.

Il mordilla sa lèvre et plissa les paupières. Des individus vêtus de noir se mêlaient à ses congénères. Le soleil se reflétait sur les bouteilles qu'ils vidaient. Dès que leur contenu touchait un Fey, une bouffée de vapeur s'en élevait. Il lorgna l'entrepôt. S'il allait informer Caseo de ce revirement de situation, celui-ci avertirait Rugar, qui ramènerait leurs navires des Terres d'ombre pour leur permettre d'appareiller.

Mais devait-il passer par un intermédiaire ? Il irait chercher Rugar et le Gardien n'aurait qu'à se débrouiller.

Il s'élançait sur les quais au pas de course, convaincu de la validité de son ébauche de plan, quand il se rappela qu'il ignorait où se trouvait leur commandant. En outre, les Fey avaient besoin des Gardiens pour mettre au point d'autres sortilèges et d'autres tactiques de combat. Il devait les tenir au courant de tout ce qui sortait de l'ordinaire, s'il voulait qu'ils découvrent une parade.

Il maudit les Mystères qui lui avaient offert un moyen d'assouvir sa vengeance pour l'en priver sitôt après. Alors qu'elle eût été bien méritée. Il remonta rapidement la rampe, fit claquer ses mains sur la double porte et espéra que Caseo le croirait.

QUATORZE

Enfant, Alexandre avait visité la Salle du Conseil en compagnie de son grand-père. Ce dernier lui avait expliqué avec fierté que les décisions ayant permis de mater la Révolte des Paysans avaient été prises en ce lieu, que c'était d'ici qu'un roi gardait ses sujets sous sa coupe.

Il s'y trouvait maintenant, n'étant plus un enfant mais un monarque confronté à une véritable guerre. Il s'était changé et avait enfilé une chemise et un pantalon de roturier. L'ironie de la chose ne lui échappait pas. Cependant, son fils avait insisté et il devait admettre que cette mesure était pleine de bon sens. Ces effets lui apportaient une plus grande liberté de mouvements que sa robe. Il avait retroussé ses manches et étudiait les plans du château avec ses conseillers et Stephen, le maître d'armes. Douze personnes s'entassaient dans cette pièce guère plus spacieuse que sa chambre.

Il avait l'impression qu'ils s'y terraient.

Les murs étaient humides et sentaient le moisi. De vieilles cartes, déchirées et mâchonnées par les souris, tapissaient une paroi. Le Seigneur Stowe en avait arraché une et s'en était servi comme d'un chiffon pour essuyer la grande table qui occupait le centre de la pièce. Les membres de son entourage avaient insisté pour se réfugier ici... dans la plus haute tour, protégés par une interminable volée de marches et une porte secrète dissimulée derrière le trône. Ils devaient cet abri à un monarque plus prévoyant que lui. Nul n'aurait pu prendre au piège ses occupants... à moins de connaître la disposition des lieux, bien entendu.

Ce qui était impossible car cette salle ne figurait pas sur les plans du palais. Chaque roi transmettait ce secret à son successeur. Aucun document écrit n'y faisait référence. Même les conseillers n'étaient pas informés de l'existence du passage qui serpentait entre des doubles parois jusqu'aux oubliettes.

Alexandre y était tout d'abord venu seul pour s'assurer que la réalité correspondait à ses souvenirs. Il avait testé le fonctionnement de la porte dérobée et, à l'exception d'une énorme toile d'araignée, rien ne s'opposerait à un éventuel départ précipité.

Tout eût été parfait, s'il avait pu trouver Nicolas et le mettre également à l'abri.

Son fils s'était éclipsé à la fin de l'entrevue avec les Danites, de toute évidence pour aller avertir Stephen. Mais le maître d'armes avait déclaré ne pas l'avoir vu, lorsqu'il avait répondu à la convocation du roi.

Un sujet qu'ils n'avaient plus abordé. Ils savaient où devait être ce jeune homme impétueux. Quelque part au cœur des combats où il croisait gaiement le fer sans se soucier du reste.

S'il n'était pas mort. Ou agonisant. Seul, en contrebas.

Alexandre avait envoyé quatre gardes à sa recherche et annulé ses instructions quand l'un d'eux était revenu en rampant, le bras droit ballant, sur lequel il avait improvisé un garrot avec un fragment de tapisserie d'une des fenêtres du bas pour arrêter l'hémorragie, et leur apporter de bien mauvaises nouvelles.

Les Fey avaient forcé les portes et progressaient à l'intérieur du château.

Les Seigneurs Oast et Stowe étaient montés sur la terrasse pour avoir une vue d'ensemble de la situation. À leur retour, livides et tremblants, ils avaient confirmé les craintes suscitées par les déclarations du garde.

À savoir qu'il faudrait un miracle pour qu'un seul d'entre eux survive au massacre qui avait débuté.

Alexandre essayait de ne pas y penser. Nul ne l'eût laissé participer aux combats et d'ailleurs il était un piètre bretteur. Au moins son fils savait-il se servir d'une arme. Il s'était résigné à rester dans la Salle du Conseil de guerre pour tenter d'échafauder une stratégie de défense dont nul n'avait jamais cru avoir un jour besoin.

« Quand les paysans ont pris le palais d'assaut, nous les avons repoussés avec des épées et des torches, disait Monte. Concentrer nos efforts a suffi. » Le capitaine de la garde était un homme corpulent, tout en muscles et sans une once de graisse. Son visage était émacié, ses bras aussi volumineux que les cuisses du roi et ses cheveux plus châtains que blonds. Il les portait coupés court, sans se soucier des canons de la mode.

« Ce n'était qu'une populace en colère, aux actions privées de coordination », intervint Stephen. Il restait debout, un pied posé sur un tabouret branlant. Bien que plus âgé que les autres de près d'un quart de siècle, il n'était nullement voûté par les ans et irradiait plus d'énergie que ses compagnons. « Les Fey sont des machines à tuer. Originaires des monts Eccrasiens, ils se sont transmis les secrets de la magie de cette contrée lointaine. Ils ont réussi à s'emparer de deux continents, avant d'envahir Galinas. Nous aurions dû nous préparer à les repousser lorsqu'ils ont annexé Nye, car il était à prévoir qu'ils ne s'arrêteraient qu'après avoir conquis le monde. »

Alexandre passa ses doigts dans sa longue chevelure blonde. Il devait cesser de s'inquiéter pour son fils. « Me diriez-vous qu'il est vain d'espérer les vaincre ?

— Les Danites n'ont pu préciser combien ils ont de vaisseaux », fit le Seigneur Powell. Sa queue de cheval s'était défaite et ses cheveux encadraient son visage bouffi. Il semblait avoir livré d'âpres combats alors qu'il n'avait pas quitté Alexandre. « Un nombre suffisant pour emplir le Cardidas, en tout cas. Même s'ils ont mis le cap sur notre île sur un coup de tête, ils ont disposé d'un mois de traversée pour mettre au point un plan d'invasion. »

Alexandre s'intéressa aux seigneurs réunis autour de lui. Ils avaient les yeux écarquillés par la peur, un teint blême, des mains tremblantes. Certains de l'issue des affrontements, ils souhaitaient capituler et laisser les Fey lui prendre l'Île Bleue. À lui, Alexandre, un descendant du Roca. Nicolas mourrait dans la fleur de l'âge, s'il ne redressait pas la situation.

Ce qu'il ferait. Si les envahisseurs s'empareraient de son île, ce serait au terme d'un combat honorable.

« Estimez-vous que nous devrions leur livrer notre pays ? s'enquit-il le plus posément possible.

— N-n-non, bien sûr que non, balbutia Powell en reculant d'un pas. Mais je... Sincèrement, Sire, je ne vois pas ce que nous pourrions faire.

— Vous ne le voyez pas ? » Alexandre sentait croître sa colère. Il s'avança vers le seigneur qui battit en retraite jusqu'à la table. « Je n'ai jamais commandé une armée mais je sais une chose. Et c'est que nous ne renoncerons pas à nos devoirs par peur de quelques magiciens qui ont traversé la mer d'Infrin. Nous ne leur abandonnerons pas l'Île Bleue parce que nous les croyons invincibles. Nous les combattrons tant que subsistera en nous un souffle de vie. Et s'il devient évident que notre cause est perdue, nous détruirons tout ce qui fait notre richesse avant qu'ils ne s'en emparent. Nous rendrons notre contrée sans aucune valeur pour ces pillards. Nous trouverons une solution. Et dans le cas contraire tous les hommes, femmes et enfants de ce pays mourront en la cherchant. Ai-je été clair ?

Ils ne dirent mot. Leurs yeux étaient encore plus grands, leur teint blafard.

« Répondez ! » L'ordre se répercuta dans la salle et le silence qui lui succéda leur permit d'entendre des hurlements et des cris étouffés.

Stephen vint se placer à son côté. « Absolument. J'ai consacré mon existence à étudier l'art de la guerre, la stratégie et tous nos ennemis potentiels, les Fey inclus. Je suis heureux de mettre mon savoir en pratique.

— Voilà qui est parfait. Qu'en pensent les autres ? »

Nul ne parla ou ne soutint son regard. Powell finit par hausser les épaules. « Nous n'avons encore jamais été confrontés à pareille situation, Sire. Nous...

— Comme si je l'avais été ! » s'emporta Alexandre, sarcastique. À quoi servaient des conseillers incapables de donner des conseils ? Il n'avait toutefois plus de temps à perdre en vaines discussions. Il devait prendre des décisions, sur-le-champ. Ses sujets mouraient.

« Sire... » C'était encore Powell, qu'il fit taire d'un geste de la main.

« Nous subissons une attaque et le peuple résiste dans la mesure de ses moyens. Sans organisation, sans instructions et sans soutien de notre part. Les Fey sont dans nos murs, ce qui n'aurait jamais dû se produire. » Il désigna Monte. « Vos gardes auraient dû les contenir, mais ils sont ici et il faut les chasser. S'ils ont bénéficié de l'effet de surprise, nous ne sommes pas privés de ressources. Nous avons cette forteresse que mes ancêtres ont fait ériger pendant la Révolte des Paysans. Nous devons renforcer nos positions. Monte, regroupez vos hommes et lancez des contre-attaques coordonnées à chaque porte, afin de les condamner. Plus aucun Fey ne doit pénétrer dans l'enceinte du palais. Est-ce clair ? »

Le capitaine hocha la tête mais resta là, les mains dans le dos.

« Qu'attendez-vous ? Je suis votre roi, votre commandant suprême, et vous ferez ce que je dis. *Tout ce que je dis !*

— Naturellement, Sire. » Monte fit quelques pas vers la porte et s'arrêta. « J'ai toutefois prêté serment d'assurer votre protection.

— Postez un détachement dans l'escalier, intervint Stephen. Cela devrait suffire, si le reste échoue. »

Alexandre se renfrogna avant de comprendre que le maître d'armes n'avait pas voulu lui adresser un reproche mais lui apporter son soutien. Monte le dévisageait et il retint un soupir. « Suivez ses instructions.

— Et servez-vous de vos épées, compléta Stephen. Ne laissez pas cette vermine vous toucher. Des Fey donnent la mort d'un simple contact.

— Bien, Sire. » Monte sortit à reculons et referma la porte. Alexandre se tourna vers les seigneurs dispersés dans la pièce. Certains fixaient le seuil comme s'ils attendaient que le capitaine revînt les soustraire au regard accusateur de leur roi. D'autres contemplaient les dalles du sol.

Ils étaient pitoyables. Pourquoi n'avait-il pas pris plus tôt conscience qu'il était si mal secondé ?

« Stephen, vous resterez avec moi. Seigneur Holte, vous organiserez les attaques au deuxième étage. Ne permettez pas à l'ennemi d'atteindre les tours. Seigneur Stowe, je vous confie le niveau inférieur. Si les Fey s'y trouvent déjà, faites le nécessaire avec Holte pour les empêcher d'aller plus haut. Seigneur Powell, vous interviendrez au rez-de-chaussée. Seigneur Oast, je vous attribue les cours et le parc. Les autres assureront les liaisons. Il faut en premier lieu repousser les Fey hors du palais. Nous chercherons un moyen de les expulser de l'Île Bleue lorsqu'ils seront de retour dans les rues. »

Powell tendit les mains. « Nous ne sommes pas des militaires, Sire. Que devrons-nous faire ?

— Les combats se chargeront de vous l'enseigner. Je constate par ailleurs que c'est la troisième fois que vous récriminez, Powell. Vous assisterez Oast et Enford prendra le rez-de-chaussée. S'il y a des détails à régler, faites-le entre vous. L'important, c'est que nos gens reçoivent des instructions, qu'ils aient quelque chose à quoi se rallier. Je ne laisserai pas ces pillards s'emparer de l'Île Bleue et quiconque facilitera leur tâche – même par inadvertance – mourra de mes mains. Est-ce bien entendu ? »

Tous le regardaient fixement. Powell avait pris des couleurs mais interrompu ses protestations. Alexandre avait la gorge sèche, les muscles bandés. Si on l'avait touché à l'improviste, il eût bondi. Ce qu'il se proposait de faire était risqué, et tous en étaient conscients. Il ne pouvait néanmoins se terrer dans cette salle et permettre aux Fey d'envahir son pays sans leur opposer la moindre résistance.

« Une fois redevenus les maîtres du palais, nous étudierons un moyen de les repousser hors de la ville. Je ne veux entre-temps revoir aucun d'entre vous. Je compte sur une victoire. » Il respira à pleins poumons. Nul ne dit mot. Les bruits des affrontements s'étaient amplifiés. « Maintenant, sortez tous à l'exception de Stephen.

— Ne serait-il pas utile que le maître d'armes nous informe de ce qu'il sait sur les Fey, Sire ? »

Powell tergiversait encore et Alexandre allait s'emporter contre lui quand Stephen le retint par le bras. « Vous découvrirez sur le terrain tout ce que je pourrais vous apprendre. »

Powell hocha la tête et se détourna, les mains dans le dos. Il s'éloigna lentement, comme s'il espérait qu'Alexandre reviendrait sur sa décision. Cet espoir était vain. Il ne s'abaisserait pas à solliciter leur approbation, surtout pas à présent.

Les seigneurs sortirent et le dernier tira la porte derrière lui. Le loquet cliqueta dans le brusque silence. Alexandre attendit un moment puis s'affala dans un fauteuil.

Un cri différent des précédents leur parvint. Il avait des accents de victoire. Alexandre ferma les yeux et oublia un instant qu'il était un monarque.

« Il convient d'élaborer un plan un peu moins sommaire, Sire », déclara Stephen. Il s'était rapproché pour s'exprimer d'une voix douce. Alexandre percevait la chaleur de son corps et sentait l'odeur de sa sueur.

Il soupira et rouvrit les paupières.

« Ils sont trop puissants pour que nous les chassions du palais, ajouta le maître d'armes en se penchant sur la table. Lorsqu'ils ont pris pied quelque part, ils y restent.

— Que peuvent-ils faire ?

— Et pas nous ? » Alexandre hocha la tête.

« Ils peuvent donner la mort d'un effleurement. Ils peuvent nous ensorceler. Certains disent qu'ils peuvent s'emparer d'un homme et le plier à leurs volontés.

— Ils ne sont pas omnipotents. Autrement, il y a longtemps qu'ils nous auraient asservis.

— Oh, ils ne sont pas immortels ! » Stephen posa ses mains sur ses genoux. S'il paraissait très calme, ses cheveux étaient ébouriffés et une barbe d'un jour éclaircissait ses joues. « En fait, ils sont aussi vulnérables que nous. Un coup d'épée suffit à les occire, s'il atteint un organe vital. Ce ne sont pas des surhommes, Sire. Ils ont simplement des atouts supplémentaires. C'est un peu comme s'ils avaient des arcs et des flèches alors que nous ne savons même pas nous servir de bâtons. »

Alexandre se carra dans son siège. Croire que les protections naturelles de l'Île Bleue tiendraient à distance des conquérants tels que les Fey avait été une lourde erreur. Il aurait dû prendre des mesures dès qu'ils s'étaient emparés de Nye. Ils devaient annexer leur pays pour poursuivre leur expansion vers l'est. C'était leur prochaine étape.

« Qu'allons-nous faire ? demanda-t-il, sans trop savoir s'il souhaitait obtenir une réponse.

— Résister jusqu'à la nuit et espérer que nous serons encore là pour assister au lever de l'aube. »

QUINZE

Rugar avait établi son quartier général non loin du Cardidas. Au début des combats, il avait réquisitionné une auberge et laissé fuir ses propriétaires et les clients. Il partait du principe que la peur qu'ils dissémineraient serait plus dévastatrice que le sang répandu. La terreur permettait de remporter des campagnes plus rapidement que la mort. Les massacres alimentaient la colère des survivants, en faisaient des rebelles. Lorsqu'elle s'additionnait de frayeur et servait de levain aux suppositions, un soupçon de magnanimité accordée à l'occasion renforçait l'efficacité des troupes.

L'auberge était une bâtisse en bois de deux niveaux. On y trouvait une salle commune où nul n'avait dû faire le ménage au cours de ce siècle et des cuisines si crasseuses qu'il eût refusé de toucher les plans de travail et les plats. Les matelas de paille des cinq chambres grouillaient de vermine et il ordonnerait de brûler la literie s'il devait passer la nuit en ce lieu.

À son arrivée, il avait balayé du bras tout ce qui encombrait une grande table de bois qu'il avait ensuite tirée vers la porte pour y établir son poste stratégique. Assis en tailleur sur le plateau, il répartissait ses ordres comme des rations de nourriture. Ses officiers venaient le consulter avant de prendre des initiatives ou d'apporter des modifications à ses plans. La situation était satisfaisante. L'invasion de Jahn était encore plus facile qu'il l'avait espéré. Les insulaires surpris cédaient à la panique et prenaient la fuite. Ils n'avaient organisé une vague résistance qu'à l'intérieur du palais royal... où ils faisaient la démonstration de leur inexpérience.

Les cris et hurlements de divers affrontements lui parvenaient de l'extérieur. Environ une heure plus tôt, il avait entendu les coups sourds des béliers qui défonçaient les portes puis une ovation triomphale de ses soldats. Qu'ils se rendent maîtres de tout Jahn n'était qu'une question de temps. Leurs adversaires étaient des pleutres qui capituleraient dès que ce symbole de la monarchie serait entre leurs mains.

Les mouvements des bataillons et les combats avaient soulevé des nuages de poussière dans plusieurs quartiers de la cité. L'air était âcre... les relents de sang, de peur et de sueur se mêlaient aux odeurs urbaines des eaux usées et du pain sortant des fours. Tout ce qui se déroulait alentour alimentait son impatience. Il avait consacré trop de temps à préparer l'attaque pour rester cloîtré dans cette bâtisse de la périphérie de Jahn.

Il descendit de la table et l'air frais caressa ses jambes. Il lissa ses cheveux bruns. Il y avait longtemps que nul n'était venu le consulter. Il avait réglé tous les problèmes de coordination, hormis en cas de difficultés qu'il jugeait improbables. Ses troupes se répandaient dans la campagne environnante et semaient la terreur sur leur passage. Il les avait chargées de s'emparer de chaque maison, hameau et village jusqu'à ce qu'ils atteignent le rivage opposé ou jusqu'à la capitulation des insulaires. Il avait toutefois donné l'ordre de limiter les destructions. Les Fey convoitaient les richesses de cette île et ils devaient maintenir sa prospérité pour ne pas s'approprier des terres sans valeur.

Il sortit, flanqué de ses gardes du corps. Rouille et Poing-fort l'accompagnaient depuis son enfance. Ils assuraient sa protection et il veillait à leur bien-être. Ils commençaient à prendre de l'âge mais étaient toujours sveltes et en forme, rapides et efficaces. Ils l'auraient suivi au bout du monde.

Il fit un pas et tout ce qui se trouvait devant lui disparut. Il serra les dents, pour ne pas crier. Quelque chose brûlait son visage, s'infiltrait dans ses narines et se répandait dans ses yeux. Il ne pouvait plus respirer. Il leva les mains et chut tête la première. La scène changea. Il était dans une salle au sol encombré par des bancs renversés. Une trentaine de Fey gisaient sur le dos, la face fondue et figés par la mort. Un insulaire en robe noire quittait les lieux au pas de course en serrant dans ses bras des carafes de verre.

L'eau qui tombait du ciel le privait de ses forces. Plus elle le mouillait, plus il s'affaiblissait. Sa vaillance fut bientôt comparable à celle d'un autochtone. Son principal atout – cette particularité de son esprit qui lui permettait de façonner des choses avec du néant – s'était consumé et le vent avait éparpillé ses cendres.

Il était sur un sol détrempé, la face en partie enfouie dans la boue. Il dut se tourner pour inhaler. Rouille était agenouillé près de lui et l'angoisse plissait ses traits fripés par le soleil. Rugar se redressa sur ses coudes et s'essuya le nez et la bouche. « Je suis indemne », annonça-t-il d'une voix rauque, comme s'il y avait longtemps qu'il ne s'était pas servi de ses cordes vocales.

Il regarda l'astre aveuglant et vit dans les rues et autour des immeubles des centaines de Fey recroquevillés sur eux-mêmes et privés de visage. Un peu plus loin des insulaires creusaient un grand trou dans lequel ils déversaient de la chaux vive. Comprendre qu'il s'agissait d'une fosse commune et qu'il n'y avait plus aucun Fey pour ensevelir les morts l'horrifia.

Il avait le menton humide et la gorge sèche. Son dos le faisait souffrir. Sous le choc, il restait dans la fange. La bave qui gouttait de sa bouche lui donnait l'aspect d'un débile profond. Heureusement, Rouille et Poing-fort avaient déjà vu des Visions le terrasser.

Mais aucune avec des effets aussi dévastateurs.

« Dites-moi que j'ai perdu connaissance, demanda-t-il en s'asseyant. Affirmez-moi que l'épuisement a eu raison de moi et que vous m'avez laissé dormir et rêver.

— Vos yeux étaient ouverts, précisa Rouille dont la peau hâlée était devenue cendreuse. C'était une Vision.

— Je ne vous avais encore jamais vu ainsi, intervint Poing-fort d'une voix chevrotante. On aurait pu croire qu'un poing invisible vous avait assommé. »

Il n'avait pas fermé les paupières, ni la bouche. Il avait senti, goûté et inhalé la Vision. Il tenta de reconstituer les scènes. Gemme ne figurait pas parmi les victimes. Lui non plus. Sauf, peut-être, au tout début. Il n'aurait pu dire s'il avait connu les affres de l'agonie ou partagé ce que cet insulaire en robe noire avait fait subir aux Fey.

Il frissonna, en raison de son angoisse et de la boue glaciale dans laquelle il s'enlisait.

« Ça va ? demanda Rouille.

— Oui.

— Nous allons vous faire un brin de toilette. »

Rouille lui prit le bras et il se dégagea.

« Non. Je dois réfléchir. Éloignez-vous.

— Nous ne pouvons pas vous laisser sans protection », protesta Poing-fort.

Rugar le foudroya du regard. Ses ordres étaient prioritaires. Rouille lorgna son compagnon qui reculait. Ils faisaient équipe depuis si longtemps qu'ils n'avaient pas besoin de mots pour se comprendre.

« Nous allons nous poster près de l'auberge, dit Rouille. De là-bas, nous pourrons vous surveiller.

— Parfait. » Ce qu'ils feraient lui importait peu, s'ils ne l'importunaient pas. Il baissa la tête et cala son front sur ses genoux crottés. Il était bouleversé et tremblait. Il devait analyser ce qu'il avait éprouvé.

La Vision avait été saturée de terreur : peur du trépas au terme d'une lente suffocation, horreur inspirée par les innombrables cadavres et l'odeur caustique de la chaux vive qui se mêlait à celle putride de la mort. En d'autres circonstances il se serait accordé le temps de laisser décanter tout cela. Mais il lui fallait s'affranchir de son angoisse.

Ce n'était pas en restant assis qu'il y réussirait. Il éprouvait le besoin de se déplacer. Il s'appuya sur le sol d'une main que la boue tiède et visqueuse engloutit. Il se leva et elle ruissela sur la totalité de son corps. Qu'il avait donc fière allure, le fils du Roi noir qui se dressait en conquérant sur les terres de ses ennemis !

Cette pensée le fit sourire. Il s'ébroua comme l'eût fait un chien pour se débarrasser d'une partie de cette gangue puis inclina la tête en arrière. Le soleil brillait au-dessus de l'étendue fangeuse due aux Maîtres des éléments. Ses troupes s'étaient disséminées dans l'île pour semer le chaos, terrifier la population et éliminer les dirigeants. L'invasion n'aurait pu mieux se dérouler. S'il ressentait de la panique, seule sa Vision en était la cause.

Une Vision en contradiction flagrante avec la précédente. Au prix d'un effort de volonté il sortit de la flaque et s'avança sur l'herbe détrempée qui bordait la route. Des décennies plus tôt, son père lui avait appris que l'ordre des révélations n'était pas nécessairement chronologique. Avait-il assisté à son lointain décès et associé cette image à celle de la naissance de Gemme, qu'il avait eue à l'âge de vingt ans ? Tous ces Fey ne décéderaient peut-être que dans des lustres. Aucun visage n'avait été suffisamment net pour lui permettre de situer ces événements dans le temps.

Ce qui ne s'appliquait pas à sa première Vision. La Gemme qu'il avait vue se déplacer dans le palais de l'Île Bleue avec un nourrisson dans les bras n'avait que quelques années de plus. Il était indubitable que cela se déroulerait dans un proche avenir.

Il avait Vu ces choses parce qu'il se retrouvait sur la terre ferme. Il n'avait eu aucune révélation, en mer. Il avait entendu parler de Visionnaires que les flots frappaient de Cécité. En outre, la réceptivité était plus grande lorsqu'on était très las, ce qui était à présent son cas.

Avoir recouvré ses capacités aurait dû l'emplir de joie.

« Rugar ! » L'individu qui l'appelait avait le souffle court. Il ferma les yeux, sans s'arrêter. Il espérait que l'importun comprendrait qu'il ne souhaitait pas être dérangé ou que ses gardes du corps interviendraient.

« Rugar ! Par toutes les Puissances, Rugar, vous devez entendre immédiatement ce que j'ai à vous dire ! »

Il reconnut la voix de Caseo. Le Gardien des sortilèges était censé se trouver à l'entrepôt avec ses pairs pour réceptionner la cueillette des calots écarlates et élaborer des charmes adaptés à cette campagne. Rugar retint un soupir. Il était conscient d'être pitoyable et ridicule mais n'en avait cure. Il croisa les bras et se tourna. « Vous avez abandonné votre poste.

— Pour de bonnes raisons. » Caseo avait un regard de dément. « Ils nous massacrent.

— Qui ? » Rugar le savait enclin à tout exagérer.

« Les insulaires. De l'autre côté du fleuve. Sur mon âme, je n'avais jamais rien vu d'aussi épouvantable. » La lumière crue du soleil le faisait paraître encore plus maigre qu'à l'accoutumée. Il tenait trop à son statut pour enfreindre les instructions de son commandant à cause d'une simple rumeur.

Rugar frissonna. « Que font-ils ?

— Je l'ignore. La puanteur arrive par bouffées, des nuages pestilentiels qui finissent par se dissiper et révéler des insulaires vêtus de noir qui aspergent nos soldats d'un fluide incolore. Et nos hommes se mettent à hurler, Rugar. Ils meurent dans d'atroces souffrances. »

Rouille et Poing-fort venaient vers eux. Rendus nerveux par la surexcitation du Gardien, ils s'arrêtèrent à la fois assez loin pour ne pas être indiscrets et assez près pour pouvoir intervenir rapidement.

Rugar avait la bouche sèche. « Où cela se passe-t-il, Caseo ?

— Dans le grand bâtiment situé sur l'autre berge du fleuve. Celui qui a des tours mais aucun mur d'enceinte. Le siège de l'Église locale, d'après le Nyeien. »

Il assimila à peine ces paroles. Il revoyait un homme en robe noire courir avec des bouteilles dans les bras. *L'eau qui tombait du ciel le privait de ses forces.* « De l'eau, dit-il.

— Quoi ?

— Pas étonnant », marmonna Rugar. Ses soldats mouraient. En grand nombre, comme jamais avant ce jour. Que sa Vision l'eût terrassé n'avait rien de surprenant. La première et la seconde partie n'étaient pas des prophéties mais des révélations de l'instant présent. Et s'il ne trouvait pas immédiatement une parade son troisième composant serait leur avenir.

Il prit Caseo par l'épaule. « Conduisez-moi là-bas. Tout de suite.

— Impossible. Ils vous tueront. »

Rugar secoua la tête. « J'ai eu une Vision de ces choses. Nous les arrêterons. Nous le devons. »

SEIZE

Il n'avait jamais régné un tel désordre dans les appartements du Rocaan. Le sol était couvert de boue. On avait repoussé les canapés contre une paroi et tiré les tables au milieu de la pièce. Quelqu'un avait eu la présence d'esprit de fermer la porte de sa chambre. Une quarantaine de religieux étaient présents. Les uns se penchaient sur des fioles et les autres en emportaient sur des plateaux. Seuls les hurlements plus violents que la moyenne interrompaient le brouhaha des conversations.

En dépit de l'accroissement de la température, le Rocaan s'était assis à côté de l'âtre. Il avait mis sa lourde robe mais était pieds nus. Il n'avait pas touché au petit déjeuner posé près de lui, sur un guéridon. Quelqu'un avait écarté la tapisserie de la fenêtre pour laisser entrer la clarté régénératrice du soleil et les cris des agonisants.

L'eau bénite. L'eau bénite était fatale aux Fey. L'eau sacrée dont le Roca s'était servi pour purifier l'Épée avant que les sicaires de l'ennemi ne l'utilisent pour l'embrocher. Le secret avait été transmis de Rocaan à Rocaan, de génération en génération. Elle était distribuée aux membres de la congrégation dans de petites burettes lors du Sacrement de Minuit, afin qu'ils puissent laver leurs épées de toute souillure.

Le Cinquantième Rocaan restait assis, conscient que leurs réserves étaient peu importantes alors qu'elles représentaient l'unique espoir de salut de la population de l'île.

C'était un de ces instants où il lui fallait demander conseil à Dieu. Mais il ne percevait pas la présence du Très Saint. Il était seul.

Dans tous les domaines. Il n'y avait que lui qui ne courait pas de toutes parts, n'échafaudait pas de projets et ne participait pas à des discussions. Il eût aimé qu'ils sortent et le laissent réfléchir en paix. Il avait l'intime conviction qu'il était mal d'utiliser de l'eau bénite pour tuer... quelles que fussent son efficacité et sa rapidité.

Les Anciens s'étaient installés dans ses appartements pour diriger les opérations. Ils avaient envoyé des Auds récupérer toutes les burettes des chapelles, sanctuaires et sacristies, sans seulement daigner l'en informer. Ils n'avaient pas sollicité son avis. Matthias s'était contenté de lui expliquer en peu de mots quels étaient les effets du contenu de ces fioles. En entendant cela, tous avaient applaudi.

Applaudi !

Il enfouit son visage entre ses paumes. Elles étaient chaudes et moites. Sa tension nerveuse le faisait souffrir. Même son siège était inconfortable. Il plia les jambes pour abriter ses pieds sous sa robe, comme à l'époque où il n'était qu'un Aud.

Plus tôt, les cris l'avaient terrifié et incité à s'agenouiller afin de prier pour le salut de son peuple. Il avait refermé les doigts sur la petite épée en argent suspendue à son cou et s'était demandé s'il aurait attendu que sa lame le transperce avec autant de sérénité et de dignité que l'avait fait le Roca tant de siècles plus tôt.

Le martyr qui, par son sacrifice, était devenu le Bien-aimé de Dieu.

Le Rocaan ne souhaitait rien de plus pour les siens. Mais ils se défendaient en utilisant une force qui les dépassait. Le rocaanisme condamnait le meurtre, et n'en commettaient-ils pas avec ce qu'il avait béni ?

Des doigts effleurèrent son bras et il sursauta. Il leva les yeux sur Matthias, qui se penchait vers lui. À proximité, les bûches crépitaient et deux Auds se querellaient. Ils tentaient de déterminer lequel descendrait le prochain chargement de fioles aux Danites du niveau inférieur. Les boucles blondes de Matthias étaient en désordre et sa moustache inégale donnait l'impression d'avoir été mâchonnée. Des cernes récents soulignaient ses yeux.

« Saint Père, nous devons nous entretenir. »

Le Rocaan parcourut la pièce du regard. Des Danites s'étaient regroupés trois par trois pour argumenter. Des burettes encombraient les tables et des Auds en apportaient d'autres. Les hurlements des morts et des agonisants ponctuaient le grondement sourd des conversations.

« Saint Père ! » répéta Matthias.

En une matinée tout son univers avait été bouleversé. « Oui, approuva-t-il. Nous avons des choses à nous dire. En privé. »

Il ne comprenait pas comment ses appartements avaient été transformés en quartier général d'où était menée une guerre qu'il réprouvait. C'était intolérable.

« Faites-les sortir, ajouta-t-il. Éloignez-les et nous aurons un entretien.

— Mais ils se sentent en sécurité, ici. »

Le Rocaan lorgna les fioles, empli d'amertume. « Ils disposent désormais d'une autre protection. »

Matthias suivit son regard et se renfrogna. Il exerça une pression sur le poignet du Rocaan puis alla s'entretenir avec ses pairs. Ils dévisagèrent le Rocaan, hochèrent la tête et s'adressèrent aux célébrants. Quelques minutes plus tard tous sortaient en emportant des flacons.

Les hurlements s'amplifiaient, à l'extérieur. Seuls les crépitements et craquements du bois qui brûlait dans l'âtre étaient familiers. De la sueur coula des sourcils du Rocaan, longea un œil et glissa sur sa joue. On eût dit une larme, mais ses yeux étaient secs.

« Ils sont partis, Saint Père. » Matthias se dressait devant lui, mains jointes. et tête basse. Ses cheveux étaient clairsemés, au sommet de son crâne.

Les lieux paraissaient plus vastes, avec les canapés repoussés sur le côté. Il y avait toujours des fioles sur les tables et des plateaux sur le sol. Incommodé par la chaleur, le Rocaan s'extirpa de son fauteuil. « Vous ne croyez pas au Roca, n'est-ce pas ? »

Matthias se redressa aussitôt. Lorsqu'il se tenait ainsi, il était plus grand que le Rocaan d'une demicoudée. « Je suis un Ancien.

— Un fils cadet. Une décision familiale. Vous possédez un esprit vif et pertinent, et un sens des réalités indéniable. C'est précieux, et très rare chez un religieux.

— Le moment est mal choisi pour nous lancer dans un débat philosophique. Des gens meurent.

— Parce que nous les tuons. » Le Rocaan le prit par la main pour le guider vers la fenêtre, à l'opposé du lit. Il écarta la tapisserie sur laquelle on pouvait voir le premier Rocaan effleurer l'Oreille de Dieu.

Le soleil nimbait la scène de sa lumière blanche et

pure. La mousse qui couvrait la pierre sur les côtés de l'ouverture suintait d'humidité. Des cadavres jonchaient la cour, sans visage, les bras et les jambes recroquevillés contre le torse comme pour tenter de contenir une insoutenable souffrance. Il n'avait jamais rien vu de pareil.

Il recula d'un pas et fit avancer Matthias, afin qu'il eût une vision dégagée du carnage.

« La Révélation écrite et orale interdit le meurtre, rappela-t-il.

— Ce sont des démons. Il leur suffit d'effleurer quelqu'un du doigt pour le tuer.

— "Les mauvaises actions des hommes corrompent des nations, cita le Rocaan. Nous devons combattre le mal par le bien."

— Il est également dit que "nous devons être forts face à nos ennemis". » Matthias se tourna et ils étaient si proches que le Rocaan percevait la chaleur de son corps.

« Forts, certes. Mais le Roca n'a pas utilisé la force physique.

— Nous n'avons pas le temps d'en débattre. Pendant que nous parlons, nos semblables meurent dans toute la cité. Et il n'y a qu'ici que nous avons trouvé une solution.

— Autrement dit, l'eau bénite. Le rituel pratiqué sur ce que nous prélevons dans le Cardidas n'est pas en cause. Le Roca a révélé au premier Rocaan un secret que ses successeurs ont transmis comme la clé d'un trésor inestimable. Je suis le seul à le détenir, aussi devez-vous m'écouter. »

Matthias mordilla sa lèvre supérieure. Ses dents étaient jaunâtres et irrégulières.

« Le Roca ne nous a pas appris cela pour que nous commettions des meurtres, ajouta le Rocaan.

— Non, il nous a fait partager son savoir pour nous permettre de survivre. Nous venons seulement de découvrir que l'eau bénite purifie les hommes de bien et qu'elle est fatale à ceux qui font le mal. »

Le Rocaan frissonna. « Vous sautez sur des conclusions hâtives. Si c'était exact, les assassins, les voleurs et tous les pécheurs qui ont reçu le Sacrement de Minuit seraient passés de vie à trépas. C'est loin d'être aussi simple. On pourrait penser que l'arrivée des Fey a catalysé une nouvelle magie. Une magie que je ne puis cautionner. »

Il y eut un autre hurlement, prolongé et sonore. Au même instant, on frappa à la porte. « Saint Père ! Nous allons manquer d'eau bénite ! »

Matthias humecta ses lèvres et le Rocaan lut pour la première fois de la panique dans ses yeux. L'Ancien déglutit comme s'il n'osait s'exprimer puis il baissa la tête. Ce fut sans la relever qu'il déclara : « Si vous refusez de bénir l'eau, Saint Père, vous enfreindrez la plus importante des Révélations écrites et orales. Il est exact qu'il y est précisé que nul homme ne doit en tuer un autre. Mais on trouve des références à des conflits tant dans la Révélation que dans notre histoire. Lors de la Révolte des Paysans, le Rocaan de l'époque n'a-t-il pas qualifié la riposte du roi de guerre sainte ? Seriez-vous en train de dire qu'il est répréhensible de se défendre ? »

Matthias était un érudit. Le Rocaan s'était parfois servi de ses connaissances mais il ne suivait pas son raisonnement. Il attendait d'avoir assimilé ses arguments pour soutenir son propre point de vue. « Quelle loi enfreindrais-je ? »

Matthias leva les yeux et prit des couleurs. « Vous commettriez des meurtres, Saint Père. Un génocide. Vous nous condamneriez tous à périr. »

Le Rocaan recula d'un pas. Il n'avait pas songé à cela. Les coups frappés à la porte lui donnaient la migraine.

Matthias le suivit, utilisant son corps à la manière d'une arme, pour l'intimider. « Il leur suffit de nous effleurer pour nous tuer. Si nous ne nous débarrassons pas au plus tôt de ces monstres, nous serons massacrés comme les agneaux que nous élevons hors de l'enceinte de la cité. Qui nous dit que, pendant que nous parlons, le roi n'est pas à l'agonie ? Le roi, le descendant direct du Roca en ce bas monde. La Loi de l'Épée nous impose de protéger les fidèles. Les Fey ne partagent pas nos croyances. Ils ne sont pas comme nous. C'est... autre chose. Une épreuve, des démons venus nous exterminer. Il était peut-être écrit que nous découvririons juste à temps les vertus de l'eau bénite. N'est-ce pas la preuve que Dieu a écouté les prières que le Très Saint a portées jusqu'à son Oreille ? Et vous voudriez nous faire renoncer à notre seul espoir de salut ? Devenir un martyr au même titre que le Roca vous séduit, mais vous oubliez qu'il s'est sacrifié pour que son peuple soit épargné, Saint Père. Votre immolation ne nous sauverait pas. Elle scellerait notre perte. »

Ils ne prêtaient plus attention aux poings qui martelaient la porte. Le Rocaan s'affala dans son fauteuil. Il avait pour principe de ne pas prendre de décisions hâtives. Depuis qu'il assumait ses fonctions, il n'avait jamais fait un choix important sans prier longuement et s'accorder le temps de tout analyser. Et il devait opter sur-le-champ pour une mesure qui modifierait pour toujours les rapports entre les fidèles, Dieu et le Roca.

« Saint Père ! Par pitié ! cria l'homme, à l'extérieur.

— Par pitié, répéta Matthias.

— Pardonnez-moi », murmura le Rocaan. Il s'adressa au Très Saint afin de solliciter sa clémence non pour un péché mais pour deux. Il allait en effet enfreindre deux commandements. Il soupira. « Annoncez-leur qu'ils auront sous peu ce qu'ils réclament. »

Matthias hocha la tête et gagna le seuil. Le Rocaan s'était plongé dans la contemplation du feu, des braises qui rougeoyaient à la base des flammes. C'était en vain qu'il avait espéré entendre la petite voix posée de sa conscience. Rien ne lui indiquait la voie à suivre. *Maudit est l'homme qui doit fonder ses décisions uniquement sur son savoir.*

Matthias transmit le message et referma la porte. « Où trouverons-nous cette eau ? » s'enquit-il.

Le Rocaan se leva lentement, lesté par le poids des ans. « Vous la bénirez avec moi. »

Matthias hoqueta. « Seriez-vous mourant, Saint Père ? »

Le Rocaan secoua la tête. « Non, mais je ne veux pas être le seul à avoir les mains souillées par le sang des envahisseurs. »

DIX-SEPT

Solanda faisait les cent pas. Elle se sentait à l'étroit dans cet entrepôt qui lui avait pourtant paru immense dans la matinée. Elle s'était assise sur chaque siège et avait caressé la totalité du plateau balafré de la table. Son estomac grondait en raison de la forte odeur de poisson. Les lattes irrégulières du plancher oscillaient sous ses pieds nus. Elle restait loin des bourses pleines de lambeaux de peau et de sang qui lui inspiraient tant de dégoût. Ceux qui s'en servaient n'étaient pas de véritables Fey. Ils n'étaient qu'un petit nombre à pouvoir prétendre à ce titre, et elle avait la chance d'en faire partie. Et la malchance d'avoir dû accompagner Rugar.

Si elle avait une dette envers lui, elle n'était pas importante à ce point.

Il n'y avait ici aucune fenêtre. Elle avait l'obscurité en horreur. Elle s'arrêta près d'un lumignon et s'accroupit. L'âme qu'il contenait se cognait contre le verre tel un papillon enfermé dans un bocal. Elle tendit un doigt fuselé et le fit glisser sur la surface froide. L'esprit s'agita plus encore. Si elle ouvrait le récipient, il s'échapperait. Enfant, elle les débouchait pour tenter de saisir au vol leurs occupants. Une de ses tentatives avait été couronnée de succès, et l'âme avait brûlé sa bouche.

Elle se redressa et reprit ses déambulations. Ils n'auraient pas dû la laisser seule. Caseo était allé informer leur commandant de ce qui se passait sur l'autre berge du fleuve, des événements qui auraient des conséquences pour eux tous. Elle ne s'était jamais sentie inutile à ce point. Rugar lui avait interdit de sortir et d'intervenir dans les affrontements. Elle n'avait pour l'instant aucune mission à accomplir... et peut-être ne lui en attribuerait-on pas.

Mais si les opérations ne se déroulaient pas comme prévu, elle jouerait un rôle décisif dans l'invasion de l'Île Bleue. Les choses étant ce qu'elles étaient, elle représentait pour les Fey une arme qu'ils gardaient en réserve. Nul n'avait eu besoin de ses services pendant la campagne de Nye et elle venait de traverser un océan – des flots, maudits soient-ils – pour venir se morfondre dans ce hangar malpropre et surveiller des gibecières utilisées par des êtres qui étaient ses inférieurs.

Elle ne le supporterait pas plus longtemps.

Lorsqu'elle se retrouva une nouvelle fois devant le couloir principal, elle laissa derrière elle le dépôt et ses lumières magnifiques. Elle franchit l'angle du passage et s'avança sur un plancher poisseux sous ses pieds nus. Ici, l'odeur de poisson était plus entêtante et son estomac gronda encore. On lui avait imposé de rester cloîtrée en ce lieu où il n'y avait ni ouvertures ni nourriture, sans lui préciser combien de temps. Si elle n'était pas là au retour des Gardiens et s'ils s'inquiétaient, tant pis pour eux ! Elle n'était pas du genre à s'étioler sur place.

Elle devait son impatience au composant félin de son être. Elle avait appris au fil des ans à ne pas combattre certains de ses instincts. Les uns étaient utiles, les autres de simples sources d'irritation. Le seul problème d'un métamorphe, c'était le choix de sa forme animale. Elle l'avait fait à l'âge de trois ans, quand ses transformations incessantes avaient mis sa santé en péril. Tous ses semblables prenaient un jour ou l'autre une telle décision, mais qu'elle y eût été confrontée bien plus tôt que la plupart la contrariait. Elle n'avait révélé à personne qu'elle avait opté pour un chat parce qu'elle estimait qu'il n'existait aucune créature possédant autant de grâce.

Elle suivit le long passage. L'humidité du bois et les relents s'estompaient. Lorsqu'elle atteignit la porte, elle appliqua ses paumes sur les battants et les poussa. La clarté du soleil se déversa à l'intérieur et l'aveugla. Des sons l'accompagnaient. Des hurlements, des cris, des coups sourds et des bruits de pas précipités. Debout sur le seuil, elle cillait face à la lumière en espérant que nul ne la verrait.

Elle recouvra progressivement une vision normale et s'avança sur la rampe d'accès, réchauffée par l'astre du jour vers lequel elle se tourna. Elle ne remarqua qu'elle avait des frissons que lorsqu'ils s'interrompirent. Le Cardidas venait clapoter contre les quais du port fluvial. Elle s'arrêta. Des gens avaient crié, un instant plus tôt. Là ! Il lui suffisait de tendre l'oreille pour les entendre faiblement. Les affrontements s'éloignaient.

Ses cheveux se dressèrent sur sa nuque. Elle n'était plus seule. Elle regarda la route, derrière elle, et vit un homme. Il était nu-pieds et portait une robe noire qui le couvrait tel un sac. Il tenait une bouteille et semblait désorienté, comme s'il cherchait quelque chose. Elle s'abrita dans l'ombre du bâtiment mais n'y pénétra pas. C'était un autochtone. Sans doute traquait-il les Fey.

Une forte odeur lui parvenait du fleuve. Fétide et dense, elle flottait telle une nappe de brouillard. Elle jeta un coup d'œil à la rive opposée et vit près de la grande construction des Fey et d'autres Frocs noirs. Seuls les premiers hurlaient. C'était cela qui avait disparu, leurs cris de victoire.

La frayeur de Caseo n'avait rien d'étonnant. Leur peuple n'avait à ce jour subi aucune défaite.

Elle devait regagner l'entrepôt. Elle longeait le mur du bâtiment quand l'homme la vit. Il poussa un petit cri de surprise puis courut vers elle, en brandissant sa bouteille comme une arme.

Comme une arme.

Il était convaincu de pouvoir la tuer.

Sur l'autre berge, des Fey cernés d'insulaires subissaient les affres d'une atroce agonie.

La peur l'assaillit, soudaine et brutale. Si elle pénétrait dans la construction, il la suivrait et découvrirait les gibecières et les lumignons. Il détruirait leur butin et Caseo ne le lui pardonnerait jamais. La panique la paralysait.

Le Froc noir avait un visage rose et joufflu à l'expression stupide, des iris d'un bleu plus clair que tous ceux qu'il lui avait été donné de voir, des lèvres gercées partout où il les avait mordillées et un crâne dégarni. Ses sourcils étaient droits et incolores. La graisse avait englouti ses pommettes et il avait des yeux ronds. Même les Nyeiens avaient un teint moins maladif. Elle refusait de se laisser tuer par quelqu'un d'aussi laid. Et elle ne mourrait pas.

Elle permit à son corps de se replier et sentit sa masse se compacter en un être de plus petite taille. Sidéré, l'homme s'immobilisa puis reprit sa charge en poussant des glapissements d'effroi. La transformation s'acheva. Solanda baissa le regard sur ses pattes dorées, sa douce fourrure, les moustaches qui saillaient de sa truffe. Elle remua la queue et sauta de la rampe pour fuir le plus rapidement possible cet insulaire stupide.

Elle passa sous l'entrepôt et laissa derrière elle les relents de poisson. Ses mouvements étaient vifs et silencieux. Ses coussinets s'enfonçaient dans le sol marécageux avec des bruits de succion qui marquaient la cadence des assauts de la peur. Elle resta sur le côté de la bâtisse jusqu'au moment où elle aperçut un escalier. Elle rampa sous les marches, se glissa dans les ombres et ferma les yeux. Un chat ordinaire n'eût pas pris de telles précautions, mais elle savait depuis l'enfance qu'ils réfléchissaient la lumière et pouvaient vous trahir.

Elle haletait et son cœur battait la chamade. Ces bouteilles... C'était la mort, qu'elles contenaient. Et ce lourdaud avait assisté à sa métamorphose. Pauvre idiote ! Elle devait graver ses traits dans sa mémoire et le tuer à la première occasion.

Le bruit de ses pas se rapprochait. Elle risqua un regard au-dessus de ses pattes, en veillant à garder les paupières mi-closes. Il s'arrêta à côté de l'escalier et elle constata que les ongles de ses orteils étaient longs et jaunâtres, recourbés vers le haut, éclaboussés de boue. Des poils blonds bouclés couvraient ses pieds. Elle était heureuse d'être assez loin pour ne pas les sentir. Posséder un odorat développé n'avait pas que des avantages.

L'odeur de poisson aiguisait son appétit. Elle attendrait le départ de l'importun puis partirait en quête de nourriture. Ensuite, elle chercherait quelqu'un capable de l'aider. Pour terminer, elle retrouverait cet autochtone stupide et l'éliminerait.

Il passa en pataugeant dans la fange et elle resta immobile tant qu'elle put l'entendre. L'eau qui saturait le sol emplissait les larges empreintes qu'il laissait derrière lui. Elle avait quant à elle les pattes glacées et les poils mouillés, ce qui était désagréable.

Les cris et hurlements s'amplifiaient de nouveau. Puis des gens s'exprimèrent dans un langage incompréhensible. Elle regarda entre les planches de l'escalier et vit d'autres Frocs noirs brandir des bouteilles comme des épées. Celui qui avait assisté à sa métamorphose n'était pas en leur compagnie. Ils s'entretinrent un moment puis s'éloignèrent furtivement dans des directions différentes.

Elle s'assit sur son arrière-train et décela dans ses entrailles une sensation à laquelle elle avait appris à se fier. L'épouvantable puanteur provenait de l'autre berge du fleuve et Caseo était allé dire à Rugar de ne pas s'y aventurer. Peut-être réussirait-il à l'avertir à temps.

Mais ils avaient également des problèmes sur cette rive. Ici. À l'emplacement de l'entrepôt. Le Gardien ne pourrait revenir et les Frocs noirs s'étaient dissimulés pour tendre une embuscade à tout Fey qui approcherait.

Solanda lécha sa patte droite avec nervosité. Sa langue râpeuse lissait sa douce fourrure. Faire sa toilette la détendit, un apaisement qui lui était refusé sous sa forme humaine.

Elle attendrait que les insulaires soient au loin puis filerait vers la ville et avertirait quelqu'un du danger. Que ce fût Caseo, Rugar ou un autre était secondaire. L'important, c'était que tous sachent que des Frocs noirs arrivaient.

Elle en avait terminé avec sa patte et elle s'accorda le temps de se débarrasser de la boue qui adhérait à ses coussinets. Un ronronnement qu'elle ne put contenir prit naissance au fond de sa gorge.

Elle n'était pas venue jusqu'ici pour rien. Elle ne serait pas inutile comme lors de l'invasion de Nye. Ce n'était pas en vain qu'elle avait passé tant d'heures à se faire éclabousser par les embruns et à s'éveiller face à des rats aussi gros que son corps de chat. Elle prouverait une fois de plus que les métamorphes constituaient une élite.

En avoir l'opportunité la ravissait.

DIX-HUIT

Ses bras perdaient de leur vigueur. Dressé au milieu de l'escalier des cuisines, Nicolas ferraillait et frappait les grandes créatures élancées qui menaçaient de le submerger. Les combattants avaient pris position sur les marches et dans la salle, empiétant sur l'office et au-delà. La dernière fois qu'il avait eu le loisir de regarder dans cette direction, les marmitons s'acharnaient sur les Fey avec tous les ustensiles qu'ils avaient à leur disposition. Les femmes se chargeaient de mettre des bûches dans l'âtre et de confectionner des torches. Mais d'autres ennemis entraient par la porte la plus proche des fours et l'atmosphère était suffocante et empuantie par la peur.

Nicolas avait renoncé à faire des démonstrations de style et de finesse. Il avait cessé d'appliquer les règles de l'escrime que Stephen lui avait enseignées et se servait de la totalité de son épée pour se débarrasser de ses adversaires. Il avait estourbi un homme avec le plat de la lame, sectionné le pouce d'une femme avec son tranchant et assommé un autre Fey d'un coup de pommeau assené au sommet de son crâne.

Les armes s'entrechoquaient et tous criaient. Il

entendait dans la cour, l'office et les cuisines, les sinistres cris qui ponctuaient chaque victoire d'un ennemi.

Avec ses compatriotes Nicolas mutilait des Fey et les contraignait à s'arrêter. Mais ils perdaient malgré tout du terrain. La plupart des insulaires étaient désarmés. Des serviteurs étaient allés décrocher les épées qui ornaient les murs de la Grande Salle. Nicolas avait fourni des instructions à ceux qui avaient charrié des seaux d'eau bouillante pendant près d'une heure avant que les envahisseurs ne pénètrent à l'intérieur du palais.

Ils l'avaient coincé entre deux étages et sans doute l'auraient-ils tué s'il n'avait bénéficié des leçons de Stephen. Son habileté avait surpris ses assaillants, et il avait tenu deux marches et l'espace environnant plus longuement qu'il ne l'eût cru possible.

Des marches désormais glissantes de sang.

Ses cheveux étaient plaqués sur sa tête, son corps moite de sueur. Seule sa prise sur son épée était encore ferme. Il y avait si longtemps qu'il gardait la même position – le pied droit deux degrés plus haut que le gauche, et le corps calé contre la paroi – qu'il en avait des crampes. Il entendait ferrailler derrière lui. Le maître queux se battait au bas de l'escalier et le majordome interdisait l'accès de l'office en brandissant des couteaux à dépecer. Les domestiques s'étaient trouvé des armes, mais ils manquaient d'expérience et leurs adversaires étaient tenaces. Sitôt que Nicolas en blessait un, un autre prenait sa place. Chaque fois qu'il en tuait un, un de ses congénères en profitait pour se faufiler près de lui et gagner le premier étage.

Il ignorait quelle était la situation dans le reste du palais. Il craignait que nul ne défende l'escalier principal avec autant d'efficacité que lui, que des Fey se soient essaimés dans toute la demeure et que son père eût cessé de vivre.

Son bras se déplaçait de façon autonome face à un adversaire qui paraissait encore plus jeune que lui. Les détails étaient confus : tous avaient des cheveux bruns, une peau sombre et d'étonnants sourcils incurvés vers le haut. Mais il les différenciait à leur manière de se battre et à l'intensité de la peur qu'ils lui inspiraient.

Il y avait des corps sur les gradins et le sol des cuisines. Les fours doublés de briques étaient ouverts et quelqu'un avait poussé des blessés à l'intérieur, ajoutant à la puanteur. Un jeune valet gisait sur le dos, la poitrine fendue en deux, la tête broyée. Sitôt que Nicolas cessait d'y prêter attention, les cadavres disparaissaient ou étaient piétinés et défigurés au point d'en devenir méconnaissables. Mais chaque fois qu'il se tournait vers ce malheureux, il le voyait affalé sur les marches, les yeux rivés sur le plafond comme pour adresser une supplique silencieuse au Dieu que servait Matthias.

Son adversaire actuel avait un style étonnant. Elle – voir des femmes en tenue de combat le surprenait encore – donnait des coups d'épée frénétiques, si rapides qu'il cessait par instants de discerner son bras. Elle l'avait égratigné à plusieurs reprises, alors qu'aucun des Fey précédents n'avait réussi à le toucher. Il utilisait plus sa logique que son sens de la vision pour parer ses attaques. Finalement, il se fendit vers son ventre et elle ne réagit pas assez vite. Elle bascula en arrière et il dut mettre les muscles de son bras à contribution pour ne pas laisser son épée lui échapper des doigts. Elle roula vers le bas des marches en emportant dans sa chute deux de ses congénères, ce qui interrompit l'afflux d'ennemis vers l'escalier. Nicolas mit cette pause à profit pour regarder derrière lui et crier :

« J'ai besoin d'aide ! Envoyez-moi des renforts, s'il vous plaît.

— Il n'y a plus personne », répondit une voix dans les hauteurs.

Des épées tintaient de toutes parts. En contrebas, les assaillants se ressaisissaient déjà. Plus loin, le boulanger était secondé par trois hommes que Nicolas ne connaissait pas mais qui l'identifièrent.

« S'il vous plaît, répéta-t-il.

— Dieu ! entendit-il au sommet de l'escalier. C'est ce bon Nicolas. »

Des gens se bousculèrent et descendirent repousser les Fey. Il allait abandonner sa position quand quelque chose percuta son dos.

Il bascula et songea avant tout à tenir fermement son épée et à l'éloigner de son corps pendant sa chute. Il glissa sur le sang répandu et sa main libre se posa sur la poitrine du jeune valet. Il cria de dégoût et ramena précipitamment le bras. Il se relevait quand des doigts se refermèrent dans sa chevelure et tirèrent sa tête en arrière.

La femme qui le surplombait avait des sourcils incurvés, des cheveux bruns tressés en une longue natte. Ses yeux brillaient et l'effort physique avait rougi ses joues, alors qu'elle tendait l'autre bras pour l'égorger.

Il n'aurait jamais cru qu'un ange de la mort pouvait posséder tant de beauté.

« Dieu ! fit la voix des hauteurs. Lâchez-le ! C'est Nicolas ! Ils ont pris Nicolas ! »

Ces cris retinrent l'attention de la femme à l'instant crucial. Dans l'incapacité de se tourner et de la frapper, il agrippa sa cheville et tira. Elle relâcha ses cheveux et il écarta la tête. Elle rapprocha son couteau et il leva son épée. Les lames s'entrechoquèrent et, comme son assise laissait à désirer, il tomba.

Des gens criaient son nom. Elle le contourna et égratigna sa pomme d'Adam.

« Jetez votre arme », lui ordonna-t-elle en nyeien. Il se figea. Essayer de la déséquilibrer rendrait son cou vulnérable et il manquait de stabilité pour l'embrocher. Les défenseurs du palais ne pouvaient rien pour lui. Le fracas des affrontements se poursuivait. Il entendit quelqu'un hurler près de l'âtre et son chambellan réclamer de l'aide du côté de l'office.

Les insulaires présents dans l'escalier s'étaient regroupés autour de lui sans faire cas des autres Fey, comme s'ils les jugeaient inoffensifs. Ses gens, les serviteurs et tous ceux qui l'avaient reconnu, les encerclaient mais ne savaient comment se comporter.

Les envahisseurs les plus proches avaient eux aussi cessé de se battre. Ils regardaient la femme avec un intérêt égal à celui que ses sujets portaient à Nicolas.

Elle sourit. Elle ne semblait guère plus âgée que lui. « Ils vous accordent de l'importance, fit-elle. Peut-être devrais-je vous faire prisonnier. »

Il lui fallait s'y résigner. S'il refusait le déshonneur d'une capture, il n'était pas le Roca. Il n'avait jamais souhaité devenir un martyr, quelle que fût la cause à défendre et encore moins quand il ignorait comme à présent de quoi il retournait. Elle augmenta la pression de la pointe de son arme sur son menton, afin de l'inciter à se mettre debout.

« Jetez votre épée », répéta-t-elle.

Conscient que toute résistance serait vaine, il obtempéra mais resserra la main sur sa cheville. La botte de cuir était si fine et souple qu'il sentait ses os à travers.

« Et lâchez-moi ! » Ses yeux étincelaient. Relever le défi qu'il lui lançait paraissait la ravir.

Sa chaleur corporelle se communiquait à la lame qui piquait son menton. « Vous n'avez pas l'intention de me tuer », dit-il. Il s'était exprimé avec difficulté, tant en raison de la pression du poignard que de sa maîtrise imparfaite du nyeien.

Elle entrouvrit les lèvres et blêmit. Ses yeux perdirent leur éclat. « Que signifie *orma lii* ? »

Elle avait accentué la seconde syllabe au lieu de la première et la fluidité laissait tellement à désirer qu'il avait failli ne pas comprendre, mais il sursauta. Le fracas des armes et des cris se poursuivait. Les affrontements ne s'étaient interrompus qu'autour d'eux, au pied de l'escalier.

Près d'elle, un Fey émacié aux grands yeux siffla : « Gemme ! » comme choqué par sa conduite. Nicolas était intrigué. Il n'était pas pour elle un inconnu. Il le lisait dans son regard.

« Il n'est guère agréable de fournir des explications lorsqu'on a un couteau sur la gorge, fit-il remarquer.

— Si vous espérez me convaincre de l'écarter pour que vous vous sentiez à votre aise, c'est que vous me prenez pour une idiote. Répondez à ma question.

— Je doute que vous vous soyez ouvert un chemin à coups d'épée dans cette demeure pour demander un simple renseignement. Vous auriez pu interroger le premier passant venu dès votre arrivée au port, et épargner ainsi de nombreuses vies.

— Je ne trouve pas ce trait d'esprit amusant », fit-elle. Mais ses yeux brillaient de nouveau. Elle appréciait leur joute verbale... ce qui n'était pas de circonstance.

Ceux qui les entouraient échangeaient des murmures, des traductions de leurs propos dans les deux langues. D'autres personnes venaient grossir le groupe et les combats avaient cessé à l'intérieur de l'office. Des voix s'élevaient au-dessus du fracas : *Ils ont capturé Nicolas !*

« Ce n'était pas un trait d'esprit, répondit-il. J'ignore ce que vous faites ici.

— N'est-ce pas évident ? » Elle augmenta la pression du plat de la lame sur son menton. Elle n'avait pas bougé d'un pouce mais était redevenue une conquérante. « Debout. »

Il serra ses doigts autour de sa cheville et elle grimaça. Plus d'exaspération que de souffrance, sans doute.

« Souhaitez-vous vraiment que je vous décapite ? » Son ton était désinvolte, comme si elle lui proposait une tranche de venaison lors d'un banquet.

Quelqu'un hoqueta derrière eux et le boulanger descendit des marches. « Moi prenez, madame, dans un nyeien laissant à désirer. Je prie vous. »

Sans en faire cas, elle dévisagea Nicolas et arbora un large sourire. Sa beauté lui coupait le souffle. Il n'avait jamais vu une telle association de traits éthérés et de puissance indomptée.

« Vous semblez avoir plus de valeur vivant que mort », fit-elle. Elle détourna la tête, autoritaire. « Fardeau, Rielle, relevez-le. »

Plus personne ne s'affrontait entre eux et la cheminée, même si Nicolas voyait des gens se déplacer près de la porte. Les Fey avaient baissé leurs armes et tous fixaient la femme.

Le grand maigre qui s'était exprimé un peu plus tôt et un autre homme vinrent encadrer Nicolas et le relever. Elle éloigna son couteau et ils lui lièrent les mains dans le dos, avec si peu de ménagements que ses épaules craquèrent. Des sangles de cuir entamèrent ses poignets.

Elle glissa son arme dans son ceinturon et avança d'un pas, en laissant aux Fey qui les entouraient le soin de couvrir ses arrières. Il perçut la chaleur de son corps.

Elle était aussi grande que lui et il n'avait jamais rencontré une femme de cette taille. Pouvoir la regarder droit dans les yeux était étrange.

Sur le pourtour de son front ses cheveux étaient humides de sueur. « Qu'avez-vous de particulier pour susciter une telle admiration ? s'enquit-elle. Seriez-vous un personnage important ? »

Son cœur s'emballait et il peinait à garder une respiration régulière. Rien ne l'avait préparé à affronter pareille situation. Il ne savait pas qui elle était, seulement qu'elle tenait sa vie entre ses mains. Déterminer s'il avait intérêt à se rendre ou à mourir était impossible mais il avait conscience de tenir à la vie.

« Allez-vous mieux ? » fit-il.

La surprise réduisit la courbure des sourcils de la femme. « Quoi ? »

Il l'avait de nouveau déstabilisée, ce qui lui donnait un étrange pouvoir sur elle. Elle était habituée à tout contrôler. « *Orma lii* signifie : "Allez-vous mieux ?" »

Elle entrouvrit la bouche, désemparée. « Dites-le-moi encore, dans votre langage », fit-elle comme s'ils étaient seuls et qu'elle lui demandât de lui déclarer sa flamme.

Il répéta ces mots avec douceur dans sa langue natale. Des larmes firent briller les yeux de la femme, qui continua de le fixer.

Le Fey émacié tint des propos incompréhensibles et elle lui intima d'un geste de ne pas s'en mêler, avant de lui donner un ordre sans pour autant quitter Nicolas du regard.

« Qui êtes-vous ? s'enquit-elle finalement, en nyeien.

— Est-ce important ? » Le litige opposant ses ravisseurs faisait naître en lui de la panique. « Vous me tuerez quoi que je fasse. »

Elle secoua la tête puis essuya du pouce un filet de sang sur la gorge de Nicolas. Le doigt était chaud et calleux. « Non. Certainement pas. »

Sa douceur le déconcerta. Il s'intéressa au mâle qui le tenait et lut de la colère sur ses traits. Les gens du château les observaient sans bouger. La foule était devenue plus importante. Tous s'étaient immobilisés, hormis à proximité de la porte. Ils n'entendaient plus crier que dans la cour.

Le boulanger se frayait un chemin dans la cohue, en direction de l'office. Nicolas comprit ses intentions. Il allait chercher de l'aide, s'il réussissait à en trouver.

La Fey regarda la foule avant de préciser : « Je pourrais torturer chacun d'eux jusqu'à ce qu'ils me révèlent votre nom.

— Non, certainement pas, rétorqua Nicolas sur le ton qu'elle avait employé pour dire les mêmes mots.

— Que de courage, pour un homme dans une situation aussi désespérée ! Si je vous tuais... (elle reprit son poignard pour l'appliquer de nouveau sur sa gorge, d'un mouvement si rapide qu'il n'aurait pu l'interrompre même s'il n'avait pas eu les poignets liés) ... ils perdraient quelque chose de précieux. »

De l'horreur altéra l'expression des serviteurs maculés de sang et épuisés par les combats.

Elle se tenait si près de lui que ses seins frôlaient sa poitrine. « Je n'ai qu'à vous menacer pour qu'ils m'obéissent. » Elle lui adressa un sourire qui ne se refléta pas dans ses yeux. « Vous m'offrez un tel pouvoir que je vais vous garder. »

Elle se tourna vers les Fey qui se tenaient derrière elle. « Faites le nécessaire pour qu'on aménage une geôle et désarmez ces gens. » Ils allèrent exécuter ses ordres et elle dit à Nicolas : « Informez vos semblables que je vous tuerai s'ils nous résistent. »

Il resta muet.

Elle agrippa sa chemise souillée de sang pour le rapprocher plus encore. « Dites-le-leur ! »

Le col cisaillait son cou et il finit par hocher la tête. Elle recula afin que tous les insulaires réunis dans les cuisines puissent le voir. Les domestiques – des adolescents chargés de nettoyer les cheminées aux matrones qui organisaient le travail dans la salle à manger – le regardaient en ouvrant de grands yeux.

« Mes amis, leur dit-il. Mon sort importe peu. Seule compte l'Île Bleue. Tuez ces créatures. Tuez-les toutes. »

Ils restèrent un court instant figés sur place puis s'avancèrent. Pris au dépourvu, de nombreux Fey furent poignardés dans le dos. Ils grognaient de souffrance lorsqu'ils recevaient un coup sur la tête et des hurlements s'élevaient à l'autre extrémité des lieux, là où une femme âgée poussait l'un d'eux dans les flammes de l'âtre.

La guerrière raffermit sa prise et appliqua une fois de plus son couteau sur la gorge de Nicolas. « Que leur avez-vous dit ?

— N'est-ce pas évident ? »

DIX-NEUF

Rugar passa une main rougeâtre dans ses cheveux raidis par le sang et inhala à pleins poumons. Il pressa le pas en évitant les flaques de boue de cette venelle qui débouchait sur la rue principale. Caseo, Rouille et Poing-fort le suivaient. Ce qu'il vit en chemin ajouta à son angoisse.

Des Fey qui couraient, dégingandés et sans grâce. Ils ne brandissaient pas leurs armes et manquaient totalement de discipline. Ils fuyaient en débandade. Rugar avait si souvent vu des troupes prises de panique qu'il ne pouvait se méprendre. Des insulaires adipeux en robe noire arrivaient derrière eux à pas pesants et agitaient de petites bouteilles contenant un fluide transparent. Des Fey se tenaient les bras, d'autres s'effondraient sur les pavés en hurlant. Ils se contorsionnaient, subissant une torture à laquelle il refusait de penser. Il se dégageait d'eux la puanteur de la chair calcinée... et des relents encore plus âcres d'origine inconnue.

Son cœur s'emballa et il se réfugia dans l'ombre de la devanture d'une boutique. Ses redoutables guerriers tombaient face à des hommes désarmés qui les aspergeaient avec ce qui semblait n'être que de l'eau. Il avait la gorge serrée et il comprit – selon le point de vue des victimes – comment la terreur se propageait tel un incendie attisé par le vent.

Caseo le rejoignit, la respiration hachée non par l'effort physique mais par la peur. « Ils nous exterminent.

— Parce que nous le leur permettons », rétorqua Rugar avec plus d'assurance qu'il n'en ressentait. Il désirait décamper, lui aussi.

Ce qu'il ne pouvait faire. Il était leur force.

La boue qui avait séché sur son visage le gênait pour parler. Il la gratta puis secoua la tête pour en débarrasser ses cheveux. Rallier ses troupes était une priorité.

« Caseo, vous allez transmettre un message aux détachements qui attaquent le palais. Il faut les informer de la menace. Au moins ne seront-ils pas désavantagés par l'effet de surprise. Ensuite, vous réunirez vos pairs et chercherez un moyen de neutraliser ce poison. Je compte sur vous pour découvrir quels sont les pouvoirs de ces religieux. »

Caseo opina. Avoir une mission à accomplir occuperait son esprit. Il s'éloigna dans une ruelle, avec une détermination qui lui avait fait jusqu'à présent cruellement défaut.

Rugar s'adressa à ses gardes du corps. Il les savait près de lui sans avoir à s'en assurer du regard.

« Rouille, fais avertir le reste des troupes. Tous doivent être tenus au courant de ce revirement de situation.

— Et vous ? » La voix rauque de Rouille s'élevait derrière lui, sur sa gauche.

« Je vais aller voir avec Poing-fort si Caseo n'a pas exagéré la gravité du danger. » Il sentait croître sa frayeur. Son père lui avait fait part de ses craintes, mais nul n'aurait pu se douter que la terreur des conquérants serait plus grande que celle qu'ils inspiraient à leurs victimes. C'était pour lui une certitude, peut-être parce qu'il la partageait.

Ses hommes couraient, telles des biches aux abois, ne songeant qu'à chercher le salut dans la fuite. Un fantassin trébucha et chut sur les pavés. En passant près de lui, un Froc noir vida sur son dos le restant du contenu de sa fiole. Le jeune soldat hurla et sa face se transmua en un masque de souffrance et de surprise. De la vapeur s'échappa de son corps et il roula sur lui-même comme pour éteindre des flammes. Lorsqu'il cessa brusquement de bouger, Rugar sut en dépit de la distance qu'il venait de passer de vie à trépas.

Il se détourna. Ses hommes se faisaient décimer et il devait trouver une solution. Au plus vite, avant que la panique ne se propage et ne sape le moral des troupes. Il suffirait pour cela d'éliminer les Frocs noirs. Les Gardiens avaient besoin de savoir contre quoi diriger leurs sortilèges. Étant donné qu'il avait envoyé Caseo au palais, il se rendrait lui-même à l'entrepôt. Il se faufila entre deux immeubles et suivit la ruelle en direction des quais.

La puanteur empirait au fur et à mesure qu'il progressait et que les cris décroissaient. Ils étaient remplacés par les gémissements des agonisants. À une intersection, Poing-fort s'avança pour aller secourir un de ses camarades et Rugar le retint par le bras. Il ne pouvait prendre le risque de perdre son garde du corps. En outre, ils devraient s'abstenir de toucher leurs semblables tant qu'ils n'en sauraient pas plus sur leurs horribles blessures.

Le temps d'atteindre le fleuve, l'odeur pestilentielle avait imprégné ses narines. La fumée qui picotait ses yeux s'était dissipée, ce qui lui permettait de voir les constructions blanches de ces navigateurs prospères, le soleil qui brasillait sur la large étendue du Cardidas et des corps gisant sur le sol fangeux comme des poupées abandonnées.

Il gémit et alla se dresser au milieu du carnage, ce qu'il avait fait sur maints champs de bataille. Cependant, c'était la première fois que les victimes appartenaient à son peuple. Il avait certes perdu quelques hommes ici et là, mais jamais un tel nombre et jamais de façon si épouvantable. Un Gardien des sortilèges, reconnaissable uniquement à sa robe, était étendu au bas de la rampe de l'entrepôt. Trois francs-tireurs alignés près de ses pieds avaient été privés de visage et leurs mains avaient fondu dans leur poitrine. Ils étaient encore agités de soubresauts. Ils suffoquaient et Rugar prenait conscience qu'une telle mort était interminable et atroce. Il ne subsistait plus le moindre vestige de leurs narines et de leur bouche, rien qui eût indiqué leur emplacement. Il n'était pas un guérisseur. Il n'avait pas appris les gestes qui auraient peut-être permis de les sauver.

Aucun Froc noir ne se tapissait dans ce carnage. Seul un chat fauve se déplaçait avec élégance entre les cadavres, s'arrêtant à l'occasion pour leur donner un coup de patte. Les reflets du soleil sur les flots l'éblouissaient et les râles qui brisaient le silence étaient encore plus horrifiants que les hurlements.

Poing-fort s'était éloigné parmi les blessés. Il se dressait près d'une agonisante prise de tremblements qui gardait ses mains levées vers son visage fondu, sans oser le toucher. Il s'accroupit à côté d'elle, les épaules voûtées par le découragement.

« Ces insulaires détiennent une magie puissante », commenta-t-il. La stupéfaction le faisait chevroter. Ils n'avaient encore jamais eu d'adversaires aussi redoutables.

« Ce sont peut-être d'autres Fey », fit une voix différente.

Rugar se tourna vers son point d'origine. Solanda se tenait à l'emplacement que le chat avait occupé et sa peau se distendait autour de ses yeux, aux derniers stades de sa métamorphose. Elle était nue. La boue formait une gangue sur ses mains et ses pieds.

« Qu'avez-vous vu ? » demanda-t-il. Il était prêt à se raccrocher au moindre espoir. S'ils avaient affaire à de lointains cousins, il devait exister de vieux sortilèges grâce auxquels ils prendraient leur revanche.

« Je les ai vus donner la mort avec leur potion magique, ronronna-t-elle. Mais nous avons de nombreuses armes : nos bras, nos esprits et nos lames. Eux aussi, peut-être.

— Les Nyeiens n'ont rien dit de tout cela.

— Les conquérants peuvent-ils croire ceux qu'ils asservissent ? » Les mots de Solanda parurent rester en suspension dans les airs. Elle plaça une main sur sa hanche et ses yeux étaient insondables comme ceux d'un félin. « Ils avaient de bonnes raisons de nous mentir. »

Il ne leur avait pas accordé toute sa confiance et avait chargé des hommes d'étudier leurs histoires, leurs légendes. Il n'était précisé nulle part que les insulaires étaient des magiciens.

Seuls ceux qui avaient eu des Visions funestes l'avaient suspecté de commettre une erreur.

Les plaintes des mourants hérissaient ses cheveux sur sa nuque. « Qu'avez-vous vu ? répéta-t-il.

— Tout d'abord, quelques-uns de ces petits hommes répugnants. Puis j'ai changé de corps et je me suis dissimulée. J'ai assisté au reste de ma cachette. Leur poison nous est fatal. » Elle baissa les yeux sur le fantassin qui gisait à ses pieds. Ses mains fuselées encore intactes palpaient la peau tendue à l'emplacement autrefois occupé par son visage. « Mais ils n'ont pas de métamorphes, car ma transformation a terrifié l'un d'eux. Et on ne compte apparemment aucune femme dans leurs rangs. »

Rugar jugeait ces détails secondaires. Trouver au plus vite un moyen de mettre un terme à ce cauchemar était la seule chose qui importait pour lui.

« Et ce que j'ai déniché devrait vous intéresser, ajouta-t-elle. Si vous voulez me suivre... »

Elle le prit par la main pour l'éloigner de l'adolescent à l'agonie. Rugar trébuchait sur les morts et les mourants qui se contorsionnaient pour tendre vers lui des moignons de bras. La puanteur l'étourdissait : chair calcinée, peur et début de décomposition, le tout mêlé aux relents de vase du fleuve et à la forte odeur de poisson. Ces malheureux tentaient d'attraper ses chevilles. Les cris discordants évoquaient un chœur d'individus qui chantaient faux et n'avaient pas le sens de la mesure mais aux voix riches en émotions.

La main de Solanda était fraîche, comme si elle avait également cessé de vivre. Elle le tenait fermement et comprimait ses doigts. Ses ongles s'enfonçaient dans sa chair. Elle était aussi effrayée et déconcertée que lui.

Il lorgna Poing-fort, toujours accroupi près de la femme, et fut saisi d'un horrible soupçon. Cette calamité n'était-elle pas contagieuse et ne risquait-elle pas de se propager d'un Fey à l'autre sans discrimination ? Néanmoins, les traits de son garde du corps restaient inchangés. Il se balançait lentement, incapable de se ressaisir.

Rugar regarda du côté d'où ils étaient venus et ne vit aucun insulaire. Après avoir achevé leur sinistre besogne, les Frocs noirs étaient repartis en quête de nouvelles victimes. Subir l'attaque d'individus dont on ignorait tout puis connaître une mort pareille était épouvantable.

Solanda atteignit l'entrepôt mais s'abstint de gravir la rampe d'accès. Elle longea le bâtiment en restant dans les ombres. Elle serrait la main de Rugar toujours aussi fort. L'air était plus frais, à l'abri des rayons du soleil. Un frisson suivit sa colonne vertébrale. Au moins n'y avait-il pas ici des agonisants qui l'agrippaient, des malheureux qui tendaient leurs doigts vers sa chair vulnérable.

« Vite », le pressa-t-elle. Il prit conscience d'avoir ralenti le pas pour bénéficier plus longtemps de la sécurité qu'offrait la pénombre. Tout se réduisait à des sensations et des images : le froid ; la main sèche de Solanda dans la sienne ; un gémissement qui rappelait vaguement le cri de victoire des Fey ; Poing-fort recroquevillé tel un enfant apeuré par la scène de destruction qu'il avait sous les yeux ; la touche de gaieté apportée par les reflets du soleil sur le fleuve. Dans leur globalité ces choses étaient insoutenables, prises séparément elles l'atterraient.

Solanda s'arrêta à l'extrémité de l'entrepôt. Ici, le sol était toujours boueux mais on n'y voyait que les traces laissées par une femme et un chat. C'était donc là qu'elle s'était dissimulée et avait remisé sa trouvaille.

Elle le lâcha et se pencha. Il massa ses doigts marqués par les empreintes des ongles de Solanda. Elle se déplaçait prudemment, avec la délicatesse et la grâce propres aux métamorphes. Une main calée contre le mur, elle tendit l'autre dans les ombres de l'escalier, en équilibre précaire.

L'interruption soudaine de l'étrange plainte permit d'entendre les autres lamentations. Rugar s'adossa à l'entrepôt, pour s'en éloigner brusquement dès qu'il remarqua que les planches étaient gorgées d'eau.

Solanda se redressa. Elle tenait une bourse entre deux doigts de la main gauche et utilisa la droite pour l'ouvrir précautionneusement puis écarter le tissu afin de lui montrer ce qui s'y trouvait.

C'était une fiole. Un bel objet pansu au goulot effilé. Le verre facetté miroitait comme la surface d'un lac. Il voyait à travers ces prismes le contenu du flacon que fermait un bouchon à première vue banal.

« Comment vous l'êtes-vous procuré ? » demanda-t-il. Être si près d'un vecteur de mort inconnu lui donnait la chair de poule, et il le regardait avec fascination.

Elle referma la bourse, tendit son cordon et l'enroula autour de son poignet. « J'ai vu qu'ils dissimulaient quelque chose et je suis allée découvrir quoi dès leur départ. Il y avait une douzaine de ces fioles... ou plus. Je me suis contentée d'enfiler ce sac sur celle-ci, en prenant soin de ne pas la toucher. Elle permettra sans doute aux Gardiens de déterminer à quelle magie nous sommes confrontés. »

Il avait retenu sa respiration, et il la libéra. Contrairement à elle, il n'eût pas risqué sa vie pour s'approprier une fiole de poison. Il se reprochait de l'avoir jugée froide ou indifférente. Peut-être venait-elle de trouver un moyen d'assurer leur salut.

À condition de contacter les Gardiens. Il avait chargé leur chef de se rendre au palais. Avant d'aller le rejoindre, Caseo avait dû leur ordonner de se mettre à l'abri. Il s'intéressa à l'entrepôt et frissonna. Y avait-il d'autres cadavres, à l'intérieur ?

« Savez-vous où ils sont ? » demanda-t-il.

Solanda serrait la lanière de cuir comme si elle pouvait la protéger de toutes ces horreurs. « Caseo leur a dit de regagner les Terres d'ombre », fit-elle sans soutenir son regard.

Il se redressa. Lui seul était habilité à prendre une telle décision. Néanmoins, elle était pleine de bon sens. « Ont-ils réussi ? »

Elle releva lentement la tête avec le calme imperturbable, inébranlable, d'un félin. « Je l'ignore. Il m'a ordonné de rester ici pendant qu'il partait à votre recherche. »

Rugar se renfrogna. C'était absurde. Les métamorphes étaient peu nombreux et seule Solanda avait traversé la mer d'Infrin avec eux. Il leur était toutefois facile de se dissimuler, ce qu'elle venait de démontrer. Il en conclut que Caseo avait voulu protéger une chose se trouvant dans la bâtisse.

« Les gibecières des calots écarlates. Sont-elles...

— À l'intérieur ? Oui. » Elle inhala à pleins poumons, prête à subir ses reproches. « Aucun insulaire n'y a pénétré. »

Il hocha la tête. Abandonner son poste était inexcusable, mais la situation était exceptionnelle. Les râles des agonisants en apportaient la preuve.

Restaient les Terres d'ombre. S'y réfugier était une excellente idée. Là-bas, il aurait le temps – ils auraient tous le temps – de déterminer la nature de l'arme que les autochtones utilisaient contre eux.

« Emportez ceci dans les Terres d'ombres. Dites aux Gardiens de se mettre immédiatement à l'ouvrage et avertissez-les de la nocivité de ce produit. Si vous rencontrez en chemin un calot écarlate, ordonnez-lui de venir récupérer les gibecières. Nous resterons à l'abri tant que nous n'aurons pas trouvé une parade. »

Elle lorgna sa bourse et il lut de la peur sur son visage. Devoir transporter la fiole l'empêcherait de se métamorphoser. Elle ne bénéficierait d'aucun des atouts de son corps de félin.

« Faites vite », dit-il pour l'informer qu'il était conscient du problème.

Elle franchit l'angle du bâtiment et se figea. Il remarqua sa raideur et la rejoignit. La construction avait servi d'écran et assourdi les sons. Ici, les martèlements des sabots couvraient les gémissements et autres plaintes. Il jeta un coup d'œil au-delà du mur et vit sur l'autre rive des douzaines de cavaliers en robes noires qui apportaient des munitions à leurs semblables.

Solanda soupira et l'air siffla entre ses lèvres. Elle disposait d'une cachette sous l'escalier, ce qui n'était pas le cas de Rugar et Poing-fort. Aller se réfugier dans l'entrepôt était hors de question car il finirait tôt ou tard par être perquisitionné.

« Remettez ça où vous l'avez pris et dissimulez-vous, ordonna-t-il.

— Et vous, où irez-vous ?

— Chercher Poing-fort. Ne vous inquiétez pas. Nous survivrons. » Il lui tourna le dos pour ne pas assister à sa transformation, car cela le mettait toujours mal à l'aise. Il s'élança sur le terrain jonché de cadavres. Il les piétinait et tressaillait chaque fois qu'un agonisant se contorsionnait et le touchait ou implorait son aide. Les cavaliers se rapprochaient du pont et il se demandait s'ils ne risquaient pas de le voir.

Assis parmi les corps, Poing-fort avait calé ses genoux contre sa poitrine et refermé ses bras sur ses jambes, comme pour s'isoler de ses infortunés camarades. Quand Rugar le rejoignit, il leva sur lui des yeux vitreux.

Un grondement les informa que les chevaux s'étaient engagés sur le tablier de bois. Rugar s'accroupit à côté de lui et perçut sa frayeur. Ils n'avaient nulle part où se cacher.

Excepté sur place.

« Fais le mort », dit-il.

Poing-fort l'observa comme s'il le croyait devenu fou. Rugar le prit par l'épaule pour l'attirer vers lui puis se laissa choir à plat ventre. La boue était profonde et visqueuse. Il y enfonça ses mains pour donner l'impression qu'elles s'étaient dissoutes.

Si près des cadavres la puanteur était telle qu'il en avait les yeux larmoyants. Si ce qui avait mutilé ses semblables était contagieux, tant lui que Poing-fort avaient été contaminés.

Il percevait les martèlements des sabots plus qu'il ne les entendait. Les cavaliers arrivaient à leur hauteur. Il espérait que Solanda s'était trouvé une cachette valable.

Son cœur battait au rythme des pas des chevaux, lorsqu'il ferma les yeux pour attendre la mort dont il avait eu la Vision.

VINGT

Eleanora s'arrêta à la fourche des chemins. Elle s'était enfoncée profondément dans la forêt et les arbres étaient ici démesurés. Les rayons du soleil ne filtraient pas dans leur ramure qui retenait la pluie de ces derniers jours et d'où tombaient toujours des gouttes. Un gros chêne aux formes tourmentées se dressait à l'intersection. Elle s'assit sur ses racines noueuses comme sur une chaise, sans penser que le bois humide mouillerait la seule partie de sa robe encore sèche. Son ventre grondait et la lassitude lui donnait des étourdissements. Le bébé était trop lourd. Elle lui confectionna un cocon avec la couverture et le prit précautionneusement.

Son petit front se plissait et il levait vers elle ses yeux de la couleur du ciel. On aurait pu croire qu'il avait un millier de questions à lui poser et ne savait comment les formuler. Il était resté muet depuis leur départ et elle craignait de l'avoir blessé. Mais il paraissait en bonne santé.

Il n'était âgé que de quelques mois et elle n'avait rien à lui donner pour le sustenter. Soit la maison d'Helter était plus éloignée qu'elle ne l'avait estimé, soit ce n'était qu'une impression due à l'épuisement qui se conjuguait à sa panique. Cette bifurcation se trouvait à mi-chemin et elle était si fatiguée qu'elle doutait de pouvoir repartir.

Elle inclina la tête pour l'appuyer contre le tronc, dont elle perçut l'humidité sur son cuir chevelu. Devait-elle s'accorder le temps de reprendre son souffle ? Elle n'entendait aucun bruit sur la route. Rien n'indiquait que ces créatures malfaisantes la poursuivaient. Si elle n'avait eu le bébé dans ses bras, elle aurait cru avoir rêvé.

Une bouchée de pain reconstituerait ses forces. Elle sortit la miche de sa poche, en rompit un morceau et le mangea si rapidement qu'elle savoura à peine sa mie pâteuse. Mais il lui avait mis l'eau à la bouche et elle dut faire un effort de volonté pour ne pas en prélever un autre bout. C'eût été du gaspillage. Son estomac n'aurait pu tout contenir.

Elle rangea ce qui restait puis s'occupa du bébé. Il aurait fallu le changer et le nourrir, mais elle n'avait ni langes ni lait. Trop jeune pour absorber quoi que ce soit de solide, il risquait de s'étouffer. Elle décida de lui donner à boire et lui présenta des feuilles perlées de gouttes de pluie. Si l'absence d'un mamelon le fit hésiter, elle n'eut qu'à récolter l'eau à l'extrémité de ses doigts pour qu'il les tète goulûment.

« Pauvre petit être », murmura-t-elle. Que son existence avait donc changé ! Elle caressa les touffes de duvet soyeux de sa tête encore tendre. Sa lèvre inférieure frémissait mais il ne pleurait pas.

Ce fut en tremblant qu'elle l'enveloppa dans les couvertures puis le cala contre son épaule, une main sous sa nuque et l'autre sous ses fesses. Elle avait essayé maintes façons de le porter sans en trouver une seule satisfaisante. Ses bras avaient tôt fait de s'ankyloser.

Qu'elle ne sût pas comment tenir un bébé à son âge avait de quoi surprendre.

Ah, Drew ! pensa-t-elle. *Je n'aurais jamais cru en avoir un jour besoin.*

Elle se releva lentement et contourna le chêne pour ne laisser aucune empreinte sur le sentier. Elle prit à droite, vers la Marguerite, sans empiéter sur le chemin. Elle le suivait en restant derrière la première rangée d'arbres. Des branches la fouettaient et l'eau ruisselait sur son visage. Elle protégeait le nourrisson de la plupart de ces agressions, mais une brindille cingla son dos et il se mit à geindre. Elle venait de perdre de vue le vieux chêne noueux, quand ses plaintes se changèrent en sanglots.

« Chut, murmura-t-elle. Je t'en supplie, tais-toi. »

Il pleurait de plus belle. Il ne réagissait pas à ses paroles mais à la peur qui filtrait dans sa voix. Elle n'était qu'une vieille femme sans forces. Une personne âgée qui avait débuté la journée en attendant la mort ne pouvait assumer de telles responsabilités.

Elle progressa péniblement dans les taillis puis se faufila entre les troncs pour regagner le sentier. En dépit de leur magie, ces monstres ne verraient pas ses traces à la croisée des chemins. Elle déplaça le bébé et cala son visage contre sa poitrine pour étouffer ses plaintes sans qu'il suffoque. Ici, les arbres étaient plus espacés et elle entendait les gargouillis d'un torrent. L'embranchement ne se situait peut-être pas à mi-parcours. Ses souvenirs étaient confus. Sans doute était-elle plus proche de son but qu'elle ne l'avait présumé.

Une racine la fit trébucher et un élancement parcourut sa jambe. Elle relâcha son étreinte et craignit de laisser tomber le bébé, de choir sur lui et l'écraser. Mais elle le retint et recouvra son équilibre, avant que la souffrance ne se propage dans tout son être.

Les pleurs se changeaient en piaillements aigus. Elle le remonta contre son épaule et lui tapota le dos pour le calmer. En vain. On aurait pu croire qu'il venait de comprendre que ses parents étaient morts et qu'il risquait de ne pas survivre jusqu'au lendemain. Ce qui était naturellement impossible. Il était simplement fatigué et glacé, affamé et mouillé.

Elle fit précautionneusement reposer son poids sur sa jambe meurtrie. La douleur fut violente et se propagea de la cambrure du pied à la cuisse, mais elle sut qu'elle pourrait encore marcher. Elle boitilla sur quelques pas puis repartit. Entre la vie et la souffrance, il n'y avait pas à hésiter.

Les arbres cédèrent la place à des fourrés et le sous-bois devint plus lumineux. Le soleil dardait ses rayons dans des percées du dais de feuillage. Néanmoins, elle n'entendait pas d'autres sons que les cris de l'enfant.

Elle avait la gorge sèche. Ne s'était-elle pas trompée ? Ces monstres n'étaient-ils pas venus de la côte et non de Jahn ? N'avaient-ils pas tué tous les braves gens qui vivaient entre la Marguerite et la mer d'Infrin ? Ne trouverait-elle pas que des cadavres et des flaques de sang, là-bas ? Elle n'avait qu'à fermer les yeux pour voir des corps écorchés gisant devant leur maison et de grandes créatures émaciées qui la lorgnaient depuis le seuil en se gaussant d'elle.

S'il n'y avait pas de survivants entre l'habitation de Coulter et la mer, se dissimuler était sans objet. Elle mourrait sous peu, avec l'enfant. Peut-être réussirait-elle à convaincre ces monstres de l'épargner et de l'élever comme un des leurs. Ils la tueraient, car elle n'était qu'une vieille femme qui se mêlait de ce qui ne la regardait pas. Mais les bébés... Ils étaient précieux pour tous les peuples.

Le nourrisson frissonna, hoqueta et cessa de pleurer.

Il tremblait toujours. Sans doute était-il trop las pour s'égosiller.

Elle franchit une courbe du sentier et vit une clairière. Le soleil l'illuminait et des gens s'y déplaçaient, des enfants jouaient près de l'orée de la forêt.

Ils étaient donc vivants. Les tueurs sanguinaires ne s'étaient pas encore aventurés jusqu'ici.

Le soulagement lui insuffla l'énergie dont elle avait besoin. Bien qu'incapable de courir, ce fut d'un pas claudicant mais rapide qu'elle s'avança dans l'eau et la boue.

Lorsqu'elle sortit des bois, les enfants terrorisés hurlèrent et s'enfuirent. Elle ne prit qu'alors conscience de son aspect.

« Au secours ! cria-t-elle. Par pitié ! Quelqu'un ! »

Elle n'aurait pu aller plus loin mais elle resta debout, pour le bébé. Le soleil réchauffait sa peau et ses vêtements gorgés d'eau. Il se remit à geindre.

Trois hommes et deux femmes couraient vers elle. Elle les reconnut : Helter et son épouse, Lowe ; Pier et sa compagne, Vy ; et Arl qui était célibataire. Lowe prit le nourrisson et Eleanora eut l'impression d'être soulagée d'un grand poids. Elle s'affaissa et ils la soutinrent et l'aidèrent à s'asseoir sur le sol.

« Eleanora ? demanda Helter, comme s'il doutait de son identité.

— Oui. » Le monde se mit à tournoyer et elle ferma les yeux. Tout s'arrangeait. Elle était entourée d'amis, en sécurité, même si ce n'était pas pour longtemps.

Elle se redressa. « Il a besoin de soins. C'est le fils de Coulter. Ses parents sont morts.

— Morts ? » répéta Lowe. Et le bébé geignit.

« Assassinés », précisa Eleanora. Puis elle leur débita des rafales de mots entrecoupés de hoquets. Vy lorgna le nourrisson, l'unique preuve de la véracité de ses dires. Le bras musclé de Pier la soutenait. Arl surveillait la forêt, semblant s'attendre à voir ces créatures en jaillir.

Le silence s'éternisa, lorsqu'elle eut terminé. Les enfants étaient revenus pour écouter, les yeux écarquillés. Elle regrettait d'avoir parlé de telles abominations devant eux mais n'avait pas eu le choix.

Des points noirs dansaient dans son champ de vision. Elle ne résisterait plus longtemps. Elle succombait à la peur et à la fatigue. « J'ai le ventre vide », dit-elle.

Ce qui fit réagir Lowe. « Oui, et il faut changer ce bébé. » Elle le serra délicatement contre sa poitrine.

Helter hocha la tête. « Entrons. Nous devons prendre des décisions. »

Des décisions ! Eleanora ferma les yeux. Ils les fonderaient sur ses dires alors qu'elle ne savait même pas si ces inconnus étaient ou non des humains. Elle ignorait si des couteaux pouvaient entamer leur chair, s'ils n'étaient pas immortels.

« Venez, Eleanora, lui dit Pier à l'oreille. Nous allons nous occuper de vous. »

C'était ce qu'elle avait espéré. Il l'aida à se mettre debout et elle rouvrit les paupières.

Arl n'avait pas bougé. Il fixait toujours la forêt, horrifié. « Ils vont venir ici, n'est-ce pas ? murmura-t-il.

— Je le crains », répondit-elle. C'était sa seule certitude.

VINGT ET UN

Les Frocs noirs passaient rapidement près de Charognard qui se fondait dans les ombres pour longer la devanture d'un magasin abandonné. Seule la rue poussiéreuse le séparait du palais, qui lui paraissait toutefois éloigné d'une lieue. Depuis qu'il était allé informer Caseo du drame qui se déroulait sur l'autre berge du fleuve, il avait assisté à la mort de plus d'une cinquantaine de leurs semblables. Il n'avait pas vu de sang mais senti cette immonde puanteur et entendu leurs hurlements de souffrance. Et si les autochtones ne l'avaient pas encore repéré, ses vêtements maculés de fluides vitaux le désignaient comme un de leurs adversaires.

Caseo l'avait envoyé continuer son travail au palais, ce qui se révélait irréalisable. Bien que ses bourses soient vides, il n'osait pénétrer à l'intérieur de l'enceinte où il se retrouverait bloqué. En outre, la magie du sang avait cessé de faire effet. Quand des francs-tireurs touchaient des Frocs noirs, ces derniers les aspergeaient avec leur fluide corrosif avant qu'ils aient terminé leurs incantations.

Les Fey subissaient une cuisante défaite.

À son arrivée, il avait lorgné par l'ouverture que le

bélier avait dégagée dans la porte et vu des insulaires affronter les fantassins au corps à corps. Les francs-tireurs venus donner la mort par leurs effleurements n'auraient pu se passer des calots écarlates. Trois de ses camarades étaient déjà à l'œuvre, et lorsqu'il les avait vus affairés à ce point il s'était réfugié dans les ombres. Il accordait plus de prix à sa vie qu'à tout le reste. Il estimait en outre qu'ils avaient rempli suffisamment de gibecières pour pourvoir à tous leurs besoins pendant une année.

S'ils survivaient aussi longtemps.

L'humidité suintait du mur de bois et imbibait sa chemise. Le tissu adhérait à sa peau et il tremblait. Il n'avait nulle part où se cacher. Tôt ou tard, des ennemis le verraient et l'aspergeraient de poison.

Les Frocs noirs s'étaient arrêtés aux portes du palais pour s'intéresser aux combats qui s'y déroulaient. Les Fey qui jonchaient la chaussée gémissaient et hurlaient. Charognard ne voulait pas les regarder mais ne pouvait s'en empêcher. Leurs mains et leurs visages fondus le fascinaient. Il lui était facile de s'imaginer parmi les victimes, rendant l'âme dans d'atroces souffrances.

Qu'il en fût affecté à ce point l'étonnait. Il pataugeait depuis toujours dans le sang qu'il devait récolter pour permettre de confectionner des potions magiques. Mais s'il avait vu mourir plus de gens qu'il n'eût souhaité en dénombrer, il s'agissait rarement de ses semblables. Pas des douzaines, comme ici.

Les Frocs noirs paraissaient intimidés par la mêlée et hésitaient à pénétrer dans le palais. Ils entreprirent de dresser l'inventaire des fioles qui leur restaient et Charognard en profita pour ramper vers le côté du bâtiment, en veillant à ne pas s'aventurer à découvert. Des mourants le virent et l'appelèrent. Il leva l'index à ses lèvres. N'étaient-ils pas conscients qu'il ne pourrait pas les aider si leurs ennemis le tuaient ?

Des ennemis qui ne lui prêtaient pas attention. Il les trouvait moins inquiétants depuis qu'ils avaient interrompu leur progression. Ils étaient une vingtaine et chacun d'eux n'avait à sa disposition qu'une ou deux bouteilles, un nombre insuffisant pour décimer la totalité des envahisseurs présents dans le palais.

Il humecta ses lèvres. Les Fey de l'intérieur n'étaient peut-être pas informés du péril. Les mettre en garde s'imposait.

Il s'appuya d'une main contre le mur humide. Pour les avertir, il lui faudrait traverser la rue sans se faire repérer par les Frocs noirs. Il avait bravé une multitude de dangers pour aller joindre Caseo et n'était pas téméraire au point de renouveler cet exploit.

« Les pleutres rôdent furtivement et hésitent, comme si leurs vies insignifiantes avaient une quelconque valeur. »

La voix était inconnue et nasale. Charognard se tourna, le cœur battant. Un homme corpulent à la bouche plissée, aux joues rebondies et aux yeux de fouine se dressait devant lui. Un insulaire qui portait l'uniforme des gardes du palais.

La peur qu'il inspirait à Charognard le fit sourire.

« Tes bourses sont vides, mon petit. »

Charognard mordilla sa lèvre inférieure, incapable de dire quoi que ce soit. Il toucha les vessies qui ballottaient contre ses hanches puis analysa les propos de son interlocuteur. Comment pouvait-il être au courant, pour les gibecières ?

« Q-qui êtes-vous ? » Il se déplaça afin que le mur protège ses arrières.

Le sourire de l'inconnu s'élargit et ses yeux disparurent dans les replis de son visage. « L'intendant militaire Grundy, répondit-il avec entrain, comme s'il trouvait cela amusant.

— V-vous n'avez pas de bouteille.

— Bien sûr que non. Son contenu me tuerait. »

Charognard ouvrit la bouche, la referma rapidement. Le tuer ?... Il fronça les sourcils puis s'affaissa contre le bâtiment en sentant son énergie l'abandonner. L'homme venait de s'exprimer en fey, un langage inconnu de la population locale. Il s'intéressa à ses yeux porcins, trop éloignés pour qu'il pût déterminer s'ils étaient pailletés d'or.

« Qui êtes-vous ? » insista-t-il.

Un rire de l'insulaire couvrit les plaintes des mourants. « Ah, Charognard ! N'as-tu donc pas reconnu ton vieil ami Silence ? »

Le double. Charognard acheva sa descente et se retrouva assis dans la boue qui séchait. En se répandant dans ses veines, le soulagement l'avait privé de ses dernières forces. « J'ai cru que tu allais m'occire. »

Silence perdit son sourire. « J'avoue que ça me tente. Tu n'as pas de sang à m'offrir alors que changer d'hôte s'impose. »

Charognard cala son front sur ses genoux pour respirer à pleins poumons, se détendre. Silence faisait montre de tolérance envers les calots écarlates. Il était le seul double qui le traitait avec un semblant de considération.

Quand sa respiration redevint normale, il s'intéressa aux Frocs noirs regroupés près des portes du palais. « Un intendant ? répéta-t-il, comme s'il assimilait à retardement la signification de ce terme. Quelqu'un qui administre les casernements ?

— Je n'ai pas eu le temps de faire la fine bouche.

— Qui sont ces insulaires munis de bouteilles ? » Charognard ne regardait toujours pas son interlocuteur.

Les Fey les plus proches avaient cessé de gémir... et sans doute de vivre.

« Des Danites. Des prêtres de l'Église locale. » Silence s'était exprimé d'une voix monocorde et Charognard le regarda fixement. Son teint était rubicond et de la sueur gouttait de sa chevelure. Ce corps qui manquait d'exercice et de mobilité représentait un très mauvais choix. « Mais je ne comprends pas pour autant de quoi il retourne. Ce Grundy ignorait que les religieux pratiquaient la magie et il ne lui serait jamais venu à l'esprit de les assimiler à des guerriers. Soit je suis tombé sur le dernier des imbéciles, soit ce qui se passe est étrange.

— Tout est étrange, ici. Comme si nous étions maudits. » Silence opina en scrutant la rue. « Vas-tu t'emparer d'un de ces hommes ?

— Non, mon identité actuelle me convient. Je ne tiens pas à me mettre dans la peau d'un Danite. Ces religieux ont peu de contacts avec leur roi, alors que ma mission consiste à l'approcher. En outre, ils ne sont pas censés savoir se battre. Je me demande si nous n'avons pas été victimes d'une trahison.

— Aucun de nous ne ferait une chose pareille », protesta Charognard. Toute conviction l'abandonna avant qu'il n'eût terminé sa phrase. Il avait entendu des conversations, à bord du navire. Certains avaient eu des Visions qui contredisaient celles de Rugar. Nul Fey n'eût osé aller à l'encontre d'une prophétie, mais nul Fey n'était encore passé à l'ennemi.

« Les troupes de Shima sont à l'intérieur ? » Malgré l'intonation, ce n'était pas une question. Silence voulait obtenir une confirmation.

Charognard hocha la tête. Les Frocs noirs s'entretenaient toujours sans prêter attention aux agonisants qui se contorsionnaient à leurs pieds.

« Alors, Gemme s'y trouve également », conclut le double.

Charognard se figea. La petite-fille de leur roi. Tous les membres de la famille royale avaient des pouvoirs, même si les siens ne s'étaient pas encore manifestés. Elle était jeune et servait dans l'infanterie afin de s'aguerrir. « Il est impossible d'éliminer ces prêtres, fit-il remarquer.

— Nul ne nous demande de les tuer, seulement de sauver notre future reine. » Sur ces mots, Silence s'intéressa aux combats.

Charognard ravala péniblement sa salive. Ils devraient traverser la chaussée et s'aventurer dans la mêlée. Il ne s'en sentait pas le courage. « Nous n'en ressortirons pas vivants.

— Je ne serai pas en danger. Ils ne s'en prendront pas à un de leurs intendants.

— Mais s'ils t'éclaboussent...

— Je serai prudent.

— Un des nôtres risque de t'embrocher.

— Non », affirma Silence avec une assurance qui ne convainquit pas Charognard. Il avait vu des doubles se faire occire par d'autres Fey.

Des chevaux approchaient et sa bouche était sèche. « Je ne peux pas te laisser y aller seul.

— Crois-tu passer inaperçu, ainsi mâchuré et maculé par la mort ? »

Charognard s'essuya les lèvres, sans résultat. Le sang avait séché. « Ils me tueront quoi qu'il en soit. »

Silence secoua la tête. La tête de Grundy. Des perles de sueur se détachèrent de son menton. « Certainement pas ! Tu vas regagner les navires en n'empruntant que des ruelles et en évitant tous les insulaires, comme le brave calot écarlate que tu es.

— Les navires ? » Charognard sentait renaître une

vague espérance. Il y serait en sécurité. Nul ennemi ne pourrait monter à bord. « Tu oublies qu'ils sont dans les Terres d'ombre. »

Silence s'accroupit afin que leurs visages soient à la même hauteur et Charognard vit les paillettes dorées de ses iris, ses paupières à la formation imparfaite. « Écoute. Tu dois aller trouver les Maîtres des éléments et leur réclamer de la pluie.

— Seul Rugar est habilité à leur donner des ordres.

— Il est peut-être mort, à l'heure qu'il est. »

Charognard frissonna. Ils risquaient tous de périr. Les cavaliers étaient proches. Les sabots de leurs montures faisaient vibrer le sol, sous ses pieds. Les Fey n'avaient jamais subi une pareille défaite. Ni depuis sa naissance ni dans toute leur histoire. Rugar, mort ? Ce jour-là, tout était possible.

« Pourquoi de la pluie ? » s'enquit-il, au cas où ceux qu'il devait contacter lui poseraient cette question. Il était le dernier des derniers. Il n'avait pas à leur demander quoi que ce soit, même si leur commandant venait de passer de vie à trépas.

« Parce qu'elle facilitera notre repli. »

Elle diluerait le poison et les dissimulerait.

« Tu comptes aller chercher Gemme ? »

Silence lui tapota l'épaule. « Il faut bien que quelqu'un le fasse. » Il se releva. « Bonne chance.

— À toi aussi », répondit Charognard.

Silence ne parut pas l'entendre et s'éloigna d'une démarche lente et chaloupée, très différente de celle souple et légère qu'il avait d'ordinaire. Il s'engagea sur la chaussée à l'instant où les Frocs noirs de faction devant le palais arrêtaient les cavaliers. Ils lui firent signe de les rejoindre et il se dirigea vers eux avec assurance. Charognard retint son souffle et mordilla sa lèvre, certain qu'ils le tueraient. Mais ils rirent et lui donnèrent des tapes dans le dos.

Silence lui jeta subrepticement un dernier coup d'œil et il se baissa pour s'engager dans les venelles et autres passages déserts. Il devait atteindre le fleuve.

C'était son seul espoir de salut.

VINGT-DEUX

Ils allaient mourir. Jusqu'au dernier. Il le savait.

Le Seigneur Powell se blottissait près de la porte défoncée. Ses cheveux emmêlés tombaient devant ses yeux, sa chemise était déchirée et ses bras ensanglantés. Il n'avait pu sortir du palais que de justesse. Puis il avait regardé la rue et vu une multitude de ces créatures maléfiques torturer des gens... des gens qu'il connaissait. Les hurlements et les cris conjugués aux odeurs du sang, de l'urine et de la peur, étaient suffisants pour faire sombrer n'importe qui dans la démence.

Il avait plongé derrière le panneau de bois brisé et serré fermement son épée. Dès qu'un ennemi viendrait vers lui, il l'embrocherait. Au moins en emporterait-il un avec lui dans l'au-delà.

Car ils périraient tous, en dépit des belles paroles de leur roi. Alexandre en était conscient, il l'avait lu sur son visage. Il exigeait d'eux qu'ils donnent leur vie pour défendre l'Île Bleue alors qu'ils ignoraient tout de leurs envahisseurs. Subir leur joug était peut-être préférable au trépas. Il n'existait qu'une façon d'être fixé sur ce point.

Il se rendrait... Sa décision était prise. Les Fey

avaient capturé le prince. Il l'avait constaté en traversant discrètement les cuisines. Le comportement des serviteurs avait révélé le statut de Nicolas et une femme l'avait fait prisonnier. Powell s'était quant à lui empressé de s'éclipser avant d'être identifié à son tour. Il n'était pas un pion qu'on pouvait sacrifier. Il ne voulait pas être torturé, exécuté. Il y avait déjà trop de victimes.

Les aspérités des planches piquaient son dos. Un homme hurla et chut devant lui, les yeux levés vers le ciel. Un Fey posa sa botte sur sa poitrine et l'égorgea. Powell faillit crier quand le sang du malheureux aspergea sa jambe, mais il ne bougea pas. Il savait que le moindre mouvement signerait son arrêt de mort.

Le Fey dégagea son arme et replongea dans la mêlée, sans le voir.

Des chevaux hennissaient derrière la porte. Powell regarda au-delà. Des Danites. Que venaient-ils faire ici ? Les envahisseurs s'étaient-ils emparés du Tabernacle ? Il serra son épée encore plus fermement et regretta de n'avoir jamais appris à s'en servir.

Les religieux s'étaient munis de flacons et s'adressaient avec surexcitation à un intendant. L'un d'eux lui présenta une bouteille et l'intendant secoua la tête en riant. « Je suis un garde, pas un prêtre », dit-il d'une voix assez forte pour que Powell pût l'entendre en dépit du vacarme.

Cet homme s'engagea dans la cour, l'épée tirée mais baissée. Powell se détourna. Autour de lui des gens hurlaient. Il s'essuya le visage avec sa manche et tressaillit quand du sang coagulé se déposa sur son front moite.

Ils avaient ri.

Les Danites avaient ri !

Il fronça les sourcils pour s'intéresser à la scène. Les

religieux avaient disparu. Ne restait que l'intendant joufflu dont l'expression était étrange. Pensif, Powell se demanda ce qu'ils avaient pu trouver amusant en des instants aussi dramatiques. Avaient-ils tout organisé ? Après avoir averti le roi de l'invasion, les Danites ne respectaient aucune des procédures prévues et se comportaient comme si de rien n'était. N'avaient-ils pas ourdi une tentative de coup d'État malencontreuse ?

Non. Il rejetait cette hypothèse quand l'interruption d'un hurlement à glacer le sang le fit tressaillir. Ce mouvement attira l'attention du garde qui le dévisagea et lui adressa un sourire privé de toute chaleur humaine. Powell le salua de la tête, avec irritation. Il ne lui avait pas manifesté la déférence qu'il devait aux seigneurs. Sans doute parce qu'il l'avait vu tapi à côté de la porte, prêt à s'enfuir.

Néanmoins, ce qui avait incité ce malotru à rire l'intriguait et il décida de l'arrêter. Il se détourna de l'ouverture et leva son épée devant lui, tel un écu. Il n'y avait aucun Fey à proximité. Tous étaient regroupés près de l'entrée du palais.

Il fit un premier pas, un deuxième. Il hésitait à quitter l'abri du panneau de bois défoncé. L'intendant vint à sa rencontre, un énorme individu plus en graisse qu'en muscles, un rempart qui le séparait du carnage. Son sourire se fit plus chaleureux et Powell s'étonna de l'avoir jugé hautain.

« Vous m'attendiez ? » fit l'inconnu dans un grondement. Pris de panique, Powell regarda de toutes parts et leva son index à ses lèvres pour réclamer plus de discrétion.

« C'est juste. » Le garde s'accroupit devant l'homme qui venait de mourir et Powell s'y intéressa. Son cou avait été presque entièrement sectionné et il avait à ses pieds une grande flaque vermeille. « C'est pour moi ? » s'enquit l'intendant.

Powell fronça les sourcils. La chaleur, le vacarme, le soleil ou autre chose l'affectait. Son ouïe était défaillante. « Je vous demande pardon ? »

Le garde rit et plongea les mains dans le sang, qu'il étala sur la totalité de son corps. Powell frissonna. C'était bizarre... très bizarre. Il s'écarta de cet individu, qui lui saisit le bras.

« Pas si vite ! » Il avait de nouveau des yeux de glace. « J'ai besoin de vous, *Seigneur* Powell. »

Il le tenait avec tant de puissance que Powell ne pouvait se dégager. L'intendant le fixait et utilisait sa main libre pour se dévêtir et s'enduire de sang.

Powell regarda de toutes parts. Tous étaient occupés à se battre, à l'exception des Fey qui cernaient la porte. Il n'y avait personne pour l'aider ou remarquer ce qui se passait. Il n'avait pas le choix.

Il leva son arme et l'abattit sur le poignet du garde. La lame trancha la chair et vibra au contact de l'os. L'intendant hurla et desserra sa prise. Powell se libéra et s'enfuit. Ses jambes le trahirent et il trébucha alors qu'il traversait la cour en direction du palais, prêt à tout pour échapper à ce malade mental.

Quelque chose percuta violemment son dos et l'envoya s'étaler dans la boue, le souffle coupé. Il voulut rouler sur le sol mais ce qui l'écrasait était trop pesant. Il vit par-dessus son épaule le visage de l'intendant qui enfouissait son menton entre ses omoplates. Ce fou refermait sur lui ses bras et ses jambes, pour l'immobiliser.

En dépit d'une vive résistance il était tiré, extirpé hors de son enveloppe charnelle. Il ne ressentait aucune souffrance et manquait de matérialité pour se raccrocher à quoi que ce soit. Un court instant, il se retrouva en suspension à l'aplomb de son corps.

L'intendant avait été remplacé par un grand Fey nu maculé de boue et de sang. Son expression d'extase était bestiale lorsqu'il leva les yeux, le vit et inhala à pleins poumons.

Powell tenta de saisir quelque chose, n'importe quoi, mais la créature l'aspirait. Il se déplaça dans les airs, privé de substance, puis...

... il fut l'intendant Grundy, un être vaniteux et sensuel qui prenait son petit déjeuner et donnait des ordres à ses hommes pendant que cette chose, ce...

... Silence, Fey, double, lui-même incomplet, recevait une blessure à Nye, survivait de justesse, embarquait pour l'Île Bleue et des victoires faciles...

Je me noie en eux, pensa-t-il avant d'être absorbé.

VINGT-TROIS

Les bruits de cavalcade décrurent. Par prudence, Rugar attendit avant de rouvrir les yeux. Il avait la joue droite enchâssée dans la fange et respirait à peine. La puanteur des cadavres le faisait suffoquer.

Un désastre. C'était un désastre. L'ennemi avait des pouvoirs magiques inconcevables. C'était une véritable guerre qu'il lui faudrait conduire, désormais.

La froidure de la boue l'avait pénétré. Il devait analyser la situation et n'en avait pas le temps. Après avoir donné un ordre de repli à ses troupes, il lui restait à assurer leur sécurité jusqu'au moment où il aurait trouvé une parade.

Il cilla et vit un cadavre recroquevillé en position fœtale, les bras croisés au-dessus d'une tête fondue. Son visage n'avait plus un seul trait. Rugar frissonna. Il avait partagé ce qu'éprouvait celui qui sentait son corps se dissoudre, ses narines se clore et sa bouche se sceller. Il déglutit, mais la pestilence demeura au fond de sa gorge comme un bout de pain avalé de travers.

Il entendait dans le lointain les hurlements et les tintements du métal, des sons qui s'amplifiaient et décroissaient en contrepoint de ses inspirations. Son cœur martelait sa cage thoracique. Il était vivant, contrairement à bon nombre de ses soldats.

Il déglutit encore et s'assit, retira lentement ses mains de la boue. Il les essuya sur ses vêtements. Ses ongles avaient bleui et ses doigts blanchi sous l'effet du froid. Autour de lui les victimes jonchaient le sol à perte de vue. Le soleil qui miroitait sur le fleuve apportait du relief à la scène.

Des morts. Il n'avait jamais assisté à un pareil massacre depuis qu'il était un soldat, même s'il savait que de tels combats avaient été fréquents à une époque lointaine, avant que ses ancêtres ne prennent conscience que leur magie ne les protégeait pas en toutes circonstances.

Ils descendirent des monts Eccrasiens en laissant la mort dans leur sillage. Mais ils découvrirent ce qu'était mourir de la main d'un ennemi lorsqu'ils furent confrontés aux glaives des Ghitlus. Ils battirent en retraite jusqu'aux hauteurs pour forger leurs propres épées et l'infanterie vit le jour. L'infanterie, et la capacité des Fey à absorber l'énergie vitale de leurs adversaires pour l'utiliser à leur profit.

Rugar avait levé un contingent au complet. Les Gardiens auraient tôt fait de déterminer pourquoi ce fluide avait sur eux des effets aussi dévastateurs. Tout ce qu'il avait à faire, c'était leur accorder du temps.

Ils avaient déjà opéré des replis stratégiques. Ils le feraient peut-être encore.

La boue séchait sur ses mains. Il chercha Solanda du regard, sans la voir. Il avait besoin de la bouteille qu'elle avait subtilisée. De ce poison et d'un délai. Caseo avait ordonné aux Gardiens de se réfugier dans les Terres d'ombre. Envoyer l'armée les rejoindre serait rapide. Rugar avait façonné ce microcosme parallèle afin qu'il pût recevoir tous leurs navires. Ils avaient à leur bord suffisamment d'avitaillement et d'armes pour tenir et riposter. Les insulaires seraient déconcertés par leur disparition et, dès qu'ils auraient découvert leur secret, les Fey bénéficieraient de nouveau de l'effet de surprise.

N'importe quoi. Il eût fait n'importe quoi pour les tirer de ce mauvais pas.

Il respira à pleins poumons pour se détendre et se pencha au-dessus de Poing-fort. Son flanc gauche était enfoui dans la boue, son nez et son œil droit n'étant visibles que pour un observateur averti. Rugar tendit sa main souillée vers son épaule et interrompit ce geste avant de l'avoir touchée.

« Ils sont partis », murmura-t-il.

Le garde du corps ne réagit pas.

« Ils sont partis, te dis-je. »

Il baissa finalement le bras et fut soulagé de percevoir la chaleur de la vie sous le justaucorps. Poing-fort ouvrit l'œil, et son regard était aussi glacial que le sol.

Rugar tressaillit. Ses hommes le tiendraient pour responsable de cette débâcle, tout comme son père. Il aurait beaucoup à faire pour changer leur défaite en victoire, et il lui faudrait pour cela bénéficier du soutien de ses troupes.

« J'ai un plan, annonça-t-il. Mais nous devons en premier lieu nous replier dans les Terres d'ombre. »

Poing-fort s'assit. La boue qui gouttait de sa chevelure tombait sur ses flancs. Il ne se donna pas la peine de s'essuyer. « Nous battons en retraite ?

— En attendant d'avoir percé le secret de leur magie. Sitôt après, nous les exterminerons jusqu'au dernier. »

Le garde du corps renifla et regarda ailleurs.

Rugar le prit par le menton et comprima sa mâchoire pour l'immobiliser et gronder : « Je te laisserai mourir ici, si tu y tiens. Mais je rapporterai que tu as renoncé après une seule bataille et que tu es mort en lâche. Et les Fey citeront ton nom chaque fois qu'ils parleront de déshonneur.

— Aucun d'entre nous ne vivra assez longtemps pour en avoir la possibilité. »

Rugar l'observa. Sa face maculée de boue était privée d'expression. Poing-fort l'avait loyalement servi pendant des années, jusqu'à ce jour. Et qui aurait pu lui tenir rigueur de son attitude ? Ils étaient au cœur d'un épouvantable charnier. Si Rugar faisait exécuter tous ceux qui n'avaient plus confiance en lui, il perdrait la plupart de ses hommes.

« Nous survivrons. Et nous vaincrons. » Il le lâcha. « Mais il faut pour cela nous réfugier dans les Terres d'ombre et j'ai besoin de ton aide pour transmettre ces instructions.

— Les Fey ne battent pas en retraite.

— Les Fey ne meurent pas pour rien. » Rugar se leva. Il était cerné de corps, dans toutes les directions. « Nous irons dans les Terres d'ombre pour y préparer notre revanche. »

VINGT-QUATRE

Un couteau piqua son dos, alors qu'il avait toujours celui de la femme sur sa gorge. Elle l'immobilisait fermement, les doigts refermés sur sa nuque comme s'ils étaient amants. Nicolas se dressait au pied de l'escalier. Autour de lui des épées s'entrechoquaient et renvoyaient mille reflets, des gens criaient et du sang jaillissait. La sueur coulait sur son visage telles des larmes.

Il attendait la mort.

Alors que la Fey paraissait peinée par la tournure que prenaient les événements. Les combats avaient repris de toutes parts sans arriver jusqu'à eux et il avait l'impression qu'ils étaient isolés dans une châsse en cristal.

Un grand fracas leur parvint de l'office. Des ennemis gravirent l'escalier et d'autres franchirent la porte pour prendre leur place. Une servante entortillait des bouts de tissu arrachés à sa robe sur des morceaux de bois et remettait ces torches improvisées à tous les insulaires qui passaient à proximité.

Le couteau invisible s'enfonça un peu plus dans ses reins. Une main se referma sur son épaule, plus brutale et puissante que celles de la femme. Nicolas attribua la voix masculine qui gronda au sein du vacarme au Fey irascible qui l'immobilisait.

Elle secoua la tête.

La pression de la pointe d'acier augmenta. Elle cria ce qui devait être un ordre, bien que Nicolas ne pût l'interpréter. L'arme s'écarta. Sans disparaître, la douleur cessa d'être aiguë et menaçante.

Des lanières emprisonnaient ses poignets mais il lui suffirait de faire quelques pas pour qu'un de ses compatriotes pût les trancher. Néanmoins, la femme n'avait pas bougé d'un pouce et restait prête à lui ôter la vie au moindre geste suspect.

« Finissons-en », dit-il en nyeien.

Des lames étincelèrent. Quelqu'un hurla. Les serviteurs brandissaient des marmites et des couteaux face aux épées de leurs adversaires.

Elle ne réagit pas et Nicolas sentit la main de son compagnon se crisper sur son épaule. Ce Fey dit quelque chose et se déplaça. Nicolas sut qu'il allait le poignarder dans le dos.

Il projeta ses bras en arrière et l'atteignit à l'estomac. Le coup était plus surprenant que violent, mais le Fey gémit. Nicolas recula d'un pas, s'accroupit et pivota sur ses talons. Un cadavre le déséquilibra et le fit tituber. Il recouvra son assiette, recula encore et entra en collision avec le maître queux.

« Libérez-moi », lui demanda-t-il.

La femme se pencha pour ramasser l'épée de Nicolas de la main gauche. Elle tenait son poignard dans la droite et écartait les jambes pour améliorer sa stabilité, prête à se battre. Des Fey formèrent un demi-cercle autour d'elle afin d'empêcher les insulaires d'intervenir. Nicolas regarda sur les côtés et constata que les serviteurs les avaient imités.

Ses liens se desserrèrent. Un homme lui remit une

épée à la poignée glissante de sueur et de sang. Il tendit sa main libre en levant l'arme devant lui, tel un bouclier. Ses épaules étaient ankylosées, il avait des fourmis dans les bras et leurs extrémités le faisaient souffrir.

« Vous auriez dû m'achever, dit-il en nyeien à la femme. Car je n'aurai aucun scrupule à vous occire. »

Il se tourna et vit trop tard la menace. Le Fey irascible plongea son coutelas dans l'ouverture dégagée par son déplacement et érafla sa cage thoracique. Nicolas le cingla avec le plat de sa lame.

« Non, Fardeau ! cria la Fey. Il m'appartient.

— Alors, qu'attends-tu ? répondit ce Fardeau, également en nyeien. Finis-en, avant qu'il ne te tue.

— Il ne me tuera pas », affirma-t-elle.

Nicolas la regarda, grande et altière, le visage lustré de sueur et les yeux brillants de puissance. Il sut aussitôt qu'elle avait dit vrai. Ils n'auraient pu s'ôter la vie ni l'un ni l'autre.

Mais elle n'avait nul besoin d'en obtenir confirmation, pas plus qu'il n'était contraint de prendre sa vie. Il était évident qu'elle commandait ce détachement et qu'elle avait autant de valeur pour les envahisseurs qu'il en avait pour les insulaires.

Il se fendit et entendit Fardeau hurler comme le chef plantait un couteau de cuisine dans son flanc. Elle para son attaque sans le regarder. C'était son jeune congénère, qu'elle fixait.

Le Fey entailla le bras du maître queux et du sang chaud éclaboussa Nicolas, le macula. Il s'écarta et dérapa dans le fluide poisseux. Fardeau titubait mais poursuivait follement ses offensives.

La femme reporta finalement son attention sur Nicolas qui arrêta son épée avec un tintement sonore tout en veillant à rester hors d'atteinte de sa dague. Le cuisinier tomba à genoux et déchira sa chemise pour improviser un garrot d'une main tremblante.

Un homme hurla. Nicolas tenait la Fey à distance, les membres crispés. Il s'était battu presque tout le jour. C'était la première fois qu'il mettait ses muscles à aussi rude épreuve. Leurs légères contractions révélaient qu'il était épuisé.

Alors que son adversaire ne paraissait aucunement affaiblie. Svelte et puissante, elle avait des bras modelés par des biceps développés. Nicolas n'avait encore jamais rencontré une femme pareille. Conscient que son endurance lui permettrait tôt ou tard de le vaincre, il décida de se servir de son intelligence pour remporter ce duel.

Ils entendirent un grand bruit dans les hauteurs et un corps roula vers le bas des marches... trop rapidement pour qu'il pût déterminer si c'était un ami ou un ennemi. Elle mit sa distraction à profit et utilisa son poignard. Il recula et sentit le plat d'une lame claquer contre son dos. Tout en levant son arme pour faire dévier celle de son adversaire, il pivota et vit Fardeau tenter de l'embrocher par-derrière avec une épée rougie par le sang du cuisinier.

Il para avec son avant-bras et tressaillit quand l'acier racla l'os. Puis il plaqua sa paume sur le visage du Fey et le poussa. Des serviteurs se chargèrent de l'occuper et il se tourna vers la femme dont la dague n'était qu'à quelques pouces de son ventre.

« Vous ne me tuerez pas », dit-il en nyeien.

Elle n'eut pas le temps de lui répondre qu'il fit choir son couteau et appliqua son épée sur son estomac. Elle ne pouvait employer sa rapière dans cette position et il la fit reculer au cœur de la mêlée. Les autres Fey étaient trop accaparés pour remarquer qu'elle était en si fâcheuse posture.

Elle se retrouva adossée au mur, près de la porte de l'office, et dut s'arrêter. Elle baissa les yeux sur l'arme de Nicolas avant de le dévisager. « Vous non plus », fit-elle.

D'un mouvement rapide, il lâcha son épée pour refermer sa main blessée sur son cou délicat. « Ce ne sera pas nécessaire. » Il se colla contre elle pour l'empêcher de se déplacer. « Je vous tiens et, même si je vous connais depuis peu, je sais que vos semblables l'apprécieront moins que moi. »

Elle soutenait son regard et il était une fois de plus frappé par sa taille, sa force. Elle restait imperturbable, alors qu'il percevait sa chaleur corporelle.

Son bras le faisait souffrir et il eût souhaité changer de main, ce qui était impossible. Il réclama l'aide des serviteurs qui l'entouraient puis dut attendre que l'un d'eux réagisse.

Il en profita pour étudier sa prisonnière. Ses sourcils incurvés, son teint noisette et la finesse des os qui apportaient tant de délicatesse à ses traits étaient révélateurs de ses origines lointaines. Sa respiration était aussi hachée que la sienne. Ils inhalaient et expiraient à l'unisson.

« Votre dos est vulnérable, fit-elle remarquer.

— C'est un risque que je prends volontiers s'il me permet de vous tenir », répondit-il, sincère.

VINGT-CINQ

Maculée de boue et de sang tel un calot écarlate, Shima se battait en se laissant guider par son instinct. Elle mutilait et tuait comme si elle était seule sur le champ de bataille. L'ordre avait naturellement cédé la place à un chaos organisé et ses hommes n'auraient pu entendre ses instructions si elle avait souhaité leur en fournir.

Le soleil lui réchauffait le dos. Elle était toujours dans la cour. Le gros des troupes avait pénétré dans le palais mais elle avait décidé d'attendre les renforts à l'extérieur. Ici, des douzaines de Fey décimaient les insulaires qui résistaient encore. Ces derniers étaient de piètres combattants, sans aucune technique. La plupart n'employaient même pas des épées, leur préférant des bâtons ou des armes improvisées qui se brisaient au premier impact digne de ce nom.

Peut-être avait-elle eu tort et Gemme raison. Sa Vision ne se réalisait pas. Envahir ce pays était un jeu d'enfant. En une journée d'efforts, ils auraient soumis tous les autochtones.

Ils avaient cessé de les ébouillanter des hauteurs. Ici, la boue était profonde et les quelques Fey blessés qui l'entouraient avaient une peau rougeâtre. Des gens gémissaient. Les corps restaient là où ils étaient tombés, les yeux ouverts pour fixer le ciel ensoleillé avec reproche.

Elle poignarda l'homme qui se dressait devant elle puis s'accroupit derrière un pilier afin de reprendre son souffle. Elle s'était battue sans discontinuer depuis qu'ils avaient franchi l'enceinte. Elle avait laissé le commandement des troupes entrées dans le palais à Gemme, sans en référer à personne. Elle avait su que cela se produirait un jour. Elle avait simplement ignoré que ce serait au cours de cette campagne.

Le fracas du métal sur le métal ponctuait les cris de souffrance. Elle essuya la sueur de son front et sa main fut maculée de poussière et de sang séché.

Elle allait retourner dans la mêlée lorsqu'elle vit à proximité de la porte un insulaire s'enduire des fluides vitaux d'un de ses compatriotes. Elle s'immobilisa aussitôt. Elle n'avait jusqu'à présent rien vu laissant présumer que ces gens utilisaient les mêmes techniques qu'eux... En fait, elle les avait crus privés de magie.

N'était-ce pas un double ? Mieux valait s'en assurer.

Elle contourna le pilier en s'y adossant pour protéger ses arrières et l'observa par-dessus les têtes des combattants. Il empoigna un individu élancé de taille moyenne et ils disparurent.

Un autochtone ensanglanté la percuta et s'effondra. Le Fey qui l'avait blessé engageait déjà le combat avec un homme armé d'une massue. Elle attendit que le plus maigre se relève... seul, nu et indemne.

C'était ce qu'elle avait supposé. Un double. Elle serra plus fermement son épée et tira son coutelas avant de se frayer un chemin dans la mêlée. Elle porta au passage des coups fatals qui mirent un terme à plusieurs affrontements et s'arrêta pour éventrer un ennemi.

Le double s'était baissé et seul son dos nu était visible. Il finit par se redresser pour passer une chemise autour de son cou et s'arc-bouter pour enfiler une culotte. Après ce qui parut durer une éternité, elle arriva à sa hauteur.

« Qui êtes-vous ? » lui demanda-t-elle à voix basse.

Il riva sur elle des yeux que séparait un long nez étroit et elle crut avoir commis une erreur. Cependant, il finit par sourire.

« Silence », dit-il en nyeien avant de lever un doigt à ses lèvres.

Ce n'était pas un ordre mais une confirmation. Il regarda alentour et ne dut voir aucun témoin car il se pencha vers elle pour murmurer en fey : « Des Danites se regroupent à l'extérieur. Ces religieux se sont munis d'eau bénite... une potion qui nous est fatale. Je n'ai vu que trop de nos semblables mourir, aujourd'hui. Il faut battre en retraite jusqu'à l'autre porte. Dirigez-vous vers le fleuve. Nos troupes se replient dans les Terres d'ombre. »

Une potion qui tuait les Fey ? Lorsqu'ils mouraient, ce n'était pas à la guerre. Pas en grand nombre, à tout le moins. Il n'y avait pas de quoi terrifier un double. L'angoisse qui avait couvé tout le jour en elle lui donna des étourdissements.

« Gemme, demanda-t-il. Où est-elle ?

— À l'intérieur.

— Je vais aller la chercher. Elle ne sera en sécurité que si je feins de l'avoir capturée. »

Shima inhala à pleins poumons. Il lui offrait une opportunité d'échapper à son destin. Peut-être survivrait-elle, si elle ne perdait pas de temps. Elle devait s'en convaincre.

Elle jeta un coup d'œil par la brèche ouverte dans la porte. Des insulaires en robe noire et aux pieds nus se dressaient dans la rue. Tous tenaient des bouteilles et semblaient moins effrayés qu'elle.

« Ce sont des Danites ?

— Oui.

— Ils ne paraissent pas redoutables.

— Leur poison nous tue au moindre contact. Ordonnez de battre en retraite. »

En retraite ! Jamais au cours de ses quinze années de commandement elle n'avait donné de telles instructions. Pour ce qu'elle savait, aucun Fey n'avait pris cette initiative. Si elle n'avait pas assisté à la métamorphose de Silence, elle l'eût suspecté d'être un insulaire bien informé venu les infiltrer.

Elle ravala sa salive. « Vous vous chargez d'avertir ceux de l'intérieur ?

— Uniquement Gemme. Les autres sont placés sous votre responsabilité. »

Elle hocha la tête. « Écartez-vous de moi avant que des ennemis ne se demandent pourquoi je vous épargne. »

Il s'éloigna sans regarder derrière lui. Elle voyait les autochtones se regrouper autour de lui pour assurer sa protection. Il avait dû se mettre dans la peau d'un personnage important.

Elle cessa de s'intéresser à Silence. Elle devait organiser leur repli. Elle grimpa sur un tas de bois et cria à pleins poumons, mais le fracas des combats couvrit sa voix. Elle fit un nouvel essai. « Soldats ! Par la porte ouest et jusqu'au fleuve. Exécution immédiate ! Restez loin des insulaires ! Leur magie est puissante ! »

Les Fey les plus proches levèrent les yeux, surpris. Certains perdirent ainsi leur avantage et furent assommés ou embrochés. Ses instructions s'éloignaient dans la foule comme une vague. Elle allait les répéter quand elle perçut de l'humidité dans son dos et se tourna.

Vers un homme vêtu de noir qui passait en courant. Il tenait une fiole. Ses Visions se réalisaient.

« Fuyez ! » cria-t-elle à l'instant où la souffrance se répandait en elle. Prise de convulsions, elle tomba et son corps se modifia comme celui d'un métamorphe ne maîtrisant pas ses pouvoirs. Elle eut une dernière pensée cohérente et se dit qu'ils avaient été stupides de risquer leurs vies pour cette île maudite, juste avant d'entamer un combat futile contre la mort.

VINGT-SIX

Alexandre ne tenait pas en place et soulevait la poussière accumulée sur le sol au fil des décennies. Elle se déposait sur ses mains et son visage et le faisait éternuer. Il eût ouvert la fenêtre, s'il y en avait eu une, mais le fracas des combats eût été assourdissant et leurs ennemis auraient pu le prendre pour cible.

L'inactivité forcée l'exaspérait. Ses sujets exécutaient ses ordres et il ne pouvait espérer davantage. Il regrettait parfois de ne pas être aussi spontané et naïf que son fils. S'il n'avait pas accordé tant d'importance à ses obligations, il serait allé se battre jusqu'au moment où l'épuisement aurait eu raison de lui.

Ce qui n'aurait rien changé à l'issue des combats. Ils n'avaient dans leurs rangs qu'un seul guerrier digne de ce nom : Stephen. Le maître d'armes avait étudié l'art militaire comme Matthias avait étudié la religion. Même les gardes étaient inexpérimentés en ce domaine. Ils avaient appris à protéger les membres de la famille royale contre des paysans en colère et à réprimer d'éventuelles révolutions de palais, pas à affronter des adversaires tels que les Fey. Des soldats qui avaient vaincu les armées les plus puissantes du monde.

Assis sur un tabouret et penché sur la table, Stephen esquissait des plans de bataille sur des feuilles de papier qu'il chiffonnait et jetait dans un angle sitôt après. Sous peu, toutes les vieilles cartes et autres documents entreposés en ce lieu auraient connu le même sort. Contrairement à son père qui en eût été consterné, Alexandre jugeait cela secondaire. À quoi eût servi de préserver les souvenirs du passé de leur île si elle n'avait pas d'avenir ?

Ils auraient dû confronter leurs idées, les analyser et échafauder des contre-offensives. Cependant, la tâche était trop ardue. Alexandre n'aurait pas su par quoi commencer.

« Combien de temps allons-nous rester cloîtrés ici ? s'enquit-il. Jusqu'au moment où nous n'entendrons plus un bruit de bataille ? »

Stephen leva les yeux de ses gribouillis. « Ou qu'on viendra nous annoncer que tout est terminé.

— À quoi bon vivre, si je n'ai plus de royaume ?

— Qu'un roi soit en exil ne détruit pas une monarchie. Les Fey ne peuvent massacrer tous les habitants de notre île et ils s'en abstiendraient même s'ils en avaient la possibilité. Ce serait contraire à leurs usages. Après une conquête, ils prennent des dispositions pour que leurs nouveaux territoires contribuent à la prospérité de leur Empire... avec une efficacité incontestable. Ils nomment des gouverneurs qui contraignent les survivants à travailler plus durement encore que sous le gouvernement précédent. Notre pays regorge de richesses qu'il leur serait impossible d'exploiter à eux seuls. Et les gens qu'ils épargneront se rallieront à votre cause.

— Vous partez, vous aussi, du principe que nous subirons une défaite. » Alexandre s'assit sur un banc lui faisant face. La poussière qui s'envola le fit éternuer et il écarta une mèche de cheveux descendue sur son front.

« Croire que nous pourrions résister à un pareil assaut serait irréaliste, Sire. Ils nous vaincront, et nous devons nous y résigner. Mais rien ne nous oblige à l'accepter. » Stephen massa la barbe naissante qui couvrait son menton. « Voilà pourquoi vous devez rester à l'abri. »

Alexandre soupira et fit reposer sa tête sur ses bras croisés. Dju l'avait mis en garde, au cours de la dernière audience particulière qu'il avait sollicitée avant la chute de Nye. « Ils nous envahiront, avait déclaré l'ambassadeur. Et votre tour viendra ensuite.

— Nul ne peut atteindre l'Île Bleue sans nos cartes, avait rétorqué Alexandre.

— Les Fey en sont capables. Leurs pouvoirs dépassent l'entendement. Ils ont enfoncé nos lignes dans les marches de l'Est alors que nous nous préparions à les repousser depuis des dizaines d'années. Nos soldats avaient suivi un entraînement intensif, et vous ne disposez même pas d'une armée digne de ce nom. Ils vous vaincront en un après-midi.

— Pourquoi me dites-vous cela ?

— Parce que votre imprévoyance me préoccupe, et que votre conviction d'être à l'écart du reste du monde m'atterre encore plus. Il est trop tard pour mon pays, pas pour le vôtre. »

Alexandre n'avait pas fait cas de ces sages conseils. D'autres personnes de confiance lui avaient adressé de tels avertissements, mais il avait cru les protections naturelles de l'île amplement suffisantes. Par insouciance, il avait signé l'arrêt de mort de tous ses sujets.

Et de son fils.

« J'aimerais que Nicolas soit ici.

— Moi aussi. Nous avons besoin de lui tout autant que de vous. »

Alexandre regarda le maître d'armes, qui rougit et détourna la tête. Il était manifeste qu'il feignait la désinvolture pour dissimuler ses craintes, qu'il s'inquiétait pour le prince. Il s'était occupé de lui... peut-être plus que son père.

Et si Nicolas réussissait à survivre, ce serait grâce à ce qu'il lui avait appris.

Analyser la situation s'imposait. Les agresseurs étaient arrivés par le fleuve. Il était évident que se livrer au pillage n'était pas leur seule motivation. Ils voulaient conquérir ce pays et l'annexer à leur Empire. Stephen les disait aussi vulnérables qu'eux mais bien plus puissants. S'il était possible de réduire leur nombre, ils auraient une chance.

Et il avait eu raison de déclarer qu'ils devraient pour cela résister jusqu'au lendemain.

Alexandre pianota sur la table puis se leva. « Ce qu'il nous faut, c'est établir un plan de bataille et non nous contenter d'espérer que je survivrai pour rassembler mon peuple. »

Stephen croisa ses doigts derrière sa nuque et se pencha en arrière. « Qu'envisagez-vous de faire ? »

Ils entendirent des voix dans le couloir. Alexandre se figea. Stephen tira son épée et alla se poster à côté de la porte. On frappa et le roi fit reposer sa main sur le pommeau de sa dague.

« Entrez », dit-il à l'instant où le battant s'ouvrait. Monte, le capitaine de la garde du palais, franchit le seuil en titubant. De la poussière striait son visage et son uniforme était ensanglanté, son avant-bras hachuré par de nombreuses estafilades. Il traînait derrière lui un Danite replet à la robe noire en lambeaux. Le religieux tenait une des burettes utilisées pour administrer le Sacrement de Minuit.

« Que se passe-t-il ? » Alexandre restait prêt à tirer sa dague et Stephen était toujours posté à côté de la porte. Au-delà du seuil, les gardes leur tournaient le dos pour former un rempart entre eux et le couloir.

« Nous... les... tenons, Sire. » Des propos saccadés, comme si Monte manquait d'air.

« Les ? » Alexandre s'interdisait d'espérer.

« Les... Fey, Sire. Ils... meurent.

— Tous ?

— Pas encore », intervint le Danite. Il gardait la tête basse et sa voix s'élevait en grondant des profondeurs de son être. « Mais ce n'est qu'une question de temps. L'eau bénite leur est fatale, Sire. » Stephen se redressa et baissa son épée. « Que fait-elle ?

— Elle les tue. » Le religieux regarda le maître d'armes. « Ils fondent à son contact. »

Alexandre sentit quelque chose céder dans sa cage thoracique, une oppression, de la panique. Sans prêter attention au Danite, il se tourna vers Monte. « Est-ce exact ? »

Le capitaine hocha la tête. « J'ai pu le constater... de mes propres yeux... en montant ici. Il a aspergé certains d'entre eux avec le contenu de cette fiole et... ils se sont mis à battre des bras... hurler et mourir. C'était horrible... merveilleux.

— Ils ont donc évacué le palais ?

— Pas encore. » Monte retint son souffle. « Quand j'ai vu les Danites, j'ai pensé... qu'il fallait avant toute chose vous informer de ce fait nouveau. Les religieux ont lancé une... attaque contre les Fey présents dans ce bâtiment.

— Disposez-vous de suffisamment d'eau bénite ? demanda Stephen au Danite.

— Je l'ignore. Mais le Rocaan en a consacré des quantités importantes et des centaines d'ennemis gisent, sans vie, dans les rues qui nous séparent du Tabernacle.

— Des centaines ?

— C'est un miracle, conclut le Danite.

— Un miracle qu'il convient d'exploiter sans perdre de temps, fit Monte. C'est à lui que nous devons d'être encore de ce monde.

— Alors, faites distribuer de l'eau bénite à tous les combattants. Et venez m'en informer, quand les Fey auront quitté les lieux.

— Je n'y manquerai pas, Sire. » Monte s'adressa au Danite. « Donnez votre burette au roi.

— Non, à moi », intervint Stephen.

Le religieux les regarda à tour de rôle, déconcerté.

« Remettez-la-lui », trancha Alexandre.

Monte s'inclina et se dirigea vers la porte.

« Attendez. En venant ici, avez-vous... » Alexandre s'interrompit, gêné de révéler ainsi sa faiblesse. Mais il ne put s'empêcher de demander : « Avez-vous vu mon fils ? »

Le capitaine se raidit et répondit sans se tourner vers lui : « Non, Sire. »

Certain qu'il s'agissait d'un pieux mensonge, Alexandre eût souhaité voir son visage. Il ravala sa salive. Il aurait pu lui ordonner de soutenir son regard, mais le moment eût été mal choisi. Tous les gardes prêtaient serment de protéger les membres de la famille royale. S'il savait où se trouvait Nicolas, Monte avait dû assurer sa sécurité.

« Alors, c'est entendu. Lancez cette contre-attaque et prenez des dispositions pour qu'on apporte de l'eau bénite aux sentinelles de faction dans le couloir.

— Ce sera fait, Sire. » Le capitaine le salua de la tête et sortit.

Stephen poussa le Danite. « Accompagnez-le.

— Mais...

— Ce sont les ordres du roi. »

Déconcerté, le religieux se renfrogna et s'exécuta. Stephen referma la porte et s'y adossa. « Voilà qui est étrange », commenta-t-il. Il leva le flacon et s'intéressa à son contenu miroitant.

« J'aurais aimé réclamer des éclaircissements à ce Danite, fit Alexandre.

— C'eût été prématuré, Sire. Attendons de connaître les résultats de cette contre-offensive.

— N'êtes-vous pas censé vous plier à mes désirs ? s'enquit Alexandre, irrité par les façons cavalières du maître d'armes.

— Vous protéger est une priorité. » Stephen posa la burette sur la table. « Sommes-nous certains que cet homme est digne de confiance ?

— Monte l'accompagnait. » Stephen dévisagea Alexandre qui grimaça et s'intéressa au flacon. « Vous pensez à une ruse dirigée contre moi ?

— Ce n'est pas à exclure, Sire.

— Alors, pourquoi Monte... » Il n'acheva pas sa phrase. Il se souvenait des propos que le maître d'armes avait tenus après le départ des conseillers. « Vous croyez qu'ils ont pu l'envoûter ?

— C'est une possibilité, et nous ne devons prendre aucun risque. Nous ne pouvons à ce stade accorder notre confiance qu'à deux personnes : vous et moi.

— Par l'Épée ! » Alexandre s'assit avec lourdeur sur le banc. « Et nous perdrons cette unique certitude si nous nous séparons ne fût-ce qu'un court moment. » Il était impossible de démontrer plus de prudence. Il devait se méfier de gens qu'il connaissait depuis toujours. Que son univers eût été bouleversé de façon si radicale et en si peu de temps était inconcevable. « Nul ne pourrait vivre ainsi.

— Si l'efficacité de l'eau bénite est confirmée, nous l'utiliserons pour nous assurer de la loyauté des membres de votre entourage. Il est pour l'instant sans objet de nous pencher sur la question.

— Si l'efficacité de l'eau bénite est confirmée... » répéta Alexandre. Il enfouit son visage entre ses mains et refusa de se laisser décourager. « Alors, il subsiste un espoir. »

VINGT-SEPT

Bien que svelte, ce corps manquait de vigueur. Silence jura en traversant la cour d'un pas rapide. Que sa magie le contraigne à dupliquer ses hôtes dans leurs moindres détails l'exaspérait. Le premier avait été handicapé par son obésité et celui-ci ne valait guère mieux. S'il ne s'était pas empâté, il ne le devait qu'à son hérédité et sa jeunesse relative et non à une vie saine ou un régime équilibré. Il s'essoufflait déjà.

La bataille faisait rage autour de lui. Fey et autochtones s'affrontaient devant les cuisines. Il entendait des cris et des hurlements, voyait scintiller des épées. Près de lui, un vieux serviteur abattait le cerceau métallique d'un tonneau sur les envahisseurs qui passaient à sa portée. Redoutant d'être rattrapé par les Danites, Silence regardait de toutes parts. Ils n'attaqueraient pas un homme qu'ils prenaient pour un de leurs seigneurs mais ils risquaient de l'éclabousser avec leur potion maudite et... Il frissonna. Il n'eût pas souhaité une pareille mort à ses ennemis.

Il était toujours traumatisé par sa transmutation. La personnalité des insulaires s'accordait mal avec la sienne. À Nye, la fusion et l'adaptation auraient été immédiates. Ici, même l'acquisition des connaissances culturelles de base était d'une lenteur exaspérante.

Et c'était encore pire cette fois. Passer d'un corps à l'autre était bien plus éprouvant qu'il ne voulait l'admettre.

Il entendit Shima ordonner de battre en retraite d'une voix chevrotante.

Les vêtements subtilisés au cadavre étaient étriqués et il espérait que nul ne remarquerait que le Seigneur Powell avait changé de tenue. Au moins, dans cette confusion, avait-il pensé à récupérer son poignard.

Il se glissa derrière un pilier et se recroquevilla, comme l'avait fait son hôte. Ceux qui l'avaient vu s'entretenir avec Shima se méfieraient de lui, mais ce n'était pas le moment de s'en soucier. Il devait trouver Gemme, au plus vite.

Le chapelet d'instructions que débitait Shima s'interrompit brusquement. Il se tourna et vit des Danites s'ouvrir un chemin dans la mêlée. La puanteur devenait insoutenable et les cris de victoire des Fey se changeaient en hurlements de terreur. Il inhala à pleins poumons et se fraya un passage parmi les combattants qui le séparaient des cuisines.

Les défenseurs du palais s'acharnaient contre les Fey avec des gourdins enflammés, des couteaux et des épées subtilisées aux morts et aux agonisants. Les fantassins se battaient vaillamment et leurs visages juvéniles étaient luisants de sueur. La pestilence des cadavres décomposés ne s'était pas encore répandue dans ce secteur de la cour où ne régnaient pour l'instant que des odeurs de fumée et de peur.

Sa double personnalité lui permettait de reconnaître de nombreux individus. La plupart des autochtones faisaient partie du personnel des cuisines, même si quelques gardes leur prêtaient main-forte. Le majordome proférait des menaces et tenait deux adversaires à distance avec le manche d'une baratte.

Tous les fantassins présents appartenaient au détachement de Shima, des Fey trop jeunes pour avoir développé leur magie ou trop malchanceux pour avoir des dons en ce domaine. Il contournait les combattants et s'éloignait des Danites, se réjouissant que Powell eût été de grande taille pour un membre de son peuple.

Il longeait les murs et les cris et hurlements devenaient indistincts. Il ne pouvait déterminer qui s'exprimait dans sa langue natale. Il scruta la nappe fuligineuse et la pénombre, sans apercevoir Gemme.

Il atteignait l'escalier, lorsqu'il remarqua un changement.

Fey et insulaires se tenaient côte à côte, formant deux demi-cercles. Leurs expressions étaient identiques, un mélange de confusion et d'espoir. Tous avaient baissé leurs armes, comme s'ils n'osaient les utiliser.

Fardeau se dressait à proximité, l'épée ensanglantée et la respiration lourde. Silence suivit son regard.

Là, au centre de l'attroupement, Nicolas immobilisait Gemme. Des hommes liaient ses poignets et elle ne leur opposait aucune résistance.

L'angoisse le fit frissonner. Si elle avait été atteinte par le poison des Danites, elle se serait contorsionnée dans les affres de l'agonie. Était-il concevable que ce freluquet l'eût vaincue ? Elle qui était la petite-fille du Roi noir et une redoutable guerrière ?

Il s'avança dans la foule et son cœur s'emballa. Il prenait des risques inouïs. Seule la scène de la capture de Gemme distrayait l'attention des combattants des deux bords qui l'embrocheraient peut-être d'une seconde à l'autre.

« Beau travail, Votre Altesse, dit-il d'une voix puissante. Vous devons-nous notre première prisonnière ? »

Nicolas le dévisagea avec méfiance. « Seigneur Powell. Ne devriez-vous pas vous trouver au côté de mon père ? »

Gemme l'observa en fronçant légèrement les sourcils. Certains Fey se disaient capables de reconnaître un double quel que fût son corps d'emprunt. Elle n'entrait pas dans cette catégorie mais semblait le voir sous son nouveau visage.

« C'est lui qui m'envoie », improvisa-t-il. Et une image apparut dans son esprit. Il savait où était le roi et comment arriver jusqu'à lui. S'il parvenait à esquiver les Danites, peut-être réussirait-il à exécuter sa mission.

Cependant, libérer Gemme était prioritaire. Rugar ne pouvait se permettre de perdre son aînée.

« Il m'a chargé de superviser ce secteur. » Il leva la main et s'avança. « Mais comme je constate que vous êtes maître de la situation, je vais lui amener votre prisonnière.

— Peut-être est-il prématuré de l'assimiler à une captive », répondit Nicolas. Silence remarqua qu'il tenait une dague et sentit croître sa peur.

« Oh ? » Pour la sauver, Powell devrait jouer la comédie en mettant à profit ce qu'il savait de ce jeune homme. Il le considérait curieux et insouciant, extravagant mais privé de force de caractère. « Si elle est sans importance, qu'attendez-vous pour la tuer ? » s'enquit-il en espérant que son hôte n'avait pas commis une erreur de jugement.

Prononcer ces mots avait été plus facile qu'il ne l'eût cru. Les doigts de Nicolas se crispèrent sur l'arme mais il secoua la tête. « Elle n'est pas sans importance. »

Silence se rapprocha d'un autre pas. Gemme restait immobile et ne le quittait pas des yeux. « Si je vous en débarrasse, vous mènerez à bon terme ce que vous avez entrepris. Les Danites arrivent et emploient une potion qui ne laisse pas à ces créatures le temps de pousser un râle d'agonie. Nous avons la situation en main. »

Les autochtones avaient lié les poignets de Gemme mais Nicolas la serrait toujours contre lui. « Où comptez-vous la conduire ?

— Dans les baraquements, où nous la soumettrons à un interrogatoire. Nous devons obtenir des informations et s'il s'agit, comme vous le pensez, d'un éminent personnage...

— Je vais l'amener à mon père.

— Quoi ? » Silence n'avait pu dissimuler sa surprise.

« Ses congénères lui obéissent et veulent la protéger. Qu'elle soit un de leurs chefs est une certitude. Il s'entretiendra avec elle et peut-être arriveront-ils à un accord. »

Tant d'entêtement fit frissonner Silence, qui se ressaisit pour sourire. « Elle ne doit commander qu'un détachement et je doute qu'elle ait des renseignements dignes d'intérêt à nous communiquer. En outre, pourquoi entamerions-nous des négociations quand nous avons de l'eau bénite à profusion ? Nous allons remporter une victoire écrasante, Votre Altesse.

— Vraiment ? » Nicolas lui retourna son sourire. « Alors, rendez-vous utile. » Il prit Gemme par le bras pour la tirer vers l'escalier. Puisque vous savez où est mon père, servez-nous de guide. »

Silence ravala sa salive. Les cris des agonisants l'incitèrent à jeter un coup d'œil par-dessus son épaule. Les Danites entraient dans la salle, précédés par l'épouvantable puanteur. Tous les Fey mourraient. Tous. Même Gemme.

Il surmonta sa peur pour explorer l'esprit de Powell et y découvrir la disposition des pièces du palais. Bien qu'incomplet, le plan qu'il reconstitua lui suffirait. S'il réussissait à la libérer ils devraient traverser la Grande Salle et les couloirs des appartements avant de se retrouver dans les rues : des rues grouillantes de Danites.

Mais les insulaires voyaient en lui un de leurs chefs, un seigneur. Il attendrait que les dangers soient moins grands pour la faire évader et la conduire jusqu'aux Terres d'ombre.

Les hurlements s'amplifiaient et il puisait dans sa volonté pour ne pas lancer des avertissements à ses semblables. C'était le prix que devaient payer les doubles. Il l'avait appris pendant l'enfance, au cours de la bataille d'Issan.

Il se rapprocha pour saisir l'autre bras de Gemme.

« Bien volontiers. Veuillez me suivre. »

Nicolas rougit lorsqu'il la toucha. Gemme ne bougea pas. Silence la dévisagea et constata qu'elle n'avait aucune expression, que ses yeux étaient vitreux.

Elle avait une Vision.

Il ravala un juron. La petite-fille du Roi noir avait été admise dans l'infanterie quand son don risquait de la priver de tous ses moyens en plein combat. Elle n'en avait parlé à personne. Par obligation. Son père lui eût interdit de se battre, s'il l'avait su.

« Que lui arrive-t-il ? » La voix de Nicolas avait grimpé dans les aigus, ce qui confirmait son jeune âge.

« Je l'ignore, mentit Silence. C'est peut-être une ruse. Je vais l'emmener...

— Non ! Elle m'accompagnera. »

Le corps de Gemme se décrispa soudain et s'affaissa entre eux. Silence la retint d'une main dans son dos mais Nicolas se plaqua contre elle. Tant de sollicitude ne correspondait pas à ce que Powell savait sur lui. S'il avait constaté une chose à son sujet, c'était le peu d'intérêt qu'il portait au sexe dit faible.

N'était-il pas un de ces sadiques qui prenaient par la force la magie des femmes de leur peuple ?

Gemme cilla, le regarda et sourit. « Silence », murmura-t-elle en fey.

Le confirmer était impossible. Tout geste, même imperceptible, l'eût trahi. Il se contenta d'exercer une pression sur son bras en sentant croître sa terreur. Ses devoirs envers Rugar et le Roi noir s'étendaient désormais à la totalité des Fey, car en perdant Gemme ils perdraient leur avenir.

VINGT-HUIT

Les pleurs d'un nouveau-né la tirèrent d'un profond sommeil et elle se demanda pourquoi le Roca la torturait ainsi. Elle eût aimé que Drew fût là pour la prendre dans ses bras, comme autrefois. *Ce n'est qu'un oiseau, mon adorée*, eût-il murmuré. *Un oiseau.*

Mais le son persistait. Elle reconnut les vagissements d'un bébé et une voix de femme, calme et apaisante. Eleanora grimaça. Tout son corps lui infligeait des souffrances. Elle ouvrit les paupières et la pièce tourbillonna. Le plafond était en chaume et elle était allongée sur une surface moelleuse.

Elle se trouvait dans une petite chambre aux parois de bois brut. Il y avait à côté du lit une table sur laquelle on avait posé une bougie. Aucune tapisserie ne fermait l'unique fenêtre et elle humait une odeur de terre humide et de lait bourru.

Elle cilla et recouvra ses souvenirs. Ils avaient dû la soutenir pendant qu'elle titubait vers le demi-cercle de chaumières du village de la Marguerite. Elle avait perdu connaissance sur le seuil de la maison d'Helter, trop épuisée pour aller plus loin. Ils avaient dû la mettre dans un de leurs lits.

Mais les monstres n'étaient pas arrivés jusque-là.

« Il faut se rendre chez Coulter pour vérifier ses dires, déclara un homme, à l'extérieur.

— Ils ont pu partir dans une direction différente. » C'était une femme. Vy, sans doute. « Sinon, elle n'aurait pas emporté le bébé.

— Tiens donc ? fit Helter. Elle a toujours convoité les enfants des autres. »

Elle sentit sa gorge se serrer et se redressa en puisant dans sa volonté pour repousser les étourdissements. *Convoité les enfants !* Et elle avait cru pouvoir compter sur lui. Il n'avait pas été son ami mais celui de Drew... Et encore.

« Que racontes-tu là ? rétorqua Vy. Elle a pour eux de la tendresse, comme la plupart des femmes. Elle n'a jamais rien fait de répréhensible. N'a-t-elle pas ramené le fils de Gitwen, lorsqu'il s'est enfui de chez lui et est allé jusqu'au fleuve ? Elle aurait pu le garder. Elle venait de perdre son Drew. »

Eleanora passa une main tremblante sur son visage. Le bébé s'était tu. La femme chantonnait dans la pièce voisine. Cette maison était encore plus grande que celle de Coulter. Helter et les siens y vivaient depuis des générations et son père avait toujours estimé que tous avaient droit à leur indépendance.

Elle prit appui contre le mur pour s'asseoir lentement. Des échardes se plantèrent dans ses doigts. Cette chambre devait être un ajout récent. Elle repoussa la couverture étalée sur ses jambes. Des vertiges l'assaillirent, finirent par s'estomper. Elle était trop vieille et sous-alimentée pour faire de tels efforts.

« Pourquoi ne pas envoyer des volontaires ? Si ce qu'elle dit est vrai nous devons en obtenir la confirmation, et si elle a volé cet enfant il faut informer ses parents qu'il est en sécurité. » La voix d'Helter était plus sonore, comme s'il s'était rapproché de la fenêtre.

Eleanora respira profondément et se leva. Elle tendit les draps sur le lit – un matelas de duvet dans un cadre de bois, bien plus confortable que sa paillasse posée à même le plancher – et alla vers la porte.

La chambre donnait dans la cuisine. Comme chez Coulter, on y trouvait un petit fourneau qui réchauffait toute la maison et une table au plateau balafré. Lowe avait calé le bébé contre son épaule et lui tapotait le dos. Son visage était cramoisi, tellement il avait pleuré. Il gardait les yeux clos et sa respiration était régulière. Lowe sourit en la voyant.

« Il va s'en remettre, dit-elle. Ses parents lui manquent, mais il les oubliera.

— A-t-il mangé ? » Eleanora devait se soutenir au chambranle.

« Nous lui avons fait réchauffer du lait de chèvre. Il a tout bu. » Lowe la regarda de la tête aux pieds. « Et vous, comment allez-vous ? » Eleanora lissa sa chevelure. « Je tiens à peine sur mes jambes, mais ça ira. Ai-je dormi longtemps ?

— Pas très. Reposez-vous encore.

— Vous n'avez vu personne ? Ils ne m'ont pas suivie ? »

Lowe secoua la tête.

Eleanora s'écarta de la porte et traversa la pièce pour sortir. Si le soleil brillait, l'air avait une fraîcheur crépusculaire. Les maisons étaient obscures. Les villageois étaient assis autour de la souche des réunions, juste au-delà du jardin. Helter se dressait près des buissons en fleurs dont ils cueilleraient les baies. Il lui avait paru plus proche.

Tous se turent en l'apercevant et il se tourna.

Eleanora n'avait pas vu un attroupement aussi important depuis des années, pour ne pas dire jamais. Elle se racla la gorge. « Si vous envoyez des gens chez Coulter, donnez-leur de quoi se défendre. Et dites-leur de se dissimuler. »

Il eut la pudeur de ne pas soutenir son regard. « Personne n'a emprunté le sentier. »

Elle haussa les épaules. « Peut-être ignorent-ils qu'il y a des villages plus loin à l'intérieur des terres. Je craignais qu'ils m'aient suivie, mais ils n'ont pas dû remarquer ma présence.

— Vous admettrez que votre histoire est difficile à croire.

— Que tout ceci soit étrange ne signifie pas que j'ai menti. » Elle gardait les bras ballants afin de paraître détendue, consciente que manifester de la nervosité la rendrait encore plus suspecte à ses yeux. « Si j'avais enlevé cet enfant, vous l'aurais-je amené – alors que vous connaissez ses parents – et vous aurais-je dit d'où il vient ? Je suis âgée, Helter, pas sénile.

— Nous devrions la prendre au sérieux », intervint Vy. Elle s'était assise en bordure du demi-cercle et s'appuyait contre la souche. « Ces inconnus sont terrifiants. S'ils ont tué Coulter et sa femme, ils nous massacreront à notre tour. »

Helter se tourna vers le groupe. « J'ai dit à Arl d'aller jeter un coup d'œil.

— Arl ? » Eleanora s'approcha en redoublant de prudence et s'arrêta près de lui. « Ce n'est qu'un adolescent.

— Il peut se dissimuler aussi bien qu'une vieille femme. »

Elle rougit. « Je n'ai pas à avoir honte de mes actes, Helter. J'ai sauvé la vie d'un enfant. Il vous reste à sauver les vôtres. Ces monstres sont impitoyables... »

Elle s'interrompit. Des bruissements dans la forêt la

firent sursauter. Elle se tourna, ce qui fut à l'origine d'autres vertiges, mais elle ne s'effondra pas.

Arl traversait la clairière en compagnie d'un religieux qu'elle n'avait jamais vu. Le Danite censé s'occuper de la chapelle de la Marguerite n'avait pas rendu une seule visite à ses paroissiens depuis plus d'une année.

« Ces créatures sont épouvantables. » Arl s'arrêta en bordure du cercle. Son visage poupin était livide et il avait un regard absent de vieillard. Il prenait appui sur le Danite.

Ce dernier était émacié et presque aussi jeune que lui, avec des cheveux coupés au bol. Sa robe noire était trempée et ruisselante, ses pieds couverts de boue. Il serrait dans son poing une petite bouteille.

« Les Coulter sont morts, comme l'a annoncé Eleanora, déclara Arl. Les corps... » Sa voix se brisa et il secoua la tête. « Je n'avais jamais rien vu de pareil.

— Où est la femme ? s'enquit le religieux.

— Je suis ici », répondit Eleanora. Ses étourdissements étaient moins intenses mais elle n'osait s'avancer. Elle baissa les yeux et attendit, en redoutant qu'il ne lui adresse lui aussi des reproches.

Il approcha et lui toucha le front. Ses doigts étaient mouillés. « Je te bénis, dit-il. Rares sont ceux qui ont vu des Fey et ont survécu.

— Vous savez donc qui sont ces monstres ? »

Il hocha la tête. « Je suis parti de Jahn pour découvrir s'ils avaient envahi nos campagnes. Ils ont attaqué la cité mais nous les avons repoussés. Ce sont des démons. L'eau bénite leur est fatale.

— Il a tué ceux qui se trouvaient encore chez les Coulter d'une simple aspersion, intervint Arl avant de regarder Helter avec reproche. Juste à temps, car ils allaient s'en prendre à moi.

— Je t'avais dit de te dissimuler », grommela Helter.

Arl essuya ses sourcils d'une main tremblante. « Ils savaient qu'Eleanora avait pris le bébé et ils pensaient qu'elle reviendrait. Ils avaient posté des sentinelles dans les bois et ce brave religieux est intervenu au bon moment.

— Qui sont ces êtres ? demanda Vy.

— Des démons, répéta le Danite avec patience, comme si elle avait été inattentive la fois précédente. Ils sont venus par la mer et ont fait disparaître leurs navires par magie.

— Pourquoi le Roca autorise-t-il de pareilles abominations ? voulut savoir Eleanora.

— Il a fourni une arme à son peuple, à ceux qui ont la foi. » Il leva la burette. « C'est tout ce que je puis vous laisser, mais si ce garçon m'accompagne jusqu'à la ville il reviendra demain avec une réserve. Nous avons stocké des fioles hors de l'enceinte de la cité, pour les besoins des ruraux. Et nous ne risquons pas d'en manquer. Un Ancien a pris l'engagement d'envoyer des Danites et des Auds en livrer dans toute l'île sitôt que Jahn ne serait plus en danger. Au cas où ces démons reviendraient. »

Helter se tourna vers Arl. « Souhaites-tu partir avec lui ? »

Arl le confirma de la tête. Il avait les yeux cernés, les traits tirés et las. Il paraissait deux fois plus âgé qu'à l'arrivée d'Eleanora, dans la matinée. « Nul ne devrait être témoin de pareilles abominations. Je... Je sais ce qui nous menace, à présent. »

Il échangea un regard avec Eleanora. Ils seraient hantés par les mêmes visions, les mêmes spectres et les mêmes terreurs.

« L'enfant est-il indemne ? demanda-t-il, si doucement qu'elle l'entendit à peine.

— Il se porte bien. » Il avait été témoin d'un épouvantable carnage et elle savait qu'il ressentait un impérieux besoin de rétablir des liens avec la vie. « Lowe a réussi à l'endormir. »

Il sourit puis toucha le bras du Danite. « Venez, allons le voir et nous restaurer.

— Nous reprendrons sitôt après notre route, car ces démons ne nous attendront pas. Ils viendront ici dès qu'ils en auront la possibilité. »

Ils se dirigèrent vers la maison d'Helter, formant déjà une équipe, une force unie contre les envahisseurs.

Eleanora les regarda s'éloigner. Helter soupira et tourna les yeux vers elle. « Je vous dois des excuses. J'aurais dû vous écouter.

— En effet, répondit-elle en puisant de l'énergie dans ses paroles. Mais c'est désormais secondaire. Nous devons trouver un moyen de nous protéger. » Et vite. Elle n'osait demander si Arl et le Danite avaient songé à brouiller leur piste. Elle ne tenait pas à savoir si les Fey pourraient les localiser facilement.

VINGT-NEUF

Prise d'étourdissements, Gemme secoua la tête et inhala à pleins poumons. Silence la soutenait. Elle avait eu une Vision de sa métamorphose et savait qu'il portait des vêtements subtilisés à un cadavre.

Mais elle n'avait pas le temps d'analyser la situation. Les Frocs noirs qui entraient, la pestilence qui avait accompagné sa Vision précédente et les miasmes qui s'élevaient quand ils aspergeaient un des siens hâtèrent sa décision. Peu lui importait ce que lui feraient subir ses ravisseurs. Elle devait aider ses semblables. Shima avait Vu juste. C'était un funeste destin qui les avait attendus en ce lieu.

« Fuyez ! cria-t-elle en fey. Sauve qui peut ! » Ceux qui l'entouraient parurent choqués par ses paroles. Fardeau se redressa et resta bouche bée.

« Fuyez ! répéta-t-elle. Les insulaires qui arrivent sont porteurs de mort. Je l'ai Vu ! En tant que fille de Rugar, je vous l'ordonne ! Fuyez ! »

Le jeune homme la secoua et Silence serra plus fort son bras. Elle reconnut brusquement ce qu'elle percevait en lui. De la peur. Il était terrifié. Elle n'avait pu lire cette émotion sur son nouveau visage.

Fardeau s'avança d'un pas mais elle hocha la tête. « Je suis perdue et tu dois impérativement m'obéir. Conduis nos soldats hors d'ici. Sinon, ils mourront tous. »

Elle s'était exprimée sur un ton autoritaire afin d'indiquer qu'elle ne s'adressait pas à lui en tant qu'amie ou camarade de combat, mais pour lui rappeler qu'elle serait son futur commandant. Il finit par opiner et leva son épée.

« La petite-fille de notre roi nous dit de fuir ! »

Les Frocs noirs approchaient. Silence la tira par le bras et parla dans la langue locale à l'autre personnage. Ils l'entraînèrent vers l'escalier.

Elle glissait dans les flaques de sang et trébuchait sur les cadavres. Elle ne pouvait utiliser ses membres supérieurs pour assurer son équilibre et se trouvait réduite à l'impuissance. Silence esquivait ses regards. Son visage était étroit, avec un nez crochu et de longs cheveux filasse. Peut-être s'était-elle trompée. Sous le choc, elle avait pu prendre un insulaire pour un de ses congénères.

« Silence, fit-elle rapidement. Si c'est vous, comprimez trois fois mon bras. Sinon, j'irai me battre au côté des miens. »

Les pressions furent brèves et légères : une, deux, trois. L'homme de sa Vision l'observa, déconcerté. Il s'adressa à Silence, qui lui répondit sèchement.

Quatre autochtones gisaient au pied de l'escalier, un autre sur les marches de pierre. Ils étaient assaillis par la puanteur, des bruits sourds et des hurlements de souffrance. Des hurlements de Fey.

Elle sentit ses cheveux se hérisser sur sa nuque.

Elle trébucha et l'homme de sa Vision la soutint. Il ne la traitait pas comme une inconnue et se montrait aussi protecteur envers elle qu'elle l'avait été envers lui. Il glissa un bras derrière son dos pendant que Silence lorgnait par-dessus son épaule et mordillait sa lèvre inférieure.

« Nous allons vous conduire à notre roi, déclara-t-il en nyeien.

— Mes semblables meurent.

— Soyez heureuse de ne pas partager leur sort. »

D'autres cadavres jonchaient l'escalier. La plupart des insulaires regroupés en contrebas avaient assisté à leur duel. Tous poussaient des cris, dont bon nombre s'interrompaient brusquement. Un fantassin était recroquevillé dans l'encadrement d'une porte, lardé de coups d'épée. Elle voulut avertir les Fey présents au premier étage et n'en vit aucun. Soit ils avaient entendu ses instructions, soit ils n'avaient pas attendu ses ordres pour battre en retraite.

Retraite ! Ce terme ne faisait pas partie de leur vocabulaire. Elle ferma les yeux et se laissa tirer vers le haut d'une volée de marches. Fuir était une nouveauté pour son peuple. Elle se demanda si son père était toujours en vie et si c'était souhaitable. Porter la responsabilité d'une pareille défaite l'anéantirait, alors qu'elle n'imaginait pas son existence sans lui.

Elle allait rencontrer le monarque local. En compagnie de Silence. Un des meilleurs. Elle devait compter sur lui pour la sauver et non sur l'homme de sa Vision en dépit des sentiments qu'il lui inspirait.

Elle ne comprenait pas leur langage. Elle eût aimé avoir les capacités d'un double qui assimilait instantanément les connaissances de ses victimes. Bien qu'intriguée par leurs propos, elle ne pouvait leur réclamer des précisions.

L'homme s'adressa d'une voix forte à Silence qui haussa les épaules. Ils franchirent un angle et gravirent un autre escalier. Ici, les tapisseries avaient été arrachées des fenêtres et il n'y avait pas de cadavres. Les marches se rétrécissaient et devenaient abruptes. Ils laissaient derrière eux la partie du palais ouverte à tous.

Ils croisèrent un petit groupe d'insulaires qui descendaient. Ils s'inclinèrent, et elle ne put déterminer à qui ils manifestaient ainsi leur respect.

« Qui est l'individu auquel vous permettez de me toucher ? » demanda-t-elle en nyeien à l'homme de sa Vision.

Il lui adressa un sourire qui la bouleversa. Sa beauté était telle qu'elle en avait le souffle coupé. Sa forte carrure et ses étranges traits s'associaient pour le nimber d'un halo de puissance qu'elle trouvait irrésistible.
« Tiens ? fit-il dans le même langage. Ce n'est donc plus mon identité qui vous intéresse ? »

Elle était intriguée par son propre comportement. Pourquoi les avait-elle docilement suivis pendant que ses compagnons mouraient au rez-de-chaussée ? Fardeau eût dit que la survie de la petite-fille du Roi noir passait avant le reste. Silence le lui avait indiqué sans prononcer un mot. Mais elle était une guerrière et, après cette entrevue, elle disposerait d'informations qu'elle pourrait communiquer à son père... S'il était vivant.

« Votre roi est bien loin du champ de bataille, fit-elle remarquer. Ne participe-t-il jamais aux combats ?

— Ce sont les premiers qu'il doit mener. Nous ne sommes pas des guerriers comme vous. »

Le ton accusateur la dissuada de poser d'autres questions et Silence ne fit aucun commentaire. Les marches s'enroulaient en spirale et elle avait les jambes lourdes. Elle ne prenait qu'à présent conscience d'avoir consacré tant d'énergie à se battre.

Ils atteignirent le haut de l'escalier et l'homme s'arrêta. Il s'adressa à cinq gardes de faction devant une grande porte de bois et ils baissèrent la tête. C'était à lui que les insulaires manifestaient du respect, pas au personnage que possédait Silence. Elle résista au désir de jeter un coup d'œil par-dessus son épaule.

Elle n'eut pas à le faire. Un des soldats poussa le battant et elle fut conduite à l'intérieur.

La pièce était vaste et poussiéreuse. Il y avait sur le sol des papiers chiffonnés et des empreintes de pas. Bien qu'il n'y eût pas de fenêtres, elle n'avait qu'à tendre l'oreille pour entendre hurler en contrebas et elle en déduisit qu'il y avait une ou plusieurs ouvertures dans la maçonnerie. Des chaises et des bancs entouraient une longue table placée au centre des lieux.

Il y avait ici trois inconnus, dont un Froc noir muni d'une fiole. Elle retint sa respiration mais s'interdit de reculer. *Dissimuler sa peur...* C'était une règle de base, lors d'une capture. *Ne jamais montrer ses faiblesses.* Le deuxième était un vieillard ayant une barbe d'un jour et des yeux bleu ciel qu'il rivait sur elle comme si elle était une curiosité.

Le troisième était élancé, avec des cheveux châtains et des iris également azur. Sa taille n'avait rien d'exceptionnel mais sa prestance le grandissait. Il portait un pantalon et une ample chemise, une tenue dans laquelle il était visiblement mal à l'aise. Cependant, il paraissait rayonner de joie en portant constamment le regard sur l'homme de sa Vision.

Elle l'imita et sursauta. S'il n'y avait eu l'écart d'âge, ils auraient été identiques.

« Je présume que vous ne m'avez pas conduite jusqu'ici sans raison, dit-elle sèchement en nyeien.

— Surveillez vos manières, pendant que je vous présente à notre roi.

— Qu'attendez-vous pour le faire ? Lequel de ces lâches est votre monarque ? »

Une insulte qui fit reculer l'individu grisonnant et le

Froc noir. Si elle avait eu besoin d'obtenir une confirmation de ses suppositions, c'eût été chose faite.

« Je suis le roi de l'Île Bleue, dit le troisième homme. Je m'appelle Alexandre et je vous serrerais la main conformément à nos usages si Stephen, ici présent, ne m'avait appris que les Fey peuvent tuer d'un simple contact.

— Si c'était exact, votre fils ne serait plus de ce monde. » Elle ne leur fournirait aucune information sur leur magie.

Le roi paraissait bouleversé et elle s'emporta contre elle-même. Elle avait eu le prince de l'Île Bleue à sa merci et l'avait épargné. Elle aurait dû deviner son statut en constatant que tous ces manants étaient prêts à mourir pour lui.

Le roi interrogea son fils qui secoua la tête. Il s'était exprimé dans la langue locale, mais il s'adressa à elle en nyeien : « Et vous, qui êtes-vous ?

— Gemme. » Ils ne savaient rien sur son peuple. Ce n'était pas ce qui leur permettrait de déterminer qui elle était.

« Gemme. Comme une pierre précieuse ? Mais l'acception est peut-être différente dans votre langue ? »

Elle répéta son nom en fey, puis en nyeien. « Gemme. Il fut un temps où les gens donnaient à leurs enfants de tels noms, conformément à la tradition des L'Nacin.

— Les conquérants perpétuent le souvenir de ceux qu'ils ont conquis », fit celui que le roi avait appelé Stephen.

Elle s'abstint de lancer un commentaire ou de le regarder. Elle surveillait le Froc noir du coin de l'œil. Il serrait sa fiole avec tant de force que ses jointures en blanchissaient. Derrière elle, Silence était si tendu qu'elle percevait sa nervosité.

« Qu'allez-vous faire de moi ? s'enquit-elle.

— Mon fils vous a jugée suffisamment importante pour vous conduire jusqu'à moi. » Le roi prit appui sur la table et posa un pied sur le banc. « Qui êtes-vous, Gemme ? »

Le prince ne l'avait pas lâchée. Elle le regarda et constata qu'il l'observait. Elle sentit son cœur s'emballer. Unie à un prince par une Vision. Tout ceci était étrange.

« Un simple fantassin.

— Il a précisé que vos semblables font grand cas de votre sécurité. »

Le Froc noir leva sa bouteille, prêt à passer aux actes en fonction de sa réponse.

Elle haussa les épaules. « Notre commandant est resté dans la cour et je l'ai remplacé.

— Non, intervint le prince. Ce n'est pas ce qui peut justifier tant de déférence à votre égard. »

Elle renifla. « Vous vivez loin de tout et analysez nos actions en fonction de vos normes. Vous ne connaissez pas nos coutumes. Chez nous, tous les chefs sont grandement respectés quel que soit leur grade.

— Vous auriez pu me tuer et vous vous en êtes abstenue.

— J'ai été stupide », fit-elle.

Le Froc noir déboucha le flacon et s'adressa au roi. Stephen mordilla sa lèvre inférieure et la fixa du regard. Le roi leva les yeux de la fiole sur la captive.

« Ne devrions-nous pas établir qui elle est avant de tester sur elle l'efficacité de cette potion ? » intervint Silence. Il s'agissait des premiers mots qu'il prononçait depuis leur entrée dans la pièce.

Elle se crispa. Ce fut plus fort qu'elle. Elle n'avait

pas eu la Vision de sa mort. Les Visionnaires n'étaient-ils pas censés avoir la révélation de leur trépas ? Elle avait simplement Vu le prince se pencher vers elle pour lui demander comment elle se portait.

Celui-ci resserra sa prise et la rapprocha de lui. « Quels en sont les effets ? »

La réponse du Froc noir le fit blêmir et il déclara : « Nous ne savons rien sur ces gens. » Il s'était exprimé en nyeien afin qu'elle pût le comprendre. Peut-être pour qu'elle sût qu'il lui sauvait une deuxième fois la vie. « Sa mort ne nous serait d'aucune utilité alors que l'interroger sur les coutumes de son peuple nous préparerait pour l'avenir. »

Le religieux s'adressa au roi, qui secoua la tête puis posa le coude sur son genou et s'inclina vers elle. « Ce Danite s'interroge sur les effets d'une seule goutte. Il doute que l'issue soit fatale, contrairement à ce qui se passerait s'il vous en aspergeait. Il me conseille de vous torturer si vous refusez de répondre à nos questions.

— Et il prétend être un homme de Dieu ! » s'exclama Silence.

Elle recula contre lui, pour l'inciter à plus de prudence. Cet imbécile n'était-il pas conscient que les agresser verbalement ne ferait que le rendre suspect ? Ils savaient certaines choses sur les pouvoirs des Fey et risquaient de deviner qu'il n'était pas l'individu dont il usurpait l'identité.

Le prince l'immobilisa et se renfrogna.

Le Froc noir s'adressa sèchement à Silence et rougit en entendant sa réponse.

Elle essayait de les ignorer, sans quitter le roi du regard. « Vous brandissez des menaces avant même de me demander si je ne suis pas disposée à fournir des informations de mon plein gré ? »

Le monarque la dévisageait. Il était ridé et des

mèches grises striaient sa chevelure. De la tristesse. Tout en lui exprimait de la tristesse.

« Je vous trouve audacieuse, pour quelqu'un dont la vie ne tient qu'à un fil », dit-il.

Elle se dégagea de la prise du prince. « Je suis un soldat. J'ai constamment vécu en me tenant prête à mourir. »

Le roi ne perdit pas son impassibilité mais Stephen et le Froc noir en restèrent bouche bée. Elle frissonna. Leur méconnaissance des Fey était totale et elle n'aurait qu'à leur raconter des balivernes pour faire naître des craintes sans fondement qui faciliteraient la tâche de son peuple. Elle devrait étudier le meilleur moyen d'arriver à ce résultat... S'ils lui en laissaient le temps.

Le roi finit par se redresser, trop surexcité pour contenir plus longtemps son énergie. Il vint se poster devant elle en passant près des autres hommes comme s'ils n'existaient pas.

Il était plus petit que son fils d'un ou deux pouces et elle devait baisser les yeux pour les river aux siens. Elle y découvrit l'éclat de l'irritation qu'il venait d'extérioriser et comprit pourquoi sa pointe avait fait mouche. Il ne supportait pas de se terrer dans cet abri pendant que ses sujets risquaient leur vie.

« Qu'êtes-vous venus faire ici ? » Il s'était exprimé d'une voix basse saturée de colère. Il était évident qu'il ne se référait pas à elle mais aux Fey pris dans leur ensemble, aux troupes de son père.

Le lui apprendre ne pouvait leur nuire. « La moitié du monde nous appartient. L'Île Bleue est prospère et nous voulons également nous approprier ses richesses.

— Nous n'avons lésé personne. Nous pratiquons le commerce avec tous les peuples qui le souhaitent. Vous n'avez aucune raison de nous attaquer. » Il crachotait un peu en prononçant les sifflantes. Elle ne se détourna pas, en dépit des postillons qui atteignaient son menton et son cou.

« Nous ne sommes pas des marchands.

— C'est bien volontiers que nous aurions procédé à des échanges avec vous ! »

Ce fut en se drapant dans sa dignité qu'elle répéta : « Nous ne sommes pas des marchands. »

Il inclina la tête en arrière pour lever les yeux sur elle, et elle remarqua des cernes qui n'étaient pas dus aux événements récents. « Tant de morts, fit-il lentement. Pour quelque chose que nous vous aurions accordé.

— Vous ne nous auriez pas tout donné. »

Le prince la lâcha et perdre ce contact rassurant l'ennuya. Elle comptait sur lui pour assurer son salut, sans seulement le connaître. Il s'écarta et se rapprocha de son père afin de l'observer. Silence resta derrière elle comme pour l'empêcher de fuir, alors qu'il voulait protéger ses arrières.

« Existe-t-il un moyen d'interrompre cette effusion de sang ? Ne pouvons-nous pas négocier ?

— Les Fey ne négocient jamais », répondit-elle, sans savoir si elle disait ou non la vérité. C'était la première fois qu'ils étaient confrontés à une situation de ce genre.

« Ce n'est pas à un simple officier de l'infanterie qu'il convient de s'adresser, fit remarquer le prince. Si elle ne nous a pas menti sur son statut, cela va de soi.

— Qui commande votre armée ? demanda le roi.

— Rugar.

— Rugar ? Est-il...

— Il est notre chef. » Elle ne révélerait pas que, contrairement à ce qui se passait sur cette île, les hiérarchies militaire et politique des Fey étaient étroitement liées.

« Comment puis-je le joindre ? » Le roi s'était rapproché d'elle, comme s'il espérait l'intimider par sa présence physique.

« Peut-être est-il mort, fit-elle posément. Nos chefs se battent, *eux*. »

La même insulte. Il s'empourpra mais leva la main pour arrêter le Froc noir qui avait fait un pas en avant.

« Voilà qui me paraît étrange, dit Stephen. Qui donne des ordres, lorsqu'ils se font tuer ? »

Il voulait l'inciter à révéler ce qu'elle ne dirait à personne. « Nous savons en toutes circonstances ce qui doit être fait. » Elle les laisserait interpréter cette déclaration comme ils l'entendaient.

Le Froc noir débita une rafale de mots. Le roi s'exprima avec fermeté puis adressa un commentaire à Stephen, qui opina.

« N'étiez-vous pas disposée à coopérer ? fit le roi.

— J'ai répondu à toutes vos questions.

— Sans dire quoi que ce soit d'important.

— Sans doute manquaient-elles de pertinence.

— Surveillez vos propos, lui chuchota le prince comme s'il souhaitait lui éviter des ennuis. Mon père est notre roi.

— Pas le mien.

— Ce n'est pas l'insolence qui améliorera votre situation », intervint Stephen.

Elle haussa les épaules et grimaça. Ses bras s'étaient ankylosés. « Si vous le prenez comme ça, vous n'apprendrez rien du tout. »

Le Froc noir s'avança et projeta sur elle le contenu de sa fiole. Le temps ralentit. Elle recula... pas assez vite. Le prince la poussa et elle trébucha. Lorsqu'elle leva les yeux, elle constata qu'il s'était interposé pour lui servir de bouclier.

Son cœur battait la chamade. Silence la tenait toujours, feignant de vouloir la protéger alors qu'il s'abritait derrière elle.

« Que vous prend-il ? demanda-t-elle au Froc noir. Seriez-vous si impatient d'utiliser votre magie que vous ne puissiez attendre que votre roi vous y autorise ? »

Le prince retira sa chemise, révélant une poitrine musclée. Il essuya l'eau de son visage et jeta le vêtement dans un angle de la pièce. « Je m'abstiendrais de le provoquer, si j'étais vous.

— L'individu qui se trouve derrière moi a précisé que cet homme était un religieux. Les prêtres sont-ils des assassins, sur votre île ? » Elle était trop terrorisée pour se taire et Silence comprima ses épaules. Le Froc noir brandissait sa burette telle une épée.

« Sortez ! » lui intima le prince.

Le Danite regarda le roi qui lui donna sèchement un ordre dans la langue locale. Le religieux protesta en la désignant. Le monarque dut réitérer deux fois son injonction avant qu'il ne s'incline et n'obtempère.

Quand la porte s'ouvrit, les gardes de faction dans le couloir lorgnèrent à l'intérieur. Le Danite se glissa entre eux et le battant claqua.

« Vous avez de bien étranges usages », dit-elle en nyeien. Silence s'agrippait toujours à elle. « Désobéir à son souverain serait-il monnaie courante, ici ?

— Rien n'a été normal, aujourd'hui, répondit le roi. Et vous ne seriez pas notre captive si les Danites n'avaient pas exterminé la plupart de vos semblables. Votre invasion a échoué. »

Les doigts de Silence meurtrirent ses épaules. Elle tenta de se dégager, sans y réussir. Elle refusait de le croire mais rien ne s'était déroulé comme prévu depuis leur débarquement. Par ailleurs, ils n'avaient aucun soupçon au sujet du double.

« Si nous avons perdu, pourquoi vous intéressez-vous à moi ? »

Le roi passa la main dans sa chevelure drue.

« Parce que je doute que ce soit suffisant pour nous débarrasser de vous. Seigneur Powell, enfermez-la dans les oubliettes et postez un garde de confiance devant sa geôle. Je ne veux pas découvrir qu'un fanatique m'y a précédé, quand j'irai l'interroger.

— Je l'accompagne, décida le prince.

— Non, fit son père. Tu resteras à mes côtés. »

Gemme déglutit, ne pouvant croire en sa chance. Les laisseraient-ils seuls, Silence et elle ? C'était trop beau.

« Le Seigneur Powell ne connaît pas les gardes, intervint Stephen. Je vais descendre avec eux, et je serai de retour dans quelques minutes. En outre, je souhaite assister à la défaite des Fey.

— Je n'ai pas besoin d'aide », affirma Silence.

Stephen sourit. « Je sais que vous l'abandonnerez au moindre problème. M'y autorisez-vous, Sire ? »

Le roi hocha la tête et s'adressa à eux dans leur langage. Gemme regrettait que ses bras se soient ankylosés, mais Silence n'aurait qu'à assommer ce vieillard pour la libérer. Il ne leur resterait ensuite qu'à rejoindre les autres. Ce serait un jeu d'enfant.

Elle l'espérait.

TRENTE

Le soleil couchant ensanglantait le ciel au-dessus du Cardidas. Des ombres s'étiraient jusqu'au Rocaan qui se tenait sur son balcon. Il se sentait vidé, privé de substance. En contrebas, des cadavres jonchaient la cour telles des immondices. La puanteur était si forte qu'elle en devenait palpable. Des relents de putréfaction et de chair calcinée qu'il associerait à jamais à l'odeur de l'angoisse.

Matthias était à l'intérieur et supervisait leurs dernières livraisons d'eau bénite de la journée. Les Danites emportaient d'innombrables fioles sur des plateaux, comme si tous les habitants de l'Île Bleue avaient souhaité recevoir le Sacrement de Minuit.

Les combats s'étaient interrompus aussi loin que portait son regard. Des lueurs papillotaient dans le port d'où les navires avaient disparu. Il scrutait la pénombre crépusculaire depuis si longtemps qu'il imaginait par instants voir des Fey s'évaporer au-dessus des flots. Peut-être assistait-il à l'envol de leurs âmes.

Ah, Très Saint ! Il inclina la tête en arrière. Que Dieu pût approuver une telle hécatombe était inconcevable.

La pestilence se répandait sur lui, l'imprégnait. Ce

n'était pas en se lavant qu'il s'en débarrasserait. Que n'eût-il pas donné pour dissiper sa confusion, s'entretenir avec d'autres Anciens que Matthias ! Il n'avait jamais eu la foi. Il se servait de son esprit pour tout justifier.

Les Fey le terrifiaient.

Le Rocaan subissait le martyre. Il avait eu tant à faire dans l'après-midi que ses épaules, son dos et les articulations de ses mains, ses poignets et ses coudes le torturaient.

Et il ne pouvait se décharger sur Matthias de la responsabilité de ce massacre. Certes, celui-ci l'avait aidé à bénir l'eau mais n'avait pas pris la décision d'en produire de telles quantités. C'était lui.

Il n'avait pas la moindre idée du nombre de victimes. Il en avait compté près d'une centaine dans la cour en contrebas.

Les lueurs scintillèrent une fois de plus au-dessus du port. Il vit sur un quai cinq silhouettes qui s'effacèrent sitôt après. Le fracas des affrontements avait été remplacé par les gémissements des survivants. Il eût aimé remonter le temps jusqu'au jour précédent, quand il avait eu pour seuls soucis ses rhumatismes et la pluie incessante ! Il n'aurait pu imaginer que son univers disparaîtrait soudain avec tout ce qui donnait un sens à son existence.

Qu'il disparaisse à son tour aurait-il été un grand crime ?

Un homme doit vivre pour assumer ses actes. Car il sera jugé en fonction des leçons qu'il tire de ses erreurs.

Néanmoins, Dieu n'aurait-il pas dû faire en sorte que nul n'eût à commettre des actions aussi funestes au crépuscule de sa vie ? Rien ne l'avait préparé à cela. Rien. C'était un choix auquel aucune divinité bienfaisante n'aurait dû le confronter : la mort de centaines de Fey ou de centaines d'insulaires. Il avait naturellement opté pour le salut des siens.

N'était-ce pas une épreuve, comparable à celle que le Roca avait subie juste avant son trépas ? Son histoire lui était aussi familière que les douleurs qui l'attendaient chaque matin à son éveil. Quand il avait dû décider entre engager son peuple dans une bataille perdue d'avance ou massacrer les sicaires de l'ennemi, le Roca s'était offert en sacrifice.

La Révélation écrite et orale ne laissait planer aucune ambiguïté sur son immolation, sur la façon dont il avait trouvé la mort et été Absorbé dans la Main de Dieu. Mais il n'y avait pas une allusion au sort qu'avaient connu son peuple et les sicaires.

Le Rocaan avait été trop accaparé par les rites de célébration de ce miracle pour réfléchir à ses conséquences sur un plan humain. Il n'était pas précisé dans le droit canon si cela avait permis de résoudre la crise. L'accent était mis sur le fait qu'ainsi sanctifié le Roca avait été admis devant la Flamme Éternelle, dans la Paume de Dieu dont il exécutait les volontés.

Mais quelles étaient Ses volontés ? Et comment un Rocaan, le représentant du Roca en ce bas monde, pouvait-il le déterminer ?

« Il vous faut une lampe. »

La voix de Matthias le fit sursauter.

« Je préfère les ténèbres. Elles me dissimulent de pénibles vérités. »

L'Ancien s'avança sur le balcon en laissant derrière lui un triangle de lumière qui s'étendait sur le sol à partir de la porte. Il avait les traits tirés et les cheveux en bataille. « Au moins avons-nous survécu.

— À quel prix ? » Le Rocaan allongea ses jambes

devant lui. Leurs muscles avaient été mis à rude épreuve.

Matthias s'affala dans le second fauteuil, près de lui. Pendant un moment l'odeur de sueur due à sa nervosité couvrit celle des cadavres. « Nous n'avions pas le choix, Saint Père.

— Nous n'avons pas envisagé d'autres options. Nous nous sommes engagés sur le chemin qui s'ouvrait devant nous sans regarder ailleurs. J'aurais peut-être dû me livrer à eux, comme l'a fait le Roca voici maintes générations.

— Qu'en aurait-il résulté ? Les Fey vous auraient exécuté et nul n'aurait pu nous sauver.

— Je n'ai pas apporté le salut mais la mort. » Le Rocaan fit abstraction de son dos et de ses pieds douloureux pour se lever, gagner la balustrade du balcon et s'y accouder. Il voyait toujours des lueurs scintiller dans le port.

« Le Roca se savait aimé de Dieu, rappela Matthias.

— Un Rocaan est également censé bénéficier de Son amour. » Le bois était humide, sous ses avant-bras. « Et vous oubliez qu'il n'était pas seul. Il y avait tous les membres de son entourage, et les Sicaires. Vous qui êtes un érudit, savez-vous ce que sont devenus ceux que le Roca avait fait serment de défendre ? Et quel sort ont connu les ennemis ?

« "L'ennemi se tapit au tréfonds de nous-mêmes."

— Je peux moi aussi citer la Révélation écrite et orale, mais ces faits sont passés sous silence. Qu'en dit l'histoire ?

— L'histoire ? » Matthias était déconcerté.

Il discernait encore les petites lueurs. Il y en avait près d'une douzaine qui dessinaient un cercle. « Oui. Nous avons approfondi nos connaissances sur le Roca et nous pensons qu'il était un homme. Nous puisons dans la Révélation de quoi nous guider mais nous ignorons ce qui s'est produit sur un plan purement humain. » Le Rocaan agrippa le bois humide. « Je considérais cela comme secondaire et n'y avais jamais véritablement réfléchi avant cet instant.

— Il existe des précédents à nos actes. Le quarante-cinquième et le vingt-troisième Rocaan...

— Rien ne prouve qu'ils ont correctement interprété le message du Très Saint. Un Rocaan ne doit-il pas se sacrifier pour son peuple quand le besoin s'en fait sentir ? Ne s'agit-il pas d'une mise à l'épreuve de notre foi ou de notre religion ? En manquant à nos devoirs, nous sapons les fondations de nos croyances. »

Un craquement du fauteuil l'informa que Matthias s'était levé et venait le rejoindre. Trop grand pour s'accouder à la rambarde, il réunit ses mains dans son dos et contempla la scène de carnage qui s'étendait jusqu'au fleuve. « Vous parlez de choses qu'il est impossible de déterminer. L'unique certitude, c'est que les Fey vous auraient tué.

— Et Dieu m'aurait peut-être Absorbé dans sa Paume. Qui nous dit que ce n'est pas une obligation pour les Rocaan, qu'ils ne sont pas destinés à exercer leur autorité en ce bas monde mais dans le suivant ?

— On ne trouve aucune référence à de tels concepts dans la Révélation écrite et orale.

— Elle contient de nombreuses mises en garde. Pourriez-vous me dire qui sont les sicaires de l'ennemi, Matthias ? Nous l'ignorons, car c'est un terme générique. S'applique-t-il à Cemeni et aux autres meneurs de la Révolte des Paysans ? Qui prouve que le quarante-cinquième Rocaan a respecté la ligne de conduite du Roca ? Peut-être sommes-nous confrontés à de nouveaux sicaires et ai-je lamentablement échoué.

— Je pense que Dieu ne simplifie jamais nos choix.

— Et je pense pour ma part que c'est une réponse facile à une question ardue. » Le Rocaan cessa de résister à la fatigue. « La journée a été épuisante. Je vais me retirer dans mes appartements.

— Attendez. » Matthias le prit par l'épaule. « Ces lumières... c'est quoi?

— Je les ai vues trembloter toute la soirée.

— Il m'a semblé voir une silhouette y disparaître. »

Le Rocaan lui tapota la main. « Je crois que ce sont les esprits des Fey qui partent à la rencontre de leur version de Dieu.

— Ou un sortilège dont nous ignorons tout. Que sont devenus leurs navires ? Escamoter des nefs de cette taille est inconcevable, mais nul n'a pu en retrouver la moindre trace. »

Le Rocaan frissonna et sentit renaître l'espoir. Si les Fey étaient toujours là, il aurait d'autres opportunités de servir son Dieu. Il scruta la cour obscure comme s'il pouvait voir les cadavres se relever, ramenés à la vie et intacts. « De quoi peut-il s'agir, selon vous ? » murmura-t-il.

Matthias secoua la tête. « Je ne saurais le dire, mais je ferai le nécessaire pour vous fournir une réponse avant l'aube. »

TRENTE ET UN

Les Terres d'ombre dépouillaient les navires de leurs couleurs. Rugar se tenait sur le pont du *Feire* pour assister au retour d'un nombre de plus en plus important de soldats. Ils étaient titubants et ensanglantés, meurtris et terrifiés. Depuis les premiers chapitres de leur histoire, les Fey n'avaient jamais été confrontés à des peuples plus puissants que le leur.

Ses vêtements sentaient la vase et l'odeur de pourriture qui recouvrait les cadavres présents dans le secteur du port. Sitôt arrivé, il avait agrandi l'accès circulaire proche du quai et fait apporter de nouveaux lumignons. Il avait posté à l'extérieur un franc-tireur chargé de remplacer ceux dont l'âme perdait de sa clarté. Une centaine de soldats avaient trouvé refuge dans les Terres d'ombre et il voulait que tous les survivants puissent en faire autant.

Il n'avait pas vu Gemme, bien qu'il l'eût cherchée. Il espérait qu'elle avait regagné sa cabine de l'*Eccrasia* mais n'avait pas pu aller s'en assurer.

« Une autre, commandant ! » cria le Maître des éléments dressé en proue. Rugar se crispa. Convaincu de remporter une victoire rapide, il avait bâclé ces Terres d'ombre destinées à recevoir sa flotte et à peine la moitié de ses troupes. Sous le nombre, elles commençaient à se distendre. Ses angles se déchiraient et quiconque se trouvant sur le rivage pouvait voir les feux et les navires. Heureusement la nuit était tombée. Sans elle, les insulaires les auraient repérés.

Il détacha des squames de boue séchée de ses vêtements et envisagea – un court instant – d'aller rechercher sa fille puis de prendre un bain. Cependant, lui seul pouvait raccommoder l'enveloppe de leur refuge. Il traversa le pont, et ses pas résonnèrent dans le néant qui constituait ce milieu. Angoissés par les ténèbres des niveaux inférieurs, les militaires s'étaient recroquevillés les uns contre les autres à côté du bastingage, réconfortés par cette promiscuité. Il les saluait de la tête et tentait de les rassurer en extériorisant une assurance qu'il était loin de ressentir.

Cet échec l'avait pris au dépourvu. Il avait cru remporter une écrasante victoire au terme d'une brève bataille. Une erreur supplémentaire. S'il s'était douté que l'opération s'éterniserait, il se serait accordé du repos pour reconstituer ses forces.

Car il devrait aider les Gardiens des sortilèges à découvrir un antidote à ce maudit poison. Il lui faudrait aussi remettre constamment en état les Terres d'ombre jusqu'au moment où ses éclaireurs trouveraient l'emplacement adéquat pour en façonner d'autres. Il veillerait à ce qu'elles soient plus stables et assez vastes pour que toutes ses troupes puissent y vivre. Nul n'avait réalisé un tel exploit depuis deux siècles. Il ne lui restait qu'à espérer qu'il pourrait égaler la Reine noire qui avait remporté la bataille d'Ycyno.

Le Maître des éléments, toujours à la proue du navire, lui désigna la perforation, ce qui était superflu. Il entendait les clapotis des vagues qui se brisaient contre l'embarcadère et sentait la fraîcheur de la brise toujours empuantie par des relents de mort. Il s'intéressa à la brèche. Elle donnait sur l'autre berge du fleuve et l'église palatiale maudite où avait débuté le massacre.

« Merci, je vais m'en occuper. »

Il s'accorda toutefois le temps de contempler par cette déchirure la netteté et la précision du monde réel. Il avait horreur de séjourner dans les Terres d'ombre, ne fût-ce que quelques jours. Leur grisaille le déprimait. Elle sapait le courage au lieu de l'aiguiser.

Il finit par tendre la main et saisir les bords malléables de leur enveloppe. Il ferma les yeux pour imaginer qu'il les accolait et les cousait, avant de faire disparaître le raccord par un effort de volonté. Lorsqu'il rouvrit les paupières, la fente avait disparu. Il n'avait devant lui que de la brume. À l'infini.

Et le silence. C'était ce qui le perturbait le plus. Les soldats qui arrivaient ne disaient mot. Ils cherchaient un espace dégagé sur le pont puis s'y effondraient et restaient immobiles.

Les Fey avaient parfois subi des revers, mais aucun n'avait été aussi humiliant. Quand le sort des armes leur avait été défavorable, c'était face à un ennemi bénéficiant d'une supériorité numérique écrasante, bien entraîné et doté d'un arsenal plus performant. Leur désavantage avait toujours été d'ordre matériel, jamais magique. Ils croyaient avoir l'exclusivité en ce domaine. Découvrir qu'ils s'étaient trompés l'affectait presque autant que l'horreur de la mort qui leur était infligée... mais lui seul pourrait redonner courage aux soldats.

Il se dirigea d'un pas énergique vers la passerelle tendue entre les navires dissimulés dans les Terres d'ombre. Ici, tout était artificiel... Il n'y avait ni eau, ni sol, seulement une atmosphère. L'enveloppe de cette poche de néant était poreuse, une trouvaille d'un des premiers Rois noirs qui permettait à l'air extérieur d'y pénétrer. Rien d'autre ne filtrait à travers, pas même les sons, et c'était pour cela qu'il était dangereux d'en sortir.

Ces Terres d'ombre étaient distendues et dépouillées, rudimentaires. En s'avançant sur le pont, il percevait de la fraîcheur et de l'humidité. Les prochaines qu'il créerait – en prévision d'un affrontement de longue durée – seraient exemptes de ces défauts.

Il atteignit le navire amiral, l'*Eccrasia*. Ici, les rescapés échangeaient des propos à voix basse. Il n'entendait que des bribes de leurs conversations :

« ... en robes noires...

— ... jamais cru qu'une chose aussi épouvantable...

— ... à cheval...

— ... une salle pleine de cadavres...

— ... sans visage...

— ... pour la plupart encore vivants... »

Il avait vu tout cela. Devoir dresser la liste des pertes alimentait une autre angoisse. Il n'avait pas oublié ce que lui avait dit son père.

Nul n'a jamais conquis l'Île Bleue.

Et sa réponse arrogante. *Personne n'a essayé.*

Alors qu'il n'avait consulté que les archives des Fey et des Nyeiens. En dépit de la distance, l'Île Bleue avait pu subir des attaques lancées à partir des rivages de Leut. Convaincu que les peuplades de ce continent n'avaient ni pratiqué le commerce ni guerroyé si loin au nord de leurs terres, il ne s'était pas donné la peine d'approfondir ses recherches. Tout ce qu'il savait était peut-être erroné. Leur défaite en apportait la preuve.

En se dirigeant vers sa cabine, il passa devant celle de Gemme et frappa à la porte. Les lieux étaient plongés dans l'obscurité et il n'y avait aucun son. « Gemme », murmura-t-il.

Pas de réponse.

Il décida de faire un brin de toilette puis de revenir voir si elle s'y trouvait. Il en doutait. Elle était toujours à son côté, en période de crise.

Il posa la main contre le battant et son front sur ses jointures. Il ne se le pardonnerait jamais, si elle avait péri. Gemme, l'enfant qui faisait sa fierté. Cependant, il l'avait vue déambuler dans les salles du palais de Jahn comme si elle en était la reine.

Elle ne pouvait être morte.

Il l'aurait su.

Il poussa la porte, qui s'ouvrit sans opposer de résistance. Il s'avança dans les ténèbres et alluma la lanterne qu'elle avait laissée à sa place habituelle, près du seuil. Ne pas la voir osciller comme lorsque le navire était à flot le déconcerta.

Les lieux étaient exigus... et déserts. La couchette gardait l'empreinte de la silhouette de sa fille et une chemise de nuit y était étalée. Elle avait dû la préparer pour l'enfiler dès son retour.

Il s'assit au bord du matelas. Où était-elle ? Les possibilités étaient nombreuses... avec les blessés dans la cale du *Feire* ou auprès des Gardiens. Si elle n'était pas restée à l'extérieur pour aider les rescapés à gagner les Terres d'ombre.

À l'avenir – lors de la prochaine offensive – il lui demanderait de se présenter au rapport dès la fin des combats. Ainsi, il n'aurait pas à s'inquiéter pour elle et se battrait en ayant l'esprit serein. C'était pour cette raison que les conseillers du Roi noir avaient préconisé de ne pas affecter plusieurs membres d'une famille à la même unité. Des recommandations qui étaient restées lettre morte car contraires aux traditions.

Se tourmenter ainsi ne lui ressemblait guère.

Cette déroute n'était-elle pas une épreuve personnelle, une leçon destinée à lui faire perdre un peu de son arrogance ? Le fils du Roi noir, le meilleur commandant de toute leur armée, avait été vaincu par des gens qui n'étaient même pas des guerriers. Dans une contrée heureusement assez lointaine pour que la majorité des Fey et ses enfants (à l'exception de Gemme) ne l'apprennent jamais s'il réussissait à redresser la situation.

Il ramassa la chemise de nuit et la serra dans ses poings. La cotonnade provenait des contreforts des monts Eccrasiens. Ce tissu rare et coûteux était très chaud, non en raison de ses qualités intrinsèques mais du sortilège d'embellissement des rêves qui avait été tissé dans ses fibres. Gemme avait un faible pour ce vêtement et le portait depuis un an. Elle disait l'avoir commandé parce qu'elle était privée de magie.

« Rugar ? » La voix était douce, et masculine.

Ennuyé d'avoir été surpris alors qu'il révélait sa vulnérabilité, il leva lentement les yeux sur un jeune Fey. Grand et élancé, il avait une tunique de fantassin aux manches lacérées et un bras ballant. Un pansement maculé de sang était noué au-dessus de son coude.

Il s'avança d'un pas dans la lumière. Son visage était rouge, lui aussi, non comme celui d'un calot écarlate mais d'un guerrier éclaboussé au cours d'âpres combats.

« Désolé, je ne vous reconnais pas.

— Je suis Fardeau. » Un nom que Rugar assimila au tintement d'un glas.

C'était un ami de Gemme. Il servait à ses côtés et n'était visiblement pas insensible à ses charmes. Rugar avait pensé qu'elle s'intéresserait à lui avant de se choisir un compagnon pour la vie. Il estimait qu'un fantassin saurait la préparer à ce qui l'attendait. Il frissonna et entortilla la chemise de nuit autour de ses doigts.

« Vous cherchiez ma fille ? »

Fardeau secoua la tête. « Non, vous. »

Le tissu emmaillotait et immobilisait son pouce et son index. Il serra les poings et les leva vers sa poitrine, comme si le coton avait pu le protéger de ce qu'il redoutait d'entendre.

« Vous appartenez à son unité. » Ce n'était pas une question. Il s'en souvenait.

« Sous le commandement de Shima. » Le jeune homme referma sa main valide sur son bras ensanglanté. « Shima est morte.

— Avec bravoure, j'espère ?

— En nous ordonnant de battre en retraite. » L'intonation sèche de Fardeau traduisait de la colère. « Sitôt après, elle a été aspergée de poison. Je l'ai vue. Son agonie a été interminable. »

Rugar dégagea ses doigts de la chemise de nuit. Il devait se ressaisir, diriger la conversation au lieu d'en laisser l'initiative à un simple soldat. Il en était toutefois incapable et estimait mériter ces reproches. Shima était venue lui parler de sa Vision. Elle lui avait dit qu'elle mourrait au cours de cette mission et qu'il commettait une erreur.

« Et Gemme ?

— Elle nous a conduits dans le palais. » Fardeau s'appuya au chambranle de la porte. Le sang qu'il avait perdu lui avait ôté toutes couleurs.

« A-t-elle été tuée ?

— Je l'ignore.

— Vous n'êtes pas resté avec elle ? » Rugar se leva. Il pouvait libérer sa colère contre un autre que lui.

« J'ai risqué ma vie pour la défendre. » Le jeune homme s'écarta du montant de bois et se redressa. Il tenait tête à son futur souverain et en avait conscience, mais son indignation était si grande qu'il n'en avait cure.

Rugar identifiait l'émotion. Il en avait été témoin sur des centaines de champs de bataille. « Que s'est-il passé ?

— Ils l'ont capturée.

— Capturée ? » Prononcer ce mot avait été difficile. « Ils font des prisonniers ? » Il n'en avait pas entendu parler. C'était surprenant, de la part d'individus censés tout ignorer de l'art de la guerre.

« Une prisonnière. Une seule. »

La plus précieuse. Rugar se rassit sur la couchette, qu'il trouva inconfortable. Ses tourments refirent surface, accompagnés de panique... une nouveauté, pour lui. « Comment ont-ils su qui elle était ?

— Elle semblait connaître l'homme qui l'a capturée. Elle s'est adressée à lui en nyeien et l'a épargné lorsque l'occasion de le tuer s'est présentée.

— Elle l'a épargné ? » C'était absurde. Gemme aurait désobéi aux ordres ? Elle qui avait parfaitement conscience de l'utilité des règles en vigueur sur un champ de bataille. « Elle s'est laissé prendre ? Et vous n'êtes pas intervenu ?

— Les Frocs noirs entraient dans le palais et elle venait de nous ordonner de nous replier. Je me frayais un chemin vers elle, quand ils l'ont emmenée. » Fardeau titubait. Il allait s'effondrer, s'il ne recevait pas des soins au plus vite.

« Allez vous faire soigner, mon garçon », dit Rugar avec plus de douceur. Ce jeune homme avait tenté de sauver sa fille et il devait en tenir compte. « Je vous suis reconnaissant d'être venu m'en informer.

— Nous devons la libérer.

— Certes, et nous le ferons. »

Fardeau le dévisagea, leva sa main valide à son front et recula dans les ombres. Ses pas, irréguliers mais énergiques, s'éloignèrent.

Rugar agrippa le rebord de la couchette. En plus de disposer de ce poison dévastateur les insulaires détenaient Gemme. Ils pourraient la torturer et la tuer, puis lui faire croire qu'elle était toujours à leur merci. Ils avaient su d'une façon ou d'une autre par quel moyen le briser.

Ils s'étaient emparés de ce qu'il avait de plus cher.

TRENTE-DEUX

Adossé à la porte close, Alexandre tremblait. Les sourcils incurvés, les hautes pommettes et les yeux sombres de la captive lui conféraient une étrange beauté. Et sa stature imposante était un atout qu'elle savait utiliser.

Je suis un soldat. J'ai constamment vécu en me tenant prête à mourir.

Ce n'était pas le cas d'Alexandre, et avoir eu en face de lui une telle guerrière l'avait ébranlé. Les lieux semblaient déserts, depuis son départ.

« Elle est exceptionnelle, ne trouvez-vous pas ? » s'enquit Nicolas.

Alexandre redressa la tête. Son fils se tenait devant la table, couvert de sang et la queue de cheval défaite. Mais il avait posé le pied droit sur le banc et calé le bras correspondant sur sa jambe. Il était trop désinvolte et détendu, pour quelqu'un qui venait de frôler la mort.

« Elle est notre ennemie. »

Nicolas soupira. « Mieux vaut avoir des adversaires admirables que des pouilleux qui nous inspireraient de la honte. »

Comme les paysans dont le roi Constantin avait maté la révolte. Le préciser eût été superflu.

Alexandre s'écarta de la porte. Il avait espéré que ces épreuves et ces terreurs feraient perdre à son fils son incorrigible romantisme. Or, cette fille l'avait amplifié.

Il approcha de lui et le prit par l'épaule. Du sang séché mouchetait les joues et le cou de Nicolas, qui leva les yeux. Alexandre retrouva l'adolescent qu'abritait ce corps d'adulte.

« Ils auraient pu te tuer.

— Je suis indemne.

— Je n'aurais pu le supporter, s'il t'était arrivé malheur. »

Nicolas lui sourit, gêné. « Vous voulez dire que le royaume n'aurait pu s'en relever. »

Alexandre secoua la tête, les paumes désormais rougeâtres. « Non. C'est de moi que je parle. »

Près de vingt ans plus tôt, la nuit de sa naissance, il l'avait pris dans ses bras. Il était si petit que son dos et ses fesses tenaient dans sa main. Il l'avait trouvé si fragile, calé contre son épaule, avec sa minuscule tête molle et ballante. Il avait l'habitude d'aller le voir dormir, pendant sa prime enfance. Il aimait contempler le miracle qu'il avait contribué à créer. Son épouse n'avait jamais rien su de ses vagabondages nocturnes. Sitôt enceinte, elle avait exigé de faire chambre à part et précisé sans ambiguïté qu'elle ne tolérerait qu'il l'importune que s'il arrivait malheur à l'héritier du trône. Sa deuxième femme ne lui avait pas donné d'enfant et ce garçon qui avait grandi trop vite en conservant sa vulnérabilité était tout son avenir.

Il soupira et essuya ses mains sur son pantalon. Il ne supportait plus de rester cloîtré dans cette pièce. Pour en sortir, il devrait attendre que ses conseillers viennent l'informer que tout danger était écarté. « Tu aurais dû être près de moi.

— Mais, père, nos gens risquaient leur vie.

— Et mouraient.

— Ma place était auprès d'eux.

— Non. » Il entendait encore les paroles de la captive. *Nos chefs se battent, eux.* « Nous ne sommes pas des guerriers. Je ne sais rien de leur société, mais nos sujets ont besoin de nous pour prendre des décisions, leur donner des ordres et les représenter. Si tu disparaissais, la population serait démoralisée. Et c'est bien la dernière chose que nous pourrions souhaiter. »

Nicolas renifla. « Ne croyez-vous pas qu'ils défendraient leurs terres ?

— Quelle valeur auraient-elles, sans nous ? » Alexandre tapota le banc, près de lui. « Assieds-toi, Colas. »

Le nom qu'il lui donnait lorsqu'il était enfant. Le prince regarda l'endroit ainsi désigné mais resta debout.

« Tu es épuisé, mon fils. Ne laisse pas ta fierté te priver d'un repos amplement mérité. »

Nicolas lui fit un sourire – à peine esquissé, fugace – et prit place à son côté.

Le sang avait teint sa peau et il était plus svelte et vigoureux que son père ne l'avait jamais été. Les leçons d'escrime de Stephen avaient développé sa musculature.

Alexandre soupira. Pour ne pas risquer de perdre ce qu'il avait de plus précieux, il devait lui faire entendre raison. « Tu éprouves le besoin d'affirmer ta personnalité. J'aime étendre mon savoir et je préfère m'entretenir avec Matthias plutôt que me dépenser physiquement, étudier des comptes rendus sur le royaume plutôt que pratiquer l'équitation. Ce dont tu n'as pas encore conscience, c'est que tu es différent. Tu es plus fort et plus intelligent que moi, tu as tes propres préoccupations. Il te suffirait d'acquérir le peu d'éducation qui te manque pour pouvoir me servir de conseiller.

— Je ne vois pas en quoi les livres sont si importants... »

Alexandre l'arrêta d'un geste. « J'ai besoin de toi, Colas. Il est impératif que tu comprennes quelles sont les obligations d'un roi et que tu me secondes. Nous disposons de peu d'informations sur nos envahisseurs et rien ne prouve qu'elles sont exactes. Le simple fait de toucher cette fille aurait pu te coûter la vie. Respirer l'air qu'elle avait inhalé...

— Elle ne me voulait aucun mal. »

Des propos qui endiguèrent ce flot de paroles. Alexandre lissa sa chevelure. S'il avait été lui aussi sensible au charme de la captive, il avait su à quoi il était soumis... une tentation. À l'âge de Nicolas, toutes les femmes étaient fascinantes. Il alla pour en faire la remarque mais se ravisa. Il craignait de le braquer contre lui.

« Pourquoi dis-tu cela ? » demanda-t-il.

Nicolas rougit et contempla ses mains. Alexandre s'y intéressa également. Elles étaient balafrées et maculées de sang. Une longue entaille suintante traversait sa paume gauche.

« Parce qu'elle l'a démontré. »

Alexandre saisit le poignet de son fils pour l'empêcher de gratter la croûte. « Explique-toi. »

Nicolas attendit qu'il l'eût lâché pour répondre. « Je me battais dans l'escalier des cuisines. Je m'étais posté sur le premier palier afin de couvrir mes arrières et disposer d'une bonne assise, conformément aux conseils de Stephen. Mais j'ai dû me déplacer, car quelqu'un m'a heurté et poussé. »

Alexandre puisa dans sa volonté pour garder les yeux

ouverts et une respiration régulière. Ce qu'il entendait le bouleversait. Plus il en apprenait, plus il désirait éloigner son enfant des combats.

« Je suis tombé à côté d'un cadavre... (Nicolas frissonna) ... et lorsque j'ai levé le regard elle me surplombait et appliquait son épée sur ma gorge. »

Elle aurait pu lui ôter la vie d'un simple geste.

« Elle m'a épargné, père. Elle n'a même pas envisagé de m'occire. Elle semblait me connaître. »

Brusquement en sueur, Alexandre referma ses mains sur ses genoux pour interrompre leurs tremblements.

« Elle savait qui tu étais ?

— Non. Elle a été fort surprise, lorsque nos gens ont tenté de me protéger. »

Par le Très Saint ! Alexandre sentait des gouttes de transpiration dégouliner dans son dos. Son fils lui annonçait qu'il avait frôlé la mort avec autant de désinvolture que s'il lui narrait les péripéties d'une promenade équestre dans la campagne environnante.

« Elle m'a d'ailleurs demandé qui j'étais. J'ai naturellement refusé de le lui révéler, mais il était évident qu'elle ne me considérait pas comme un inconnu. Et quand les siens ont voulu me tuer, elle le leur a interdit.

— Et ensuite, tu as eu le dessus ?

— Une opportunité s'est présentée. Je l'ai saisie. »

Nicolas avait dû percevoir sa nervosité car il n'entrait plus dans les détails. Alexandre ne souhaitait pas les entendre. Son fils était indemne et cela seul importait. Cela et avoir l'assurance qu'il ne se placerait plus jamais dans une pareille situation.

« Tu n'as pas la moindre idée de ce qu'elle aurait pu te faire. T'ensorceler, par exemple. Peut-être était-elle chargée de nous infiltrer. Il n'est pas à exclure que tout cela fasse partie de leur plan d'invasion. »

Nicolas secoua la tête. « Elle est restée bouche bée, en constatant qu'elle était ma prisonnière. »

Alexandre soupira. Cette discussion n'en finirait jamais. « Quoi que tu puisses penser d'elle, tu resteras avec moi. Songe un peu, mon fils. Que se serait-il passé si tu étais mort à ses pieds ? Qu'auraient ressenti nos serviteurs ? Auraient-ils continué de se battre ? »

Nicolas rougit plus encore. Il connaissait la réponse aussi bien que son père.

« Je sais que tu ne peux t'empêcher de relever les défis. » Alexandre posa la main sur le dos nu de son fils et fut surpris par la moiteur de sa peau. Il faisait le bravache mais avait été soumis à une forte tension nerveuse. Ce fut moins sévèrement qu'il ajouta : « Eh bien, tu as été confronté à une épreuve que tu as affrontée avec un courage inégalé depuis ton bisaïeul ! Nos sujets commenteront tes exploits pendant des lustres. J'en suis heureux, car ils savent désormais que nous sommes prêts à nous sacrifier pour l'Île Bleue. »

Il retira sa chemise pour l'en couvrir. « Mais nous ne pouvons courir le risque de tout perdre. Crois-tu que les sarcasmes de ta captive m'ont laissé indifférent ? Je brûlais moi aussi du désir de me battre. » Il se leva, incapable de rester assis en prononçant ces mots. « J'entendais à travers ces murailles les râles des mourants. J'étais rongé par l'envie de sortir d'ici, de sauver ne fût-ce qu'une seule vie...

— Certes, père. Je n'en doute pas, fit Nicolas en tenant la chemise sur ses épaules.

— J'oubliais toutefois qu'en prenant des décisions judicieuses je sauverais non pas une existence mais des centaines, que l'avenir de l'Île Bleue dépendait de moi. » Alexandre joignit ses mains derrière son dos et pesa mûrement ses paroles avant de les prononcer. « Colas, nous devons nous estimer chanceux d'avoir découvert les propriétés de l'eau bénite ; chanceux d'avoir pu repousser les envahisseurs ; chanceux que la peur des Danites ait dissuadé cette fille de résister. Les Nyeiens ont livré d'âpres combats pendant des années et une génération de jeunes gens a été sacrifiée. Le savais-tu ? Et les Fey les ont malgré tout asservis. Tu as entendu ses propos. "Vous ne nous auriez pas tout donné." C'est exact, nous n'aurions pas cédé à leurs exigences car nous formons un peuple, une nation. Nous sommes maîtres de notre destinée. Tu as pu constater qu'elle parle couramment le nyeien, Colas. C'est toutefois une langue morte car Nye fait à présent partie de leur Empire. L'Île Bleue est certes un petit royaume, mais c'est un État souverain et j'ai la ferme intention qu'il le reste. »

Nicolas enfila les manches de la chemise et n'eut qu'un léger mouvement de recul, comme si la tension accumulée en lui se dissipait enfin. « Comment comptez-vous y parvenir, père ? »

Alexandre secoua la tête. « Je ne sais pas. Les Fey ont constamment guerroyé depuis l'Absorption du Roca alors que nous ne nous sommes jamais battus. Nous avons seulement pratiqué le commerce. On pourrait croire que le Roca nous a autrefois donné l'eau bénite pour nous protéger contre cette future menace.

— Auriez-vous trouvé la foi, père ? Je ne vous savais pas dévot.

— Comment l'expliquerais-tu, autrement ? Les Fey ont débarqué en force, avec assez de guerriers pour s'emparer de notre cité avant la tombée de la nuit. Nous sommes inexpérimentés. Nous ne savons pas ce qu'il convient de faire en pareil cas et nous les avons malgré tout repoussés. Qu'on l'attribue au hasard, au destin ou à la volonté de Dieu, nous sommes toujours en vie. Et je ferai le nécessaire pour que nous le restions. »

Nicolas se pencha en arrière, les traits tirés par la fatigue. Ses cernes étaient si profonds que ses yeux semblaient caves.

« J'ai pour cela besoin de ton aide, Colas. Nous devons prendre ensemble certaines décisions, étendre notre savoir. Parce qu'ils ne renonceront pas. Les Fey sont rusés. Ils savent que la force d'un peuple repose sur ses chefs et ils ne reculeront devant rien pour nous éliminer.

— Ne venez-vous pas de me dire que nous sommes victorieux ?

— Nous avons remporté une bataille, pas la guerre. Il faudra pour cela exterminer tous les envahisseurs.

— Ou qu'ils appareillent pour Nye.

— Non. S'ils regagnent cette contrée, ils reviendront tôt ou tard. Nous devons les empêcher de repartir, même si c'est la dernière chose que nous accomplissons. »

TRENTE-TROIS

Gemme tenait la torche dans sa main gauche. Ses liens avaient meurtri ses poignets. Le souffle court, elle tournait le dos à l'escalier et s'appuyait à l'encadrement de la porte.

Elle était pour l'instant hors de danger. Ce palier clos lui offrait une sécurité à laquelle elle devrait sous peu renoncer. Les gardes avaient dû entendre le hurlement. Il résonnait encore dans ses oreilles. Elle avait lancé un coup d'œil par-dessus son épaule en espérant que Silence la suivait... sans le voir. C'était logique. On l'avait conditionné à faire passer la vie de la petite-fille du Roi noir avant la sienne.

Il lui restait à sortir du palais puis gagner les Terres d'ombre. Pendant que Stephen allait chercher une torche, Silence lui avait chuchoté qu'ils s'y repliaient.

Ses dernières paroles.

Elle poussa le battant et lorgna par l'entrebâillement. Le couloir était jonché de corps. Des Fey qui avaient subi des métamorphoses hideuses. Elle détourna la tête. Elle n'avait échappé à la mort que de justesse. Elle devait son salut au prince, à la rapidité de sa réaction.

S'il n'était pas intervenu, elle eût perdu la vie dans d'atroces souffrances.

Ce qui risquait encore de se produire si elle attirait l'attention.

Seule la faible clarté d'un flambeau fiché dans une paroi réduisait l'obscurité du passage. Elle n'y voyait que des cadavres cernés de fragments de meubles brisés. Le sol était humide et elle espérait que la magie qui imperméabilisait ses bottes protégerait ses pieds des effets corrosifs de l'eau bénite.

Elle poussa le panneau et l'odeur putride de la chair décomposée lui donna envie de vomir. Elle mordilla sa lèvre inférieure et s'avança sur le dallage mouillé. Elle soupira en remarquant des gouttes sur ses chaussures puis s'accroupit près des corps et chercha leurs armes sans regarder leurs faces fondues.

Tous avaient été désarmés.

L'ignorance de la population locale en matière d'art militaire n'était pas totale.

Elle ne savait pas où conduisait ce couloir. Ils la descendaient vers les oubliettes, quand Silence avait tranché ses liens et placé la torche dans ses mains en lui disant de fuir.

Ce qu'elle avait fait, que les Puissances lui pardonnent ! Sans seulement s'assurer qu'il viendrait à bout de son adversaire. Un double avait pour instructions de se sacrifier pour sauver un membre de la famille royale. Mais c'était la première fois qu'une telle protection lui était nécessaire et l'abandonner lui avait posé un cas de conscience.

Des pas entendus à l'extrémité du corridor l'incitèrent à se redresser et à courir vers l'escalier. D'autres victimes l'encombraient. Des Fey pour la plupart. Et s'il y avait quelques insulaires, aucun n'avait été écorché. Nul franc-tireur ou calot écarlate n'avait pénétré dans le palais. Pas d'après ce qu'elle pouvait constater, à tout le moins.

C'était un véritable carnage. Elle espérait que son père avait regagné les Terres d'ombre, qu'il n'était pas parmi les morts.

Elle descendit rapidement les marches, franchit un angle du passage et se retrouva dans une grande salle jonchée de cadavres, en majorité des autochtones. Leurs troupes avaient donc atteint ce secteur avant que les religieux ne surgissent avec leur poison. Rugar avait eu raison. Si leurs adversaires n'avaient pas eu cette potion magique, les Fey se seraient déjà rendus maîtres de l'Île Bleue.

Les bruits de pas s'étaient éloignés et elle s'arrêta près d'un homme relativement mince pour un habitant de cette île. Si elle s'appropriait sa robe ocre, peut-être arriverait-elle jusqu'aux quais sans se faire remarquer.

Silence avait conservé sa dague et elle ne voyait pas d'armes sur le sol. Au moins était-il sec. Elle n'eût rien osé ramasser, à l'étage supérieur.

Cet individu avait la gorge tranchée et le sang séché empesait son col. Elle y défit un lacet avant de constater qu'il n'avait qu'un rôle décoratif. Elle devrait retirer sa robe par le haut, une besogne répugnante qui eût mieux convenu à un calot écarlate. Elle n'avait toutefois pas le choix.

Elle se releva et alla caler sa torche dans un support mural. De retour à côté du cadavre elle remonta l'ourlet du vêtement vers la taille, souleva les jambes et poursuivit l'opération. Sa respiration était si bruyante qu'elle craignait qu'on pût l'entendre hors de la salle.

Une pensée qui l'incita à se hâter. Elle fit redescendre les pieds le plus silencieusement possible puis agrippa les bras pour hisser le torse. La peau était moite et presque froide. Elle frissonna, cala une main derrière le dos de l'homme et utilisa l'autre pour tirer la robe. Il ne portait rien en dessous et elle détourna le regard du bout de chair blême ratatinée. Le tissu se coinça sous sa nuque et elle perdit un temps précieux pour le dégager.

Le sang avait une odeur qui la fit grimacer, quand elle enfila la robe. Il avait également raidi le capuchon, mais celui-ci garantirait son anonymat lorsqu'elle serait dans les rues.

Elle était plus grande que le mort et le vêtement laissait voir ses bottes de belle facture. Nul insulaire n'en avait de pareilles... aucun de ceux qu'elle avait vus, en tout cas. Elle s'intéressa aux chaussures du défunt. Leur cuir était très fin, de toute évidence non traité. Elle préférait courir le risque d'être identifiée plutôt que de marcher sans protection dans cette eau qui n'était pas de l'eau.

Elle entendait des voix, au niveau supérieur. Elle trouvait les étranges sonorités de la langue locale presque familières. Elle reprit sa torche et repartit dans la Grande Salle en enjambant les dépouilles.

Elle remarqua que les fenêtres étaient vitrées. Le verre était extrêmement coûteux, mais l'Île Bleue était connue pour ses richesses. Il y avait des mouvements, à l'extérieur. Des autochtones récupéraient les armes des Fey tombés au champ d'honneur et elle se dirigea vers l'office. La puanteur la fit tressaillir. Elle connaissait bon nombre de victimes et s'interdisait de les regarder. Des bûches se consumaient dans la cheminée et une partie de la pestilence était due à un corps à moitié calciné qui gisait sur les dalles de l'âtre après avoir été tiré hors des flammes.

Elle le contourna, passa devant les fours de brique qui avaient refroidi et franchit la porte de la cour. Elle entendit gémir et mit son capuchon. Près des écuries, un adolescent assis sur le sol berçait en sanglotant le cadavre d'un homme.

Une femme appela Gemme qui secoua la tête sans ralentir le pas. Elle espérait que la signification de ce geste était universelle quand elle la vit obliquer dans sa direction. Gemme tassa son cou et résista à la tentation de déguerpir. Cette importune constaterait qu'elle était une Fey sitôt après l'avoir abordée. Et si elle s'était munie d'une fiole de poison, tout serait terminé.

Gemme enjamba des corps et se glissa entre les portes défoncées. L'inconnue l'appela encore et elle lui opposa un autre refus muet en regrettant de ne connaître que les mots entendus dans sa Vision.

Allez-vous mieux ? eût permis d'entamer une conversation, pas de s'y soustraire.

Elle pressa le pas dès qu'elle fut dans la rue. Elle avait le matin assimilé Jahn à un paradis. La chaussée était désormais encombrée de Fey mutilés. Elle jeta un dernier coup d'œil au palais où Silence devait défendre sa vie, s'il ne l'avait pas déjà perdue.

À cause d'elle.

Il y avait aussi Fardeau, Shima, et les autres. Elle ignorait combien avaient cessé de vivre. Combien d'entre eux elle aurait pu aider si elle n'avait pas laissé ce jeune homme la capturer.

Le calme qui régnait dans la cité était surnaturel. Les passants étaient rares. Les insulaires devaient se terrer chez eux et se demander comment ils pourraient exterminer les envahisseurs en gardant une fiole de poison à portée de la main. Tous les Fey qu'elle voyait dans ces rues étaient morts.

Morts.

Elle enjambait cadavre après cadavre et assimilait la puanteur à un parasite niché dans ses narines. Elle avait réussi à sortir du palais royal et savait qu'elle atteindrait les Terres d'ombre. Nul ne s'était lancé à sa poursuite. Sitôt dans ce refuge, elle chercherait son père. S'il n'était pas là-bas, elle prendrait sa place.

Elle ferait le nécessaire pour que les Gardiens trouvent un antidote à ce maudit poison.

Puis elle vengerait leurs morts.

TRENTE-QUATRE

Matthias percevait la chaleur de la torche qu'il tendait devant lui. Il utilisait sa main libre pour se stabiliser et descendait les marches en longeant la paroi. Personne n'avait allumé les torches dans les niveaux inférieurs du Tabernacle et les ténèbres alimentaient sa nervosité. Elles métamorphosaient les cadavres en silhouettes grisâtres pendant qu'il traversait en redoublant de prudence un labyrinthe de tables et de chaises renversées. Une vague odeur de chair grillée flottait dans l'escalier. Le sol était poisseux et il refusait de penser à ce qu'il piétinait... ou écrasait.

Il avait la gorge sèche. Quand le dallage du rez-de-chaussée remplaça les marches, il résista au désir de courir vers la porte. Il y avait tant de victimes en ce lieu saint que cela allait à l'encontre de principes qu'il avait ignoré posséder. Ces corps déformés incolores faisaient renaître des peurs superstitieuses dont il s'était cru débarrassé. Il avait toujours douté de l'existence des morts vivants avant de voir leurs membres danser dans les ombres de sa torche, leurs yeux aveugles refléter sa flamme, leurs bouches s'ouvrir comme pour s'adresser à lui. Peut-être lui suffirait-il de se pincer pour que le jour se lève et mette fin à ce cauchemar.

Il baissa le bras vers son flanc dès qu'il abandonna la protection de l'escalier. Seuls quelques pas le séparaient de l'extérieur. Les cadavres étaient si proches qu'il devait les frôler, et ses cheveux se dressaient sur sa nuque. Il trébucha sur un pied de chaise et hésita entre conserver sa torche ou son équilibre. Il s'imagina tombant sur les corps en décomposition et céda à la panique. Il tendit la main et agrippa un renflement de tissu. Lorsqu'il prit conscience de ce qu'il venait de faire, il manqua hurler.

L'odeur était insoutenable. À son retour, il ordonnerait aux Auds de procéder à un grand nettoyage. Mais il devrait auparavant prendre une décision au sujet des dépouilles. Ils ne pouvaient se contenter de les balancer dans le Cardidas.

Il se redressa lentement. Il serrait sa torche avec tant de force qu'il en avait des crampes. Quand il s'était porté volontaire pour aller voir ce qui se passait sur les quais, il n'avait pas songé au reste. Un tel charnier. Tous ces rappels des abominations perpétrées ce jour-là.

Il atteignit finalement les portes. D'autres corps les bloquaient mais quelqu'un avait dégagé un passage. Il sortit sous le clair de lune et soupira, soulagé. Il se sentait moins oppressé, hors du Tabernacle.

Ici, les morts étaient disséminés et non entassés comme à l'intérieur de l'édifice. La clarté de l'astre renforçait celle de sa torche et des étoiles scintillaient dans le ciel. Il n'avait qu'à lever la tête pour retrouver le monde qu'il avait connu autrefois. Il avait l'impression d'entendre les sons qui accompagnaient la vie nocturne de la cité ; les appels des femmes des rues et les rixes des ivrognes. Mais ce n'était qu'une illusion. Un silence surnaturel régnait dans Jahn. À l'exception des murmures du Cardidas et de ses clapotis sur la berge, il n'y avait pas un seul bruit.

La brise venant du fleuve était fraîche et humide. Il écarta une mèche de cheveux tombée sur son front. Sa lassitude semblait s'être soudain dissipée. Découvrir qu'il lui restait des réserves d'énergie après avoir fait tant d'efforts l'étonnait.

Il baissa sa torche. Ne risquait-elle pas d'attirer l'attention sur lui ? C'était probable et nul n'aurait pu dire qui rôdait dans la nuit. Il se tourna et retira un flambeau éteint d'une encoche du mur, à côté de la porte ouverte. Il le laissa tomber et le remplaça par le sien. La flamme se refléta sur les battants. La brise l'agitait et éclairait par instants l'intérieur du Tabernacle.

Matthias frissonna. Il n'avait aucun désir d'y retourner.

Il essuya ses mains sur sa robe déjà sale et s'éloigna dans le dédale de corps jonchant la mosaïque. C'était une de ses préférées. On y voyait le deuxième Rocaan apporter la Révélation écrite aux fidèles regroupés hors des murailles de Jahn. La joie qui illuminait ses traits pendant qu'il lisait ce texte sacré équivalait à celle que l'étude procurait à Matthias. Il se demanda s'il pourrait encore contempler cette scène du même œil que par le passé.

C'était secondaire. Ces détails mineurs lui évitaient de penser au reste. Des pertes si importantes qu'y songer l'eût fait sombrer dans la démence.

L'enceinte extérieure du Tabernacle lui dissimulait le Cardidas. Il crut entendre des voix se propager sur les flots. Il retint sa respiration et tendit l'oreille mais ne put déterminer si des gens échangeaient effectivement des paroles.

Un frisson remonta sa colonne vertébrale. Il assimilait les murmures du fleuve aux chuchotements des défunts. Il referma le poing sur la petite épée suspendue à son cou et suivit des doigts son pourtour émoussé. S'il avait besoin de croire en Dieu et au Roca, c'était à présent. *La foi des pleutres peut être considérée comme acquise*, précisait la Révélation écrite et orale.

Il ne s'était jamais vu sous ce jour, mais il n'aurait pu nier le bien-fondé de cet aphorisme.

Il aurait dû se décharger de cette mission sur un Aud, quelqu'un dont la vie était sans importance. Cependant, il ne les connaissait pas suffisamment pour savoir lesquels feraient un rapport précis, en s'abstenant de l'enjoliver. Il ignorait en outre combien d'entre eux avaient survécu. Ces étranges lueurs intriguaient le Rocaan et il s'était engagé à se renseigner à leur sujet. Il ne pouvait revenir sur sa parole.

On trouvait ici de jeunes arbres dont le feuillage bruissait sous les caresses de la brise. Il lâcha l'épée miniature et poussa la porte en remerciant le Très Saint qu'une personne ait eu la présence d'esprit de la fermer. À l'exception de quelques corps, la route était déserte et sillonnée d'ornières laissées par des chariots, creusée d'empreintes de sabots et de pas. La boue qui grimpait à l'assaut des semelles de bois de ses sandales souillait la plante de ses pieds, giclait entre ses orteils. Il se concentra pour éviter ce qu'il avait ressenti en voyant les faces en fusion des Fey et le sang répandu sur le sol de fausser son jugement.

Il avait à présent une vue dégagée du fleuve, sur lequel les lueurs continuaient de papilloter à intervalles irréguliers, comme si quelqu'un ouvrait et fermait une porte. D'autres inconnus s'exprimaient dans un langage incompréhensible.

Il s'avança sur le côté de la route, le plus discrètement possible. Il tressaillait chaque fois que la fange gargouillait sous ses pieds. Il regrettait de ne pas disposer de plus d'informations sur les envahisseurs. Avaient-ils la capacité de se rendre invisibles ? Ne le cernaient-ils pas ? Il résista au désir de tendre les mains devant lui tel un aveugle, pour repousser des agresseurs qu'il n'aurait pu voir.

Les sons venaient du fleuve, de l'emplacement où avaient été amarrés leurs navires. Était-il concevable qu'ils soient devenus transparents ? Si c'était le cas, il aurait entendu des vaguelettes clapoter contre leur coque. Or, il n'y avait que ces voix, basses et conspiratrice, et ces lumières déconcertantes.

Il s'arrêta à la hauteur du pont, confronté à un choix. Il hésitait entre aller se munir d'eau bénite puis traverser le fleuve afin de découvrir de quoi il retournait ou descendre sur la berge et se rapprocher le plus possible sans quitter pour autant cette rive.

Si les dangers étaient trop grands, il se ferait remplacer par un Aud. Le Rocaan avait besoin de lui et il lui eût interdit de risquer sa vie. Il ne pouvait sacrifier l'homme auquel il venait de révéler le secret de fabrication de l'eau bénite, un processus pour le moins surprenant... comme tout ce qui se rapportait à l'Église.

Il se tenait à la barrière de bois du sentier longeant la culée du pont. Le fleuve avait ici près d'une demi-lieue de large, sans compter l'entrée du port du côté opposé. En plein jour, il eût à peine discerné l'autre rive. De nuit, la scène était étrange.

Mais il s'en tiendrait à ce qu'il avait prévu. Il descendit le chemin boueux en prenant appui d'une main sur la pente afin de conserver son équilibre. Les hautes herbes caressaient sa robe et chatouillaient ses bras nus. Ses déplacements s'accompagnaient de bruissements... que les flots risquaient de charrier vers l'autre berge. Il finit par s'accroupir sous un arbre qui avait poussé de guingois et surplombait le fleuve, fournissant de l'ombre en plein jour et un semblant de protection à présent.

Les inconnus s'étaient tus. Une lumière apparut et disparut au-dessus du grand quai qui partait des entrepôts. Là où les navires des Fey avaient été amarrés. Il s'assit pour respirer sans bruit et attendre que sa vision s'adapte au clair de lune et aux ténèbres au sein desquelles il se tapissait.

Plus tard – il n'aurait pu dire combien de temps s'était écoulé mais ses membres s'étaient ankylosés – il discerna de minuscules lueurs papillotantes qui dessinaient un petit cercle parfait. Si la distance le privait de certitudes, il ne devait pas être plus gros que sa tête et il flottait au-dessus de l'appontement tel un phare miniature.

Il changea de position, sans hâte et en veillant à ne faire aucun bruit. Il ramena ses genoux contre sa poitrine et referma ses bras autour de ses jambes. Les lumières les plus vives s'éteignirent et il espéra que les Fey n'avaient rien entendu, qu'ils ne venaient pas l'encercler. S'il avait eu des difficultés à se représenter des entités invisibles pendant ses études théologiques, son scepticisme avait disparu face à ces thaumaturges. Il resta totalement immobile afin de passer pour un cadavre sous le couvert de la pénombre.

Il allait renoncer quand il perçut des pas et des voix sur l'autre rive. Il ferma à demi les paupières, comme si cela lui avait permis de mieux voir dans l'obscurité. Quatre silhouettes se déplaçaient sur l'embarcadère... non, cinq. Un de ces personnages tenait par la taille un individu qui avançait péniblement.

Tous étaient plus grands que lui et très maigres. Il ne pouvait s'agir d'insulaires, pour la plupart courtauds.

Ne l'avait-on pas suspecté d'être le fruit de la semence d'un démon parce qu'il avait eu un accès de croissance à quinze ans ? Il retint sa respiration et observa les Fey.

Ils progressaient en file indienne. Celui de tête s'arrêta et gesticula à l'attention des autres. Les flots charrièrent une voix basse et profonde, des mots de cette langue gutturale inconnue. L'homme tendit la main à l'intérieur du petit cercle de lueurs.

Elles devinrent plus vives et illuminèrent le quai, ce qui permit à Matthias de voir distinctement ces individus. Ils étaient ensanglantés et celui qu'il fallait soutenir paraissait inconscient. Blessé.

La clarté n'avait pas de point d'origine. On aurait pu croire que le rideau de la nuit s'était déchiré et laissait filtrer le soleil. Sa source était dissimulée, comme s'il regardait l'extérieur par la porte d'une maison. Alors qu'il n'y avait pas plus d'obstacles que de clapotis des flots contre les coques. L'angoisse qui avait menacé de l'assaillir toute la soirée grandit et lui donna la chair de poule.

Ils poussèrent le blessé dans la lumière, et il s'évapora. Les uns après les autres, ses compagnons le suivirent. L'obscurité revint et Matthias cilla. Le monde était redevenu tel qu'il aurait dû être.

À l'exception du minuscule cercle de lueurs en suspension au-dessus de l'embarcadère.

S'il avait été courageux, il aurait regagné le Tabernacle, se serait emparé de toute l'eau bénite qu'il pouvait transporter et aurait été la verser dans cette étrange ouverture. Mais il manquait de bravoure. Il n'était pas un véritable fils du Roca. Il n'était pas du genre à se sacrifier pour le salut de son prochain.

« Pardonnez-moi », murmura-t-il au Très Saint.

Il fit reposer son front sur ses genoux. La brise ébouriffa ses cheveux et caressa sa nuque. Il resta assis jusqu'au moment où il comprit ce qu'impliquait ce qu'il venait de voir.

Les Fey ne fuyaient pas. Ils se regroupaient. Ils reviendraient. La bataille menée ce jour-là ne s'était pas soldée par leur défaite. Ce n'était que le début d'une guerre qui s'annonçait longue et effroyable.

LE SIÈGE
(Un an plus tard)

TRENTE-CINQ

Emaque était accroupi sur le pont de l'*Uehe*, une des plus petites unités de la flotte retenue pour sa navigabilité dans les passages difficiles. Les Maîtres des éléments avaient provoqué une pluie torrentielle. Les gouttes qui tombaient du ciel le couvraient, filtraient dans sa peau. Il n'avait pas les moyens de s'offrir des vêtements ensorcelés, qui ne lui auraient d'ailleurs été d'aucune utilité pendant son long séjour dans les Terres d'ombre. Et il préférait encore le vent et la froidure à leur néant grisâtre. Rugar n'avait pas ménagé ses efforts pour qu'ils s'y sentent chez eux, mais comment auraient-ils pu être à leur aise dans une enveloppe opaque pleine de brouillard et privée de ciel ? Vivre aussi longtemps dans un endroit pareil était contre nature. Il s'étonnait qu'ils n'aient pas tous sombré dans la folie.

De l'eau pénétra dans sa bouche et il lécha ses lèvres. Il se pencha sur le bastingage pour attendre qu'on fasse appel à lui. Lors de l'appareillage il avait dû agripper une main courante pour conserver son équilibre... alors qu'il avait vécu un an à bord d'un navire, depuis ce jour funeste où ils avaient perdu la première bataille de Jahn. Il n'avait pas été désigné pour les précédentes tentatives de sortie vers la mer d'Infrin, et il s'en réjouissait. Trop de Fey étaient morts au cours des escarmouches et des combats de l'année écoulée. Nul n'avait dressé un bilan des pertes mais il estimait que leurs forces avaient dû être réduites de moitié. Après le premier et le deuxième assaut, Rugar avait renoncé à lancer des attaques frontales. Néanmoins, les tactiques de guérilla et les raids n'étaient guère plus efficaces. Et les Gardiens ne savaient toujours pas comment neutraliser le poison des insulaires.

Emaque n'avait participé ni aux combats terrestres ni aux fuites sur le fleuve. Les deux premiers vaisseaux avaient coulé avec leur équipage et rares étaient ceux qui étaient revenus de la troisième et la quatrième mission. Apporter sa contribution à la cinquième ne suscitait pas son enthousiasme, mais il n'avait pas eu le choix. En tant que marin, il avait des obligations envers son peuple et la mer.

Imatar, le second marin, était accroupi contre le bastingage opposé. Ils devraient guider le navigateur dans l'embouchure périlleuse du Cardidas puis entre les Sentinelles de pierre. Sitôt au large, délivrer le message de Rugar au Roi noir serait un jeu d'enfant.

La pluie crépitait sur le pont et le fleuve les agressait. Le roulis était juste assez prononcé pour menacer leur équilibre. Les autres étaient à leur poste ou dans les niveaux inférieurs. Les intempéries réduisaient fortement la visibilité.

Une pluie qui le rendait songeur. S'il avait su que leur expédition durerait plus d'un an, il ne se serait jamais porté volontaire. Mais il avait saisi cette opportunité de s'enrichir rapidement car il s'était entiché d'une Ménagère qui refusait de l'épouser tant qu'il ne posséderait pas un bateau. Elle ne voulait pas mener la vie nomade d'une femme de militaire. Elle trouvait Nye à son goût et souhaitait s'y installer.

C'était probablement chose faite. Elle n'était pas du genre à attendre son retour.

Il soupira et changea de position. Ils approchaient de l'estuaire. L'air avait une odeur de sel, comme si la pluie elle-même en contenait. Il sentait croître son impatience. Il y avait longtemps qu'il n'avait pas utilisé ses talents. Il en avait assez de construire des maisons et des meubles, de travailler de ses mains. Le moment était venu de mettre à contribution le don que lui avaient accordé les Puissances et de s'adresser aux habitants des profondeurs.

Il se leva, incapable de rester en place. Imatar lui fit signe de se baisser mais il en avait assez d'être à croupetons. Les arbres de la berge, la boue brunâtre et les flots troubles du Cardidas étaient un baume pour ses yeux. Depuis qu'il vivait dans les Terres d'ombre, les couleurs lui avaient manqué plus que tout le reste.

Le fleuve s'élargissait. Ils atteignaient son embouchure. À leur arrivée, les Ze l'avaient mis en garde contre la barre et des trous d'eau imprévisibles. Il avait été le premier à s'entretenir avec un de ces poissons, cette nuit-là. À présent, tous les marins s'empressaient d'établir un contact dès qu'ils en voyaient un.

Les Ze ressemblaient à des anguilles et étaient friands des algues visqueuses qui poussaient sur les rochers. Malgré une bonne volonté indéniable, ils n'étaient que des colporteurs de ragots qui allaient de-ci de-là en s'intéressant aux malheurs des autres. Emaque avait dû écouter d'interminables chapelets de commérages sur les créatures qu'ils croisaient afin d'obtenir les bribes d'informations dont il avait besoin pour déterminer la route à suivre.

Il se pencha sur le bastingage et regarda l'étrave fendre les flots. Les embruns cinglaient ses joues et se mêlaient aux caresses apaisantes de la pluie glacée. Reprendre contact avec la nature lui réchauffait le cœur et lui faisait oublier les dangers qu'ils affronteraient sous peu.

« Tu ne devrais pas rester debout. » Il sursauta et se tourna vers Kapad qui se dressait derrière lui, en suroît de laine imperméabilisée. Un vêtement constellé de gouttelettes miroitantes.

« C'est sans importance, rétorqua-t-il. Nous entrons dans l'estuaire.

— Je sais. Je compte établir un lien plus tôt que d'habitude. Nous ne commettrons pas d'erreur, cette fois. »

Les survivants de la quatrième mission avaient attribué leur échec au navigateur et aux marins. Ils soutenaient que les Ze n'avaient pu les avertir des périls pour la simple raison qu'aucun contact n'avait encore été pris avec eux.

« Moi d'abord ? » Emaque n'aimait guère s'unir au navigateur avant d'avoir trouvé la créature qui leur servirait de guide. Cette communion avec un de ses semblables le mettait mal à l'aise. C'était un viol de son intimité, une gêne à laquelle il ne pouvait se soustraire qu'en se réfugiant dans l'esprit d'un habitant des profondeurs.

« Tu es debout. » Kapad tendit sa main ratatinée et striée de courtes entailles. Plus encore que son nom, ces marques révélaient qu'il appartenait à la même génération que le Roi noir. À l'époque où il avait débuté sa carrière, les marins s'unissaient au navigateur par n'importe quel vaisseau sanguin. À présent, les règlements leur imposaient de n'entailler que leurs doigts.

Emaque soupira et lorgna les arbres, les vagues et la pluie. Il pourrait dans un instant partager la joie qu'il ressentait. Il présenta son index droit et tressaillit quand Kapad le piqua avec l'aiguillon qu'il avait reçu à la fin de sa formation. Les gouttes qui tombaient du ciel diluèrent le fluide vermeil avant qu'il n'éclabousse le pont.

Kapad l'imita et ils joignirent leurs phalanges. Les effets tardèrent à se faire sentir mais le lien s'établit et Emaque entendit une petite voix intérieure. Seuls les navigateurs avaient ce don, et il n'aurait pu s'exprimer ainsi s'il avait essayé. Leurs talents avaient évolué pour leur permettre d'être informés de ce qu'un marin découvrait dans les profondeurs et d'agir en conséquence.

Emaque avait l'impression que Kapad avait projeté une partie de son être derrière ses yeux. « À Imatar, à présent. » Ces mots se réverbérèrent étrangement dans sa boîte crânienne puis ses oreilles. « Qu'attends-tu pour chercher des Ze ? Plus tôt ils nous aideront, mieux ça vaudra. Je vais t'envoyer quelqu'un. »

Car il fallait surveiller les marins qu'une exaltation excessive incitait parfois à sauter dans la mer. Emaque n'avait jamais été soumis à cette tentation, mais il n'avait pas encore rencontré certaines créatures dont parlaient les vétérans.

Kapad alla s'entretenir avec un officier. Quels que soient ses ordres, Emaque ne les exécuterait qu'après l'arrivée d'un membre de l'équipage. Au cours de sa formation, il avait vu un marin tomber sous le charme d'un dauphin et plonger pour le rejoindre. Cet homme ne savait pas nager et il s'était noyé avant que les sauveteurs et le dauphin en question ne le ramènent à la surface.

Il inhala pour se détendre. Ils y étaient presque. Ils passeraient entre les Sentinelles de pierre, là où le fleuve se jetait dans la mer, et il ne remettrait plus jamais les pieds sur cette île maudite.

Une jeune femme approcha et lui annonça qu'elle

était sa surveillante. Il la toisa. Grande et nerveuse, avec des bras aux muscles développés, elle serait assez forte pour l'immobiliser si besoin était.

« Tu l'as déjà fait ? » lui demanda-t-il. Sur l'autre bord, Imatar et Kapad réunissaient leurs doigts.

Elle le fixait en écarquillant ses yeux marron, le visage empreint de gravité. « À quelques occasions, quand nous étions stationnés à Nye puis pendant notre traversée vers cette île. » Sa voix était si douce que les crépitements de la pluie la couvraient presque.

Il fut soulagé de ne pas avoir à lui fournir des explications détaillées.

« Parfait. Le tout, c'est de me retenir quoi qu'il advienne. La dernière fois qu'un navire a emprunté ce chenal, les insulaires l'ont criblé de flèches. Au cas où cela se reproduirait, n'oublie pas que si tu m'abandonnes pour te mettre à l'abri et qu'il m'arrive malheur, le navigateur ne saura plus où aller et nous périrons tous.

— Et l'autre ? » Elle désigna Imatar. « Il prendra la relève, non ?

— Pour un navigateur, perdre un marin équivaut à perdre un œil. » Ils étaient nombreux, les membres d'équipage qui lui avaient posé cette question. Sans prédispositions pour la magie ou n'ayant que des dons mineurs correspondant à ceux des Ménagers, ils assuraient la propreté des ponts et empêchaient que les filins ne se détachent, que le bois ne pourrisse et que l'avitaillement ne se gâte. Ils fuyaient les responsabilités et n'aimaient guère surveiller les marins. Il pensait parfois qu'il s'agissait de thaumaturges trop timorés pour oser utiliser leurs talents.

Nous ne sommes qu'à quelques miles de notre but. La voix de Kapad était grêle, dans son esprit. *Je suis à mon poste. La vigie signale des navires droit devant.*

Emaque accusa silencieusement réception du message puis se pencha sur la lisse pour regarder les flots tourbillonnants. Il était assailli par sa plus grande crainte, qu'il n'y eût dans les parages aucune créature suffisamment évoluée pour les guider.

Imatar est parti. À toi, Emaque.

Il ne se le ferait pas dire deux fois.

« Maintenant », annonça-t-il à la femme. Il s'inclina vers le bastingage et elle appliqua ses mains sur son dos, pour sentir le moindre mouvement indiquant qu'il s'apprêtait à sauter.

Les embruns le cinglaient et le fleuve charriait de nombreux débris. Il jura à mi-voix. Quoi qu'il pût se passer, il ne terminerait pas ce voyage indemne.

Il projeta ses pensées vers les profondeurs, à la recherche d'une étincelle d'intelligence. Il ne ressentait rien, comme s'il n'avait plus de corps, comme s'il était un pur esprit – un état dans lequel il ne percevait que les scintillements de la conscience. Ils étaient différents en fonction des créatures et un moment lui fut nécessaire pour en localiser une qui convînt à ses besoins. Il se glissa en elle.

Excusez l'intrusion, cher cousin, dit-il pour réduire le traumatisme provoqué par ce viol de l'intimité mentale. Puis il perçut la froidure – qui n'avait rien d'étonnant en ce lieu – et la pression rassurante de la masse liquide dans laquelle évoluait le poisson. Nager et respirer sous les flots l'emplissait d'une indicible joie.

PAS INVITÉ. NON. NON.

C'était un Ze. Il reconnaissait le mode d'expression propre à ces êtres et les sensations que procurait leur corps.

Détendez-vous, cher cousin. Je ne vous veux aucun mal. Je cherche simplement mon chemin.

PAS INVITÉ. PARTEZ, AUTRE. PARTEZ.

Je vous laisserai vaquer à vos occupations sitôt que

vous m'aurez conduit au-delà du chenal qui sépare les Sentinelles de pierre.

PAS INVITÉ. PARTEZ IMMÉDIATEMENT. PARTEZ.

Ici, l'eau était trouble. La lumière qui filtrait jusqu'à cette profondeur était très faible. Il discerna un fond rocheux qui devait intéresser le Ze, un poisson qui passait à proximité et deux autres qui grignotaient des déchets sur un banc de sable. Ils avaient devant eux l'énorme silhouette d'une créature qu'il ne put identifier.

La dernière fois que je me suis entretenu avec un de vos semblables, il m'a raconté ce qu'il savait sur les poissons du voisinage tout en me guidant entre ces obstacles.

ZE MORTS. PARTEZ, AUTRE. PARTEZ IMMÉDIATEMENT.

Des Ze sont morts ? À cause de quoi ? De nous ?

Emaque ! La voix de Kapad était pressante. *Nous n'avons pas le temps. Cherches-en un autre.*

ZE CONDUIRE ÉTRANGERS DANS COURANTS. NOIR ARRIVER. CORPS TOMBER SURFACE. PERDRE NOIR. ATTIRER EER. ZE MOURIR.

Des eer. Son premier Ze lui avait parlé de ces prédateurs. Il en avait vu un, quatre fois plus gros que son hôte, avec une gueule démesurée aux dents acérées, des yeux minuscules et des écailles tranchantes comme des rasoirs. D'après ce Ze, ils étaient féroces et dévoraient tout sur leur passage.

Emaque ne trouva rien à répondre. Ces peurs étaient fondées.

Cherches-en un autre ! insista Kapad, sur un ton autoritaire.

Et Imatar ?

Tu n'as pas à t'en soucier.

Emaque comprit qu'il y avait urgence sans pouvoir analyser ce qu'il éprouvait. Il avait toujours su ériger des barrières entre ses hôtes, sa conscience et son moi. Mais dès l'instant où le navigateur refusait de fournir des informations sur son collègue, il en déduisait qu'il n'était pas mieux loti que lui.

Le Ze n'avait pu entendre Kapad et ignorait qu'agir au plus tôt s'imposait.

PARTEZ MAINTENANT. PARTEZ.

Emaque projeta ses pensées. *Attendez. Si je vous laisse, notre navire restera dans ces eaux. Sans votre assistance, nous nous y attarderons et subirons une attaque. Il est probable que nos cadavres attireront des eer, si vous nous privez de votre aide.*

AVANT PAS EER. EUX NOMBREUX, MAINTENANT. PARTEZ.

C'est faux. Ils étaient déjà présents à notre arrivée. Votre peuple les connaissait. Ils avaient simplement moins d'occasions de sombrer dans une folie meurtrière. Que vous m'accordiez ou non votre soutien, ils dévasteront ce secteur et vous serez plus en sécurité en haute mer. Servez-moi de guide. Fuyez cette menace en vous rendant utile.

Désorienté, le Ze tournait en rond. Il s'arrêta pour grignoter une herbe puis vira finalement vers le large.

VITE, ALORS. AVANT EER.

Il partit en donnant des coups de queue frénétiques et en mettant tout son corps à contribution. Il restait sur le fond et contournait les rochers comme s'il cherchait de la nourriture. Emaque ne comprit pas immédiatement qu'il voulait avoir des cachettes à sa disposition.

Comment sont les courants, en surface ? S'il les guidait vers la haute mer, ce Ze leur fournissait peu d'informations.

FORTS. Il n'était guère prolixe, et si les autres marins n'avaient pas fait des rapports identiques au sien,

Emaque eût pensé que sa première expérience avait été une exception.

Ce Ze était terrifié. Le carnage avait dû être épouvantable, dans ces eaux.

Quand atteindrons-nous les Sentinelles de pierre ?

FAIRE CERCLES. GRAND DANGER. MÊME ZE MOURIR DANS TOURBILLONS.

Magnifique ! commenta Kapad. *Ces courants sont si violents que même les poissons ne peuvent y résister.*

Emaque n'en fit pas cas. *Existe-t-il une route moins périlleuse pour contourner les Sentinelles ?*

PARFOIS. PENDANT FRAI.

Quand les Ze fraient-ils ? s'enquit Kapad.

Comment pourrais-je le savoir ? rétorqua Emaque. Il regarda par les yeux de son hôte et vit que d'autres Ze les flanquaient telle une escorte. Il savait si peu de choses sur eux ! Étaient-ils télépathes à leur manière ? Chercher un chemin l'accaparait trop pour qu'il approfondisse ces questions. Ces lacunes le mettaient mal à l'aise. Il avait envahi l'esprit d'un être dont il ignorait tout.

Les rochers s'assombrissaient. Des poissons de plus petite taille se faufilaient entre eux. Les herbes qui ondulaient dans les courants semblaient leur indiquer la direction à suivre. Emaque eût aimé que le Ze lorgne vers le haut, ce qui lui eût permis de déterminer s'ils avaient la coque de l'*Uehe* à leur aplomb. Le fond s'abaissait et les flots s'animaient en une cascade sous-marine. Il ne pouvait voir les Sentinelles de pierre mais estimait que son hôte avait dû les conduire jusqu'à l'embouchure du fleuve.

Des navires, avertit Kapad. Et Emaque décela de la peur dans sa voix mentale.

Nous devons franchir ce passage le plus rapidement

possible. Il y aura des combats à la surface, peut-être du noir et des corps.

CACHER. PARTEZ. PAS INVITÉ. CACHER.

Le Ze obliqua vers les rochers. Emaque regretta de n'avoir à sa disposition que sa force de persuasion. *Non ! Ils vous trouveront. Conduisez-nous au-delà des Sentinelles de pierre tant qu'il en est encore temps.*

CACHER, répéta le Ze.

Non ! Nous mourrons tous !

Ce qui incita le Ze à interrompre sa course. Emaque craignait qu'il ne se remette à tourner sur place, lorsqu'il grimpa vers la surface. Au-dessus d'eux, légèrement en retrait, se dessinait la coque de l'*Uehe*. Des obstacles arrêtaient la lumière du soleil et les yeux du Ze n'étaient pas assez perçants pour qu'il fût possible de déterminer de quoi il s'agissait.

Le fleuve se mêlait à la mer d'Infrin et ils traversaient des courants glaciaux qui emportaient le Ze. Il s'élevait pour s'y soustraire et l'*Uehe* le suivait. Fallait-il en déduire qu'Imatar n'avait pas trouvé d'hôte ou que ce dernier était encore moins sociable que le sien ?

Ces tourbillons remontent-ils jusqu'à la surface ?

CERTAINS. VITE. PLUS VITE. SEUL SALUT.

Il lui fallut un moment pour comprendre qu'ils devaient se déplacer plus rapidement. Il espérait que l'*Uehe* filait au mieux de ses capacités.

Les formes dressées dans les ténèbres semblaient plus proches. En contrebas, un eer batifolait dans les remous. Le Ze redoubla de vigueur pendant que ses compagnons s'essaimaient tels des leurres. Jouissait-il d'un statut particulier ? Étaient-ils tous conscients de la gravité de la situation ? Il n'avait jamais vu des poissons se comporter de la sorte et il se promit d'étudier les êtres avec lesquels il établissait des contacts... S'il réussissait à survivre.

La vase brouillait les flots. S'y mêlaient des fragments d'algues, des excréments de créatures marines et des déchets provenant de la surface : feuilles, herbes et insectes morts. Ils n'étaient guère éloignés de l'air libre et il voyait plus distinctement les taches obscures.

Des coques. De petites embarcations, pas des navires des Fey.

Des insulaires.

Ils vous cernent ! lança-t-il à Kapad.

Continue. Ne t'inquiète pas pour nous.

Ce sont des bateaux de pêche, précisa-t-il. Ils risquaient de considérer le danger proportionnel à leur taille.

Les Sentinelles de pierre sont droit devant.

Il ne pouvait les voir. Les flots brassaient toujours les débris et le Ze baissait les yeux, sans doute pour surveiller l'eer.

Il passa à l'aplomb de divers tourbillons qui l'entraînèrent. Sa progression devint saccadée.

Allons-nous franchir les Sentinelles au ras de la surface ? demanda Emaque.

EN BAS, ROCHERS TRANCHANTS. DANGER. MOINS GRAND EN HAUT.

Il savait désormais pourquoi ces poissons étaient d'excellents guides. Ils craignaient eux aussi que les courants ne les jettent contre les récifs.

Par les Puissances ! La pensée de Kapad avait été sèche et rapide.

Que s'est-il produit ? voulut savoir Emaque. Mais il n'obtint pas de réponse. *Kapad ! Kapad !*

Finalement, très faiblement : *Continue. Nous y sommes presque...*

Puis plus rien. Le navigateur était toujours en vie,

car sa mort eût entraîné la sienne tant qu'un lien les unissait. Kapad avait simplement été privé de ses facultés de communication. Filtrer ce que percevaient ses deux marins accaparait son attention.

Les Sentinelles les surplombaient, escarpées et menaçantes. Ces blocs de pierre aux arêtes déchiquetées étaient percés de grottes et d'autres évidements. À leur arrivée, un Ze avait emprunté un de ces tunnels et le marin avait dû rompre aussitôt le contact et se trouver un nouvel hôte pour éviter un désastre.

Des herbes tapissaient la surface poreuse de la roche. Certains brins étaient aussi longs et fins que des cheveux, mais le Ze était si effrayé qu'il ne leur accorda qu'un regard.

NOIR ! cria-t-il. NOIR !

Emaque crut qu'il se référait à l'ombre des Sentinelles, avant de remarquer que les flots eux-mêmes s'assombrissaient... comme si la pluie qui tombait du ciel s'était changée en sang.

Il résista au désir de se retirer, de regagner son corps. Non. Ils avaient atteint leur but. Ils avaient presque laissé derrière eux ces lieux maudits. Presque.

Le Ze filait encore plus rapidement vers les rochers, si près de la surface que sa nageoire dorsale se retrouvait à l'air libre. Un milieu aussi pesant et inhospitalier que l'était la mer quand Emaque regagnait son corps. Le poisson se dirigeait vers une brèche séparant les Sentinelles. Emaque la reconnut. Le Ze qu'il avait occupé à l'aller lui avait adressé des mises en garde concernant cette passe.

EER ! EER !

Emaque ne voyait pas le prédateur mais savait que le sang avait dû l'attirer.

Non, cria-t-il. *Ce chenal n'est pas assez large. Le*

navire va s'écraser sur les rochers. Il existe un autre chemin !

PAS LE TEMPS ! EER !

Je n'en vois aucun. Je vous en conjure, prenez une autre route !

TROP ÉLOIGNÉE. FUIR EER.

Par pitié...

NON ! Le Ze se rua entre les Sentinelles. Emaque insista un instant avant d'admettre que ses efforts étaient vains. Il serait bientôt trop éloigné de son enveloppe charnelle pour pouvoir la regagner.

Fie-toi à Imatar, dit-il à Kapad en se retirant.

La perte brutale du sens de la vision l'ébranla. Il scruta les alentours, n'y discerna aucune étincelle de vie et se souvint qu'il devait émerger.

Son esprit réintégra son corps en un éclair. Son flanc gauche était ankylosé jusqu'au bras et des élancements aigus suivaient son dos. Il était trempé et ses cheveux adhéraient à son visage, ses vêtements à sa peau. Mais le navire s'était immobilisé et il n'était plus cinglé par les embruns.

Il rouvrit les yeux. En contrebas, de nombreux cadavres flottaient dans une mer rougie par le sang. Il se leva lentement et grimaça de douleurs. Il constata qu'il était seul.

La fille l'avait abandonné. Il ne la voyait pas sur le pont rendu glissant par la pluie et les fluides corporels. Il ferma à demi les paupières pour scruter l'horizon. De frêles esquifs regagnaient l'Île Bleue et les courants drossaient l'*Uehe* vers les Sentinelles de pierre.

Kapad ! Demi-tour !

Que crois-tu que je fasse ? La voix était à peine audible. Bien trop faible, compte tenu de leur proximité.

Le sang recommençait à circuler dans la moitié gauche de son être. Les synapses revenaient à la vie et transmettaient une souffrance intense. Il tendit la main derrière lui, vers le point douloureux, et toucha des lambeaux de tissu déchiré et de longues griffures... si profondes que l'épiderme était déchiqueté sur leur pourtour. La fille l'avait retenu de toutes ses forces, avant que quelque chose ne lui fasse brutalement lâcher prise. Il s'intéressa aux corps que ballottaient les flots et l'identifia à sa carrure et ses effets. Elle n'avait pas manqué à son devoir. Elle s'était sacrifiée... pour le sauver.

Alors qu'il ne lui avait même pas demandé son nom.

Le navire changea enfin de cap et les membrures gémirent. Kapad s'était abstenu de préciser ses intentions, ce qui n'était pas dans ses habitudes. Emaque redressa les épaules. Ce n'était pas le moment d'être sentimental. Il s'intéressa au pont qui était perforé de toutes parts, comme s'il avait subi un pilonnage des canons que les L'Nacin avaient utilisés contre eux puis vendus en secret aux Nyeiens. Il se demandait si l'*Uehe* était encore en état de naviguer. C'était le genre de choses dont devaient s'assurer les membres de l'équipage, mais il ignorait combien avaient survécu. S'il en restait un seul.

Imatar n'était plus à son poste. Peut-être avait-il lui aussi regagné son corps. À moins que son surveillant ne l'eût tiré vers un abri... une opération dangereuse et délicate que les combats rendaient parfois indispensable.

La pluie s'était changée en bruine. Les Maîtres des éléments ne leur avaient offert sa protection que jusqu'aux Sentinelles de pierre. Ils viraient toujours de bord et Emaque découvrait d'autres cadavres et les fragments d'un bateau détruit.

Emaque ! L'essence de Kapad paraissait encore plus ténue. *J'ai besoin d'aide...*

Il traversa rapidement le pont en contournant trous et débris. Un corps déformé et fondu était recroquevillé sous un siège. Il frissonna. Les insulaires avaient utilisé leur poison. Il n'était plus impatient de découvrir quel avait été le sort de Kapad.

Il agrippa malgré tout la main courante et gravit l'escalier du poste de pilotage. Les marches étaient glissantes, ce qui était anormal. Il dut se retenir pour ne pas choir et regarda les Sentinelles sitôt arrivé au sommet. Les rochers se dressaient désormais en poupe et il remercia en pensée les Puissances. Les faire passer entre ces obstacles eût dépassé ses compétences.

Puis il s'intéressa aux vestiges de la timonerie. Tous les panneaux de verre avaient volé en éclats et la plupart des matelots avaient connu une fin atroce. Ici, la puanteur de la potion et de la chair liquéfiée couvrait celle du sang.

Kapad n'avait pas été aspergé de poison mais restait recroquevillé au pied du gouvernail. Emaque alla vers lui.

« Imatar est mort », murmura le navigateur. Des mots qui se répercutèrent avec un étrange effet d'écho.

Un frisson parcourut la colonne vertébrale d'Emaque. Il devait rompre le lien qui les unissait, et sans tarder.

« Sauver le navire est plus urgent, fit Kapad. Tout l'équipage n'a pas péri. Je compte sur toi pour nous ramener dans les Terres d'ombre. Peux-tu prendre la barre ?

— S'il le faut. Et avec ton aide.

— Je doute de pouvoir t'être utile. »

Si tu meurs, je mourrai, pensa Emaque.

Je ne mourrai pas, affirma Kapad, comme si la décision lui revenait. Garder les yeux ouverts était au-dessus de ses forces et il tendit vers Emaque une main tremblante.

Où est Imatar ?

Des flèches empoisonnées l'ont emporté à l'instant où nous avons vu ces navires. On m'a rapporté que la fille a reçu celles qui t'étaient destinées. Les insulaires commencent à connaître nos usages. Kapad cilla. *Nous devons trancher le lien.*

Emaque hocha la tête. Il prit les petits ciseaux d'or dans la poche de poitrine du navigateur et fit claquer leurs lames devant son nez puis le sien. Nul ne savait comment opérait cette magie, seulement que ce geste symbolique coupait ce qui reliait leurs esprits.

Kapad leva les yeux sur lui. « Nous ne réussirons jamais à quitter cette île maudite », conclut-il juste avant de rendre son dernier soupir.

TRENTE-SIX

La pluie avait cessé mais l'air était saturé d'humidité. Le Rocaan se dressait au bord de l'excavation, les mains crispées sur sa petite épée filigranée et sa bourse d'herbes funéraires. Bien que bénir les défunts fût du ressort des Danites, il avait décidé de se charger de ces inhumations collectives anonymes.

La fosse avait été creusée sur une colline surplombant le Cardidas, hors de l'enceinte de Jahn. Les autres tombes avaient été comblées et quelqu'un avait planté une pancarte pour éloigner les curieux. Les fossoyeurs qui attendaient près du grand tas de terre lui tournaient le dos. Rendus impurs par l'exercice de leur profession, ils ne pouvaient assister aux cérémonies religieuses.

Porciluna et André restaient à distance respectueuse. Comme tous les Anciens, ils estimaient qu'il n'aurait pas dû se trouver là. Ils le jugeaient trop âgé et vulnérable pour affronter le vent.

L'odeur purificatrice de la chaux se mêlait aux relents de putréfaction qui s'élevaient de la fosse commune. Le Rocaan regarda les cadavres allongés en contrebas, emmaillotés dans une longueur de toile de lin bon marché nouée à chaque extrémité. Il espérait que le Très Saint avait guidé ces malheureux vers Dieu. Nul ne méritait de finir ainsi, simple amas de chair parmi tant d'autres dont seule une fine couche de terre le séparait.

Cette vingtaine de défunts – pour la plupart des hommes – étaient morts en défendant un hameau de six masures au sud de Jahn. Apparemment désireux de s'emparer des maigres réserves de ces familles, les Fey étaient arrivés l'arme au poing. Les villageois avaient utilisé tout leur stock d'eau bénite pour repousser une précédente attaque.

Les assaillants avaient disparu sitôt après les avoir massacrés, comme lors des centaines d'autres raids qu'ils avaient lancés en amont et en aval du Cardidas. Seuls dix enfants et quatre femmes avaient survécu. Les centres d'accueil des orphelins étaient bondés. S'ils les avaient laissés dans leurs villages, ces malheureux seraient morts d'inanition, mais leur sort n'était guère plus enviable dans les dortoirs aménagés à leur intention.

Le Rocaan portait la responsabilité de tous ces maux. Il n'aurait jamais dû écouter Matthias, le jour maudit de l'invasion. Il avait suivi ses conseils tout en sachant qu'il fondait ses décisions sur son érudition et son esprit, sans prêter attention à sa petite voix intérieure. S'il s'en était tenu à son idée et s'était offert en sacrifice, ces pauvres gens auraient peut-être survécu.

C'était pour ces miséreux qu'il s'inquiétait. Il ne bénissait pas ceux qui auraient pu le rétribuer. Il laissait cela aux Danites. Mais ces hommes et ces femmes que pleuraient encore leurs familles et qui s'étaient battus pour défendre leur foyer n'avaient pas les moyens d'acquérir un lieu de repos éternel individuel. Ils avaient donné leur vie et on les entassait les uns sur les autres dans l'anonymat d'un grand trou creusé dans un lopin de terre sans valeur.

Il ne pouvait solliciter leur pardon. L'absolution n'était accordée que par Dieu et trouvée au fond de soi-même. Mais, en tant que Rocaan, il faisait le nécessaire pour que le Très Saint remarque et récompense ces pauvres hères.

Porciluna l'observait, préoccupé, les mains réunies derrière sa robe noire. André avait fourré les siennes dans ses poches et gardait la tête basse. De tous les Anciens, il n'y avait que lui qui comprenait le sentiment de culpabilité du Rocaan et le raisonnement qui l'incitait à agir de la sorte. Le jour de l'invasion, André avait sauvé les enfants venus suivre leurs leçons de catéchisme au Tabernacle sans tuer un seul Fey. Il s'était contenté de les menacer avec de l'eau bénite et d'en asperger le sol devant lui. Les guerriers qui avaient déjà pu constater ses effets avaient opté pour la fuite.

Le Rocaan tendit son épée au-dessus de la fosse. « Très Saint », dit-il. Et il laissa sa voix se répercuter comme s'il célébrait le Sacrement de Minuit. « Je sais que je ne suis pas digne d'être votre serviteur, mais je vous implore de faire abstraction du messager pour ne prêter attention qu'au message. »

Il constata du coin de l'œil que Porciluna ne tenait plus en place. Il ne prononçait pas les formules consacrées mais ce qu'il avait à exprimer.

« Ces défunts se sont sacrifiés parce que c'était nécessaire. Ils n'ont rien obtenu en retour et leurs proches sont encore plus démunis. Je vous en conjure, Très Saint. Venez les chercher pour les conduire auprès de Dieu. Purifiez-les par Votre présence et récompensez-les pour leur amour. »

Il en revint aux termes liturgiques. « Bénissez les

Morts Honorés. Chérissez-les dans l'au-delà comme nous chérissons leur souvenir sur cette terre. »

Il s'inclina pour planter son épée filigranée dans le sol, et sa main racla la chaux. Puis il préleva dans sa bourse des herbes dont il saupoudra les corps.

« Le Roca a honoré Dieu, et vous aussi. Le Très Saint a parlé à Dieu, et vous aussi. Dieu nous a tous aimés, et vous aussi. Vous contribuez au cycle de la vie afin que cette dernière puisse se perpétuer. C'est en vous donnant la Bénédiction suprême du Roca que je vous laisse, afin que le Très Saint puisse Absorber vos âmes. »

Puis il leva ses doigts parfumés à son front, murmura une bénédiction personnelle et recula. La terre qui comblait les autres fosses était meuble mais il était contraint de la fouler aux pieds. Les morts étaient innombrables, depuis l'arrivée des Fey. S'il y avait eu une véritable hécatombe le jour de l'invasion, il se produisait constamment des escarmouches tant à Jahn que dans les environs. Dans l'incapacité d'effectuer de longs déplacements, il laissait aux Danites le soin d'apporter du réconfort aux communautés rurales. Il n'aurait pu faire plus.

Il retourna vers les Anciens et s'arrêta pour jeter un dernier coup d'œil à la tombe collective. Les fossoyeurs pelletaient déjà la terre pour recouvrir les cadavres, sans pour autant remplir la cavité. Elle servirait lors du prochain arrivage. Certaines de ces fosses communes contenaient huit couches de corps superposés.

« Vous vous surmenez », lui reprocha Porciluna d'une voix rendue rauque par ses excès de bonne chère et de bon vin. Depuis qu'il était un Ancien, il avait doublé de volume. « Vous ne devez plus venir ici. Les Danites béniront les morts à votre place. »

Le Rocaan secoua la tête. « Ces gens expient mes péchés. Les Danites ne peuvent me remplacer.

— Quels péchés ? Vous n'avez pas demandé aux Fey de nous attaquer, que je sache ?

— N'insistez pas », intervint André. Il prit le Rocaan par le bras pour l'aider à progresser sur le sol marécageux. L'air avait une senteur de terre et l'odeur caractéristique du Cardidas. « Le Saint Père connaît mieux l'Esprit de Dieu que n'importe lequel d'entre nous. S'il estime que ses actes ont attiré sur nous ce fléau, je ne le contesterai pas et chercherai avec lui un moyen de nous en débarrasser.

— Diriez-vous que le Saint Père est un pécheur ? C'est un blasphème pour les Oreilles de Dieu. » Porciluna ponctuait ses paroles de halètements. Il s'essoufflait en essayant de ne pas se laisser distancer.

« Ce qui est un blasphème, c'est de se quereller sur les terres des morts, fit le Rocaan. En outre, André s'est contenté de dire qu'il me croit, contrairement à ses pairs.

— Merci, Saint Père », fit André. Il l'aida à descendre les marches conduisant à la route. Leur véhicule les attendait, une grosse voiture noire décorée sur trois côtés de petites épées. Le cocher ramassa les rênes sitôt qu'il les vit. L'attelage, deux chevaux moreaux identiques, piaffaient sur la terre battue creusée d'ornières comme s'ils étaient impatients de s'éloigner.

Porciluna ouvrit la portière. Le Rocaan se hissa à l'intérieur et s'assit derrière le conducteur en allongeant ses jambes devant lui. Il s'effondra presque, tant il était las. Les Anciens s'installèrent en face de lui.

« Saint Père ! s'exclama Porciluna. Vous avez oublié votre épée à côté de la fosse.

— C'est là qu'est sa place. » Afin qu'elle désigne

le site de l'Absorption, les preuves d'un crime, sa culpabilité.

« Il faut envoyer le cocher la chercher. Les fossoyeurs vont la prendre. »

Le Rocaan se pencha vers lui. « Porciluna, vous manquez de confiance en l'humanité.

— Je n'en ai que trop.

— Nous devons voir ce qu'il y a de meilleur chez les hommes et non le pire. »

Les joues de Porciluna rosirent. « Depuis un an, j'ai vu le pire qu'on puisse trouver en ce bas monde.

— Et le meilleur, rétorqua le Rocaan. Chaque atrocité inqualifiable est compensée par un acte d'abnégation admirable. Vous devez avoir la foi. Non seulement dans le Roca mais en l'Île Bleue elle-même.

— C'est difficile, Saint Père. Notre contrée n'est plus telle que je l'ai connue.

— Ce qui s'applique à chacun de nous. Cependant, les épreuves devraient nous rapprocher au lieu de nous diviser. Maintenir l'unité est le devoir de l'Église. »

Il tressaillit en prononçant ces mots. Il avait fait de l'eau bénite une arme, un outil de destruction, et les avait privés de toute opportunité de jouer un rôle positif dans cette crise.

Même les Anciens avaient oublié les principes du rocaanisme. Le moment était venu d'y mettre bon ordre.

TRENTE-SEPT

Assis sur le billot de réunion, au centre des Terres d'ombre, Rugar entendait donner des coups de marteau de toutes parts. Il leur avait fallu trois semaines pour trouver l'emplacement d'un habitat plus vaste et il en avait consacré une supplémentaire à le façonner avant d'autoriser quiconque à s'y installer. La Bataille de Jahn l'avait épuisé – une lassitude plus morale que physique – et les escarmouches qui lui avaient succédé ne lui avaient pas permis de reconstituer ses forces.

Au moins ces Terres d'ombre convenaient-elles à une base militaire. Il ne perdait plus la majeure partie de son temps à raccommoder leur enveloppe ou s'assurer que les navires étaient toujours à l'amarre. Il avait laissé la flotte mouiller dans celles du port de Jahn et leur nouveau refuge se situait hors de la cité, près d'un hameau abandonné dans une forêt inhabitée. Cet isolement posait des problèmes d'approvisionnement mais les protégeait de la curiosité des insulaires.

On aurait pu comparer les Terres d'ombre à une grande boîte vide. Bien que solides et palpables, ses parois étaient invisibles et perméables à l'air. Celles créées par des Visionnaires médiocres ou des chefs inexpérimentés ne possédaient pas cette caractéristique et leurs habitants finissaient par y suffoquer. Au cours de précédentes campagnes, des soldats étaient morts parce que des commandants incompétents leur avaient fourni un refuge laissant à désirer.

Celui-ci ne ressemblait à aucun autre. Pendant certaines guerres il avait effectué des séjours d'une ou deux semaines dans des Terres d'ombre. Les unes, réservées aux officiers supérieurs, évoquaient de simples tentes. D'autres accueillaient les bivouacs des hommes de troupe. Il n'y avait que sur l'Île Bleue que leurs occupants avaient construit des maisons.

Se procurer du bois posait des problèmes. Il envoyait des équipes abattre des arbres et les ramener dans leur refuge où des Ménagers se chargeaient de les façonner. Il n'y avait pas assez de logements pour tous et ils étaient nombreux à s'entasser dans des cabanes exiguës. Les emplacements où les ériger ne manquaient pas mais obtenir la matière première était difficile.

Se réapprovisionner également. L'eau lui donnait des cauchemars. Il rêvait que les insulaires versaient du poison dans leurs réserves et les condamnaient à mourir de soif. Des Ménagers se disaient capables de rendre les eaux usées potables et l'avaient convaincu d'en faire provision, mais il n'ordonnerait de l'utiliser qu'en cas de pénurie. Pour l'instant, il envoyait chaque jour jusqu'au Cardidas des brigades chargées d'y prélever de quoi subvenir à leurs besoins.

Gemme supervisait les distributions quotidiennes. Il était fou de joie de l'avoir près de lui et profondément reconnaissant envers Silence qui l'avait sauvée. Elle était arrivée d'une démarche titubante tard dans la soirée de la Première Bataille de Jahn, vêtue d'une robe d'autochtone ensanglantée et les poignets meurtris. Le récit de sa détention l'avait atterré et il lui avait interdit de s'aventurer hors des Terres d'ombre.

Il était impatient qu'elle le rejoigne. Il n'avait toujours pas reçu de nouvelles de l'*Uehe*, ce qui alimentait à la fois ses craintes et ses espoirs. Les éclaireurs envoyés se poster à l'embouchure du Cardidas n'étaient pas encore revenus, alors qu'ils savaient qu'il voulait être immédiatement tenu informé des événements. Les probabilités pour que le navire eût réussi à franchir le chenal étaient proportionnelles à la durée de l'attente.

Il espérait que cette tentative avait été couronnée de succès. Il priait pour que ce fût le cas. Il utilisait ses pouvoirs, tout limités qu'ils étaient, pour tenter d'influencer l'avenir. Si aucune embarcation ne quittait l'Île Bleue, ils y resteraient à jamais.

Les martèlements lui donnaient la migraine. Il les endurait depuis leur arrivée en ce lieu. Les travaux de construction d'immeubles et de maisons individuelles ne s'interrompaient pas. Ils devaient se préparer à tenir un long siège et il fallait pour cela que ses troupes soient installées confortablement. Il eût aimé libérer ses hommes de tout souci, mais il n'en avait pas la possibilité. Même se nourrir était une cause d'inquiétude.

Rien ne poussait, ici. L'absence de matérialité de ce milieu ne permettait pas d'y pratiquer des cultures. Des Ménagers avaient confectionné de grandes caisses qu'ils avaient remplies avec du terreau prélevé alentour. Sans récolter quoi que ce soit, pour l'instant. Gemme avait suggéré d'aménager des potagers à proximité des masures abandonnées... et si les autres méthodes ne donnaient aucun résultat il étudierait sérieusement sa proposition. Il se contentait en attendant d'envoyer des commandos voler du bétail et à l'occasion subtiliser des légumes aux insulaires sans méfiance.

Ils vivaient d'expédients. Il avait travaillé trop durement et s'était fait trop de souci tout au long de son existence. Toutes les campagnes avaient été éprouvantes, mais aucune autant que celle-ci. Il devait s'occuper de tout, du logement des troupes à leur approvisionnement en nourriture et en vêtements.

Il entendit rire et se tourna. Gemme se faufilait entre les piles de bois que les Ménagers préparaient pour la maison devant être construite derrière le billot de réunion. Il ne s'accoutumait pas à l'absence de couleurs des Terres d'ombre. Leur étrange opacité donnait à sa fille un teint maladif. Sa peau sombre était marbrée, ses cheveux incolores. Elle le salua de la main dès qu'elle le vit. Il fit de même.

Elle était en compagnie de Fardeau, qui rit encore. Il lui toucha le bras... un geste désinvolte qui se changea en caresse. Rugar se redressa. Ce jeune homme s'oubliait. C'était fréquent, depuis la nuit de la Première Bataille de Jahn. Il semblait s'estimer moralement supérieur à son commandant, comme si son comportement face à l'ennemi lui avait octroyé des droits sur sa fille. Qu'elle le laissât se livrer à ces privautés était le plus ennuyeux. On devait à l'oisiveté la conception d'un trop grand nombre d'enfants. Il n'avait aucun désir qu'elle se retrouve avec de telles obligations pendant leur séjour en ce lieu.

Elle s'écarta de Fardeau et courut vers son père. Ses cheveux volaient au vent et il la trouva si belle qu'il ne put s'empêcher de sourire. Même dans cette grisaille la joie de sa fille lui réchauffait le cœur.

Elle s'assit près de lui. « L'eau est rationnée, annonça-t-elle. Ma tâche est de plus en plus facile. Ils ont renoncé à tricher sur la taille de leurs récipients et ne se chamaillent plus. Nous pourrons bientôt les laisser s'approvisionner sans surveillance. »

Il secoua la tête. « Certains en prendront toujours plus que les autres.

— Nos réserves sont amplement suffisantes. D'après Gia, il nous faudra sous peu une citerne supplémentaire.

— J'en suis content. C'est encore trop peu, pour l'instant. »

Elle se pencha en arrière et appuya ses paumes sur le billot de réunion pour contempler l'opacité de ce qui eût été un ciel en tout autre lieu. « Crois-tu que nos éclaireurs sont morts ?

— Je l'ignore. Je m'interdis de faire des suppositions.

— La dernière fois, ils sont rentrés après les survivants.

— Parce que les insulaires avaient lancé leur attaque du rivage. S'ils avaient été en mer, les observateurs seraient arrivés les premiers.

— Je me demande souvent pourquoi nul n'est venu nous chercher, fit-elle sans le regarder. Grand-père aurait dû nous envoyer des renforts. Il n'a jamais laissé plus d'un ou deux mois une armée livrée à elle-même. Peut-être a-t-il des ennuis de santé ?

— Il va bien. »

Elle se redressa. « Aurais-tu reçu de ses nouvelles ?

— Non. Mais je sais qu'il n'interviendra pas. »

Des mots qui furent à l'origine d'un long silence. Elle lissa sa chevelure puis entortilla une mèche autour de son index. « C'est pour cela que vous vous disputiez, quand je suis allée t'attendre à Nye. Il t'avait annoncé qu'il ne t'accorderait pas son soutien. »

Rugar se plongea dans la contemplation de ses mains. Il pensait à cette conversation chaque jour, à chaque instant. Enfant, il avait été convaincu qu'il ferait des choix judicieux lorsqu'il serait adulte. Il croyait son père trop éloigné de son peuple pour pouvoir prévoir l'avenir. Il avait oublié que le Roi noir était un grand Visionnaire et que toutes les années qu'il avait consacrées à peaufiner ses dons rendaient sa magie plus efficace que la sienne. Qu'avait-il pu Voir ? Et pourquoi n'avait-il rien dit ?

« J'ai raison, n'est-ce pas ? Il ne voulait pas que nous venions ici. »

Il ravala sa salive. Garder cela pour lui était au-dessus de ses forces. « Il m'a déclaré que notre peuple était las de se battre, qu'il avait besoin de se reposer et de jouir des fruits de ses triomphes. Il a ajouté que nos soldats s'étaient battus comme moi toute leur vie et qu'il était grand temps de les récompenser. Il a conclu qu'à force de guerroyer les Fey arriveraient dans un pays où ils subiraient une défaite... pour la première fois aussi loin que remontent nos souvenirs. »

Elle cala ses genoux contre sa poitrine.

« Il avait raison.

— Les faits l'ont confirmé. Mais qui aurait pu s'en douter, à l'époque ?

— Pourquoi t'a-t-il laissé partir, en ce cas ? »

Il y avait longuement réfléchi.

« Par sagesse, afin de pouvoir gouverner son Empire avec l'esprit serein. S'il s'est emporté, c'est uniquement parce que je voulais t'emmener.

— Je désirais participer à cette expédition, moi aussi. »

Il hocha la tête. « Et je t'ai Vue en ce lieu, Gemme. Je puis t'affirmer que tu traversais les salles du palais de Jahn comme si tu en étais la souveraine. Tu n'étais guère plus âgée qu'à présent et je me suis imaginé que nous avions gagné.

— Nous n'avons pas encore perdu. » Elle fit reposer

son menton sur ses genoux. « Je veux savoir pourquoi grand-père voyait en nous une source de soucis. »

Il regarda autour d'eux. Si les martèlements se poursuivaient, Fardeau était reparti et nul ne pourrait l'entendre. « Quand j'ai finalement compris ses intentions, j'ai trouvé sa décision pleine de bon sens. » Il soupira. « Tu l'ignores peut-être mais au cours de mon enfance nous avons vécu en paix pendant une année complète. Nous avions signé un armistice avec les L'Nacin et nous aurions interrompu notre progression vers l'ouest si bon nombre de nos soldats ne s'étaient montrés incapables de s'adapter à la vie civile. Même monter la garde les exaspérait... Il leur fallait de l'action. Ils ont formé des bandes de hors-la-loi, des maraudeurs qui ont pillé L'Nacin, violé et assassiné pour un butin parfois insignifiant. Certains individus ne peuvent se passer des sensations fortes que procure la guerre. Ton grand-père s'en est souvenu et m'a ordonné de ne recruter que des volontaires. Il voulait que je le débarrasse des trublions qui risquaient de saper son autorité.

— Cela ne s'applique pas à tous tes soldats.

— C'est exact. Certains m'ont suivi parce que je suis leur commandant et qu'ils sont plus loyaux envers moi qu'envers mon père. D'autres l'ont fait parce qu'ils estiment que notre Empire doit s'étendre au-delà de Galinas. D'autres encore ont été motivés par leur désir d'en découdre. »

Elle enfouit son menton entre ses genoux, toujours sans soutenir son regard. Cela l'ennuyait. Il eût souhaité provoquer une autre réaction que cette morosité.

« Je refuse de croire qu'il a abandonné son fils aux caprices du destin. »

Rugar soupira. Elle était jeune et n'avait pas encore été confrontée à des choix difficiles. Elle finirait par comprendre qu'un monarque n'était pas toujours libre d'écouter son cœur. « Il a tenté de me convaincre de renoncer à mes projets. Nous en avons discuté un mois durant, et tu ne te souviens que du jour où il a finalement cédé. »

Lui également. Lorsque le Roi noir lui avait dit : *Vois si tu peux constituer une armée de volontaires*, son expression indiquait que c'était un adieu. Il n'était pas venu assister au départ des troupes, comme à son habitude. En fait, il s'était absenté de la province la veille.

« De là à t'abandonner...

— Je suis un adulte, Gemme. Je prends mes décisions pour le meilleur et pour le pire. » Il sourit. Il se demandait s'il aurait eu autant de force de caractère que son père.

« Tu es l'héritier du trône.

— Il n'a que vingt ans de plus que moi. S'il vit aussi longtemps que la plupart de ses prédécesseurs, il mourra à un âge avancé. Mon règne sera bref et me perdre n'est pas un bien grand crime. C'est te perdre, qui l'est. Qu'il t'ait permis de m'accompagner démontre qu'il voulait désespérément croire en moi. C'est toi qui dois lui succéder, pas moi. »

Elle baissa la tête. Seuls ses yeux et son nez étaient encore visibles. Il tendit la main vers son dos, hésita, se ravisa.

Les martèlements se poursuivaient, monotones. La magie des arts ménagers était limitée. Ceux qui façonnaient les blocs de bois ne pouvaient les assembler. Il fallait pour cela utiliser la bonne vieille méthode consistant à enfoncer des chevilles à coups de maillet.

« Que se passera-t-il, si je ne retourne pas à Nye ? » Ses genoux étouffaient ses propos.

La question ne le surprit pas. Il attendait qu'elle la

pose depuis qu'elle avait participé à sa première bataille. Ce qui l'étonnait, c'était qu'elle eût tant tardé à aborder le sujet.

« Pont deviendra le prochain Roi noir.

— Pont », murmura-t-elle. Ils savaient qu'elle représentait un meilleur choix. Elle avait démontré sa supériorité sur son cadet dans tous les domaines, du maniement de l'épée à la stratégie militaire. « Pourquoi ne me l'as-tu pas dit avant notre départ ?

— Parce que j'étais convaincu que nous serions victorieux. »

Elle ferma les yeux et dissimula son visage entre ses jambes. Cette fois, il laissa sa main descendre jusqu'à son dos et découvrit la raideur de son corps, ses muscles noués. Elle ne réagit pas. En la traitant comme une enfant il avait commis une trahison qui risquait de la priver d'un avenir qu'elle avait durement préparé.

Il n'en avait pas eu l'intention.

« Shima a eu une Vision de sa mort. D'autres sont allés t'annoncer que cette expédition se solderait par un échec. Ton propre père t'a dit de rester à Nye, mais tu es parti malgré tout. » Même en colère, elle s'exprimait d'une voix douce teintée d'incrédulité. « N'as-tu jamais remis ta décision en question ?

— Jamais. »

Elle redressa la tête. Ses yeux sombres brillaient. « Pourquoi ? »

Il se détourna, pour ne plus lire sur ses traits tant de préoccupation et d'affliction. « J'ai eu ma première Vision à l'âge de treize ans. J'ai Vu un étalon noir qui galopait dans un champ. Un animalier se dissimulait sur son dos, sous une couverture. Deux armées le flanquaient, des soldats qui le regardaient se diriger vers les Oudoun. Arrivé devant le chef ennemi, il s'est cabré pour le déchiqueter à coups de sabot. J'en ai touché deux mots à mon commandant, qui a éclaté de rire. Je suis alors allé voir mon père, et quand un animalier a sollicité une audience pour lui suggérer d'employer cette tactique il a immédiatement donné son aval. C'est grâce à cela que la Guerre d'Oudoun a pris fin. Le Roi noir a précisé que nul n'avait jamais eu une Vision aussi détaillée à mon âge. C'était la preuve que j'avais des pouvoirs étendus. J'en ai parlé au chaman et à d'autres Visionnaires. Ils m'ont fait créer des Terres d'ombre miniatures et ont disséqué mes Visions. Leur verdict a été unanime. J'avais des dons exceptionnels, qui semblaient se développer au fil des ans. Quand je t'ai Vue dans ce palais, je n'avais aucune raison de nourrir des doutes. Bien que brève, la scène était très réaliste.

— Tous disent qu'il faut comparer ses Visions à celles de ses pairs.

— C'est exact.

— Alors, pourquoi t'en es-tu abstenu ?

— Je l'ai fait. Pense à ceci, Gemme. Nous ne sommes pas immortels et certains d'entre nous meurent au combat. Que Shima ait Vu sa mort et d'autres une défaite ne signifiait pas que nous serions vaincus, seulement que notre victoire aurait un prix. Un prix que j'étais disposé à payer. Il va de soi que j'aurais renoncé à mes projets si j'avais su que toi, notre famille ou tant de soldats en feraient les frais. » Il la dévisagea sitôt après avoir prononcé ces paroles. Elle gardait la bouche entrouverte, les yeux écarquillés. Ils n'avaient pas eu une telle conversation depuis longtemps, très longtemps. Peut-être jamais. C'était la première fois qu'il s'adressait à elle en la considérant comme une adulte. À présent qu'une mer le séparait de son père et que ses conseillers refusaient de l'écouter, sa fille était son unique confidente.

« Qu'espérais-tu obtenir ? s'enquit-elle.

— Aurais-tu oublié ? » Il la fixa longuement et elle finit par regarder ailleurs.

« Non, je n'ai pas oublié. Mais nous ne sommes pas sur le chemin de Leut et si l'Île Bleue regorgeait de richesses elles se sont envolées.

— Oh, tu fais erreur ! J'avais raison au moins sur ce point. Les insulaires ont admirablement fait face à cette campagne à laquelle ils n'étaient pas préparés. Ils ne manquent pas de vivres et sont bien nourris.

— Pas tous. »

Il haussa les épaules. « Même les nations les plus opulentes ont leurs pauvres. Il faut considérer la situation dans son ensemble et le sort de quelques individus est secondaire. » Il regarda autour d'eux et prit conscience qu'ils pouvaient s'estimer heureux d'être bloqués sur cette île plutôt qu'ailleurs. Dans une autre contrée, ils seraient morts d'inanition. « Ces terres peuvent également nous alimenter sans conséquences catastrophiques, Gemme. Nous volons leurs légumes et leur bétail, et ils ne pâtissent pas de la faim pour autant. »

Elle se leva et cala ses mains sur ses reins, pour se redresser, et il remarqua quelques rides qui s'esquissaient sur son visage. « Nous ne recevrons donc aucune aide, même si un navire atteint la haute mer ?

— Si je le pensais, l'*Uehe* n'aurait pas levé l'ancre. Ton grand-père nous enverra des renforts dès qu'il saura que nous sommes vivants... en nombre important. Il faut en outre lui parler de cette maudite potion, afin qu'il charge les Gardiens de trouver un antidote. Ce n'est qu'ensuite qu'il pourra envoyer des troupes nous secourir et s'emparer de l'île. »

Elle hocha la tête et se rassit. « C'est pour cela que tu as fait appareiller ces navires. »

Il fronça les sourcils. « Quelles intentions m'as-tu prêtées ?

— Je croyais que tu voulais te battre. » C'était très simple, surtout dans la bouche de Gemme. « Nous sommes venus en conquérants. J'imaginais que tu organiserais une autre offensive, puis une autre et une autre encore.

— Nous avons perdu plus d'un tiers de nos forces. La Deuxième Bataille de Jahn a démontré que nous ne réussirons pas à les vaincre tant qu'ils utiliseront ce poison contre nous. Le sortilège protecteur des Gardiens est resté sans effet et ils n'ont réalisé aucun progrès depuis. Il ne sera possible de les attaquer qu'après avoir trouvé une parade. Nous devrons nous contenter de résister jusqu'au jour où nous résoudrons le problème et enverrons chercher des renforts. »

Elle se recroquevilla derrière la protection offerte par ses genoux. « Je ne supporte plus cet endroit. Même mes rêves sont gris. Je suis parfois tentée de m'aventurer à l'extérieur, simplement pour voir des couleurs.

— J'en suis conscient. » S'il avait su comment créer des Terres d'ombre plus riantes, il l'eût fait. Mais il ne connaissait qu'une seule méthode et il avait dû mettre ses compatriotes à l'ouvrage pour tenter de rendre leur abri plus confortable.

Ils restèrent assis sans rien ajouter pendant un long moment. Il était un peu gêné de s'être ouvert à elle, comme si cela aggravait son échec. Il avait été convaincu du bien-fondé de sa décision. C'était sa première erreur. En outre, l'Île Bleue les rapprochait de Leut. Même s'ils ne s'aventuraient pas au-delà, au moins disposeraient-ils de ses richesses. Et s'ils décidaient un jour de reprendre leur expansion, cette île serait leur base. Sans elle, le continent qui s'étendait au sud ne leur serait jamais accessible. Et à qui d'autre auraient-ils pu livrer bataille ?

Et qu'aurait-il pu faire ? Lui, le fils du Roi noir, le prince destiné à se battre et non à régner. Il avait engendré des enfants et leur avait enseigné l'art des combats en laissant à son père le soin de leur inculquer celui de la politique. Il ne serait jamais qu'un chef de guerre, un Visionnaire dont les Visions avaient conduit le peuple au désastre.

Des lumières papillotaient près du Cercle de la Porte. Il la regarda s'ouvrir sur la tache de verdure de la forêt et l'agréable senteur des pins. Un éclaireur la franchit en titubant, sa longue toison emmêlée et tressée de ronces, les vêtements déchirés et les bras striés d'égratignures. Gemme se leva pour aller à sa rencontre. Elle se pencha vers lui telle une guérisseuse capable de le soulager. D'autres Fey couraient vers eux : une authentique guérisseuse, une Ménagère et Fardeau. Tous se regroupèrent autour du nouveau venu pendant que Rugar attendait sur le billot de réunion.

« Apportez-lui de l'eau », ordonna Gemme.

Dello, la Ménagère, hocha la tête et partit vers la cabane la plus proche, d'un pas si rapide que ses cheveux longs jusqu'à la taille flottaient au vent. Neri, la guérisseuse, s'accroupit près de Gemme. La concentration plissait ses sourcils et creusait ses rides. Menue mais efficace, elle caressa la chevelure de l'homme épuisé tant pour la démêler que pour atténuer ses souffrances.

« Il s'en remettra, annonça-t-elle d'une voix douce.

— Que s'est-il passé ? » demanda Fardeau.

Rugar se crispa. Il était temps de prendre des mesures avec ce garçon. Ce jeune présomptueux savait pourtant que nul ne devait interroger un messager avant lui.

« Il doit faire son rapport à mon père », lui rappela Gemme.

Dello revint avec de l'eau. Elle redressa la tête de l'homme et l'aida à boire.

Rugar se leva. « Conduisez-le dans ma cabane. Tout de suite. »

Il attendit que Dello, Neri et Fardeau aident l'éclaireur à se lever. Il fit quelques pas en titubant puis refusa leur assistance. Gemme resta à son côté. Rugar avait reconnu Hiere, qu'il avait envoyé sur la berge nord du fleuve.

Son logis, une des premières maisons qu'ils avaient construites, se trouvait plus loin dans les Terres d'ombre. Elle avait servi au tout début de salle de réunion, puis il l'avait réquisitionnée pour s'y installer avec sa fille. Il avait besoin d'isolement, surtout pour de telles entrevues.

Il entra. Le mobilier était réduit à sa plus simple expression : des chaises et une table. Lui et Gemme avaient pillé leurs cabines pour s'aménager des chambres à l'extrémité d'un étroit couloir. Il alluma les lampes et se tourna. Ils étaient cinq à l'avoir suivi à l'intérieur.

« Gemme peut rester, dit-il. Les autres, sortez. »

Fardeau s'attarda, semblant vouloir dire quelque chose, mais il finit par franchir le seuil. Rugar attendit que tous aient disparu dans la grisaille pour demander à sa fille de fermer la porte.

Il présenta une chaise à Hiere, qui s'assit et poussa un soupir de soulagement.

« Alors ? » Rugar craignait de connaître la réponse.

L'éclaireur secoua la tête. « Ils ont manqué réussir de peu. Ils venaient de pénétrer dans un chenal séparant les Sentinelles de pierre, quand ils ont dû s'arrêter. L'attaque a été rapide et meurtrière. J'ai cru... » Sa voix se brisa. « J'ai vraiment cru qu'ils passeraient. Vraiment...

— Ont-ils tous péri ? voulut savoir Gemme.

— Non. Quelqu'un a fait virer le navire. Mais il a subi des avaries importantes et je doute qu'il soit possible de le ramener.

— Les insulaires ont laissé nos blessés rentrer, dit Rugar. Ils ne sont pas aussi sanguinaires que... » Il n'alla pas jusqu'au bout de sa pensée. Il était normal qu'ils soient moins impitoyables qu'eux. Ils n'étaient pas encore conscients de l'utilité des massacres.

Hiere hocha la tête. « Ils ont failli me capturer. J'ai dû courir pour en semer un groupe à proximité des cabanes.

— T'ont-ils vu entrer ici ?

— S'ils l'ont fait, ils ne m'ont pas suivi. Je suis désolé, Rugar. Désolé d'apporter de si mauvaises nouvelles. »

Rugar lui tapota l'épaule. « Tu n'en es pas responsable.

— Pourquoi as-tu fui ? demanda Gemme. Et l'invisibilité ? »

Hiere la regarda un long moment. Ses yeux noirs étaient caves. Il était évident qu'il n'avait rien mangé depuis longtemps. L'effet revigorant de l'eau qu'ils lui avaient donnée s'estompait. « J'ai utilisé la totalité de ce charme quand je me dissimulais à l'embouchure du fleuve. Ils ont attaqué le navire à bord de petites embarcations, mais ils avaient dispersé des archers dans les bois. J'ai dû rester constamment invisible pour ne pas me faire repérer. » Il gratta une croûte sur son bras. « Ils savent que nous ne renoncerons jamais. Avec tout le respect que je vous dois, Seigneur, ils n'ont nul besoin de prendre d'assaut les Terres d'ombre. Il leur suffira de nous attendre dans l'estuaire du Cardidas pour nous exterminer jusqu'au dernier. »

Consciente de la justesse de ce raisonnement, Gemme regarda son père qui hocha la tête et lui dit : « Conduis-le aux guérisseurs. Hiere, tu es le premier à t'être présenté au rapport. Je te félicite pour la bravoure que démontre tant de célérité. J'enverrai des hommes protéger les survivants de l'*Uehe*. »

Hiere se leva en chancelant. Gemme soutint son dos d'une main et se glissa sous son bras pour lui servir d'appui. Elle l'aida à franchir le seuil, sur lequel Rugar s'immobilisa. Bien que grande et forte, sa fille ployait sous le poids de cet homme. Il était plus épuisé qu'il ne l'avait laissé entendre.

Ou plus démoralisé.

Il referma la porte et s'affala sur le siège que l'éclaireur avait occupé. Le bois le meurtrit. Il avait espéré que l'*Uehe* regagnerait Nye et que le Roi noir leur enverrait des renforts. Mais cela ne pourrait avoir lieu. Pas avant qu'ils ne découvrent comment contrer ce poison, alors que les Gardiens n'avaient fait aucun progrès en ce domaine.

Il n'avait jamais été dans une situation aussi catastrophique. Il n'avait rien pour la redresser : ni troupes de réserve ni aide à escompter de son père. Il ne pouvait même pas se targuer de connaître leurs ennemis. Il n'avait pas la possibilité de chercher des informations dans l'Histoire ou de vieilles légendes. Il lui fallait trouver une solution sans bénéficier de la moindre assistance.

Il enfouit sa tête entre ses mains. Il devait élaborer une nouvelle stratégie et l'inspiration lui faisait cruellement défaut.

TRENTE-HUIT

Nicolas n'aurait jamais pensé qu'il se lasserait un jour de ses leçons d'escrime, mais depuis quelques mois il les assimilait à une perte de temps. Il était assis dans la cour et le soleil dardait ses rayons sur la terre craquelée. Les pluies torrentielles de l'année précédente n'étaient qu'un lointain souvenir. L'orage qu'on avait signalé près des Sentinelles de pierre n'avait pas atteint Jahn. Les intempéries alimentaient sa nervosité, car elles lui rappelaient l'assaut des Fey même s'il avait livré son premier combat sous un ciel redevenu radieux.

Son premier et dernier combat. Il y avait eu d'autres affrontements – dont certains à l'intérieur de la cité – mais son père ne l'avait pas autorisé à sortir du palais. Il estimait sa vie bien trop précieuse pour qu'il la mît en danger. Les Fey connaissaient désormais son statut, ils ne ménageraient pas leurs efforts pour l'occire si l'occasion s'en présentait.

Il avait posé son épée en travers de ses jambes et fourbi sa lame pour s'occuper avant le début des exercices. Il pensait être arrivé plus tôt que prévu, car Dunbar était ponctuel. Contrairement à Stephen qui avait eu pour principe de lui imposer d'interminables attentes afin de développer sa patience.

Le maître d'armes ne lui enseignait plus son art. Il n'avait plus de temps à lui consacrer. Accompagner le roi et assister aux réunions du Conseil l'accaparait. La guerre l'avait changé. Comme eux tous. Nicolas avait l'impression de désobéir à son père chaque fois qu'il sortait à cheval du palais.

Une ombre s'étira sur la poussière. Il leva les yeux sur Stephen qui lui sourit. « Êtes-vous prêt à croiser le fer avec moi ? »

Son cœur s'emballa mais il dissimula sa joie. « Et Dunbar ? »

Stephen haussa les épaules. « Il m'a appris que vous envisagiez de renoncer à vos leçons. Ne trouvez-vous pas le moment mal choisi ? » Les mots étaient à peine intelligibles. La balafre rougeâtre qui striait sa joue droite décentrait sa bouche et réduisait la mobilité de ses lèvres. La Fey lui avait infligé cette blessure le jour de son évasion. Le jour de l'invasion. Le jour de la mort du Seigneur Powell.

Nicolas se redressa et rengaina son arme. « Père ne me laissera jamais aller au combat. Si je ne peux me battre, à quoi bon m'y exercer ?

— Reste la défense. Si les envahisseurs pénètrent de nouveau dans le palais, tout ce que vous aurez appris vous sera utile. »

Nicolas lui sourit. « Entre nous soit dit, m'entraîner avec Dunbar manquait singulièrement d'intérêt. Il sait manier une lame, mais il ne vous vaut pas. »

Stephen lui retourna son sourire et tapota la poignée de son épée. « Alors, commençons-nous ?

— Ici ? » Nicolas regarda la cour déserte. Le maître d'armes lui avait interdit de se battre là où s'aventuraient des passants.

De la surprise fit briller les yeux de Stephen, si brièvement que Nicolas l'attribua à son imagination. « Non, non, bien sûr que non. À l'endroit habituel. »

L'endroit en question était une venelle séparant les quartiers des serviteurs des baraquements des gardes, un lieu peu fréquenté et juste assez large pour qu'ils puissent autant parer que se fendre.

« Entendu. » Nicolas passa le premier. Un palefrenier qui tenait un des destriers du roi par la bride le salua de la tête. Les chevaux manquaient d'exercice. Depuis l'arrivée des Fey, Alexandre avait renoncé à toute promenade équestre et imposait à son fils de rester au palais. Il avait modifié les activités des garçons d'écurie, leur interdisant également de sortir. Il semblait convaincu que les Fey ne pourraient défoncer les portes récemment réparées.

Stephen ne le rattrapait pas pour bavarder avec lui, comme autrefois. Nicolas se tourna et constata qu'il le regardait en fronçant les sourcils. Se voyant observé, le maître d'armes sourit. Mais cette gaieté ne se communiqua pas à ses yeux. Nicolas suspecta son père de l'avoir chargé de s'occuper de lui. Peut-être avait-il pris conscience qu'il était important de savoir se battre.

Ils atteignirent l'impasse, close par un mur du côté des quartiers des gardes et ouverte sur la cour, trop étroite pour que le soleil pût atteindre le sol de terre battue. Ils y pénétrèrent et un adolescent qui ramenait une jument les salua de la tête.

« Je conservais le souvenir d'un lieu moins fréquenté, commenta Stephen.

— Il l'était bien plus quand les gardes l'empruntaient. » Nicolas se renfrogna en gagnant son emplacement habituel. Se plaindre des passants ne ressemblait guère à Stephen. Des serviteurs s'arrêtaient pour assister au spectacle, prenant parti et les acclamant comme s'ils se battaient en duel.

Stephen tira son épée et fit un moulinet. « Eh bien, ça fait longtemps !

— En effet. » Nicolas l'imita. Il s'immobilisa, les genoux fléchis, prêt à croiser le fer. Au même instant, Stephen s'avança et leurs lames se percutèrent avec fracas. La vibration de l'impact parcourut le bras de Nicolas.

« Hé ! » Stephen lui avait toujours laissé l'initiative de la première passe.

« Nouvelle tactique », commenta le maître d'armes. Il recula en sautillant, avec une agilité surprenante pour un homme de son âge et de sa corpulence. « Les Fey n'attendent pas qu'on les invite à se battre. »

Nicolas avait pu le constater. Il ne s'en souvenait que trop. Il se déplaça et se fendit. Stephen para et leurs épées tintèrent. Le prince continua son attaque, et tous ses assauts furent contrés par son adversaire qui utilisa soudain sa main gauche pour prendre une dague et essayer de l'embrocher.

Nicolas dut se tordre pour esquiver cette lame, ce qui rendit son flanc droit vulnérable. La pointe de l'épée égratigna son ventre. La douleur fut aiguë et instantanée. Il baissa les yeux sur sa chemise qui se teintait de rouge.

« Premier sang, annonça le maître d'armes avec une euphorie pour le moins surprenante.

— Mais nous n'avons jamais...

— Cessez de geindre, mon garçon », lança Stephen en se fendant encore et encore. Nicolas avait fort à faire pour parer ces attaques et les mouvements de son bras ralentissaient. Cet étrange affrontement était si rapide qu'il ressentait déjà de la fatigue. « Le monde a changé.

— Je ne le conteste pas. » Nicolas regrettait de

n'avoir qu'une seule arme. Il s'était rarement servi d'une dague ou d'un bouclier, mais c'était la première fois qu'il devait surveiller deux lames... hormis lors de l'arrivée des Fey. C'était à cela que Stephen voulait le préparer. Il l'avait placé dans des conditions de combat véritables. Dès l'instant où il ne respectait pas les règles applicables à un duel, Nicolas ne se sentait plus tenu de s'y conformer.

Il recula et abattit le plat de sa lame sur la main au poignard. Stephen tenta de l'embrocher et Nicolas esquiva le coup avant d'imprimer une rotation à son arme pour entamer le pouce déjà meurtri. L'entaille fut suffisante pour faire lâcher à Stephen le couteau, que Nicolas envoya voler au loin.

La dague alla percuter avec bruit le mur des quartiers des serviteurs.

« Deuxième sang pour moi », annonça-t-il.

Stephen serrait les dents. Sa balafre était sombre sur sa peau claire et il avait cessé de sourire. Il chargea, frappa, se fendit et se tourna. Il se battait tel un dément et Nicolas devait se surpasser pour ne pas recevoir de blessures. Les coups étaient si puissants qu'il n'osait s'accorder la moindre pause, certain de se faire embrocher.

Ce qui était étrange, très étrange. Au fil des nombreux mois qu'il avait consacrés à son entraînement, Stephen n'avait jamais été agressif à ce point. Ses yeux étaient trop brillants et ses mouvements trop violents, pour un homme qui menait une vie sédentaire depuis près d'une année.

Contraint de se défendre, Nicolas anticipait ses attaques, les parait et bloquait leurs épées le plus longtemps possible. Sitôt qu'elles se séparaient, Stephen lançait un nouvel assaut. Nicolas recula d'un pas. Les lieux paraissaient soudain menaçants. Les ténèbres étaient son ennemie et la fureur bestiale de son vieux mentor le métamorphosait.

Il était en sueur. Sa jeunesse ne compensait pas le peu de soin qu'il avait apporté à entretenir sa condition physique. Il mordilla sa lèvre inférieure, presque jusqu'au sang, sans quitter des yeux son adversaire. Il battit en retraite et perçut dans son dos la chaleur du soleil. Il était de retour dans la cour.

L'expression empreinte de gravité des serviteurs qui se regroupaient autour d'eux indiquait qu'ils ne trouvaient pas le spectacle amusant. Ils ne leur adressaient pas d'encouragements et étaient mal à l'aise. Arrivé au centre du demi-cercle, Nicolas passa de la défensive à l'attaque. Il puisa de l'énergie dans sa maigre réserve et se fendit vers le flanc gauche affaibli de Stephen, afin de le contraindre à protéger son ventre en baissant sa lame. D'un mouvement rapide, il entailla une nouvelle fois le bras du maître d'armes.

« Troisième sang, déclara-t-il, le souffle court. Nous n'en avons déjà que trop versé, Stephen. Restons-en là.

— Nous n'avons pas terminé. » Son adversaire était toujours dans le passage et levait son épée. « Vous devez apprendre à vous battre dans des situations difficiles.

— Ça suffit pour aujourd'hui », décréta Nicolas. Il jeta son arme sur le sol, entre eux. De la poussière s'éleva et se déposa sur la lame. Stephen lorgna l'épée puis le prince. Il s'avança, pour attaquer.

Nicolas sentit la peur grimper dans sa gorge telle de la bile, mais il ne recula pas. « Ça suffit pour aujourd'hui, ai-je dit ! »

Stephen s'immobilisa et regarda la foule qui les entourait... plus longtemps qu'il ne l'aurait dû. Lorsqu'il se redressa, son expression était sévère. « Seul un pleutre jette son arme pendant un duel.

— Ce n'était pas un duel mais un simple exercice.

— Les temps ont changé, Votre Altesse. Vous devez apprendre à affronter de véritables ennemis.

— Je l'ai fait », rappela Nicolas. Il serra les dents pour interrompre ses tremblements. « Je n'ai plus besoin de m'entraîner. Et vous ne devrez plus jamais verser le sang lors d'une joute amicale. Est-ce clair ?

— Votre Altesse...

— Est-ce clair ? »

Il perçut dans son regard une chose indéfinissable – de la provocation ? – avant de le voir sourire et baisser la tête.

« Très clair, Votre Altesse.

— Parfait. » Nicolas s'accroupit pour ramasser son épée, sans le quitter des yeux. « Je vais faire un brin de toilette. Quant à vous, soignez votre pouce.

— Je n'y manquerai pas, Votre Altesse. »

Nicolas se fraya un passage dans la foule et franchit la porte de la Grande Salle. Il s'adossa au mur de pierre dès qu'il sentit la fraîcheur du vestibule. Il était ruisselant de sueur et épuisé. Il remonta sa chemise afin d'examiner son ventre. La blessure était bénigne, une simple estafilade. Seules quelques gouttes vermeilles s'en échappaient encore mais il devrait jeter ce vêtement et mettre un cataplasme sur l'entaille. Il soupira. Tout avait changé, d'une façon qui ne lui plaisait guère. Il aurait dû se douter que les événements affecteraient également Stephen.

Cet homme ne s'était pas battu depuis qu'il avait subi l'attaque de la Fey. Elle l'avait laissé pour mort et quand il avait repris connaissance, il ignorait qu'elle avait tué le Seigneur Powell. Il s'était imaginé qu'elle l'avait capturé et emmené comme otage jusqu'au moment où un garde lui avait fait remarquer que les ossements ensanglantés se trouvant à ses pieds étaient ceux d'un humain.

Il était naturel que son ressentiment et sa peur aient refait surface lorsqu'il avait dégainé. Nicolas était toujours marqué par sa première bataille et il était logique que Stephen eût été traumatisé par la plus humiliante de ses défaites.

Il gravit deux à deux les marches conduisant à sa chambre. La perspective d'annoncer à son père qu'il renonçait à ses leçons d'escrime ne l'emballait guère. C'était plein d'ironie, car il avait eu fort à faire pour lui arracher la permission d'apprendre à se battre.

Il poussa la porte de ses appartements, entra et referma du pied le battant. Il tressaillit lorsqu'il retira sa chemise lacérée et lever les bras rouvrit la blessure. Il alla prendre sur la coiffeuse un linge qu'il appliqua sur son ventre. Bien que sans gravité, cette entaille était gênante.

Il plongea la tête dans le seau d'eau prévu pour sa toilette et attendit que sa fraîcheur se fût répandue dans son corps. Il se redressa et s'ébroua, aspergeant son dos et sa poitrine, puis il s'essuya le visage avec une serviette qu'il humecta pour se laver de sa sueur.

Il se sécha et s'allongea sur le dos dans la douceur de son matelas de plumes, qui l'engloutit. Il avait des fourmillements dans tout son être et il n'avait pas épuisé ses réserves d'énergie. Mais il s'était malgré tout trop dépensé. Pour se livrer à un tel affrontement, il eût mieux fait d'aller dans les bois afin d'y guetter un Fey.

On frappa à la porte et il sursauta.

« Oui ?

— Votre Altesse, votre père requiert votre présence. » C'était la voix de son chambellan. « Il dit qu'il s'est produit un fait nouveau. »

Combien de fois avait-il entendu prononcer ces mots

au cours de ces derniers mois ? Les nouvelles étaient rarement réjouissantes. On venait leur signaler d'autres victimes, des navires coulés ou des débuts de disette dans la région des marais. Son père avait dû prélever une dîme sur les denrées alimentaires dans les provinces épargnées par les Fey, ce qui mécontentait les propriétaires terriens. Mais des troupes ennemies stationnaient sur leur île et sans cette mesure la population de Jahn eût pâti de la faim.

« Entrez, fit Nicolas. J'ai besoin d'aide. »

La porte s'ouvrit sur son chambellan. Cet homme décharné remplaçait son fils, mort au cours de la Bataille de Jahn après avoir servi Nicolas trois années durant. Taciturne, il ne disait que ce qu'il jugeait véritablement important. Tout indiquait qu'il avait sollicité cet emploi parce que les émoluments versés par la maison royale étaient supérieurs aux revenus tirés de la maigre production de sa ferme.

Il inclina la tête. « Votre Altesse.

— Je dois me changer, dit Nicolas, comme si ce n'était pas évident. Je comptais le faire seul, mais le temps presse. »

Le chambellan le regarda, inquiet. « Vous êtes en sang, Votre Altesse.

— Cette entaille est superficielle. Elle se cicatrisera, si je lui en laisse l'opportunité. Cependant, je ne peux attendre pour me vêtir. Trouvez une étoffe que nous appliquerons sur la blessure et un vêtement qui dissimulera ce bandage. »

Le chambellan disparut dans la garde-robe. Nicolas retira son pantalon et le jeta près du lit. Le serviteur apporta un bout de tissu dont il ceignit sa taille. Il repartit et revint avec une chemise sombre et une culotte fauve, qu'il l'aida à enfiler.

« Mon père a-t-il précisé de quoi il retourne ?

demanda Nicolas en donnant du bouffant à ses larges manchettes en dentelle.

— Non, Votre Altesse. Mais c'est apparemment important. Des hommes sont arrivés à cheval. »

Nicolas hocha la tête. « Merci », dit-il pour mettre un terme à la conversation. Puis il passa ses doigts dans sa chevelure humide qu'il rassembla sur sa nuque. Pendant que le chambellan allait ramasser les effets qu'il avait jetés sur le sol, Nicolas boucla autour de sa taille un ceinturon d'où pendait une dague – il avait décidé de ne plus aller où que ce soit sans arme – et se dirigea vers la salle d'audience.

Il descendit l'escalier en hélice en sautant une marche sur deux et en se demandant ce qui s'était passé. La dernière fois que son père l'avait convoqué, autrement dit la veille, il avait appris qu'un cinquième navire des Fey avait été vaincu à l'embouchure du Cardidas. Il n'osait espérer deux bonnes nouvelles d'affilée.

Il pressa le pas dans le couloir et entra sans se faire annoncer.

Les lieux avaient perdu leur odeur de moisi, depuis un an. Si des lances décoraient toujours les parois, on voyait entre elles des gardes de faction. Des épées et des fioles d'eau bénite s'alignaient dans un râtelier placé sur l'estrade, à portée de main du trône.

Son père l'occupait, encadré par Stephen et le Seigneur Stowe. En le voyant, le maître d'armes haussa les sourcils et lui adressa un vague sourire qu'il ne lui retourna pas.

Deux hommes hirsutes et crottés se dressaient au pied des marches. Que nul n'eût signalé son arrivée les avait déconcertés.

« Nous avons commencé sans toi, Nicolas, fit le roi.

— Excusez-moi, père. » Il s'avança et salua les inconnus d'une inclination de la tête. Leurs relents de sueur humaine et chevaline indiquaient qu'ils avaient fait une longue chevauchée. « On vient seulement de me transmettre votre convocation. »

Alexandre paraissait juger ce détail secondaire et il alla se placer derrière le trône, entre le Seigneur Stowe et Stephen.

« Bon, dit le roi aux hommes en contrebas. Continuez.

— Le Fey que nous avions pris en filature était un de leurs éclaireurs, Sire, fit celui de droite, un individu courtaud aux lèvres charnues et au nez rubicond. Il avait épié le combat naval à l'embouchure du Cardidas.

— Pourquoi ne l'avez-vous pas capturé sur place ? voulut savoir Stowe.

— Parce que nous ne l'avons pas vu », répondit l'autre visiteur. Également trapu, il devait sa corpulence à une musculature développée et non à un excès de graisse. « Il s'est matérialisé hors du néant juste devant nous.

— Matérialisé hors du néant ? répéta Nicolas.

— Voyez-vous, Votre Altesse, nous avons discerné de vagues contours à l'intérieur desquels il nous est apparu, dit le premier.

— Mais vous l'avez laissé partir, intervint Stowe.

— Oui, Seigneur, répondit le second. Il était logique qu'un observateur aille faire son rapport à son chef. Et nous savions que vous cherchiez le nouveau repaire des Fey depuis qu'ils avaient quitté celui du fleuve.

— C'est exact, confirma le roi.

— Nous avons découvert où ils se terrent. »

Nicolas se pencha et s'accouda au trône, ce qui eût été un crime de lèse-majesté s'il n'avait été le fils du roi et destiné à occuper un jour ce siège. « Nous le savons également. On nous a rapporté qu'ils s'enfoncent dans les bois qui s'étendent à l'ouest de Jahn, près d'un hameau de vieilles masures.

— Si vous permettez, Votre Altesse, ils ne pénètrent pas dans les halliers, dit le premier – apparemment le plus hardi – en s'avançant d'un pas. Ils empruntent une porte.

— Si c'est le cas, pourquoi ne la voyons-nous pas ? demanda Stowe.

— Nous l'avons vue, dit l'autre homme avant de s'incliner pour ajouter : Seigneur. »

Nicolas ne broncha pas. S'ils disaient vrai, ils avaient découvert la base ennemie. C'était ce qu'ils avaient tous espéré... pouvoir bloquer les envahisseurs à l'intérieur de leur refuge.

Visiblement irrité par cette intervention, le premier précisa : « On ne peut pas la remarquer en plein jour. Elle est signalée par de minuscules points lumineux qui l'entourent, telles des lucioles. Ils clignotent de façon désordonnée et il faut savoir ce qu'il convient de chercher pour les repérer. Mais ces lueurs dessinent un cercle assez large pour qu'on puisse y passer la tête et les épaules.

— Qu'avez-vous fait, ensuite ? s'enquit le roi.

— Nous avons attendu que la clairière soit déserte puis nous avons examiné son pourtour. Ce que nous avons vu correspond à ce qu'on raconte sur leur repaire du fleuve. Tout paraît normal à moins de clore à demi les paupières et de lâcher la bride à son imagination. Nous avons par ailleurs constaté que ces lumières sont chaudes au toucher.

— Comment pouvez-vous être certains qu'il s'agit d'une porte ? » s'enquit Stephen avec mépris. Nicolas lui jeta un regard oblique. Le maître d'armes restait bien droit, aucunement éprouvé par leur affrontement.

« Je vous demande pardon, monsieur, mais nous avons vu ce Fey la franchir.

— Quoi ? » Stephen avait pris des couleurs. L'information n'aurait pas dû le bouleverser ainsi. Peut-être savait-il des choses que Nicolas ignorait.

« Nous l'avons vu entrer. Il fuyait à toutes jambes – sans se douter que nous n'avions pas l'intention de le rattraper – lorsqu'il a plongé dans ce cercle comme dans un lac. Et il a disparu », dit le second. Il n'ajouta pas de formule de politesse à l'attention de Stephen.

« Un individu qui était déjà translucide quand vous l'avez vu pour la première fois ! » lança le maître d'armes sur un ton indiquant clairement ce qu'il pensait d'une histoire aussi abracadabrante.

Le premier ne s'en offusqua pas. « C'est exact, monsieur. Mais les choses étaient différentes. Ce cercle l'a avalé. Il a franchi un seuil.

— L'emplacement correspond, fit remarquer Nicolas.

— Seigneur Stowe, dit Alexandre. Conduisez ces hommes dans une pièce où ils pourront faire un brin de toilette, prendre du repos et manger à satiété. Ensuite, vous irez chercher un scribe auquel ils raconteront tout ce dont ils se souviennent, de façon circonstanciée. Nous devons aller au fond des choses. »

Nicolas se redressa, sidéré. Son père n'avait jamais interrompu si rapidement une entrevue. C'était d'autant plus incompréhensible qu'ils obtenaient des renseignements intéressants. Peut-être avait-il été choqué par les sarcasmes de Stephen et voulait-il rester seul avec lui pour le réprimander.

« Je m'en charge, Sire, dit Stowe.

— Lorsque ce sera fait, venez m'en informer.

— Je n'y manquerai pas, Sire. »

Le Seigneur Stowe précéda les deux hommes hors

de la salle. Les sentinelles continuaient de regarder droit devant elles, comme si elles n'avaient rien entendu. Nicolas attendait que son père reprenne la parole, pour respecter l'étiquette.

« Stephen, Nicolas, accompagnez-moi », dit le roi. Il fit signe à un garde de les suivre et quitta l'estrade par la porte du fond. Elle donnait dans une petite pièce ayant servi de poste d'écoute. Nicolas y était venu pour la dernière fois lorsqu'il était enfant et le hurlement qu'il avait poussé en voyant une araignée courir sur le sol avait interrompu une audience de son père.

Ce réduit était juste assez grand pour les recevoir. On y trouvait quatre chaises en si piteux état qu'elles semblaient provenir des quartiers des serviteurs. Alexandre en cala une contre la porte. Le garde s'y assit, leur faisant face. Le prince et Stephen prirent deux autres sièges. Le roi resta debout.

« Que s'est-il passé ? lui demanda Nicolas. Pourquoi avez-vous mis si brusquement un terme à cette réunion ? Ils n'avaient pas tout dit.

— Nous savons suffisamment de choses pour prendre des décisions. Il convient d'attaquer sans perdre de temps si nous voulons bénéficier de l'effet de surprise.

— Si ces hommes ont dit vrai, il faut mobiliser des centaines de combattants, avança Stephen.

— Il est inutile de lever une armée si cette force a de l'eau bénite en abondance, rétorqua Nicolas. Nous enverrons nos soldats les plus rapides. Il est même possible que ce refuge mystérieux s'évapore sitôt que son accès aura été aspergé. Nous ne pouvons le savoir.

— Et s'ils se sont trompés ? Que ferons-nous ?

— Essayer ne coûte rien, répondit le roi.

— Un détachement devrait aller vérifier leurs dires, suggéra Nicolas. Après avoir obtenu une confirmation, nous inonderons les lieux d'eau bénite et lancerons une offensive sur deux fronts. Des archers et des hommes munis de fioles auront tôt fait de les mettre en déroute.

— Stephen ?

— Je pense toujours que nous devrions rassembler toutes nos troupes et donner l'assaut. Plus nous serons nombreux, moins nos pertes seront élevées. »

Alexandre se massa les tempes puis appliqua ses doigts sur ses lèvres. « Nous ne savons pas quels sont les pouvoirs des Fey sur leur propre terrain. C'est pourquoi limiter les risques s'impose. S'il est possible de tous les exterminer à la fois, tant mieux. Sinon...

— Nous aurons révélé nos intentions. Ils sauront qu'ils sont vulnérables, que nous connaissons l'emplacement de leur base secrète.

— Il est probable qu'ils s'en doutent, intervint Nicolas. Leur éclaireur se savait suivi.

— Il n'aurait pas regagné ce refuge s'il avait eu conscience d'être observé, fit son père. Il faut agir rapidement. Stephen, allez chercher Monte. Nous nous réunirons après dîner pour régler les derniers détails. Ce détachement partira ce soir même.

— De nuit ? s'enquit Nicolas.

— N'est-ce pas logique, dès l'instant où des lumières délimitent l'entrée ?

— Si, sans doute. » Nicolas trouvait cette conversation étrange. Elle le perturbait.

« C'est entendu, Sire », dit Stephen. Il se leva et s'inclina. Le garde écarta son siège pour dégager la porte. Le roi regarda le maître d'armes sortir de la salle d'audience puis renvoya le soldat et referma le battant.

« Que vous arrive-t-il ? s'étonna Nicolas. C'est bien la première fois que vous fondez vos décisions sur d'aussi minces informations. »

Son père sourit. « Les conseils de guerre ne sont pas censés s'éterniser.

— Ni être expédiés en si peu de temps. Nous manquons d'éléments. »

Alexandre haussa les épaules. « Ils sont suffisants. »

Nicolas tendit le cou en arrière pour le regarder s'adosser à la porte, comme s'il voulait empêcher quiconque d'entrer.

Il inhala à pleins poumons avant de demander : « Que se passe-t-il ? Quelles sont vos intentions ? »

Alexandre le dévisagea plus longuement que les fois précédentes. Ses yeux bleus semblaient voir en lui. Nicolas gardait un souvenir d'enfance de ce regard d'airain qu'il lui adressait pour le contraindre à avouer ses fautes. Le roi ouvrit la bouche, la referma.

« Père ? »

Alexandre passa une main sur son visage et soupira. « C'est une opportunité inespérée, Nicolas. Nous devons l'exploiter.

— Mais pourquoi n'avez-vous consulté que Stephen et moi ? Pourquoi ne convoquez-vous pas les seigneurs pour solliciter leur avis ?

— Parce qu'il faut agir au plus vite, mon garçon. » Et la voix de son père était lourde de tristesse. « Le temps nous est compté. »

TRENTE-NEUF

Les lumignons qui luisaient au plafond et sur les parois illuminaient la petite cabane comme si le soleil y brillait. Debout au milieu du plancher et les mains dans le dos, Caseo les contemplait. Les âmes qu'ils contenaient se consumaient toujours, plus d'une semaine après leur capture. Ce fait le troublait depuis longtemps. Ces gens n'avaient pas été souillés par la magie. On pouvait même supposer qu'ils ignoraient tout de cet art. Et cependant, ils les avaient vaincus en utilisant la plus dévastatrice des potions dont il avait entendu parler.

Il se dirigea vers la cheminée éteinte et s'y adossa. Quand Rugar avait donné l'ordre de construire un atelier de travail destiné aux Gardiens, Caseo avait insisté pour qu'elle fût en pierres. Il était allé les choisir – en prenant des risques – tard dans la nuit sur les berges du Cardidas. Elles ne devaient être ni plus grosses que la tête d'un homme ni plus petites que son poing. Il fallait en outre qu'elles soient presque cubiques car les tailler pour les ajuster leur eût fait perdre leurs propriétés. Il avait surveillé les Ménagers qui avaient préparé le mortier et additionné chaque gâchée de charmes protecteurs.

À l'exception des lumignons et des tabourets dispersés ici et là, le mobilier était rare. Un Ménager avait tressé un tapis qui restait enroulé contre une cloison. Ces lieux n'avaient pas été agencés pour la détente mais pour le travail. Un travail d'une importance capitale.

Il avait également supervisé la fabrication de la table centrale. Il avait suivi les bûcherons dans la forêt et jeté son dévolu sur un arbre à la fois solide et vigoureux, dans l'espoir que le meuble hériterait de ces qualités. C'était apparemment le cas.

Il se plongea finalement dans la contemplation de la fiole posée sur son plateau. Ses facettes de verre taillé miroitaient sous la vive clarté. Un Gardien l'avait qualifiée de très belle, mais il ne lui trouvait quant à lui aucune beauté. Au fil de l'année écoulée ce récipient était devenu son adversaire personnel, l'unique sortilège dont il n'avait pu percer le secret.

Les arêtes des pierres meurtrissaient son dos. Les lumignons étaient inodores et il ne sentait que sa sueur. Il était resté un jour complet sans faire de feu car il ne savait toujours pas quels étaient les effets des températures extrêmes sur le contenu de la burette. Ce serait peut-être sa prochaine expérience. Il n'était pas non plus fixé sur ce point.

Par ailleurs, la fraîcheur régnant dans la pièce l'aidait à ne pas s'assoupir. Depuis l'échec de leur cinquième tentative de fuite, ils devaient absolument rendre ce poison inopérant. Ou trouver un moyen de s'en protéger. Seuls les Gardiens en avaient les capacités.

Au cours de l'année écoulée ils avaient vidé la moitié du flacon, goutte après goutte. Un Gardien était mort et – que les Puissances leur pardonnent ! – ils avaient assisté à son agonie avec fascination. Ils avaient même autopsié son cadavre dans l'espoir qu'il leur révélerait quelque chose. Cette tâche macabre leur avait seulement permis de constater que ce fluide altérait le corps en profondeur. Il n'avait pas seulement transmué sa peau mais également ses os et ses organes internes... tout ce qui l'avait constitué.

La lenteur de leurs recherches l'exaspérait. Il se trouvait dans la cabane depuis qu'on était venu l'informer que le dernier navire n'avait pu franchir les Sentinelles de pierre, et il avait consacré tout son temps à regarder cette fiole comme si c'était la clé du mystère... ce qui était faux. Peu importait le flacon, c'était l'eau qui avait des propriétés singulières. Pour autant qu'il pouvait en juger, elle n'était pas d'origine naturelle. Ils buvaient celle du Cardidas sans en être affectés et ils avaient découvert à proximité des Terres d'ombre une rivière également potable.

Il en découlait que les insulaires modifiaient ses caractéristiques. Et il était fermement décidé à découvrir comment.

Il eût aimé l'examiner comme un bloc de terre. L'émietter eût permis de voir tous ses éléments. Il aurait pu l'humecter et analyser ses composants. Mais déterminer ce qui flottait dans un fluide était plus difficile, hormis lorsqu'il s'agissait de particules solides. Or, rien n'était en suspension dans cet échantillon. C'était la première chose dont il s'était assuré.

Ils avaient procédé à des expériences sur de la chair provenant de cadavres de leurs congénères et des prélèvements effectués sur des vivants... et obtenu quelques résultats. Ils avaient par exemple établi que les effets de la solution diluée étaient moins rapides et, dans certains cas, moins dévastateurs. Il ne savait trop comment utiliser cette information sur un plan stratégique. Il aurait fallu qu'un Fey téméraire réussisse à atteindre les réserves de poison de l'ennemi pour les couper. Mais il eût alors été plus simple de les vider ou de les remplacer par de l'eau normale.

Fait plus important, il suffisait de se rincer abondamment pour que les dommages infligés aux tissus soient minimes. Cette trouvaille avait une application pratique et il s'était empressé d'aller l'annoncer à Rugar. Quand un soldat était aspergé d'eau bénite ou blessé par une arme trempée dans ce poison, il n'avait qu'à se laver pour limiter les dégâts.

Mais leur commandant n'avait pas transmis ces instructions à l'équipage du navire qu'il avait envoyé vers le large. *Les guerriers n'ont pas le temps de procéder à des ablutions en pleine bataille*, avait-il déclaré. *Il faut chercher une autre solution.*

Caseo n'avait pas renoncé à le convaincre. Ce qu'ils avaient trouvé était mieux que rien.

Il caressa le rebord de la table. Le bois était chaud et dur sous ses doigts. Il était resté seul devant cette fiole plus d'une centaine de fois, depuis qu'ils s'étaient réfugiés dans les Terres d'ombre, mais il n'avait jamais osé la toucher. Il craignait que la potion pût le contaminer à travers le cristal.

Peut-être était-ce déjà fait. Ce flacon l'obsédait. Il le voyait en rêve. Il n'avait pas élaboré un seul sortilège au cours de leur séjour en ce lieu, et même l'intérêt qu'il portait aux innovations de ses pairs s'estompait.

Il estimait sans objet de préparer quoi que ce soit avant d'avoir résolu ce problème. Tant qu'ils n'auraient pas neutralisé les effets du produit que contenait cette bouteille, leur peuple n'aurait aucun avenir.

QUARANTE

Il régnait un froid glacial dans ses appartements. Matthias soupira, leva les yeux du livre qu'il étudiait et remarqua que le soleil s'était couché. Il tendit la main vers le cordon de sonnette en velours qu'il tira d'un coup sec. Un Aud aurait dû venir préparer le feu et tirer les tapisseries avant la tombée de la nuit. Mais depuis quelque temps le service laissait à désirer dans tout le Tabernacle. Il l'attribuait en partie au renouvellement du personnel. Les Auds quittaient la ville pour se rendre en rase campagne. Ils s'imaginaient qu'ils seraient plus en sécurité dans les hameaux. Sans doute avaient-ils raison.

Il alluma sa lampe et reprit sa lecture. La calligraphie de ce livre était lamentable mais son contenu se révélait fort intéressant. Il avait étudié un grand nombre de vieux textes pour y chercher des réponses aux questions que le Rocaan lui avait posées la nuit de l'invasion. Il avait pour l'instant trouvé peu de références à la description physique des sicaires de l'ennemi. La plupart se rapportaient à leur signification symbolique.

Mais il consultait une histoire du Tabernacle écrite un siècle plus tôt. Il était plus que tout fasciné par les secteurs secrets de l'édifice, construits à des fins monastiques ou autres. Il n'avait pas encore eu l'opportunité de demander au Rocaan s'il les connaissait et n'était pas certain d'aborder ce sujet. Il se contentait de prendre des notes. Il avait l'intention d'explorer ces lieux jusqu'à présent inaccessibles.

Lorsqu'il entendit frapper à la porte, ainsi qu'il s'y était attendu, il réunit ses documents et marqua la page avant d'ordonner à l'Aud d'entrer. Il se tourna sur son siège et fut surpris de voir Porciluna.

« Vous devriez vous lever à l'entrée d'un de vos pairs », déclara le visiteur.

Sur lui, la robe noire des Anciens donnait une impression d'opulence. Son épée filigranée reposait sur le renflement d'un ventre drapé d'une large ceinture en tissu écarlate. Malgré les privations de l'année écoulée, Porciluna avait tout d'un hédoniste et c'était pour cela que Matthias le trouvait horripilant. Il avait quant à lui perdu du poids et à chaque toilette matinale il découvrait sur son visage une nouvelle ride due à ses nombreux soucis.

Sans se lever, il posa précautionneusement sa plume pour ne pas risquer de se tacher les doigts. « Aurions-nous des affaires en cours, Porciluna ? »

Son visiteur plissa les lèvres et secoua la tête. « J'ai simplement estimé que ce qui s'est passé aujourd'hui vous intéresserait. »

Matthias désigna une chaise et tourna son propre siège vers le prélat qui s'assit et soupira sitôt que ses pieds furent soulagés de son poids. Il croisa les mains sur son giron. Quand quelqu'un venait voir Matthias, c'était généralement pour l'informer qu'un village manquait d'eau bénite ou lui annoncer que les Fey avaient perpétré de nouveaux massacres. Il lui arrivait de penser que les combats ne prendraient fin que faute de combattants.

« De quoi s'agit-il ? » Il serrait les mains avec tant de force qu'il en souffrait.

« Le Rocaan a voulu procéder à une autre Bénédiction des Morts. »

Matthias libéra sa respiration, qu'il n'avait pas eu conscience de retenir.

« Il a laissé son épée près des fosses communes, alors que je l'avais averti que les fossoyeurs la voleraient pour la vendre, et il tient des propos sans queue ni tête. » Porciluna lissa ses mèches clairsemées et ses joues prirent des couleurs.

« Que dit-il, plus exactement ?

— Que ce sont ses actes qui ont attiré les Fey jusqu'à nous. Que nous subissons tout ceci à cause de ses péchés. »

Matthias reprit sa plume et la rangea. Il ne se remettrait pas au travail, ce soir-là.

Porciluna lui agrippa le bras. « Comment pouvez-vous rester si calme ? Ne voyez-vous pas ce qui se passe ?

— Je vois maintes choses. Et aucune n'est de bon augure. »

La paume de Porciluna était moite. Il resserra sa prise et Matthias fixa sa main jusqu'à ce qu'il l'ait lâché. « Je m'inquiète, Matthias. Le Rocaan n'a plus tous ses esprits. Il néglige les affaires de l'Église. Il s'éternise dans sa cellule. Il va célébrer des rites funéraires dont il pourrait se décharger sur des tiers et voici qu'il divague.

— Il a déjà tenu de tels propos, depuis l'invasion. »

Porciluna secoua la tête. « Non. Pas en ces termes. Il posait des questions théologiques et nous demandait de chercher les réponses dans les textes. Ce sont ses réactions qui me préoccupent le plus. J'ai l'impression qu'il veut prendre une initiative, faire une chose qui contraindra les Fey à repartir. Une... Une folie. » Il avait prononcé le dernier mot d'une voix si basse qu'il en était presque inaudible.

De la bile monta dans la gorge de Matthias, qui la déglutit. Un souci de plus. Un souci de trop. Celui qu'il voulait ignorer. « Vous estimez qu'il n'a plus toute sa raison ?

— Je ne le reconnais plus. »

On frappa, et ils sursautèrent. Ils se lorgnèrent – qui avait pu épier leurs propos ? – puis Matthias se souvint qu'il avait sonné.

« Entrez. »

La porte s'ouvrit sur un Aud qui pénétra dans la pièce en traînant les pieds. Il s'était muni d'une bougie dont la petite flamme paraissait renforcer la pénombre. La clarté diffusée par la lampe du bureau ne révélait à Matthias que les traits de Porciluna. Les ombres dissimulaient le reste.

« Je croyais avoir dit d'éclairer les appartements des Anciens dès la tombée de la nuit, rappela-t-il sèchement.

— Mille excuses, Ancien Vénérable. Ce n'est pas ma tâche habituelle, mais votre serviteur s'est volatilisé. »

Un de plus ! C'était également fort ennuyeux. « C'est bon. Je veux que les tapisseries soient fermées, la lumière faite et les feux allumés tant ici que dans les autres logements. Et assurez-vous que quelqu'un s'est occupé du Rocaan.

— Vos désirs sont des ordres, Ancien Vénérable. » L'Aud se dirigea vers la première lampe.

Son éclat révéla le canapé en velours et les fauteuils tarabiscotés flanquant une table décorée de petites épées. L'Aud alla d'un luminaire à l'autre et une douce clarté nimba toute la pièce. Il tira et attacha les tentures, remplaçant les ténèbres par des scènes de la vie du Roca.

Matthias et Porciluna le regardèrent se déplacer sans mot dire. Il les lorgna par-dessus son épaule puis reprit son travail, comme intrigué par leur attitude. Il finit par s'accroupir devant l'âtre et y entasser des bûches. Ils n'entendaient plus que des bruissements ponctués par les bruits des rondins qui s'entrechoquaient.

Matthias détourna les yeux, heureux de bénéficier d'un répit. Il s'était efforcé d'oublier le Rocaan et son comportement pour ne s'inquiéter que des Fey et de l'avenir. Éviter de le rencontrer avait été facile. Il était visiblement mal à l'aise en sa compagnie, ces derniers temps, comme s'il le tenait responsable de toutes les décisions qu'il avait prises pendant l'invasion. Matthias aurait dû se douter qu'il serait confronté à ce problème, étant donné que le Rocaan n'avait partagé qu'avec lui le secret de l'eau bénite. Lors de l'assaut, il l'avait choisi pour successeur. Il avait dû changer d'avis depuis.

Du bois crépita derrière lui et il sentit une légère odeur de fumée. Il se tourna. L'Aud remit la grille en place, se releva, essuya ses mains sur sa robe et inclina la tête. « Autre chose, Ancien Vénérable ?

— Pas ici », répondit Matthias. Il espérait que ce serait suffisant pour lui rappeler qu'il devait pourvoir au confort de tous les Anciens.

L'Aud opina et sortit.

« Tout semble partir à vau-l'eau, déclara Porciluna dès que la porte se ferma en cliquetant.

— Ce n'est pas une simple impression. Un signe supplémentaire, je présume. Même si... » Matthias choisit ses mots avec soin. « Ça ne démontre pas que le Rocaan a perdu la raison.

— Ses pensées s'embrouillent. Il se préoccupe de choses sans importance.

— Il a une foi profonde. » Matthias étira les jambes et se pencha en arrière dans son fauteuil. Le bois craqua. « Il lui arrive de ne pas écouter ce que lui dicte sa logique mais sa petite voix intérieure.

— Nous avons tous la foi.

— Vraiment ? » Matthias dévisagea son interlocuteur. Ses traits étaient adoucis, estompés par la clarté de la chandelle.

Porciluna se raidit et fit reposer ses mains sur ses genoux. « Si nous ne l'avions pas, nous ne serions pas des Anciens. »

Matthias sourit. « Allons, Porciluna. Gardez ces propos pour les fidèles. Vous savez aussi bien que moi que la plupart d'entre nous sont venus au Tabernacle parce qu'ils n'avaient nulle part où aller. Et que les autres sont entrés dans les ordres parce qu'ils étaient conscients qu'un peu d'ambition leur permettrait de vivre dans le luxe.

— Si vous sous-entendez que je suis ici pour d'aussi viles raisons...

— Je ne sous-entends rien. Mais pour parler de l'avenir du Tabernacle, la franchise s'impose. Je vous ai observé et je peux prévoir votre comportement, ce qui serait impossible si vous laissiez votre conscience vous guider. Vous êtes ambitieux et aimez cette existence. J'ignore si vous croyez au Roca ou en Dieu.

— Nous sommes tous des hommes bons, ici. »

Matthias l'étudia. Il savait qu'il n'obtiendrait rien de plus. « Certes. C'est exact. La Révélation écrite et orale est un puits de sagesse.

— Mais elle ne contient aucune indication sur ce

qu'il convient de faire quand un Rocaan ne peut plus assumer ses fonctions. Nous devrions convoquer les Anciens, procéder à un vote et – le cas échéant – le destituer. »

Matthias croisa les mains sur son ventre qui se faisait entendre. Il n'avait rien mangé de la journée. « Il n'existe aucun précédent. Le moment serait mal choisi pour provoquer un schisme.

— Cela pourrait nous sauver. »

Ils s'abstinrent de tout commentaire. Des bûches craquèrent, l'équivalent d'une explosion tant le silence était profond. Elles basculèrent, en partie consumées.

Matthias s'extirpa de son siège, réunit ses mains derrière son dos et alla vers l'âtre. Le feu que l'Aud avait allumé était magnifique. Des étincelles rouge et or s'envolaient dans le conduit de cheminée et les grandes flammes dégageaient une forte chaleur. Il s'en imprégna. « Ce que je me demande, c'est en fonction de quels critères il faudrait le juger. Si l'on s'en tient uniquement aux faits, le Roca a été parfois irrationnel. Qui nous dit que la foi authentique ne s'apparente pas à la folie ?

— Le Rocaan est apparemment incapable de concilier les enseignements du rocaanisme avec les effets de l'eau bénite.

— Vous voulez dire qu'il ne peut accepter qu'elle donne la mort ?

— La mort des incroyants. »

Matthias rit. « Si c'était vrai, la moitié des prélats ne seraient plus de ce monde. J'avoue que cela me trouble également, alors que mon esprit est moins pur que le sien.

— Vous pensez donc que ce qui s'est passé a altéré son bon sens.

— Je pense que ces événements nous ont tous affectés. » Matthias posa la main sur la tablette de la cheminée. « Mais je ne saurais dire si cela a ébranlé sa raison. Je sais qu'il a remis ses décisions en question et qu'il prête une oreille plus attentive que n'importe lequel d'entre nous à sa petite voix intérieure. Peut-être l'entend-il, qui sait ? »

Porciluna se leva. « J'ai la ferme intention de réunir les Anciens. »

Matthias s'écarta de l'âtre. Le devant de son corps était brûlant mais la pièce lui paraissait glaciale. « Si c'est pour le destituer, sachez que je m'y opposerai. »

Porciluna se renfrogna. « Pourquoi ? N'êtes-vous pas celui qui doit logiquement lui succéder ?

— Et hériter d'une charge que vos agissements priveraient de toute autorité morale ? Ça ne me tente pas, Porciluna. Un Rocaan reste un Rocaan jusqu'à sa mort. Et c'est lui qui désigne son successeur avant de quitter ce monde. Il en a toujours été ainsi.

— Il a déjà choisi.

— Oh, non ! » Matthias retourna vers le feu. Bien que réduites, les flammes étaient plus bleues que rouges et rien ne s'y reflétait. « Il m'a appris le secret de l'eau bénite afin de ne pas porter seul la responsabilité de son emploi. À aucun moment il n'a fait de moi son remplaçant. Je le soupçonne d'avoir voulu me punir parce que je l'avais incité à agir.

— Nous pourrions nous réunir sans vous.

— Mais vous ne le ferez pas. Il vous faut mon aval pour le destituer. Vous n'aurez personne pour le remplacer, ce que je ne ferai qu'avec sa bénédiction. » Il se tourna vers Porciluna. « Me suis-je bien fait comprendre ?

— Très clairement, lui répondit le prélat sur un ton qui l'exaspéra.

— Votre ironie est déplacée. Il est impératif que nous restions unis. »

Porciluna fit une moue. « Entendu. Nous serrerons les rangs. Pour l'instant. Mais je vous avertis, Matthias. S'il ne recouvre pas ses esprits, nous prendrons les mesures qui s'imposent.

— Je vous le ferai savoir, si son état empire. Je vous le dirai, quand le moment d'agir sera venu.

— Vous restez toujours maître de la situation, à ce que je vois ? » Porciluna s'inclina imperceptiblement, comme l'Aud, mais son expression était moqueuse. « Je vous laisse. Bonne nuit. »

Matthias ne se donna pas la peine de le saluer. Dès que son visiteur eut franchi la porte, il alla la verrouiller et s'y adosser.

De tels bouleversements au sein de l'Église n'auraient pu être plus inopportuns. Il espérait avoir écarté la menace, car l'avenir du rocaanisme n'était pas seul en jeu. Celui de leur île en dépendait, lui aussi.

QUARANTE ET UN

Il souffrait du froid et n'avait pas bénéficié d'un repos digne de ce nom depuis leur débarquement. Chargnard se recroquevilla derrière un tas de bois, dans un secteur reculé des Terres d'ombre. Il ne comptait pas les heures du jour ou de la nuit. Il ne prêtait attention à ces subtilités que lorsqu'on utilisait ses services. Entre-temps, il dormait quand il avait sommeil et mangeait quand il avait faim...

Et qu'il en avait la possibilité.

Il étendit son manteau sur ses petites jambes et empila des bourses vides pour s'improviser un oreiller. La brume grisâtre qui constituait l'essence des Terres d'ombre était fraîche, même si Rugar soutenait le contraire. Et le sol, cette assise invisible que nul ne pouvait voir, faisait penser au plat de la lame d'une épée. Totalement lisse et sans chaleur.

Ils se terraient dans ce refuge depuis un an et nul n'avait jugé bon d'octroyer aux calots écarlates un emplacement où dormir. Il s'était souvent entretenu de ce problème avec Tazy, le chef des francs-tireurs, qui avait chaque fois promis d'intervenir.

Et n'avait rien fait.

Il avait envisagé d'en toucher deux mots aux Gardiens, sans en trouver le courage. Il osait encore moins en référer à Rugar, qui n'eût quoi qu'il en soit pas tenu compte de sa requête.

Il se recroquevilla contre les rondins. Leur humidité le fit frissonner et il regretta de ne pas disposer d'une couche plus confortable avant de fermer les yeux. Tout était incolore, ici. Il ne supportait plus cette grisaille. Un jour, il s'était éclipsé pour aller se promener dans la forêt. À son retour – alors que la fille de leur commandant et ses compagnons de l'infanterie étaient présents – nul n'avait dit mot. Comme s'il n'existait pas.

Ils ne lui prêtaient pas attention. Au même titre que leurs épées, il n'était pour eux qu'un outil dont ils n'avaient besoin qu'en temps de guerre. Ne pas avoir de recours l'ulcérait. Il avait dans sa jeunesse rêvé d'acquérir des dons magiques – un jour lointain – et un statut de chaman ou d'enchanteur qui imposerait ses volontés à tout son entourage. Lorsqu'il modérait ses ambitions, il espérait devenir un Cavalier des songes capable de contrôler leur subconscient pendant leur sommeil.

Mais ses pouvoirs, s'il en avait, ne s'étaient pas plus développés que sa taille. Et il devait se contenter de faire des rêves de vengeance qui ne se réaliseraient jamais.

Silence était parti en mission et nul ne lui adressait plus la parole, ses congénères exceptés. Et leurs sujets de conversation étaient limités. Ils s'intéressaient aux emplacements où ils pourraient dormir à l'intérieur des Terres d'ombre et aux lieux où il y avait de la nourriture à l'extérieur. Rien de très enrichissant sur un plan intellectuel.

« Petit ! » Il avait perçu la pression d'une botte dans son dos.

Il garda les yeux clos, sans bouger. Il avait constaté bien des années plus tôt qu'ignorer les importuns suffisait parfois pour les inciter à repartir.

« Petit ! » Un mot que ponctua un coup de pied. Une douleur aiguë remonta sa colonne vertébrale.

Cet imbécile s'acharnerait sur lui jusqu'à ce que mort s'ensuive, s'il ne réagissait pas. Il ouvrit les paupières. Un grand fantassin le toisait, celui qui passait la majeure partie de son temps avec la fille de Rugar. Charognard avait à l'occasion pensé que son nom lui seyait comme un gant.

« Petit ! » Un autre coup de pied.

Il roula sur le côté. Fardeau ! Ses parents l'avaient appelé ainsi parce qu'ils étaient convaincus qu'il serait pour eux une lourde charge. Certains qu'il irait grossir les rangs des calots écarlates, ils avaient été surpris de le voir grandir, acquérir de la grâce et de la beauté. Tous les Fey de cette taille devenaient tôt ou tard des magiciens.

« Quoi ? » Charognard prenait soin de gommer tout ressentiment de sa voix. S'il avait protesté chaque fois qu'un blanc-bec lui avait rappelé son handicap, il eût cessé de vivre depuis longtemps.

« Nous avons besoin de ce bois. Éloigne-toi. »

Charognard soupira, attrapa son manteau et ses bourses et se redressa. Il garderait des ecchymoses, là où Fardeau l'avait frappé. Ce refuge avait été parfait pendant quelques jours. Peut-être réussirait-il à chiper celui de Vautour, sous l'escalier du Domicile.

« Hé, petit ? »

Charognard regarda le fantassin et constata que ses lèvres étaient pincées.

« Ne t'installe plus dans des endroits publics, ce n'est pas convenable. »

Charognard eut beau serrer les dents, il ne put s'empêcher de lancer : « Auriez-vous une meilleure idée ? »

Fardeau releva le menton, comme s'il venait de le gifler. « Qu'as-tu dit ?

— Je vous demandais si vous saviez où je pourrais aller me coucher. Nul ne veut d'un calot écarlate dans sa cabane. »

Le fantassin secoua la tête, sidéré. « Nous construisons nos propres logements. Vous n'avez qu'à en faire autant.

— Les Ménagers vous aident. Ils ne daignent même pas nous adresser la parole. »

Un haussement d'épaules. « N'avez-vous pas un chef ? Va lui exposer ton problème. »

Charognard le dévisagea. Il n'en croyait pas ses oreilles. Tous savaient que les calots écarlates étaient indépendants, qu'ils recevaient des ordres des francs-tireurs et des Gardiens mais ne formaient pas une unité organisée. Une interdiction du Roi noir. S'ils formaient un attroupement de plus de deux individus dans un lieu public, ils étaient passibles de prison et dans le pire des cas de la peine capitale.

« Je n'ai pas de chef. Si vous ne voulez pas me voir près de vos bûches adorées, vous devriez en toucher deux mots à un responsable.

— Ne t'a-t-on jamais dit de surveiller ton langage lorsque tu parles à un de tes supérieurs ? »

Charognard retint la réponse qui lui vint aussitôt à l'esprit. « Tout ceci me pose un problème, monsieur. Vous me dites de ne pas dormir au vu de tous et nul ne m'aide à m'aménager un logement. Vous me dites de m'adresser au chef de mon unité et je n'ai ni unité ni chef. Croyez bien que mon seul désir est de vous satisfaire. »

Fardeau secoua la tête. « Je n'avais pas pensé que ce serait si compliqué. Écoute, petit. Va te coucher hors de notre chemin. N'oublie pas que nous avons besoin de bois et d'eau. » Il désigna un secteur de grisaille désert en bordure des Terres d'ombre. « Installe-toi dans un endroit de ce genre, là où personne ne se rend jamais. »

Un court instant, Charognard imagina qu'il étranglait Fardeau, que ses petits doigts empêchaient l'air d'atteindre ses poumons. Cependant, il avait affaire à un fantassin, un soldat qui n'avait aucune magie mais qui savait se battre. Il l'aurait aussitôt terrassé et conduit aux Gardiens ou à Rugar, afin qu'il fût châtié.

C'est pourquoi il cala ses bourses sous son bras, prit son manteau et se leva. « Désolé, monsieur. Je vous suis reconnaissant d'avoir daigné m'apprendre ce que j'étais censé faire. Je vais m'éloigner sur-le-champ. Encore merci pour votre sollicitude.

— Il n'y a pas de quoi », répondit machinalement Fardeau. Il lui tourna le dos pour ramasser des bûches.

Charognard s'attarda et admira sa force. Tant de grâce et d'assurance, bien qu'il fût un simple soldat ! Il semblait conscient d'être un magicien en puissance.

Il en deviendrait un tôt ou tard. Tous les Fey aussi grands et minces voyaient un jour leurs dons s'épanouir. Ceux qui ne dépassaient pas la taille d'un enfant, tel Charognard, n'accédaient jamais à la magie.

Mais son entourage le traitait comme si son cerveau était également atrophié. Ce n'était pas le cas. Ce militaire n'avait même pas perçu l'ironie de ses propos. Il devait le croire incapable de tant de subtilité, tout comme il n'avait pas conscience que les calots écarlates avaient eux aussi besoin de confort.

Il soupira. Il irait jusqu'au Domicile et mendierait un peu de nourriture aux Ménagers. Puis il explorerait les Terres d'ombre à la recherche d'un emplacement où il pourrait dormir en paix.

QUARANTE-DEUX

La pleine lune nimbait les bois d'un halo argenté. Theron guidait son groupe sur le sentier en veillant à ne pas faire de bruit. Vingt combattants ne pouvaient espérer vaincre l'armée des Fey, même lorsqu'ils disposaient de réserves d'eau bénite aussi importantes. Néanmoins, ce plan était valable. Dès l'instant où quelques gouttes suffisaient pour éliminer leurs ennemis, peut-être réussiraient-ils à détruire leur base secrète.

Ce qui l'ennuyait, c'était d'avoir été nommé chef de cette section d'assaut.

Ceux qui le suivaient se déplaçaient moins bruyamment qu'il ne l'avait craint. Il avait grandi dans les bois – une des raisons pour lesquelles Monte l'avait promu responsable de ce groupe – mais à l'exception de ses amis les autres étaient de simples citadins qui avaient fait montre de bravoure au combat. Leur décontraction et leur discrétion l'étonnaient.

La pleine lune facilitait leur tâche. La forêt n'était pas sombre comme à l'accoutumée. On aurait pu croire que le jour s'était levé. Bien qu'elle fût argentée et diluée, ils bénéficiaient de sa clarté. Il humait dans l'air l'odeur des pins et du Cardidas qui coulait à une demi-lieue de distance. Des bruissements avaient à plusieurs reprises effrayé sa troupe, mais il avait aisément identifié ces sons. Un cerf qui fouissait le sol à la recherche de racines, un faucon en chasse ou un tsia qui appelait sa femelle ou son mâle.

Il pleuvait légèrement, quand ils s'étaient mis en marche. Un autre élément qui jouait en leur faveur. Theron voyait des empreintes de pas sur ce sentier. Quelqu'un les avait précédés peu auparavant. S'il n'y avait sans doute aucun rapport entre ces traces et leur attaque, il n'en était pas absolument certain. Il avait dit à ses compagnons de rester vigilants, que les Fey avaient pu être informés de leur approche.

Monte lui avait expliqué qu'ils devraient arroser d'eau bénite le centre du Cercle de lumières. S'ils réussissaient à franchir cette porte, tout serait parfait. Ce que le capitaine de la garde avait omis de dire – et n'avait pas eu à préciser – c'était que les assaillants se retrouveraient coincés à l'intérieur.

Les Fey étaient intelligents, il n'aurait pu le contester. Quand Monte lui avait indiqué où ils avaient établi leur base, Theron n'en avait pas été surpris. Cela confirmait l'habileté de leurs adversaires. Il connaissait le secteur. La plupart des cabanes du hameau avaient été abandonnées des années plus tôt. L'une d'elles avait été occupée par un couple sans enfant, des gens désormais très âgés ou décédés. La seule demeure digne de ce nom des alentours avait été le théâtre d'un épouvantable massacre le jour de l'invasion... Il était probable que les Fey prévoyaient déjà de s'installer dans la région.

Sans être en friche, ces bois étaient inhabités. Ils étaient trop proches de Jahn au goût des uns et trop éloignés pour les autres. On n'y trouvait pas de rivière qui allait se jeter dans le Cardidas dont le courant était ici impétueux. Nul n'avait songé à fonder dans cette partie de la forêt un véritable village. On ne pouvait vivre sans soucis dans un milieu aussi inhospitalier.

Il atteignit finalement les deux chênes décrits par Monte. La vision de leurs troncs et de leurs racines qui barraient le passage le rassura. Lorsque le capitaine de la garde lui avait lu les instructions inscrites sur une feuille, il s'était demandé combien de gens en avaient déjà pris connaissance. La perspective de se retrouver face à des Fey prévenus de leur arrivée le terrifiait.

Il en résulterait un effroyable massacre.

Comme toujours, quand les Fey bénéficiaient de l'effet de surprise. Ils tuaient rapidement, impitoyablement et brutalement. Les vingt membres de son groupe mourraient avant qu'il n'eût décelé la présence de l'ennemi.

Il s'arrêta près des arbres et leva l'index devant ses lèvres. Les autres s'immobilisèrent. Il discernait à peine leurs visages sous cette clarté argentée surnaturelle : Kondros, Matio et Adrian, des amis d'enfance ; Bendre, Cyta et Lysis, les seuls volontaires qui participaient à l'opération ; Ure, Surl et Ort, membres de la garde royale ; et ceux que dissimulaient les ténèbres. Tous le fixaient sans bruit. Il ne les entendait même pas respirer.

Il tendit le doigt vers le Cardidas. Il avait précisé qu'ils abandonneraient le sentier sitôt arrivés à destination. Il attendit qu'ils se soient regroupés pour leur montrer par où ils devraient passer, puis il leur fit signe de se taire et s'avança dans les fourrés.

La pluie avait détrempé le sol et une odeur de terre humide flottait dans l'air. Les points de repère correspondaient : un gros rocher sur la gauche, des foulées de biche dans les hautes herbes, un arbre mort au tronc étroit blanchâtre sous le clair de lune. Quand il atteignit l'emplacement du Cercle de lumières, il s'arrêta encore. Monte n'avait pas mentionné le plus visible des jalons.

Un anneau tracé sur le sol, assez grand pour que plusieurs personnes puissent s'y tenir et avoir leurs aises. Il n'y voyait aucun vestige de feu et la végétation n'avait pas été piétinée. C'était une bande de terre circulaire d'où pointaient quelques brins d'herbe et de petites fleurs. Elle occupait le centre de la clairière, là où ils auraient dû voir – toujours d'après Monte – un Cercle de lumières en suspension dans les airs.

Ses cheveux se dressèrent sur sa nuque. Il avait horreur des imprévus et des inexactitudes. Les cafouillages le rendaient nerveux. Si le capitaine de la garde n'avait pas précisé que l'auteur de ce plan d'attaque n'était autre que leur roi, il eût renoncé et ordonné de rebrousser chemin.

La clarté de la lune était plus vive à l'intérieur du disque dessiné sur le sol que partout ailleurs dans la forêt. Il semblait illuminé par une lanterne suspendue à une branche, alors qu'aucun arbre ne le surplombait.

Theron déglutit et chercha du regard le Cercle de lumières. Il se demanda comment il pourrait le discerner sous le clair de lune qui altérait également le ciel et lui apportait une étrange nuance grisâtre.

Il n'entendait pas un bruit. Ils étaient seuls dans les bois.

Une main se referma sur son épaule et il eût probablement crié s'il n'avait eu un sens de la discipline aussi développé. Il se tourna vers le visage rond de Kondros qui inclina le cou en direction de la clairière. Il secoua la tête. Kondros tendit le doigt. Theron regarda ce qu'il désignait.

Là, à l'aplomb de l'anneau tracé sur le sol, flottait un cercle qui eût été identique s'il n'avait été composé de lueurs papillotantes. Il s'y intéressa et les trouva familières. Elles lui rappelaient les feux follets qu'il avait vus après la tombée de la nuit à proximité de la Marguerite, lorsqu'il était enfant. Mais ce n'était pas des feux follets. Les clignotements étaient réguliers et les formes différentes. Il avait la conviction irrationnelle qu'il lui suffirait de toucher une de ces choses pour qu'elle lui parle.

Les doigts de Kondros comprimaient toujours son épaule. Il s'était avancé d'un pas sans en avoir conscience. Il jeta un coup d'œil à son ami.

Le Cercle était plus grand qu'il ne s'y était attendu. Franchir cette porte ne poserait aucun problème.

Il posa la main sur celle de Kondros, qui hocha la tête et le lâcha. Theron se tourna vers son groupe et leva trois doigts. Les hommes des premiers rangs l'imitèrent, à l'intention de l'arrière-garde.

Il se félicitait d'avoir prévu quatre plans d'attaque. L'avant-dernier était le moins risqué.

Ils se dispersèrent autour de la clairière, sans approcher du Cercle. Les membres de la première équipe – Cyta, Adrian, Ort et Luke, une jeune recrue que Theron suspectait de ne pas avoir l'âge requis pour s'enrôler – ouvrirent les bourses suspendues à leur hanche et sortirent leur arsenal. Quelques mois plus tôt, un garde avait eu l'idée de remplacer les burettes par des vessies de chèvre dotées d'une canule. Il suffisait de les comprimer pour que l'eau bénite jaillisse. Cette ingénieuse invention permettait d'arroser quelqu'un se trouvant à une distance deux fois plus importante qu'avec une fiole. Ils n'avaient qu'à orienter l'embout vers leur adversaire et exercer une pression sur le sac pour que son contenu suive une trajectoire incurvée sur deux bonnes toises. C'était une arme non seulement offensive mais aussi défensive, car ils restaient hors d'atteinte des Fey et de leur magie.

Les autres encochèrent des flèches trempées dans l'eau bénite pour attendre que des ennemis apparaissent. Ils s'étaient placés en position de tir à l'orée du bois et savaient qu'ils devaient être vigilants.

Theron se crispa. Lui seul n'avait pas pris son arc. Muni d'un couteau et d'une vessie, il laisserait ses compagnons décocher leurs traits. S'il voyait un Fey, il le tuerait au corps à corps.

Les quatre membres du commando traversèrent la clairière à croupetons. Cyta, leur chef, s'arrêta et leva le bras sitôt à proximité de l'anneau. Il l'aspergea d'une giclée d'eau bénite. Il n'y eut ni hurlements ni disparitions. Les lumières étaient toujours vives, les lieux déserts.

Cyta enjamba la bande de terre. L'étrange clarté qui nimbait le disque argenta son épiderme. Adrian le suivit, imité par Ort. Luke hésita avant de s'avancer. Lui seul regarda par-dessus son épaule pour s'assurer qu'il n'avait pas quelqu'un – ou quelque chose – sur ses talons.

Theron serra plus fort la vessie, tous les sens en alerte. La respiration de Kondros lui semblait brusquement trop sonore. Les bruits de pas et les bruissements de ceux qui se déplaçaient mettaient ses nerfs à vif.

Cyta se dirigeait vers les lumières, comme en extase. Il tenait la poche d'eau bénite devant lui, tel un bouclier. Ses compagnons l'imitaient. Il atteignit le cercle papillotant et tendit lentement sa main libre. Elle passa au travers et fut engloutie par les ténèbres. Pris de violents tremblements, il fut repoussé en arrière et tomba à l'extérieur de l'anneau, près de l'orée des bois.

Ses camarades visèrent le centre de la porte et l'arrosèrent. Un obstacle invisible arrêta l'eau bénite et la renvoya vers eux, les aspergeant. Ils se tournèrent pour s'enfuir et furent stoppés net lorsqu'ils atteignirent la bande de terre, comme s'ils se trouvaient dans un cylindre de cristal.

La clarté devint aussi vive que si d'innombrables bougies avaient été allumées sur la lune. Tous s'étaient figés. Ils ne pouvaient en croire leurs yeux.

Puis des Fey apparurent derrière eux, du côté opposé de la clairière. Theron allait lancer une mise en garde quand des mains se refermèrent sur sa taille et le firent pivoter. Il pressa par réflexe la vessie et détendit l'autre bras. Son couteau s'enfonça dans un ventre. L'eau bénite aspergea un visage et pénétra dans une bouche qui s'ouvrait sur un cri. Mais ses compagnons s'étaient laissé surprendre. Ils lâchaient leurs arcs et hurlaient en sentant les épées des Fey leur traverser le corps.

Theron s'écarta de son adversaire qui commençait à fondre et arrosa les ennemis qui les cernaient. Ils tombèrent à la renverse en se griffant la face, la poitrine et les bras. Kondros, dont le flanc était ensanglanté, utilisait sa vessie pour projeter de l'eau de toutes parts. Theron passa en courant derrière les Fey qui embrochaient ses hommes et rata la plupart d'entre eux.

Les assaillants décampèrent vers le Cercle et Theron, Kondros et d'autres survivants les prirent en chasse. Les jets d'eau bénite s'entrecroisaient dans les airs. Ils étaient spectaculaires mais d'une portée insuffisante pour atteindre les Fey qui sautaient l'anneau de terre puis disparaissaient dans l'anneau lumineux.

Restaient six femmes. Elles agrippèrent les trois insulaires qui essayaient toujours de franchir l'obstacle magique et les tirèrent vers la porte papillotante.

Theron se précipita, suivi par Kondros. Les hurlements l'assourdissaient et la puanteur de la chair grillée se répandait dans la clairière. Il atteignit le pourtour de l'anneau et utilisa sa vessie. L'eau s'étala comme sur une vitre et ses ruissellements révélèrent une barrière autrement invisible.

Kondros passa près de lui pour la marteler de ses poings. Cyta alla lui prêter main-forte, bientôt imité par Theron. Ils s'acharnaient sur un matériau aussi lisse que la glace et aussi solide que le métal. Ils ne voyaient au-delà du Cercle de lumières qu'une étrange clarté blanchâtre. Leurs camarades semblaient flotter dans le néant, alors que les femmes les tiraient vers des maisons nichées dans la nappe luminescente. Puis les ténèbres revinrent et leur dissimulèrent la scène.

L'obstacle qu'ils ne pouvaient voir se dématérialisa et Theron bascula à l'intérieur de l'anneau. Il chut tête la première dans l'herbe humide et un grognement lui apprit que Kondros avait lui aussi perdu l'équilibre. Cyta s'accroupit au-dessus d'eux, pour déclarer :

« Ils ont la situation en main. Ils savaient. »

Informés de leur venue, ils avaient tout organisé pour faire des prisonniers. Des prisonniers dotés de vessies d'eau bénite. Theron doutait toutefois qu'ils puissent s'en servir pour recouvrer leur liberté. S'il avait capturé des ennemis, il se serait empressé de les désarmer.

« Ils voulaient s'emparer de notre arsenal, dit-il. Et nous n'avons rien fait pour les en empêcher.

— Nous ne savions pas, rappela Kondros.

— Moi si, grommela Theron. Notre mission était bien trop risquée. C'est pour cela que j'ai pris tant de précautions. On croirait presque que le roi nous a délibérément sacrifiés. S'il souhaitait détruire leur place forte, pourquoi n'a-t-il pas envoyé un détachement plus important ? N'a-t-il pas agi inconsidérément en plaçant tous ses espoirs dans l'efficacité de l'eau bénite ?

— Nous aurions pu réussir, dit Cyta. Ses effets sur les Fey sont incontestables.

— Certes. Néanmoins, le feu qui brûle le bois et nous consume permet également de forger des épées.

— Nous ne devons pas nous attarder en ce lieu », décréta Kondros.

Theron se redressa et essuya la poussière qui maculait son visage. Combien de morts ? Combien de blessés ? Il avait fait vœu de mourir avec ses hommes s'ils subissaient une attaque. Comment pourrait-il vivre après un tel fiasco ?

« Rien ne presse, dit Cyta. S'ils avaient voulu nous exterminer, nous ne serions plus là. » Il prit la main de Kondros, pour le hisser. « Non. Ils désirent que nous rentrions faire notre rapport à Jahn.

— Ils savent qu'annoncer qu'ils détiennent de l'eau bénite sèmera la panique.

— Ils veulent nous informer qu'ils sont les maîtres du jeu », intervint Kondros.

Theron se passa de l'aide de Cyta pour se lever. « C'est faux. S'ils disposent d'une forteresse imprenable, elle se situe sur nos terres et ils y sont assiégés. Nous les exterminerons jusqu'au dernier. Nous ne renoncerons pas pour si peu. »

Il l'espérait, à tout le moins. Il soupira et laissa ses compagnons l'attendre à l'extérieur du Cercle pendant qu'il regagnait les bois pour y chercher des survivants.

QUARANTE-TROIS

Solanda suivait la rue obscure à petits pas rapides. Les pavés étaient froids et durs sous ses pattes. Même à cette distance des quais, l'odeur de poisson était enivrante. Elle ravala sa salive et décida de s'offrir un saumon entier sitôt qu'elle aurait terminé sa mission.

Nulle lumière ne brillait dans les maisons silencieuses. La plupart des gens dormaient encore. Elle avait esquivé ceux qui s'étaient levés pour partir en mer. Les insulaires adoraient les chats et l'appelaient dès qu'ils la voyaient. Elle pouvait résister à leurs voix mais pas à leur nourriture. Après l'avoir attirée chez elle avec des foies de poulet et des caresses, une femme l'avait empêchée de ressortir. Solanda avait dû attendre la nuit pour recouvrer forme humaine, ouvrir la porte et s'enfuir. Elle ne s'y laisserait pas prendre deux fois.

Surtout pas ce soir. Sur l'ordre de Rugar, elle avait quitté les Terres d'ombre quand la lune était au zénith. Elle avait traversé discrètement les bois, contente d'avoir procédé à sa métamorphose avant son départ en voyant la petite troupe d'insulaires approcher. Ils avaient livré combat juste à l'extérieur du Cercle, en ignorant dans quel guêpier ils se fourraient.

Elle regrettait d'avoir raté ça. Cette victoire. La nuit, elle s'allongeait sur un matelas subtilisé dans une des masures du hameau – elle était allée le chercher et l'avait raccommodé sans aide, étant donné que les Ménagers étaient débordés de travail – et elle se remémorait les glorieuses campagnes auxquelles elle avait participé. Elle retrouvait parfois les sensations que procurait un triomphe, lorsqu'on s'emparait d'une civilisation pour en conserver le meilleur et changer tout le reste. Après s'être approprié une contrée, les Fey nommaient un gouverneur chargé de relancer la productivité et mater la population sans trop bouleverser ses habitudes. Les vainqueurs instauraient naturellement leur système légal et gouvernemental mais s'abstenaient d'intervenir dans le domaine des arts, du langage et des coutumes.

Ici, la situation était toujours instable et elle se sentait désemparée. Vivre dans les Terres d'ombre et devoir se plier aux volontés de Rugar l'exaspérait. Il s'inquiétait pour elle et lui interdisait d'aller en ville à sa guise, parce qu'elle était l'unique métamorphe de cette expédition et qu'il redoutait de la perdre.

Une peur qui le privait de son meilleur atout. Solanda et ses semblables étaient sans grande utilité s'ils n'exécutaient que des tâches insignifiantes. Ils n'avaient pas leur pareil pour espionner leurs adversaires au cœur des pays nouvellement conquis, les écouter et apprendre leurs secrets. Les Fey leur devaient d'avoir remporté certaines campagnes interminables.

Elle redressa la tête et suivit une odeur d'urine le long du caniveau. Elle s'arrêta, renifla et vit deux mâles se disputer ce territoire. Entre les immeubles obscurs, la rue était déserte. Elle détala aussitôt, car elle ne tenait pas à être mêlée à leurs mesquines revendications. Le jour où elle n'avait pu s'y soustraire, elle avait regagné les Terres d'ombre en sang et couverte d'égratignures parce qu'elle ne s'était pas comportée comme une chatte normale.

Les insulaires avaient sommairement réparé la porte du mur d'enceinte du palais. Ils avaient bâclé leur travail, se contentant de clouer des planches sur la brèche ouverte par le bélier. Elle se glissa sous un panneau, en un point où le bois avait éclaté. Elle prit soin d'éviter les échardes, car elle ne supportait pas d'en avoir dans sa fourrure. Puis elle s'éloigna en se pavanant et en contournant les flaques d'urine et les monticules de crottin des chevaux. Les odeurs du palais l'incommodaient... Il y avait ici trop d'humains entassés dans un espace exigu, des animaux livrés à eux-mêmes au fond de la cour, un potager et un jardin démesurés amendés à l'ancienne avec des engrais organiques.

Quand les Fey seraient les maîtres de l'île, ils changeraient certaines habitudes insalubres de cette petite communauté arriérée.

S'ils en devenaient un jour les maîtres, évidemment.

Elle sauta sur une grosse pierre à proximité des cuisines et s'accorda le temps de reprendre son souffle. Elle leva machinalement une patte, la lécha puis la passa sur sa face pour se débarrasser des odeurs qui avaient imprégné sa fourrure pendant ses déplacements nocturnes. Elle ne supportait pas les doutes qui filtraient dans son esprit. Ils étaient inspirés par Rugar, qui n'assumait pas son rôle de chef ainsi qu'il l'aurait dû. Un commandant digne de ce nom serait sorti de leur cachette. Il aurait utilisé les talents de son peuple pour faire assassiner ces insulaires dans leur sommeil.

Mais il craignait qu'ils dissimulent des fioles de poison sous leur traversin. Il redoutait de perdre tous ses hommes et de se retrouver sans armée.

Des craintes d'ailleurs fondées. Sur les six doubles

qui les avaient accompagnés, deux étaient morts à l'intérieur du Tabernacle. Le premier avait péri pendant la Première Bataille de Jahn et le second en touchant par inadvertance une bouteille qu'il croyait pleine d'eau normale mais qui contenait cette effroyable potion. Elle n'en eût jamais rien su si elle n'était passée dans les parages quelques jours plus tard et n'avait entendu des Frocs noirs parler d'un Fey impudent qui s'était aventuré dans ce lieu saint et avait commis une erreur fatale.

Elle devait en envoyer deux autres dans cet endroit maudit. Les Gardiens des sortilèges étaient incapables de percer le secret du poison et ce serait à des agents déjà introduits dans la place de découvrir sa composition.

La porte des cuisines s'ouvrit sur un homme qui regarda la cour. La chaleur de l'âtre avait rougi son visage. De la sueur perlait sur son front et humidifiait sa veste blanche qui adhérait à son dos. L'odeur de sa transpiration était aussi puissante que celle de la nourriture. Le ventre de Solanda gronda. Elle baissa la patte, leva les yeux et miaula.

Il la vit et sourit. « Tu es bien matinale, petite demoiselle. Tu as voulu prendre tes congénères de vitesse, c'est ça ? »

Elle miaula encore puis sauta de la pierre et alla se frotter à ses jambes. Il passa une énorme main sur sa fourrure. Il sentait le poulet qu'on vient de tuer, les épices et le bois. Elle lécha sa paume, qui avait un goût de sel.

« Attends, ma belle. Le boucher m'a laissé une friandise qui devrait te plaire. Je vais te l'apporter avant que tes amis rappliquent. Comme ça, tu n'auras pas à la partager. »

Elle s'assit sur son arrière-train et le regarda refermer la porte. Des voix résonnaient dans la cour. Les serviteurs se mettaient au travail. Un cheval hennit. Le ciel virait au rose. Ce serait une belle journée.

Il rouvrit le battant et posa devant elle une assiette contenant du foie de poulet haché. Il n'y en avait qu'un seul mais il suffirait pour la rassasier car elle avait peu d'appétit. Elle s'entortilla autour de ses jambes et envisagea de bondir pour traverser les cuisines. Toutefois, la gourmandise l'emporta sur le sens du devoir. Elle approcha du plat et dévora si goulûment les abats qu'elle n'eut pas le temps d'en apprécier la saveur. Lorsqu'elle était une chatte, elle mangeait comme une chatte – si vite qu'il lui arrivait de tout rendre –, esclave de la voracité, des sensations et des désirs. Elle engloutit ce repas en quelques secondes.

Elle s'assit pour lécher ses moustaches. Le cuisinier la contemplait avec un sourire attendri. La chaleur de l'âtre parvenait jusqu'à elle par la porte restée ouverte.

Il vit à quoi elle s'intéressait et sortit en refermant le battant derrière lui. Il s'accroupit et lui présenta sa main, qu'elle renifla au cas où elle aurait contenu un peu de nourriture supplémentaire.

« Je ne peux pas t'autoriser à entrer, ma belle. Je le paierais cher, c'est certain. Mais si tu reviens chaque matin, je me débrouillerai pour te gâter. »

Elle se laissa caresser afin de manifester sa gratitude tant pour l'information sur les cuisines que pour le foie de poulet... des abats qui lui avaient donné soif. Elle devait se trouver à boire. Elle jeta un coup d'œil envieux au bol vide puis s'éloigna dans la cour d'un pas majestueux, tout en se pourléchant.

Rugar lui avait dit de ne pas importuner Silence qui glanait auprès du roi de précieux renseignements. Cependant, Tel travaillait dans les écuries depuis un an et rien de ce qu'il avait rapporté n'avait grand intérêt. Tant à Nye qu'à L'Nacin, les maîtres palefreniers apprenaient maintes choses par les nobles qui utilisaient fréquemment leurs montures. Mais, sur l'Île Bleue, seul le jeune prince pratiquait l'équitation de façon régulière et il n'était pas du genre à confier des secrets d'État au premier venu.

Solanda avait horreur des écuries. Il lui était souvent arrivé d'effrayer un cheval qui avait failli la piétiner. Guère impatiente d'exécuter sa mission, elle s'assit pour terminer sa toilette puis se chercha une flaque d'eau de pluie. La seule à sa disposition se trouvait dans un secteur boueux. Elle lapa un peu d'eau et les grains de terre qu'elle contenait la firent tressaillir. Ça suffirait. Pour l'instant.

Il n'y avait ici que quinze chevaux, dans de grandes stalles. Le sol avait été lavé et la litière changée. Elle entra et éternua, plus en raison de l'odeur âcre des animaux que pour toute autre cause. Il n'y avait près de la porte que la sellerie et des bottes de paille. Elle sauta sur l'une d'elles pour attendre Tel.

Elle l'avait rencontré deux fois depuis sa métamorphose, en des lieux convenus. Ce jour-là, il n'était pas averti de son passage et elle ne savait trop comment procéder. Lors de leurs rendez-vous précédents, elle avait repris son corps de Fey.

Un garçon d'écurie arrivait du fond du bâtiment. Il tenait par la bride un étalon noir ombrageux et elle recula sur la botte de paille, pour se dissimuler. L'animal ne remarqua pas sa présence et le jeune palefrenier le sortit dans la cour.

Quelqu'un sifflotait près des stalles. Elle tendit le cou pour regarder dans cette direction. Elle ne vit rien. Elle ne pouvait s'aventurer dans l'allée et risquer de se faire piétiner.

Deux autres garçons d'écurie passèrent avec des chevaux, puis elle aperçut enfin Tel. Il portait la tenue d'un maître palefrenier et donnait des ordres. Elle attendit qu'il fût seul pour s'avancer sur la cloison de bois d'un box inoccupé.

Le corps que possédait le double avait de larges épaules et des muscles saillants, mais les insulaires n'étaient pas très grands et celui-ci ne faisait pas exception à la règle. Ses cheveux étaient bruns et rien en lui ne révélait qu'il était sous l'emprise d'un Fey.

Il jura et se détourna sitôt qu'il la vit, sans doute pour appeler un garçon d'écurie à la rescousse. Elle s'empressa de miauler et de lever une patte. Intrigué par son comportement, il s'intéressa à elle en fronçant les sourcils.

Elle s'assit à côté d'un pilier pour lui dire dans leur langue natale : « J'ai grand-soif. Apporte-moi de l'eau fraîche hors de cette bâtisse puante.

— Mais...

— Un double doit exécuter les ordres de ses supérieurs. » Sur ces mots, elle sauta au bas de la cloison. Des brins de paille s'étaient coincés entre ses coussinets et elle le maudit. Pourquoi ne s'était-il pas approprié le corps d'un individu exerçant une autre profession, bon sang ? Elle secoua la patte pour faire tomber les fétus puis alla l'attendre à l'extérieur.

Le soleil pointait au-dessus de la porte. La journée serait chaude et brumeuse, après la pluie de la nuit. Elle se dirigea vers un endroit ensoleillé et laissa la chaleur l'imprégner.

Tel sortit finalement. Il tenait un bol en céramique qu'il posa devant elle avant de s'asseoir en tailleur.

« Qui es-tu ? » demanda-t-il en fey.

Elle regarda de tous côtés pour s'assurer que nul ne pouvait les entendre.

« Premièrement, exprime-toi dans la langue locale. J'ai fait suffisamment de progrès depuis un an pour tout assimiler. Deuxièmement, fais semblant de vouloir m'apprivoiser. Parle-moi comme à un bébé, car c'est ce que font ces insulaires stupides lorsqu'ils s'adressent à un chat. Troisièmement, je te fournirai des instructions en fey. Nul ne devrait se rendre compte de quoi que ce soit. Et quatrièmement, pauvre idiot, Rugar n'a emmené avec lui qu'une métamorphe.

— Solanda.

— La seule et unique. Maintenant, si ça ne t'ennuie pas, je vais me désaltérer. » Elle alla se pencher au-dessus du bol, pour projeter l'eau dans sa bouche à petits coups de langue. Les chevaux étaient des animaux dorlotés qui n'avaient pas à boire dans des flaques boueuses. Elle lapa la moitié du bol – elle n'avait pas eu conscience d'être assoiffée à ce point – avant de se rasseoir et de regarder Tel.

« Tu as de l'eau dans tes moustaches, dit-il.

— Remarque pertinente », commenta-t-elle. Elle secoua la tête et l'éclaboussa. Il s'essuya le bras et grimaça. Les doubles exaspéraient Solanda. S'ils jouaient un rôle aussi important que les métamorphes, ils manquaient vraiment de classe. « C'est Rugar qui m'envoie. Il estime que les renseignements que tu lui transmets sont sans intérêt et il veut que tu t'infiltres dans le Tabernacle.

— Quoi ? »

Un garçon d'écurie sortit un autre cheval. Solanda se rapprocha de Tel et frotta sa tête contre sa jambe. Elle ronronna. Il posa en hésitant une main sur son dos. La puanteur des chevaux lui fit plisser le museau.

Elle attendit que l'importun fût au loin pour ajouter : « Tu devras découvrir le secret de fabrication de leur poison. Les Gardiens des sortilèges n'ont pu le percer.

— Par l'Épée ! » s'exclama-t-il. Elle ne connaissait

pas cette expression mais présuma qu'il s'agissait d'un juron. « Je risque d'y laisser ma peau.

— Ici, tu risques de te faire réduire en bouillie d'une ruade. Et, quitte à mourir, ne préférerais-tu pas pousser ton dernier soupir en sachant que tes informations nous sauveront peut-être ? »

Il regarda d'un côté et de l'autre, en la grattant derrière l'oreille. Elle ne put s'en empêcher. C'était si agréable qu'elle se frotta contre lui.

« Écoute, fit-il en fey. J'ai entendu dire qu'entrer dans ce bâtiment nous est fatal.

— Balivernes ! Je pourrais citer plusieurs de nos semblables qui sont allés là-bas.

— En sont-ils revenus ? »

Non. Tous étaient morts. Même les doubles. « Ils ont manqué de prudence. » Elle s'écarta, en dépit de ses caresses. « Si tu refuses d'exécuter cette mission, j'enverrai un calot écarlate te plonger dans l'eau et te rendre ton aspect d'origine. Tu devras alors regagner les Terres d'ombre par tes propres moyens et privé de toute protection. »

Il s'essuya les mains sur son pantalon et baissa les yeux sur elle. « C'est un coup bas, grommela-t-il dans la langue locale.

— Ce poison me terrifie et je ne souhaite qu'une chose : quitter cette île au plus vite. Notre dernière tentative de fuite s'est soldée par un échec et je commence à craindre que Rugar ne décide de s'y installer définitivement. Je n'y tiens pas. Je désire repartir. Nye n'est certes pas un paradis, mais la vie y est tout de même plus agréable que dans les Terres d'ombre. »

Il la regarda longuement, les paupières mi-closes, et elle put voir le Fey qui se tapissait dans cet homme. L'eau bénite le terrifiait autant qu'elle.

Il inhala à pleins poumons, se massa le front et soupira. « Et je suis censé changer de personnage dans combien de temps ?

— Sur-le-champ. Je ne suis pas la seule que ronge l'impatience. »

Il se renfrogna puis ramassa le bol et jeta l'eau restante sur le sol. Elle manqua lui reprocher son impolitesse – il aurait tout de même pu lui demander si elle n'en voulait plus – mais cela sautait aux yeux que c'était volontaire.

« Tiens-nous informés de tes progrès, ajouta-t-elle. Un messager t'attendra dans l'entrepôt le plus proche de nos anciennes Terres d'ombre, demain à minuit. »

Sans confirmer qu'il avait compris ses instructions, il lui tourna le dos et rentra dans l'écurie. Elle resta un moment sur place, tentée de le suivre. Il se sentait chez lui, ici. Elle avait reconnu les symptômes. Elle avait été confrontée à deux cas de ce genre, à Nye... des doubles qui avaient changé de camp sous l'emprise d'hôtes à la personnalité plus forte que la leur. Elle avertirait Rugar. C'était à lui de décider si Tel représentait une menace pour leur communauté. Elle espérait que non. Les effectifs de leur petite armée avaient fondu comme neige au soleil, depuis un an.

Elle n'avait pas le temps de s'appesantir sur la question. Il lui restait à s'entretenir avec un autre double et s'éclipser avant que les nobles ne s'éveillent.

Elle repartit dans la cour en trottinant. Elle regrettait un peu de ne pas s'être faufilée dans les cuisines mais d'avoir pu se désaltérer l'emplissait de satisfaction. L'humidité de la terre et des pierres s'évaporait sous les rayons du soleil. Elle voulait en finir au plus tôt puis se chercher un coin d'ombre frais et agréable où elle ferait une petite sieste.

Elle franchit un angle, passa devant les cuisines et longea les arcades en esquivant les pieds des serviteurs affairés qui, pour la plupart, ne lui prêtaient pas attention. Les lieux étaient bruyants – poulets qui caquetaient pendant la distribution du grain, chevaux qui hennissaient et gens qui se saluaient d'une voix sonore. Un vieux matou au poil broussailleux et à l'oreille déchiquetée feula pour l'intimider. Elle déguerpit après avoir répondu, pour la forme, à ce chat tapi dans une cavité de la muraille autrefois occupée par une pierre descellée. Elle avait ici d'autres congénères et ne souhaitait pas qu'il y eût une bagarre.

Elle trouva finalement ce qu'elle cherchait, une porte donnant dans le couloir de la Grande Salle. Elle s'y appuya et tenta de la pousser. Sa masse était insuffisante. Elle parcourut du regard les alentours, en espérant que quelqu'un viendrait vers elle. Nul n'en avait apparemment l'intention et elle s'allongea à côté du seuil, tous les muscles bandés pour bondir à la première occasion.

Elle sommeillait depuis près d'une heure quand le panneau s'ouvrit enfin. Elle se glissa entre deux bottes sans faire cas d'un « Hé ! » de surprise et détala dans le corridor. Elle ignorait où était Quête mais savait que c'était ici qu'elle avait le plus de chances de le trouver.

Le soleil avait réchauffé l'atmosphère et l'air était plus frais à l'intérieur du palais. Elle pressa l'allure, heureuse de ne plus avoir des pierres aussi chaudes sous les pattes. Il régnait ici une odeur étrange, un mélange de poussière et de pain sortant du four. Elle n'avait aucun but précis et se dirigea vers les cuisines.

Elle entendit finalement des voix : une femme qui répondait doucement à un homme au bas d'un escalier. Elle s'arrêta derrière un angle pour lorgner au-delà. C'était une servante, svelte et blonde, aux cheveux encore plus clairs que sa peau. Sa robe de domestique avait un profond décolleté mais elle semblait avoir remonté son corset et brandissait un plumeau à la façon d'une épée. Son interlocuteur n'était autre que Quête, dans son rôle d'intendant du palais. Il lui donnait des ordres, qu'elle contestait. Il perdit soudain patience et lui arracha des doigts l'ustensile de ménage pour le lancer au loin. L'objet glissa sur le sol et s'immobilisa près de Solanda, qui ne recula pas assez rapidement.

« Oh, Seigneur ! s'exclama la femme. Ce n'est pas moi qui l'ai laissé entrer, monsieur.

— Mais tu feras le nécessaire pour qu'il sorte », répondit Quête.

La servante courut vers Solanda, qui la croisa et alla percuter la jambe du double. Il cria lorsqu'elle planta ses griffes dans son pantalon et en entama l'escalade. Il la repoussa et elle mordit sa main.

« Débarrasse-moi de cette bête ! ordonna-t-il à la domestique qui approchait en balbutiant des excuses.

— Imbécile, lui chuchota en fey Solanda. Il faut que je te parle. »

La jeune femme saisit Solanda qui souffla et enfonça plus profondément ses griffes. « Je suis navrée, monsieur. Je n'avais pas vu cet animal.

— Va faire le ménage, je me charge de cette peste.

— Elle est vraiment étrange. Je n'avais encore jamais entendu un chat miauler comme ça.

— File, si tu ne veux pas que je te châtie sur-le-champ. »

La servante s'empressa d'aller ramasser son plumeau puis de disparaître dans le couloir.

« J'espère que c'est toi, Solanda, murmura Quête en lui faisant lâcher prise. Sinon, je te tordrai le cou.

— Vieux grincheux. Emmène-moi dans un endroit plus discret, j'ai des choses à te dire.

Il la cala d'une main contre son épaule, comme si c'était un nourrisson, et gravit les marches. Ils laissèrent le premier palier et sa fenêtre close par une tapisserie pour atteindre l'étage. Son statut était important et s'accompagnait de quelques privilèges, dont une chambre au palais.

Cette pièce était peu spacieuse et il aurait fallu battre et aérer le matelas de plumes du vieux lit. La fenêtre privée de tentures apportait cependant une sensation d'espace. Il la posa sur une carpette moisie – de toute évidence récupérée dans les rebuts de la noblesse – et se dirigea vers une cuvette. Il retira sa chemise, ce qui révéla de longues griffures sur son flanc et ses bras.

« Tu aurais pu modérer tes ardeurs ! »

Elle sauta sur le lit et la poussière qui s'éleva la fit éternuer. Les grains partirent à la dérive dans la lumière qui entrait par la fenêtre. Elle s'assit et s'essuya le mufle et la bouche avec le côté de sa patte. Elle éternua encore lors de l'inspiration suivante. « Ne fais-tu jamais le ménage ?

— Je n'ai même pas le temps de dormir. » Il prit un linge déchiré et le trempa dans l'eau. « Être intendant du palais a des avantages – et me permet d'écouter beaucoup de choses – mais je croule sous le travail. »

Elle soupira. Des récriminations. Elle avait cela en horreur. À entendre les doubles, on aurait pu croire qu'elle avait une tâche de tout repos. Elle devait toutefois reconnaître qu'elle n'avait pas à se faire passer pour un insulaire du matin jusqu'au soir.

Il nettoya le sang et grimaça. « Par les Puissances, ça fait mal !

— Les chats griffent, rappela-t-elle sans présenter d'excuses. Si j'étais toi, je consulterais un guérisseur pour éviter tout risque d'infection.

— Ils n'en ont pas, ici.

— Ils en auraient pourtant besoin.

— Leurs médecins s'apparentent à des bouchers. Ils ignorent tout des Mystères.

— Enfin, ces choses sont secondaires. »

Il cessa de s'essuyer. « Rugar veut que je rentre ?

— Non. » Elle allongea ses pattes antérieures sur le matelas de plumes et arc-bouta les postérieures. Elle n'arrivait pas à se détendre. Toute cette poussière la rendait folle. « Accorde-moi un instant. »

Elle ferma les yeux pour se concentrer et se représenter son corps. Elle grandit et s'étira, sa magie la nimba. Finalement les chatouillis furent remplacés dans ses narines par une légère odeur de moisi et de soleil. La douceur du lit amortit le choc de la métamorphose. Quand tout fut terminé, elle se retrouva à croupetons sur la couverture.

L'expression à la fois concupiscente et choquée de Quête l'incita à rester ainsi. Elle avait oublié que les doubles étaient des obsédés sexuels.

« Désolée, fit-elle en regrettant de n'avoir rien pour couvrir sa nudité. Je suis restée très longtemps une chatte, aujourd'hui. »

Elle lisait dans son sourire de la compréhension et de l'ironie, deux choses qui ne lui plaisaient guère. Il posa le linge sur le porte-serviettes et s'assit près d'elle. Elle ne s'écarta pas. Le contrarier eût été stupide.

« Il ne désire pas que tu regagnes notre camp », dit-elle pour reprendre leur conversation et modifier le cours de ses pensées.

Ce fut efficace. Il se pencha et la dévisagea. « Toutes mes informations étaient exactes. »

Elle le confirma, heureuse de l'avoir placé sur la défensive. « Elles n'ont pas pour autant comblé nos besoins. Tout indique que le pouvoir est ici grandement partagé.

— Les rocaanistes n'interviennent pas dans les affaires d'État. »

Elle y avait réfléchi. « Non, mais ils connaissent le secret de cette potion. »

Il blêmit. Elle admirait la capacité des doubles à conserver la plupart des caractéristiques de leurs hôtes.

« Tu t'en doutais, ajouta-t-elle.

— J'ai entendu des rumeurs. » Il passa la main dans sa chevelure dégarnie et tressaillit. Le mouvement avait tiraillé ses égratignures. « Ils ont découvert des ossements, puis un Aud a fondu. Ils en ont conclu qu'il s'agissait d'un Fey sous un simple déguisement.

— Nous avons perdu deux des tiens dans le Tabernacle. Rugar espérait ne pas avoir à envoyer d'autres agents là-bas, mais nous n'avons pas trouvé le secret de leur poison.

— Comment pourrais-je réussir ? » Sa voix grimpait dans les aigus. « Les religieux manipulent ce produit à longueur de temps.

— Pas tous. Même moi, je le sais. »

Il n'eut pas la bonne grâce de sourire pour se faire pardonner d'avoir tenté de la tromper.

Elle regretta un instant d'être redevenue humaine. Dissimuler sa colère était difficile. Ces deux couards lui tenaient tête. « Tu ne devrais pas laisser tes peurs t'influencer. Il faut obtenir des réponses. Sinon, nous mourrons jusqu'au dernier. Crois-tu éviter à jamais ce poison ? Que feras-tu quand ils décideront de l'utiliser pour tester la loyauté du personnel du palais ? Ils y penseront tôt ou tard, même si cela ne leur est pas encore venu à l'esprit.

— Oh, c'est chose faite ! Tous les conseillers ont dû se soumettre à l'épreuve de l'eau. »

Tous ? Elle s'en étonna. « Enfin, tu as intérêt à découvrir leur secret.

— Tu n'as pas de compassion », fit-il. Et il daigna sourire. Elle se demanda pourquoi il trouvait sa froideur amusante.

« Aucune. » Elle n'ajouta rien.

Il caressa son bras. « J'avais oublié que nos femmes sont si belles. »

Elle baissa les yeux sur sa main. « Les insulaires me répugnent. »

Il rougit et s'écarta. « Je n'en suis pas un », rappela-t-il sur un ton indiquant qu'il la comprenait malgré tout.

Elle posa les pieds sur le sol et s'étira, pour le mettre au supplice. Ces mouvements étaient agréables. Elle redécouvrait qu'il était merveilleux de posséder de si longs membres. Quand elle eut terminé ses exercices, elle se tourna vers lui et s'assit en tailleur. Il contempla son corps mais s'abstint de la toucher.

« Rugar ne m'a pas envoyée t'émoustiller ou te récompenser. Il juge tes informations insatisfaisantes. Il comptait sur toi et tes semblables pour obtenir des renseignements qui nous permettraient de vaincre ces gens. Au lieu de cela, vous vous êtes tous confortablement installés dans vos nouvelles vies.

— Tous ?

— Il y a trop longtemps que nous sommes ici et les insulaires ont localisé nos secondes Terres d'ombre. S'ils trouvent un moyen d'y pénétrer, ils nous extermineront. Nous ne reverrons jamais nos familles. Nous ne quitterons jamais cette île.

— Je n'en suis pas responsable.

— C'est exact, mais que tu te sois abstenu d'agir parce que tu craignais pour ta vie me consterne. Tu ne dois pas hésiter à te sacrifier pour ton peuple. C'est ce que tes pouvoirs exigent de toi. Et voilà que tu te terres dans cette chambre de bonne et essaies de nous convaincre que tu fais œuvre utile en assurant la propreté du palais de leur roi.

— La réalité est différente...

— Vraiment ? Tout confirme pourtant mes propos.

— Je pensais apprendre ici des choses capitales. »

Ce fut au tour de Solanda de sourire. Avec froideur. « Si c'était le cas, tu aurais su qu'ils avaient localisé les Terres d'ombre. » Elle le fit taire d'un geste de la main. « Ne me dis pas que tu le savais, ton expression t'a trahi. Si tu avais fait ton travail, je n'aurais pas eu à te le dire. »

Il pencha la tête en arrière, appuya sa nuque contre la paroi de pierre et ferma les yeux. Elle se leva et aspergea d'eau son visage, avant de l'essuyer avec un chiffon déchiré. Certaines habitudes félines étaient tenaces. Elle éprouvait le besoin de faire un brin de toilette sitôt que sa nervosité croissait.

La peur de Quête la perturbait. Combien d'autres Fey paralysait-elle ? Était-ce pour cela que les Gardiens des sortilèges ne réussissaient pas à trouver le secret de l'eau bénite ? La frayeur qu'elle leur inspirait nuisait-elle à leur efficacité ? Elle en toucherait deux mots à Rugar, à son retour. Traumatisés par leur défaite, les Fey n'osaient plus prendre de risques.

« Tu as raison, fit-il d'une voix douce. Ça m'ennuie de l'admettre, mais tu as raison. Quand Rugar veut-il que je parte ?

— Tout de suite. Laisse-moi seulement le temps de sortir du palais. Cette servante m'a vue te parler. »

Elle posa le linge humide, se tourna vers lui et constata que ses joues étaient toujours empourprées.

« As-tu compris ce que tu dois faire ?

— Résoudre le mystère de ce poison.

— Le plus rapidement possible. »

Il hocha la tête. « J'ai quelques idées. J'ai dressé la

liste des hôtes qui conviendraient le mieux. Je le ferai pour toi, et pour Rugar. Dis-le-lui, Solanda. »

Elle le gratifia d'un autre sourire... cette fois sans arrière-pensées. « Je n'y manquerai pas, promit-elle. Et maintenant, si tu veux bien m'excuser... » Elle s'allongea sur le tapis et laissa son être se rétracter. Sa masse se compactait et se réduisait, sans que les Gardiens aient pu déterminer en fonction de quels principes. Son corps de félin était un vieil ami – dont elle ne se séparait que pour de brèves périodes – et la poussière et la moisissure la firent éternuer.

« J'aimerais pouvoir me transformer aussi simplement que toi », commenta Quête.

Elle agita la queue. Ce ne serait jamais facile, pour lui. Les métamorphes étaient les seuls Fey dignes de ce nom. Les autres étaient imparfaits, ils ne leur arrivaient pas à la cheville.

Il se leva et prit sa chemise. Le sang avait séché sur sa peau.

« Une dernière chose », fit-elle.

Il enfila le vêtement et le rajusta avant de baisser le regard sur elle.

« Dès que tu auras changé de personnage, tu devras en informer Rugar. Demain, à la nuit tombée, un messager t'attendra près de la culée du pont qui enjambe le Cardidas. Ne rate pas ce rendez-vous. Sinon, nous en conclurons que la transition t'a été fatale. »

Elle vit sa pomme d'Adam monter et redescendre. « J'y survivrai », affirma-t-il.

QUARANTE-QUATRE

Alexandre entra seul dans la Salle du Conseil de guerre. Il referma la porte pour s'isoler des gardes et s'y adossa, essoufflé par l'ascension de l'escalier. Il n'était plus tout jeune et son corps se chargeait de le lui rappeler tous les jours. Lorsqu'il s'accroupissait, il avait besoin d'un appui pour se relever. Quand il montait des marches, il devait s'arrêter sur chaque palier.

La pièce avait une odeur de suif. Quelqu'un avait allumé les lampes. La clarté était faible mais il s'en contenterait. Nul n'aurait dû être condamné à passer une si belle matinée dans un lieu clos.

Il soupira et écarta des cheveux tombés devant son visage. Sa main tremblait. Il n'avait dormi guère plus d'une heure – ou deux – et de façon sporadique. Il s'était réveillé au moindre bruit, attendant le messager qui lui apprendrait comment s'était déroulé le raid contre les Fey. Lorsqu'il en avait été informé, pendant qu'il prenait un petit déjeuner de lait et de pain frais, le choc avait été brutal. Il s'était préparé au pire, mais la disparition de ses espoirs l'avait profondément ébranlé. Il n'avait pu terminer sa collation et il participerait à cette réunion en étant las et tenaillé par la faim, hanté par les images de ceux qu'il avait sacrifiés pour obtenir la confirmation de ses soupçons.

Les lieux avaient beaucoup changé, en un an. La Salle du Conseil de guerre avait désormais le lustre propre aux endroits fréquentés. Il avait fait encaustiquer la table et remplacer l'assortiment disparate de tabourets et de bancs par des fauteuils plus confortables. La cuvette qu'il avait réclamée était sur l'autre table, près d'un pichet aux motifs identiques. Une panoplie de dagues et d'épées occupait un râtelier prévu à cet effet. Une paillasse était roulée contre le mur et un magnifique tapis aux motifs bleus, or et bruns couvrait le sol. De la viande séchée, des légumes au vinaigre et du hareng fumé s'entassaient sur les étagères avec des carafes d'eau ordinaire. Il y avait au-dessous des fioles d'eau bénite. Il avait fait stocker ces réserves dans l'éventualité où il se retrouverait bloqué dans cette pièce.

De nouvelles cartes avaient été copiées et suspendues aux murs. Sur l'une d'elles, l'artiste avait représenté tous les lieux où s'étaient déroulés des combats et des escarmouches depuis le débarquement des envahisseurs. Sur une autre, il avait indiqué les affrontements de la Révolte des Paysans en espérant que le roi y puiserait de l'inspiration pour décider où livrer bataille. Néanmoins, il n'y avait que les Fey qui avaient à ce jour pris de telles initiatives.

Il s'écarta de la porte et fit le tour des lieux. Ses conseillers arriveraient bientôt et il devrait agir, mais il était pour l'instant seul et pouvait réfléchir à loisir. Tout ceci était nouveau pour lui : entretenir constamment sa vigilance, se comporter en guerrier et non en commerçant. Depuis l'invasion, il n'avait autorisé aucun navire à appareiller car il craignait d'offrir aux Fey une chance d'établir une carte de la route à suivre. Ses sujets se plaignaient de manquer de certaines denrées, pour la plupart importées. Une seule chose l'ennuyait vraiment : l'interruption des livraisons de tissu car la laine locale était rêche et inconfortable. Mais l'Île Bleue avait vécu en autarcie pendant des siècles. Avec du temps et de la patience, tout redeviendrait comme avant.

Autant de problèmes qu'il gérait sans trop de difficultés. C'était l'hécatombe que subissait son peuple qui le tenait éveillé. Ses cauchemars empiraient, au lieu de s'espacer.

Il s'arrêta devant les fioles d'eau bénite. Contrairement à son fils et tous ses conseillers, Alexandre n'avait encore tué personne depuis le début de la guerre. Il le ferait cette nuit-là.

Mais d'une manière différente. Il ne donnerait pas la mort en étant emporté par la fougue des combats. Que ce meurtre fût prémédité brassait son estomac. Il n'avait aucun désir d'étudier toutes les possibilités. Néanmoins, il le devait.

Pour le salut de son royaume.

Il inspira profondément, prit une des fioles et la déboucha. Le bruit à peine audible le fit tressaillir. Il posa le bouchon et retint un éternuement quand l'odeur poussiéreuse de l'eau bénite atteignit ses narines. Ce fut en tenant la burette par son col qu'il alla vider son contenu dans la cuvette. Il l'aurait ainsi à sa portée. Il espérait presque réussir à les convaincre de se laver les mains et ne pas devoir l'utiliser... Tout en sachant que ce vœu ne se réaliserait pas.

Un coup frappé à la porte le fit sursauter. Il reboucha le flacon et le remit sur l'étagère, le cœur battant. Il n'était pas encore prêt. Il ne le serait jamais.

Les gardes avaient pour consigne de ne pas ouvrir à un seul conseiller. Ils devaient attendre qu'ils soient au moins deux. Il y eut un autre coup.

« Le Seigneur Stowe et le Seigneur Fesler, Sire. » Le panneau de bois étouffait la voix de l'homme.

« Entrez. » Sa chemise était de guingois et il se rendit plus présentable. Il avait depuis l'invasion renoncé à ses robes pour les troquer contre une tenue de roturier. Vêtu comme son fils, il jouissait d'une plus grande liberté de mouvements et attirait moins l'attention. Nul ne lui avait conseillé de changer d'apparence mais c'était une mesure élémentaire de prudence. Il alla vers le fauteuil placé à l'extrémité de la table, pour inciter les visiteurs à croire qu'il se trouvait là depuis son arrivée.

Le Seigneur Fesler entra le premier. Ce grand homme émacié qui semblait constamment en retard de sommeil n'avait été admis au sein du Conseil qu'après le début des hostilités, mais il avait fait au cours de l'année écoulée plus de commentaires pleins de bon sens et de remarques pertinentes que la plupart de ses pairs. Et si Alexandre le trouvait antipathique, il était conscient que les sentiments personnels devaient passer au second plan en temps de guerre.

Le Seigneur Stowe le suivait. Il avait des cheveux bruns bouclés peignés en arrière et des cernes sous les yeux. Il referma la porte puis se dirigea vers son siège habituel, à côté d'Alexandre.

« Je présume que vous savez », dit ce dernier.

Stowe opina. « J'en ai été informé sitôt après vous.

— Le raid ? » s'enquit Fesler.

Alexandre secoua la tête, trop accablé pour en dire plus.

« Nous en parlerons quand tous nous auront rejoints », fit Stowe.

On frappa encore. Alexandre avait les mains tremblantes. Pour dissimuler sa nervosité, il agrippa le dossier du fauteuil dont l'armature de bois meurtrit ses paumes.

« Le Seigneur Egan ainsi que Monte, capitaine de la garde, et Stephen des Épées de Sa Majesté. »

En entendant citer le maître d'armes, Alexandre sentit sa bouche se dessécher. « Entrez », fit-il en espérant que sa voix ne trahirait pas ses émotions.

La porte s'ouvrit et Stephen pénétra le premier dans la pièce. Nulle expression ne se lisait sur ses traits mais il paraissait tout analyser du regard. Il s'immobilisa près d'un siège placé de l'autre côté de la table, en face d'Alexandre.

Le Seigneur Egan le suivait. Son dos voûté réduisait sa grande taille et son visage rond était encore jovial, même si ses sourires se faisaient de plus en plus rares depuis qu'il avait été admis au sein de ce Conseil. Comme celles de Fesler, ses interventions étaient presque toujours justifiées et marquées au sceau du bon sens.

Monte s'arrêta sur le seuil pour fournir des instructions à ses hommes. L'existence de cette salle n'était plus un secret. Tous en avaient entendu parler, même si son emplacement exact n'était connu que par des gardes triés sur le volet.

Alexandre recula son siège, s'assit et regarda ses conseillers. Il avait l'impression de manifester autant de nervosité que Stephen. Il ne savait trop s'il devait fixer le maître d'armes ou l'ignorer.

Il se sentait à l'étroit dans son fauteuil et éprouvait le besoin de se déplacer. Que Nicolas fût en retard l'ennuyait. Il n'était jamais ponctuel. Cette pensée le fit grimacer. Il était le seul membre du Conseil auquel les gardes ouvraient la porte même lorsqu'il n'était pas accompagné.

Il avait attendu le tout dernier instant pour soumettre

son fils à l'épreuve de l'eau. Son fils et son homme de confiance. Nicolas était l'unique membre de son entourage qui était resté seul avec lui depuis le début de la guerre. Il avait eu maintes occasions de le trahir, mais aucune comme celle-ci.

Aucune comme celle-ci.

Et il était amoureux d'une Fey. Il l'avait touchée. Il la trouvait « magnifique ».

Alexandre caressait l'accotoir de son fauteuil, d'une main toujours tremblante. Tels étaient les effets pernicieux de l'invasion. Son propre enfant lui inspirait de la méfiance. Celui qui incarnait l'avenir de leur peuple. Il avait fui cette pensée mais devrait l'affronter sous peu.

L'impression d'urgence ne s'estompait pas, bien qu'il sût que ses sujets ne couraient aucun danger immédiat. Son père l'avait averti que cet instant viendrait, quand le fait d'être roi lui imposerait de faire preuve de détermination et de sacrifier son humanité pour servir son pays.

« Quelque chose vous perturbe », lui dit Stephen en s'intéressant à sa main.

Rien ne lui échappait. Alexandre musela la rage qui le rongeait et soutint son regard glacial. « Oui, c'est exact », fit-il posément.

On frappa à la porte. « Son Altesse, le prince Nicolas. »

Il entra sans attendre d'y être invité, les yeux chassieux et les cheveux en bataille. Il ne présenta pas d'excuses pour justifier son retard. Il paraissait normal. C'était l'enfant qu'Alexandre avait élevé. Le nourrisson qu'il avait tenu dans ses bras.

Si son fils avait été victime d'un charme, il s'en serait rendu compte.

Il libéra sa respiration, sans avoir eu conscience de

la retenir. « Nous devons débuter cette réunion. Assieds-toi, Nicolas. »

Nicolas hocha la tête et tira un siège à côté de Stephen. Alexandre l'observa en grimaçant. Il prenait trop de risques, il mettait sa vie en danger. Il devrait lui en toucher deux mots. Le mettre en garde. Une fois de plus.

Trop tendu pour rester en place, Alexandre se leva, fit le tour du fauteuil et lorgna la cuvette. Rassuré par sa présence, il inhala à pleins poumons. « Nous avons été informés ce matin du résultat du raid lancé contre le repaire des Fey. Cinq des nôtres ont survécu... deux hommes grièvement blessés et trois indemnes. Trois autres ont été capturés. Theron, leur chef, est revenu chercher de l'aide pour les mourants et les morts.

— Capturés ? » fit Monte. Et son intonation sous-entendait des horreurs que nul ne souhaitait imaginer.

« L'ennemi s'est également emparé de leur eau bénite », ajouta Alexandre.

Le Seigneur Egan se tassa dans son fauteuil et des perles de sueur pointillèrent ses sourcils. « Ils savent désormais comment nous vaincre. »

Le Seigneur Stowe secoua la tête. Contrairement aux autres conseillers, il avait eu du temps devant lui pour analyser le problème. Il savait comme Alexandre que tout n'était pas encore perdu. « Nous ne connaissons pas le secret de cette eau. Nous ignorons la façon dont elle opère. Que les Fey aient fait des prisonniers n'y changera rien ; car ils ne peuvent y toucher. Seuls des humains ont la possibilité de l'étudier.

— En asperger leur cachette ne l'a donc pas dissoute ? » demanda Stephen.

Alexandre s'arrêta derrière son siège et s'inclina pour s'accouder à son dossier et réfléchir à sa question. Qu'il l'eût posée ne démontrait pas sa culpabilité.

Détruire ce repaire n'était-il pas le but de leur attaque ? Mais un espion se serait intéressé au sort des siens. Toutes les demandes du maître d'armes auraient pu être interprétées ainsi, depuis quelques mois. Peut-être un an. « Non, répondit Alexandre. Leur refuge est intact.

— Je ne comprends pas, marmonna Fesler. Cette opération avait été gardée secrète. Comment ont-ils pu nous vaincre aussi aisément ?

— Nous ignorions certaines choses. Ils avaient tracé sur le sol un cercle aux propriétés à première vue magiques et dressé une barrière imperméable en travers de la porte. Theron a exposé une théorie. Selon lui, l'eau bénite serait pour eux ce que le feu est pour nous. Les flammes consument notre chair, nos vies et la plupart de nos objets. Mais elles sont sans effet contre la pierre et elles permettent de tremper l'acier. C'est notre seule arme, alors qu'ils en ont un grand nombre. Nous pouvons nous féliciter qu'elle soit plus dévastatrice que les leurs.

— Tout indique qu'ils vont essayer de percer son secret, dit Nicolas.

— Comme nous tentons de percer les leurs... Pour nous retrouver chaque fois dans une impasse. Peut-être ferons-nous finalement des progrès.

— Nous n'avons pas réussi à en capturer un seul. »

C'était Egan, auquel Monte rétorqua : « Nous n'avons jamais véritablement essayé.

— Avons-nous une chance de vaincre de tels êtres ? » intervint Stephen.

Alexandre se leva et croisa les bras. « C'est à vous qu'il faut le demander. Notre expert des Fey, c'est vous. »

Le maître d'armes se renfrogna imperceptiblement. « Je ne mérite pas un tel titre.

— Vous nous avez révélé tout ce que nous savons

sur eux le jour de l'invasion. Avant que Nicolas ne capture cette fille, vous avez été une mine d'informations.

— La fille... Nous avons eu une prisonnière.

— C'est exact, dit Nicolas. Et nous la détiendrions toujours si vous n'aviez pas manqué de prudence, vous et le Seigneur Powell. »

Alexandre ne devait pas laisser la conversation dévier sur d'autres sujets. « Vous avez précisé que les Fey étaient des machines à tuer et qu'ils poursuivraient leur expansion tant qu'ils n'auraient pas conquis la totalité de ce monde. »

Stephen haussa les épaules.

« C'était une évidence... et les faits l'ont démontré.

— Vous affirmiez avoir étudié l'art de la guerre, mais c'est au Seigneur Stowe que nous devons nos victoires. Auriez-vous oublié toutes vos connaissances ?

— Je me suis simplement tenu informé de l'histoire écrite et orale, Sire. Des choses qui n'ont, pour la plupart, aucune application concrète.

— Ce n'est pas ce que vous disiez à l'époque. »

Le Seigneur Stowe les observait comme s'ils étaient deux duellistes. Nicolas avait écarté son siège de celui du maître d'armes afin d'avoir suffisamment de place pour se lever d'un bond. Le Seigneur Egan se penchait en arrière. Ses traits figés évoquaient un masque.

Stephen les lorgna puis fixa Alexandre. « Vous semblez vouloir en venir à un fait précis, Sire.

— Je m'avoue intrigué par votre peu d'empressement à mettre votre savoir en pratique. Le jour de l'invasion, vous m'avez déclaré que vous brûliez d'en découdre. C'est une des raisons pour lesquelles j'ai fait de vous un membre de ce Conseil.

— N'ai-je pas su me rendre utile, Sire ? »

Des mots qui résonnèrent dans un profond silence.

Le Seigneur Fesler frottait son pouce et son index. Le maître d'armes attendait la réponse d'Alexandre et ses yeux étaient brillants.

« Pas autant que vous l'aviez promis, Stephen.

— À l'impossible nul n'est tenu.

— Non, c'est exact. » Alexandre prit appui sur l'extrémité de la table, ce qui fit clapoter l'eau dans la cuvette. « Vous avez également déclaré que les Fey tuaient d'un simple contact.

— Nous l'avons constaté. On nous a signalé des morts dues à un effleurement.

— C'est vrai. » Le regard d'Alexandre était attiré par l'eau bénite et il craignait de se trahir. « Et quand nous sommes restés seuls, vous avez apporté une précision fort intéressante.

— J'ai dit qu'ils étaient capables de nous ensorceler », compléta Stephen.

Alexandre fut surpris qu'il se souvînt de cette conversation. « Et vous avez ajouté qu'ils pouvaient s'emparer du corps d'un homme et le plier à leurs volontés. »

Le silence était tel qu'ils entendaient la respiration laborieuse d'Egan. Tous dévisageaient le roi, à l'exception du prince qui observait le maître d'armes.

« Que s'est-il passé dans les oubliettes, Stephen ? Qu'a fait votre captive ? »

L'homme caressa la balafre de sa joue. « Je l'ai maintes fois répété. Elle a rompu ses liens et m'a attaqué. Lorsque j'ai repris connaissance, elle avait disparu et il y avait des ossements à mes pieds. Des gardes m'entouraient et s'inquiétaient, car ils me croyaient à l'agonie.

— Pourquoi vous a-t-elle épargné ?

— Je l'ignore. Peut-être n'a-t-elle occis que le Seigneur Powell parce qu'il lui opposait une plus vive résistance.

— Les Fey ne tuent-ils pas d'un simple contact ?

— Pas tous. Je vous l'ai dit. Seulement certains.

— Cette Fey, par exemple ?

— C'est une évidence. De quoi serait décédé Powell, autrement ?

— En ce cas, pourquoi êtes-vous toujours en vie ? Elle vous a nécessairement touché, n'est-ce pas ? »

Stephen en resta bouche bée, comme choqué par cet interrogatoire. « Avec son poignard.

— Avec son poignard... Pourriez-vous préciser comment elle a procédé pour vous assommer ? Vous a-t-elle touché, Stephen ?

— Où voulez-vous en venir, Sire ? Vous imaginez-vous qu'elle a pu me prendre sous sa coupe ?

— Quelqu'un a tranché ses liens. Quelqu'un l'a libérée. Et le Seigneur Powell est mort. »

Stephen s'empourpra. « N'importe qui a pu le faire. N'importe qui a pu l'aider. Votre fils n'a-t-il pas succombé à son charme ? Pourquoi l'a-t-elle épargné ? Le lui avez-vous demandé ? »

Alexandre serra les poings. « Diriez-vous qu'il est possédé ? »

Nicolas ouvrait de grands yeux et le fixait avec incrédulité. « Père... »

Alexandre le fit taire d'un geste. Il devrait attendre. Il ne pouvait se laisser distraire, pas encore. « Ne changez pas de sujet de conversation, Stephen. C'est de vous que je parle. »

Le maître d'armes agrippa le rebord de la table. « Pourquoi portez-vous de telles accusations contre moi après m'avoir accordé votre confiance une année durant ?

— Parce que les Fey ont été avertis de l'attaque lancée la nuit dernière et que seuls vous et Nicolas étiez informés de ce projet. »

Tous les seigneurs parurent choqués. Monte baissa la main vers sa dague. Nicolas se leva.

« Et il ne vous viendrait pas à l'esprit d'accuser votre fils ? » L'intonation de Stephen surprit Alexandre. Bien qu'il le connût depuis des lustres, il n'avait jamais perçu autant de mépris dans sa voix.

Sans plus réfléchir, il se tourna pour s'emparer de la cuvette dont il lança le contenu vers son interlocuteur. Stephen hurla et bondit de son siège, agrippa Nicolas et l'utilisa comme bouclier. L'eau éclaboussa la table, le fauteuil et le sol à côté de ses chaussures, sans toutefois l'atteindre.

Monte se dressa en brandissant sa dague. Stephen tira son couteau et le colla sur le cou de Nicolas, avant de lancer au Seigneur Fesler qui venait de prendre une fiole sur l'étagère : « Servez-vous-en et j'égorgerai ce piteux jeune homme.

— Ne l'écoutez pas, dit Nicolas d'une voix étouffée par la pression de la lame. Il n'aura pas le temps de me tuer. »

Les doigts crispés sur la cuvette ruisselante, Alexandre avait le souffle court et était terrifié. Quoi qu'il pût tenter, il mettrait la vie de son fils en danger. « Que vous ont-ils fait, Stephen ? Je vous croyais incorruptible.

— Tiens donc ? Il est possible de soudoyer n'importe qui.

— Ce n'est pas Stephen », intervint Nicolas. Une goutte de sang suivit son cou et disparut sous le col de sa chemise. « S'il était un des nôtres, il ne redouterait pas l'eau bénite.

— Ce jeune blanc-bec se croit malin, mais que savez-vous sur les Fey et leur magie ? Rien. Rien du tout. Cette eau ne fera peut-être que rompre l'enchantement. »

Fesler déboucha la fiole.

Stephen sourit. « Le découvrir vous coûtera la vie du prince.

— Allez-y, insista Nicolas.

— Courrez-vous un tel risque pour me priver de mon maigre avantage ? Permettez-moi d'en douter. » Stephen recula vers la porte sans lâcher Nicolas.

Alexandre posa la cuvette sur la table et leva les mains. « Libérez-le et nous vous laisserons partir.

— Me prenez-vous pour un sot ? J'ai besoin d'un otage pour sortir d'ici.

— Vous n'y réussirez pas si vous devez l'immobiliser, fit remarquer Stowe. Alors que le roi respectera sa parole.

— Il n'a, me semble-t-il, pris aucun engagement. » Stephen leur adressa un sourire tors. « Ce n'étaient que des mots en l'air. »

Alexandre ouvrait la bouche pour formuler autrement sa proposition quand son fils abattit son talon sur le pied de Stephen. Le maître d'armes grimaça et Nicolas agrippa son poignet pour éloigner le couteau de sa gorge. Alexandre tendit le bras derrière lui et saisit le pichet d'eau normale, dont il lança le contenu vers Stephen. Fesler suivit son exemple en utilisant quant à lui l'eau bénite. Si le roi les aspergea tous deux, Fesler atteignit le flanc gauche du maître d'armes.

Nicolas s'écarta et traversa précipitamment la pièce, la main sur le cou. Les vêtements de Stephen pelaient sur son corps et des vapeurs pestilentielles se répandaient de partout. Il hurlait. Les seigneurs le fixaient, horrifiés. Nicolas avait rejoint son père et le tenait par le bras. Alexandre était heureux de bénéficier de son soutien et d'obtenir confirmation que son fils était toujours son fils.

Stephen s'affaissa. Ses jambes avaient fondu en une masse informe. Il tentait de s'essuyer et ses doigts se dissolvaient à leur tour. Sa peau liquéfiée gouttait comme du sang. Il poussa d'autres cris et bascula sur le sol.

Alexandre avait cessé de le voir, mais il entendait des coups sourds qui finirent par s'interrompre. Vapeurs et puanteur avaient envahi la pièce. Il dut faire un effort pour déglutir et ne pas rendre le peu de nourriture que contenait son estomac.

Finalement, le silence revint. Il tapota la main de son fils puis l'écarta et se dirigea vers le cadavre. Stephen était méconnaissable. Il ne subsistait de son visage que ses yeux écarquillés rivés sur le néant. La pestilence était si forte qu'Alexandre eut l'impression qu'elle avait imprégné tout son être.

Il surplombait la dépouille du maître d'armes et ses tremblements s'étaient amplifiés. La moindre erreur lui eût coûté la vie. S'il n'avait pas été aussi prudent, s'il était resté seul avec lui, Stephen l'eût assassiné. Les yeux larmoyants en raison de la puanteur, il se reprochait de ne pas avoir pris les mesures qui s'imposaient. Il aurait dû soumettre dès le début tous ses conseillers à l'épreuve de l'eau.

« Par l'Épée Ensanglantée ! » s'exclama derrière lui le Seigneur Stowe. Nicolas s'avança à son tour mais ne dit mot. Fesler était livide. Toujours assis à la table, Egan se couvrait la bouche. Monte s'était rapproché du corps, dague au poing.

« Vous l'avez aspergé d'eau bénite », dit Nicolas.

Il s'était adressé à Fesler, qui hocha la tête.

« Nous devrons faire passer ce test à tous les individus que recevra mon père, ajouta Nicolas.

— Nous avons déjà appliqué cette mesure, fit remarquer Stowe.

— Comment Stephen s'y est-il soustrait ? voulut savoir Monte. Il était constamment auprès du roi.

— Il a tout d'abord trouvé des prétextes pour s'esquiver, dit Alexandre sans détacher le regard du cadavre. Je n'y ai pas véritablement prêté attention. En outre, un après-midi, il a pris une fiole et l'a vidée sur sa main.

— Il n'a pu faire une chose pareille.

— Sauf s'il l'avait apportée, rétorqua Nicolas.

— Il avait dû remplacer son contenu par de l'eau normale, conclut Monte.

— Pourquoi n'en a-t-il pas fait autant aujourd'hui ? s'étonna Fesler.

— Nul ne peut entrer ici en mon absence. » Alexandre tremblait tant qu'il dut s'asseoir. Sur le siège le plus proche, celui qu'avait occupé Nicolas.

« Je ne comprends pas, avoua Stowe. Il ressemblait à Stephen mais il s'est dissous comme un Fey. Est-ce ainsi que ça se passe, lorsqu'on est possédé ?

— S'ils peuvent nous infiltrer aussi facilement, pourquoi n'ont-ils pas envoyé d'autres espions ? s'interrogea Nicolas.

— Peut-être sont-ils là, à notre insu, suggéra Fesler.

— Il avait l'apparence de Stephen et se comportait comme lui, commenta Alexandre. Il se souvenait d'événements que lui seul pouvait connaître. C'était cet homme, soumis à une influence extérieure. Cette femme a fait de lui un des leurs lors de son évasion.

— Si ce n'était pas déjà chose faite », intervint Nicolas.

Alexandre secoua la tête. « Avant cet instant, il ne parlait que de repousser les envahisseurs. Nous aurions pu ensuite déceler de la sympathie pour eux dans ses propos, si nous y avions prêté attention.

— Vous l'avez malgré tout démasqué, fit Egan. Comment ?

— Je savais qu'il y avait eu des fuites. J'ai testé la loyauté de chacun de vous. Je n'ai trouvé un lien direct qu'avec Stephen. Il s'est trahi. Mais je ne m'attendais pas à cela. Certainement pas. Quand j'ai lancé cette eau je voulais simplement le surprendre, l'inciter à révéler son jeu. Je ne pensais pas l'effrayer à ce point.

— Ils peuvent être partout, dit Fesler à voix basse. Sans que nous le sachions. Peut-être y en a-t-il d'autres ici même, dans le palais. »

Alexandre leva la main à son front. Il avait envisagé cette possibilité. La tâche du Rocaan serait deux fois plus difficile. En plus de l'eau bénite destinée aux soldats, il devrait en préparer pour démasquer les imposteurs. Des contrôles quotidiens... De quelle ampleur ? Faudrait-il y soumettre la totalité des serviteurs ? Tous ceux qui approchaient d'un noble ? Les simples citadins ? Les enfants ? Jusqu'où s'étendrait la méfiance ? « Combien sont-ils ? » demanda Egan.

Alexandre soupira. « Je l'ignore. Ce que je sais, c'est qu'ils ont remporté cette bataille. » Il recula et se tourna vers les seigneurs qui l'entouraient, intrigués par ses propos. « Non seulement ils détiennent des prisonniers et des échantillons d'eau bénite, mais ils nous ont privés de toutes nos certitudes. Nous ne pourrons plus jamais nous faire totalement confiance. »

Achevé d'imprimer sur les presses de

BUSSIÈRE

GROUPE CPI

à Saint-Amand-Montrond (Cher)
en décembre 2003

POCKET - 12, avenue d'Italie - 75627 Paris Cedex 13
Tél. : 01-44-16-05-00

— N° d'imp. : 37912. —
Dépôt légal : janvier 2004.

Imprimé en France